岁运并临

丑甲 著

上海文艺出版社
Shanghai Literature & Art Publishing House

一

天刚麻麻亮,窗外就有一群鸟在叫,叽叽喳喳,咕咕啾啾,吵吵嚷嚷。有时候叫声短促,七嘴八舌,像在开群众大会,吵得不可开交;有时候一声长一声短,一声高一声低,错落有致,像在争鸣选秀;有时候又整齐划一,声声激越,似要穿云裂石,像在开早会,喊口号唱励志的歌曲。

何为不懂鸟语,听得并不真切。也不知道这群鸟是什么时候聚集在一起的,只依稀记得第一次听到它们的声音,大概是在春节后。那时还没有开学,寒假只剩几天,大宝何必然正忙着补寒假作业。孩子不要上学,一家人起床没有那么早,是鸟叫声把何为吵醒的。

早上没有开空调,屋里有些冷,何为舍不得热被窝,无奈鸟声实在聒噪,它们好像就立在窗台上叫,何为只好瑟瑟缩缩地爬了起来。痛痛快快地撒了泡尿,而后蹑手蹑脚走到窗边,轻轻拉起半角窗帘,探着脑袋四下察看。窗户关得严严实实,窗台上别说是鸟,就连鸟毛也没有一根。鸟声突然遁去,空中亦无鸟迹。楼下倒是有几棵大树,树上是能藏鸟的,不过树冠离何为住的二十二楼,距离实在不近,不知道鸟声是如何飞扬上来,穿透双层隔音玻璃,进到屋里来的。

带着疑问回到床上,何为看了下手机上的时间,五点四十分。刚一躺下,鸟声又起。小宝何定然打着轻微的呼噜,睡得正香甜。他睡在床的中间,像银河一样把何为和柳依隔开,河对岸的柳依似乎翻过身,由脸对着小宝换成了背对着小宝。何为已了无睡意,又不想起床,便试着去分辨鸟声,想知道究竟有几只鸟在叫。听了一阵,毫无头绪,正要不耐烦,鸟声却戛然而止。

从那以后,这鸟叫声就一直没有停过,从春天叫到夏天,又从夏天叫到秋天。每天都在同一个时间开始,同一个时间结束。何为逐渐习惯了它们的存在,不管它们是在唱歌,还是在吵架,都只当成乡村里的鸡公报晓,手机里的闹钟响铃。往后也寻找过好几回,想搞清楚它们的聚集地,但终究没有结果。每日鸟鸣而醒,醒来听它们叫一会儿,就爬起来。起床的时候,准是六点钟,不早一分钟,也不晚一分钟。

这日何为起来,洗漱好以后,到大宝房间,和往常一样先拉开窗帘,早晨的阳光一下从窗外透了进来,照射着满屋的凌乱。何必然斜躺在床上,睡成了一条对角线,一条腿露在被子外面,阳光照到脸上,他眼睛都没有睁开一下,只是翻转了身,背对着窗户。何为便叫开了:"崽崽,起床啦,赶紧,赶紧点!"顺手把满地的衣服捡到了床上,又从衣柜里找出一双袜子,塞到何必然手里,并说:"袜子在你手上了,别等会儿一翻身,又找不着了!"何必然这才懒洋洋地"嗯"了一声,虽半睁了眼睛,却是睡眼惺忪,一点没有要起来的意思。何为则打开了手机里的"纳米盒"APP,找出牛津英语五年级上学期的内容,将音量调到最大,从第一页开始播了起来,英语的朗读声响彻了房间。

何为的每一分钟都是有计划的,这样就会有更多的时间,做更多的事情,也能让生活和工作都有条不紊。六点十五分,到厨房做早餐,煮一碗速冻饺子,一个鸡蛋。等孩子吃完,就步行送他上学,好增加他的活动量。

在学校里,何必然每天活动量太少。学校每天安排一个课间跑,绕着二百五十米的运动场跑三圈，体育课一周有三节，每节课三十五分钟。除课间跑和体育课之外，其他时间基本待在教室。五年级的教室在三楼，哪怕下了课，孩子们也不出教室。老师在的时候，都做课堂作业；老师离开了，便交头接耳。也有个别调皮的孩子，会趁机离开座位，嚷嚷几声，四处打探一番。学校有不成文的规定，课间不得去运动场，也不准在走廊上玩耍打闹，只有打水上厕所，才能出教室。何为总觉得孩子这么小，正是活蹦乱跳的年纪，怎么能像鸡一样成天关在笼子里呢？想着自己那么小的时候，下课铃声一响，同学们就一窝蜂一样涌了出去，分散在操场，滚铁环、踢毽子、跳绳、打篮球、追追赶赶，干什么的都有，满校园里都是欢腾。有时候同何必然讲起这些情景，他都会羡慕得紧，说："老爸，我要是生活在您那个年代就好了！"何为是不太理解也不能认同孩子学校的做法，一遇到家里有孩子上学的人，无论是熟悉的还是陌生的，都会打听人家学校的情况，问孩子们课间是不是也被关在笼子里。听来的情况，各地都差不多，老师都怕孩子在学校里出事，磕着碰着，惹一堆麻烦。何为常常想，这不是因噎废食吗？

煮好饺子，何为又跑到大宝房间，看到何必然还在磨磨蹭蹭，手里拿着袜子，坐在床头发呆，便大声嚷道："怎么还没有穿好衣服呢？快一点好不好？爸爸今天还要去吴州，一大堆事情等着呢！"何必然这才穿上袜子，又慢吞吞地开始穿衣服。何为帮他到阳台拿了耐克运动鞋，扔到床下，人还站在门口，敦促他加快速度。在何为眼里，何必然起床总是这么磨磨蹭蹭，动作永远慢吞吞的，一点也不利索。他好像从来没有过时间观念，不担心迟到，不怕迟到了挨老师批评。何为不时说一声："快点快点，不要再耽搁了！"孩子却还是不紧不慢的样子，何为有些冒火，声音提高了八度说："快点啊！你这孩子怎么了呢？"何必然这才不情愿地从被窝里出来，三下两下穿好裤子,又跃下床来,脚往鞋子里套。何为不失时机地提醒道:"铺好被子再去洗脸刷牙,被窝不要像狗窝,要养成良好习惯,不要总是拖拖拉拉,讲究一点!"何必然虽然满脸不高兴,却也双手扯起被子,应付着抖了几下,但没有抖开。何为实在看不下去了,只好一把抢过来,一揭一甩一抖,就把被子铺好了。嘴里念叨着:"看着点,学着点,都快十一岁了,这么简单的事情都做不好,怎么办呢?"

何必然穿一身蓝色棒球款秋冬运动校服,系着红领巾,头发剪得很短,还没有长起来的鼻梁上架着一副黑色边框近视眼镜。洗漱好以后,人便有了精神。上了餐桌,他双手搁在餐桌上,剥开蛋壳,塞进了嘴里。"纳米盒"还在大声播放牛津英语,何为把手机音量调低了三格,放在餐桌上,对何必然说:"七点出发,吃完后再读十五分钟英语!"何必然的眼睛在镜片后对着爸爸闪了闪,才说:"知道啦!"饺子吃完,就大声读起英语来。

Wild geese change homes twice every year. In spring,they fly to the north. In autumn, they fly to the south. They live in the south in winter.

Why do wild geese move? In winter,they cannot find enough food in the north. When spring comes,they miss their home in the north and fly back.

......

看看时间差不多了,何为背起何必然的书包,走在前头,何必然跟在后头,父子两人一前一后出了门。书包太沉,何为不敢让孩子背,怕把他还没有长成的肩膀压成了塌肩。一下楼,就有人大声叫"何必然",把何为吓了一跳。何为刚才在电梯里走了神，扭头看到俞淑敏和她儿子俞淼淼从另一个电梯里出来。这是住在一栋楼里的邻居，两家本没有什么交际，只是俞淼淼是何必然的同班同学，孩子常在一起玩，便也有了一些交集。大家相互打了招呼，出了小区，俞淼淼对何为说："叔叔，让必然坐我爸的车好不好？我爸在小区门口等我们。"

还没有等何为开口，何必然就回绝说："不用啦，我爸陪着我走路呢！"

何为陪孩子走路到学校，一路上聊得最多的，是路边的景致。一花一草，一树一木，每过一个节气，何为都要提醒何必然仔细观察，观察它们在一年四季里的变化。杜鹃花、金黄菊、红花、紫荆花、垂丝海棠、樱花、金边黄杨、柏杨、香樟、红梅……附近常见的植物，何必然已经认得七七八八了，对它们的生长习性也都有所了解。出了小区，沿着街道往东，过一个红绿灯，上一座小桥，桥下是一片荷塘。荷塘里只剩下几根枯萎的荷茎，东倒西歪地躺在水里，几个穿了黑色连体防水服的人正在荷塘里忙碌。何必然问何为说："老爸，荷塘里的人在干吗呢？"

"挖藕啊！"

"挖藕？"

"对啊！"

"藕从淤泥里挖出来，好脏哟！"

"洗了就没有关系了，莲藕一洗，白白嫩嫩的，干净得很。等到了初中，你会学习一篇文言文，叫作《爱莲说》，里面有一句话，'莲之出淤泥而不染，濯清涟而不妖'，那时候你就会明白了，不过其中的道理，怕是要等你真正长大才会懂。"

何为说完，心里却哀叹，想现在的孩子，大都不事农桑，五谷不分,有时连葱和韭菜都分不清,又怎能知道稼穑之艰呢?以后怕得给何必然多讲些农事才行。这样一想,便搂着他肩膀说:"你知道荷塘是用来干吗的?"

"还能干吗?观赏的啊!"

"还有呢?"

"挖藕的?"

"在游人眼里,荷塘是一片风景;在文人墨客眼里,荷塘是诗和画;在农人和中医眼里,荷塘里则尽是宝。荷花、莲子、莲蓬、荷叶、荷梗、莲藕都可以入药,也可以当作食材,我们中国人讲究药食同源。譬如莲子,做成莲子粥,不但美味,还可以健脾补肾;莲藕作为中药,能止血散瘀、解热毒,做成莲藕汤,加上猪蹄或者大骨头,味道特别鲜美。在湖北赤壁那一带,就是《三国演义》里'火烧赤壁'的地方,人们喜欢用莲藕焖老鸭,是一道很有名的菜。如果这个季节,或者更冷的时候到了那里去做客,当地人就会做莲藕焖老鸭这道菜来招待你。"

"我也想吃莲藕焖老鸭,还想去赤壁看周郎!"

"好啊!你想去的话,多读几本书,尤其要把《三国演义》再好好读一遍,到了寒假就带你去。"

走了一程,何为松开何必然的肩膀说:"前几日要你背宋朝紫金霜的《立冬》,背得怎样了?"

何必然说:"背好了!"

何为说:"那你背来听听!要注意节奏和韵律。"

何必然清了清嗓子,便充满感情地吟咏起来:

  落水荷塘满眼枯,

西风渐作北风呼。
黄杨倔强尤一色，
白桦优柔以半疏。
门尽冷霜能醒骨，
窗临残照好读书。
拟约三九吟梅雪，
还借自家小火炉。

听他吟咏完，何为说："背得不错，每一句的停顿、语调都恰到好处！这诗的意思理解了吗？"

何必然说："这诗写'立冬'这个节气，但是落笔又在景上；写景，却又不仅仅是写景。还有些不太明白！"

何为说："你先把自己当成诗人，以诗人的视角看这首诗，便会发现，这首诗实际是两幅画组成的。一幅是实景，是诗人眼前所见的，北风中的残荷、挺立的黄杨、掉了一半叶子的白桦；一幅是虚景，是诗人的想象，雪后初晴，梅花绽放，诗人围着小火炉，借着窗子里透进来的残阳读书和吟诗作画。然后再把两幅画融入一幅画中，以你自己的视角去看，便明白了！"

何必然没有接话，何为知道他还是似懂非懂，也就不作声了。四五月间，荷叶刚刚长出来的时候，何为会要何必然留心荷叶一天天的长势；荷花含苞，又会要他观察荷花的变化；到了秋冬，则会让他看荷叶是如何一片一片枯萎的。当然，也不仅仅是观察，有时会让他背背关于荷花的诗，有时又要他写观察笔记。何必然先前只会背杨万里的《小池》《晓出净慈寺送林子方》这两首，今年夏天背会了李商隐的《赠荷花》。何必然的荷花观察笔记虽然写得稚嫩，却也有细致的地方。夏天他写道："早晨，每片荷叶上都有晶莹剔透的荷露，在阳光下一闪一闪的。很奇怪的是，荷叶要么略朝南生长，要么朝东生长，很少朝北或者朝西生长的。荷花衬托在荷叶中间，有的刚刚开放，有的还是花苞，有的却已经凋谢。凋谢了的荷花只剩下了莲蓬，孤零零地立在荷茎上。"深秋他又写道："荷塘里的荷叶已经有一大半泛黄了，也看不到荷花了，那些还没有完全枯萎的荷叶，中间却还是绿的，说明荷叶的枯萎，是由边缘开始的。爸爸和我说，人老了也是这样，先是从脚手开始感觉到冷。"

两人默默地走了几分钟，再过一个路口，就到了学校门口。何为一般只送到路口，看着何必然过了红绿灯，进了校门，才往回走。

二

送何必然上学，去时走大路，步子也迈得小点，得近二十分钟，回来抄近道，一路小跑着，只要十来分钟，来回也就半个小时。回到小区门口，老远就听到包子铺的梁四化在喊"姐夫"，何为回应了一声"早"。四化将一个装了早点的塑料袋递给何为，里面有一个杂粮馒头、一个牛肉馅饼、两个粉丝包、一杯草莓味的酸奶、两杯现磨豆浆。何为早餐吃一个杂粮馒头和一个粉丝包，外加一杯现磨豆浆；何定然吃一个牛肉馅饼和一杯草莓味的酸奶；柳依则只吃一个粉丝包和一杯现磨豆浆。

何为把钱递给四化，美珍在里面说："姐夫总是这么见外，不就几个包子吗？要不是你和姐，这包子铺哪能开得起来呢？"

何为说："这是两码事，互不搭界的，你们做生意也不容易，我们要是天天来白吃你家的包子，几年下来，也得不少钱，要是再多几个七大姑八大姨的都来白吃，你家就是有一座金山银山，也会吃空的。还是亲兄弟明算账的好，你们没有负担，我们也不别扭。"

梁四化是柳依老家的表弟，过去一直在南方做泥水匠。何为在这里供了楼，刚入住的时候路上行人稀少，到了晚上，楼里也没几户人家亮着灯，四周一片黑漆漆的。小区附近的生活配套没有跟上来，买菜、买早餐都不方便。起先柳依还总是自嘲："想不到好不容易从农村奋斗出来，如今又成了大都市里的乡下人。"何为却和柳依说："这里应该有发展潜力，小区毗邻地铁站，又有几条公交线路的总站设在这里，别看眼下人少，要不了几年，就会一片繁华热闹，到时候这里的商铺都会很抢手。"

柳依倒是听进去了，小宝刚生那年回柳依老家过春节，梁四化一家来走亲戚拜年，说起赚钱的艰难打工的苦涩没完没了，说世上最苦的营生，就是在建筑工地上做泥水匠。南方雨水多，在工地上干活，要靠天气吃饭，有雨水的日子不能干活，不干活就没得工钱。还得看包工头的脸色，工钱都是工程结束后才能结算，平时只能零星支取一点伙食费。若是工程拖得长，可能要一年以上才能见到钱。要是碰到包工头良心好，工资倒是能按时结算，要是碰到不靠谱的、好赌的包工头，即使工程完工了，工资也不一定能拿到，因为钱可能都被他赌输了。何为心里想，这四化说得有些夸张了，现在各级政府不是都把不拖欠农民工工资作为一项重要工作在抓吗？口里却没有说出来。柳依却说，要不你到东都发展算了，到我家门口开个早餐店。柳依其实也就那么随便一说，四化却挺当真，拉着柳依和何为问前问后地聊了一下午。回去当晚，一家人做了盘算，第二天又带着妻子曾美珍过来，仔细打听房租，商量做什么早餐，需要租多大面积的商铺。春节假期一结束，四化两口子就把他儿子梁耀祖扔给孩子的爷爷奶奶，和何为一家来了东都。

在何为的张罗下，四化很快在小区门口租了一个二十来平米的铺面，加盟了当地一家知名的连锁包子铺，经营起包子生意来。没有想到，包子铺一开张，生意就火爆，每天早上八点左右的一个多小时里，都要排着队购买。别看附近没有人，但是吃早餐总是需要的，开始来消费的，大都是在小区里做装修的工人，去赶地铁公交的过路客。慢慢地，装修工少了，居民多起来了，小区也日渐热闹起来。何为夫妇在东都本没有什么亲人，也乐得有个表弟在身边，有事也好做个照应。

回到家里，柳依正在伺候何定然起床，小宝在床上翻来翻去，就是不肯穿衣服，柳依从床这头抓到那头，手里拿着小宝衣服，总是抓不住他。柳依先是哄着说："乖崽崽，赶紧来穿上衣服，我们要去上学啦，小朋友们都在等你呢，妈妈老师也在等你呢！"

眼看抓到了，何定然一个跟斗，又翻到了床的另外一边，嘴里说："擎天柱，我要擎天柱！"

"过两天给你买，赶紧来穿衣服，妈妈上班要迟到了！"柳依开始不耐烦了。

何为换上拖鞋，走进卧室，拿着草莓酸奶在床头晃了晃说："草莓酸奶来了，小宝最喜欢的草莓酸奶来了，还不来吃的话，爸爸吃完了！"

"爸爸不要，我要吃！"何定然这才让柳依帮他穿衣服。

柳依伺候完小宝，到餐桌上拿起豆浆喝了一口，端在手里，另一只手里拿起粉丝包咬了一口，背着双肩包就要走，嘴里说："我来不及了，得赶紧走，你顺道送下小宝。"

何为说:"急啥嘛?我还要去吴州呢,吃完再走,不要总是走在路上吃东西,尤其不要在公交地铁上吃东西,太没形象了!"

柳依回道:"又来了,这里是东都,不是香港,大家都在地铁上吃早餐,没有人会说你!"

何为张了张嘴,还想说什么,终是咽了回去,知道说了,柳依也不听。"妈妈送,我要妈妈送!"何定然不干了,跑了过去抱住柳依的腿撒起娇来。柳依开了门,又回头对何为说:"中午蒋芙儿约我在Starbucks见面。"然后掰开何定然的手说:"小宝乖,今天爸爸送!"说完"啪"一声带上了门,留下何定然坐在地上哇哇大哭。何为嘴里嘟哝着:"每天都匆匆忙忙的,就不能早一刻钟起床?非要赖在床上不起来!"也不管柳依听没听到,只好走过去,抱起何定然说:"小宝乖,爸爸开车送小宝。"

何定然刚满三岁,因为出生在九月一日之后,要到明年九月才有资格上幼儿园,只好在附近找了一间做早教的托儿所上全托。

柳依怀上何定然那会儿,何为和柳依都曾犹豫,到底要还是不要。在此之前,柳依也意外怀过两胎,但是都打掉了,两口子觉得压力太大,养不起。当然,最主要的是政策不允许,一对夫妇只能生一个孩子,要是超生,违反计划生育,要征收巨额的社会抚养费。这些年,倒是逐步放开了二胎生育,柳依的肚子几年没有动静,到三十好几了,又突然怀了孕,却让何为夫妇又犯愁了。一是柳依年龄偏大,属于高龄产妇了,生孩子有危险,万一有个三长两短,可不得了;再就是房子,两口子打拼十几年,才在南郊供下这套八九十平米的房子,房贷还要还十几年,这些年总觉得压力越来越大,钱越来越难挣。如果是女孩还好一点,女孩总是要嫁出去的,只要好好培养,教育上多投资,琴棋书画样样会,知书达理,将来找个金龟婿,那就是个招商银行。要是又是个男孩,就是个建设银行,得要储备给孩子买婚房的钱。

房价最近倒是没怎么涨了,三环七万八万一平,二环附近,没有十万想都不要想,四环靠近外省的地方,都要均价四万五万了,买个八九十平的婚房,也总要四五百万。保不齐又像过去二十年一样,政府总在调控房价,开发商总在囤地捂盘。每次调控,房价总是会有价无市,人们买涨不买跌。地方税收有了压力,财政吃紧,如此又悄悄地拉开口子,媒体大肆跟进,你方唱罢我登场,各种关于房产供需与房价涨跌的声音挤满头条,全世界的热钱又回到房地产市场,全球的人都来东都买房,报复性地又疯涨一番,翻个一倍。等到孩子结婚需要房子,要二十几年,至少会经历两次调控周期,一个调控周期翻一个跟头,四环的五万就会变成十万,十万再翻成二十万,一套八九十平的婚房就要两千万。哪里去挣来两千万呢?

还有生下来以后买奶粉、尿片、玩具,都要海淘中国生产的,贴着外国牌子的进口产品。这还是小头,接下来的教育更是一笔巨大的投资,每个当爹妈的都不想让孩子输在起跑线上,如今大家都是从娘胎里就开始胎教。

摆在何为和柳依面前的,还有一样紧要的,那就是宝宝生下来,谁来带呢?爷爷奶奶?外公外婆?父亲已是年届古稀,显然是带不动的了,何况每天还要接诊,病人虽是不多了,但这是他生来就肩负着的使命。母亲虽是年轻几岁,父亲却是离不开母亲照顾的。岳父岳母倒是可以来的,偏偏这些年岳母身体又不好。即使岳父岳母勉强来了,那又住哪儿呢?家里就这么一点巴掌大的地方,何为夫妻二人住了主卧,何必然住的次卧,除了摆一张床外,书桌都是勉强塞进去的。两人盘算来盘算去,还是觉得不能要,本来都做了检查,和医院约好时间手术了。何为和父母电话,向父亲咨询,人流后该让柳依吃点什么。父亲一听说要打胎,立马就教训起何为来，死活要柳依把孩子生下来。何为拗不过父亲，自己本来也在犹豫，和柳依又重新盘算，做通了她的工作，到底去医院办了卡，按时去做产检。

何为一家在老家是外来户，当地都是刘、黄、聂、王这样的大姓，只有何为家，属于单门独户的杂姓，一直人丁不兴旺。何为的太公是清朝道光年间从外地搬到村里的，当时村子还不叫村子，而是湘安两县交界处的一处古镇，镇上有一排长达一两华里的街铺，街上还有府衙。离镇子不远处的半山腰上，有一座道观，道观名叫药王殿，是药王祖师孙思邈的行宫。太公年轻的时候路过镇上，在一家伙铺里歇夜，突然打起了摆子，一会儿热一会儿冷的，没一夜工夫，就人事不省。伙铺的老板是个热心肠，叫来铺里的伙计，把人抬到了药王殿，请道观里的老道士给他诊治。说来也神奇，老道只是给他在手腕处敷贴了几片在观前随手采摘的草叶，又在身上扎了几处银针，人当场就醒了过来。

在观里调养了数日，不知怎的，老道士竟然收了太公做徒弟，传授他岐黄之术。学成之后，太公要下山回家，师父却留他，要他就近在镇子上安顿下来，悬壶济世，守护这一方百姓。师父还对他说，从你开始，你家将一脉单传六代，世代行医，在镇子破败没落之前，不得离开。不知是机缘巧合，还是其他原因，道士的话，就像魔咒一样在不断应验。何为家果真代代单传，到何为父亲这里，正好是六代，而且辈辈都是郎中。更奇怪的是，何为父亲刚行医没几年，一条新建的铁路从镇中穿过，古镇竟然就此突然没落了，街镇上的人家要么搬得不知了去处，要么散落到了附近各处的山坳里。到如今，只是一个再普通不过的山中小村落而已。只有湘安古道上残存的麻石板，和古道两旁偶尔被雨水冲刷出来的青砖地基脚，以及山坳里的茶亭子，才依稀留下了过去古镇繁华热闹的痕迹。

何为从小耳濡目染，虽然也懂一些中医中药，但终究经不起时势变化的诱惑，没再做郎中，学校出来后便独自来了东都打拼。父亲大概是看到镇子已经破落成了村子，不再需要守护祖上的遗训，加之上世纪九十年代以来西医兴盛，日渐挤兑中医，除非是大医院里治不了的疑难杂症，或者是村里一些看惯了中医的老人会来找父亲看病以外，一般人有个头痛脑热，小毛小病的，反而都去看西医了。父亲便也由了何为，没逼着何为继承祖业。

多子多福是中国人几千年的观念，父亲自是不能免俗，何况还有一个数代单传的魔咒需要打破。让人丁兴旺起来，恐怕不仅仅是父亲一个人的愿望，也许祖父、曾祖父、高祖父，他们都有过吧！何为自己又何尝没有过这样的想法呢？何为知道自己其实应该是有过一个姐姐的，不过这个姐姐，因为坏了胎气，所以一出世便是没了气的。如今柳依怀了二胎，父亲坚持要她生了下来，何为自是理解。

等到小宝出生前一晚，柳依半夜里见了红，痛得不行，何为慌慌张张把柳依送到医院，留下何必然一个人在家。到了天亮，还没有动静，何为又急急忙忙赶回家给何必然弄了早餐吃，送他上学。回到医院，柳依在产房里痛得撕心裂肺，呼天抢地的，医院走廊里都能听到，让人瘆得慌，却就是生不下来。何为急得不行，心里直打鼓，给岳父母打电话，请他们抓紧买票过来，帮着照料几天。又给父亲打电话，想要讨个中医的法子。电话还没有挂，"嗯啊、嗯啊、嗯啊……"一阵婴儿的啼哭声传来，竟是生了。护士抱出来给何为看，说是个"带把的"！何为两手交叉在一起，结了一个太极阴阳印，举在眉心，念了一声"药王爷赐福"，样子很滑稽，把护士笑坏了。总算母子平安，一家人的心都定了下来，何为当场就给小宝取名一个"定"字，寓意"定心"，也暗里定下决心，过几年要再买一套房，专门给小宝的，现在的房子则给大宝。何为有时候与柳依打趣说："这辈子郎中没有当成，却命中注定，是要当房奴到老的了。"

三

　　何为再次出门，已经八点一刻了，抱着小宝一路小跑，到了车库，启动汽车，车还没有预热好，就开动起来。托儿所离家不远，方向和何必然的学校正好相反，只过一个红绿灯，再走几步就到了，开车就是踩一脚油门的事。到了托儿所，老师在门口等着小朋友们，何为给老师打了招呼，拉着何定然的手，对他说："然然，早上见到老师，应该说什么呢？"

　　何定然摇了摇爸爸的手，昂起小脑袋大声说："妈——妈——老——师，早！"

　　老师过来抱起何定然说："然然早，和爸爸再见！"

　　"不要再见，爸爸和我一起玩游戏！"何定然伸出双手，要往何为身上扑。

　　"爸爸晚上和然然玩，现在是和小朋友们一起玩的时间，是妈妈老师带着小朋友们一起做游戏的时间。"何为说完，掉头就要走。

　　"我不，我不，我要爸爸，爸爸一起玩！"何定然在老师怀里扭动着，双手乱舞。

　　何为看着不忍，刚想去抱下他，手机却响了，只好拿出手机，和老师打招呼再见。老师说："然然爸爸，你走吧！没事的，他等会儿就好了。"

　　何为快步回到车里，按下手机听筒。

　　"何先生伐？侬了了撒地方？"电话那头飘来一个不紧不慢的女声，一口吴侬软语。

"贾小姐，对吧？我在地铁站附近，您在哪儿？我马上过来！"何为忙回道。

"微信呼你，你没回，我给你发定位了，我在乐购正门路口等你。"女声一下变成了普通话。

"不好意思呵，早上没留意微信，我五分钟到，您稍等。"何为说完，挂了电话，打开微信，刚把手机架在仪表盘旁边的手机架上，电话却又响了。来电显示的是一个固定电话号码，何为对这个号码很熟悉，是何必然学校门房间的电话，他常用这个电话给自己打电话。

"老爸，对不起！我忘记带这个月的午餐费和缴费通知回执了，老师赶着要收。"果然，是何必然的声音，话说得有点畏畏缩缩，显然是怕爸爸责骂。

"你怎么总是丢三落四呢？"何为急着要赶时间，便没有好气地回了他，话一出口，却又有些过意不去，觉得孩子已经意识到错了，一大早责怪他，实在不应该，忙换了委婉的语气说："你放在哪里？我回家取来帮你送过去，放在门房间，你下课的时候记得去拿。"

好在去学校和到乐购接人，绕道不远，挂断何必然的电话，何为只好又给贾小姐去电话致歉，告诉她还得耽搁一刻钟，自己落下东西在家里了。

何为对学校的各种回执，颇有微词。回执种类繁多，节假日放假通知、缴费通知、考试安排通知、春游秋游通知、家长会通知，都要回执；还有防沉迷手机游戏、网上安全教育学习、防溺水、季节性流行病、交通安全这一类的提醒或者学习材料，也是少不了要交回执的；就连扫黄打黑、禁毒、反邪教、防电信诈骗、各类调查问卷，和学校相关的不相关的，也都一股脑儿由学校发下来，要家长签字，让孩子带回执去学校。要是第二日没有及时带去，老师必定会打电话追过来，或者在家长群里吆喝，要家长当日安排时间送去，好像是十万火急的大事一样，一刻也耽搁不得。

何为有时候就想，难道在老师眼里，每家都是有老人在照看孩子的？或者家长都很闲，不要上班不要工作，时刻待命在家，等着被学校和老师召唤？当然，也许老师出发点是好的，是想让孩子养成良好习惯，提升自我管理能力，不丢三落四，不拖拖拉拉，或者培养孩子纪律性，让孩子能令行禁止。可是，孩子毕竟是孩子，偶尔忘记带了，也没有必要这样急巴巴地让家长当日送过去吧？孩子第二日带去，会误什么事呢？

还有午餐费，非得要孩子每次带现金去，而且还得在纸币上写上学号和班级，现在电子支付这么发达了，菜市场买个小菜都可以扫码支付，为什么非要交现金，搞得这么麻烦呢？何为是有些弄不明白的。

急吼吼地回家取了回执和午餐费，再送到学校门房间，一路竟然没有怎么遇到红灯，只花了十分钟，何为方才从容一些，又给贾小姐去了电话，告诉她自己马上就到。

贾小姐是网上约好坐顺风车去吴州的。何为早两天在网上发了一条顺风车信息，心想若是有人坐车，捎带到吴州，多少可以赚个来回的油钱，要是回程也带个人，高速公路通行费也有了。可惜只有一个去程的，约好早上八点半去接她。大概是因为回程时间有点晚，要晚上九点十点以后，所以一直没有人联系。

车子很快到了乐购前门路口的红绿灯，远远看到一个穿着米黄色风衣的女子，披着一肩秀发，手里提个电脑包，站在马路对面的人行道上。等绿灯一亮，何为松开刹车，打好右边转向灯，一溜烟就到了女子身边，把车停住，按下车窗，招呼道："贾小姐吧？"

"对的，何先生，对吧？"女子微微探下身子，对着何为说。

"抱歉，我迟到了将近二十分钟，快上车，您坐后排吧！"何为再次致歉。

女子拉开了前门，一欠身，坐到了副驾驶座上说："我坐前排！"

"行，您喜欢前排就坐前排吧，麻烦系好安全带！"何为嘴里说着，车已经开动了。

女子自顾把座椅往后调了调，半躺着坐在车里，拿出手机不断拨弄着，漫不经心地问道："一个小时能到吴州吗？"

"有点危险，不堵车的话，大概八十分钟，堵车的话估计得两个多小时了。"何为一边开车，一边扭头瞄了一眼贾小姐，竟然看不出年龄，像二十七八岁，又好像三十五六岁。便接着说："现在上下班高峰，这段路有点堵，上了高速，就快了。"

两人聊了几句，贾小姐只顾看手机，仿佛忽略了何为的存在，没有了声音。何为也就专心开车，脑子不时掰扯着工厂和今天去吴州要办的事。

前几年，手机从3G过渡到4G，手机性能不断提高，带动了移动互联网的快速发展，手机材料和工艺，也跟着不断更新。突然有一天，校友蔡进打电话给何为，说有没有兴趣一起投资一家镁合金压铸工厂，专门做手机中板加工。蔡进在南方的寮城开模具厂已经有些年头了，何为接了他的电话，反应有些冷淡，压根就提不起兴趣。自己没有过做工厂的经验，做熟不做生，隔行如隔山，水深水浅，何为还是知道的。

当然，何为也没有什么大钱，就是手头有一点钱，也是应急用的。下面有孩子，上面有夫妻双方的父母，四个老人，家里万一有个突发事件，要是没有钱，会很悲催的。何况还得积攒下钱来，过些年给小宝买房。蔡进却很执着，以为在电话里没有把事情讲透，专门从寮城飞到东都，拿着商业计划书，同何为聊了一个晚上。何为终究没有经得起诱惑，就拿了留着应急的钱，做了他的股东。当然，仅仅是一个小股东。

智能手机是一个技术密集型产业，更新换代快，需要的配套供应商也多。何为想，能打入这个行业，哪怕给他们供应一颗螺丝钉，那量也是不得了。手机厂体量大，只要能做供应商，业务会比较稳定，虽然前期有账期，但是不怕烂账。何为也下功夫研究了镁合金手机中板产业，发现确实还是一项新业务，手机中板使用镁合金的还不多，会成为一种替代趋势。而且手机中板这么薄，只有几克重量，有一定技术门槛，当时的镁合金压铸厂，能做手机中板的工厂并不多。而蔡进谈好的合伙人中，就有一个是在大型镁合金企业里面做过技术负责人的，厂子开起来没有工艺和技术上的后顾之忧。

何为参与进去，却并不参与工厂的经营，纯粹当个投资人，也就当成买个基金炒个股票，快进快出，赚了钱，就收回本钱。不过工厂有事情，在自己力所能及的范围里，也尽力帮衬着。

哪想工厂开了两三年，工厂规模倒是看着上来了，却还没有分到一次红，更不要说拿回本钱了。第一年基本是在搞建设，安装机器，培训工人，试产，提高单机产能，一项项忙过来，全年都在投钱。第二年，一切都走上了正轨，单机产能也上来了，合格率也提高了，却打不进手机厂，无法给他们直接供货，只能接些二手订单。二手订单利润不高，量也不稳定，工厂基本只能维持开支，让机器正常开动。不想今年一过完春节，订单却一下子就猛增，机器开足马力三班倒也忙不过来。眼看着有订单不做也不行，只好硬着头皮又上了几台新机器。谁知新机器刚刚投产，做镁合金中板压铸的工厂仿佛一夜之间就冒出来几十家，竞争随之变得惨烈，同样的产品，价格掉了一大截，看着业务量大，算来算去，赚头还不如从前。

这样一来，工厂做也不是，不做也不是，前景一片黯淡，股东们的心眼看就要散了。情急之下，蔡进召集大家开了几次会，每次开会，何为也不得不去。

开会让何为对眼下局面的严峻性，有了深刻认识。做手机中板压铸的，建厂和发展的时间，都集中在这两三年，可以说是一窝蜂上来的。大家都是从几台机器起步，两三年工夫，就都做到了十几台机器，多的做到七八十台。按蔡进的说法，似乎大家都没有真正赚到钱，即使赚到了，也都投入到新的机器里面去了。无论蔡进说这些话的目的是什么，有没有自我开脱的嫌疑，但是事实就是这样的。随着机器增多，规模增大，需要的流动资金也越来越多，压在终端机厂家的货款也越来越多。新的工厂越来越多，每家工厂又都在增加机器，为了竞争，出货价格自然一家压得比一家低，行业利润跟着大幅缩水。最近几个月，逐步就有一些工厂运转不下去了，机器开工严重不足，接着就陆续有工厂停产了。

蔡进是做过学生会干部的，从学生时代就练就了一套左右逢源的本领，毕业后也在国企里待过几年，见惯了领导们的讲话艺术，又在商场上历练了这些年，因此很能掌握开会的节奏。讲完眼下的困难，他又说，世间的事情，总是几家欢喜几家愁，镁铝合金压铸行业也是一样，也还有一些是一派欣欣向荣的景象。他讲电动工具、汽车零部件、运动器材这些领域，看起来发展缓慢，一年最多也就增加一台两台机器，业务却一直都很稳定，利润也可观，客户还都是高质量的。他还说，有一家专做运动比赛用弓箭类产品的，一年竟然可以做五六千万的业务。

几次会开下来，倒是有些成果，股东们虽然各自还有各自的想法，但是也都认为，盈利的道路虽然曲折，但是"钱"景还是光明的。至少调子又逐步统一了，意思是工厂既然开了，就要坚定信心开下去，要想尽办法让工厂赚钱。

几年没有分红，何为原本以为这钱算是打了水漂的，虽是心痛，却也没得后悔药可吃，自然也怨不得蔡进，毕竟不是人家拿着刀子逼着自己投资的。过去开会，也无非是抱着听听蔡进讲清场方案的态度。鬼使神差的是，原先还只是投了一点钱，不想几场会一开下来，现在竟连人也一起投了进去，全职跟着蔡进做起了工厂。这次去吴州，就是为着工厂的差事而去的。

四

何为正在想着工厂的事情，冷不丁贾小姐突然冒出来一句："何先生，我好像见过你的，我想想，对了，你是不是何必然的爸爸？"

何为脑袋一时有些转不过弯来，也没有急着回答，转头打量了一下身边的贾小姐，就是没有印象，便问道："你认识何必然？"

"对啊，我女儿和何必然是同班同学，我是沈婷婷的妈妈！"贾小姐显得很兴奋。

"哦，这么巧，这是要中彩票的节奏啊！重新认识一下，我是何必然爸爸，何为！"何为觉得实在太意外了。

"无巧不成书嘛！我是贾慧，沈婷婷妈妈。"贾慧说。

"可是我还真是想不起来我们在哪里见过呢？"何为还在寻思到底在哪里见过她。

"想不起来正常，家长会上我见过你，也见过你老婆，不过更多是见你老婆，我还加了你老婆微信呢！"贾慧解释道。

"不好意思哟，家长会一般都是孩子他妈在参加，我就参加过一两回，都是来去匆匆,也没留意大伙,没有机会认识各位家长。"何为有点不自在了,儿子的同学根本就不认识几个,自然也不认识沈婷婷。但是这么一来,两人自然就拉近了距离,说的话也就随便了许多。

"你家何必然是'牛蛙'呢!每次考试都在班里数一数二,听说数学每回都考一百分。"贾慧夸起了何必然。

"哪里啊,他是瞎猫撞死耗子,碰的!"别人夸自己的儿子,何为心里还是蛮得意的,嘴上却言不由衷。

"不带这么谦虚的,你家是怎么教育孩子的?我取取经!"贾慧说。

"也没有什么特别的教育啦!对孩子来说,现在还这么小,我就要求他玩,玩好了,才能学习好。"何为一直以为,对小孩来说,最重要的就是要健健康康、平平安安、开开心心,但是要懂规矩。

"玩都能成绩这么好?"贾慧带着怀疑的口气问,"何必然每天做作业到几点呢?"

"一般八点多吧,最迟不会超过九点,我们要求他九点半上床睡觉。"何为说。

"那你家公子效率高,学习很自觉,真是让人省心!我闺女每天磨磨蹭蹭,都要弄到十一点以后了。"贾慧说。

"那是睡得太晚,孩子还这么小,每天至少要保证睡眠十个小时吧!不过每个孩子都不一样,也不要太着急,慢慢来,主要是要弄清楚她究竟为啥磨蹭。"何为宽慰贾慧道。

"嗯,心里是这样想的,但是每次看到她这么拖拉,就总是免不了要发火。有时候作业没有完成,第二天老师又要来投诉,晚上看到孩子还是依然故我,会让人崩溃!"贾慧接着自我调侃说,"前段时间,朋友圈有个段子,说陪孩子写作业是一个高危职业,容易导致家长脑出血、心肌梗塞。

还列出了一长串讲座和书单，作为陪孩子写作业的必修课。"

"这个段子我也看过。"何为接过话来说，"第一阶段《亲密育儿百科》《孩子你慢慢来》《让孩子做主》，第二阶段《莫生气》《心经》《道德经》《论持久战》，第三阶段《心脏病的预防与防治》《高血压降压宝典》《强迫症的自我恢复》，第四阶段《活着》。"

何为一说完，两人便都笑了起来。笑过以后，何为暗自庆幸自己不用每天陪着何必然写作业，嘴上却说："真不要太在意，每个孩子都有优秀的一面，也肯定有成长的问题需要解决。何必然也不例外，这个学期一开学，班主任就总是向我们投诉，有时候在微信上说，有时候打电话，说他自说自话自作主张自以为是；说他品社课上读语文，扰乱课堂纪律；说他总是最后一个交描红本；说他数学课上大声接老师的话，引得同学们哄堂大笑，想吸引大家的注意。"

贾慧说："这不都是鸡毛蒜皮的事情吗？小题大做！他们班主任也真是的！"

"事情确实都是小事情，但是因小见大，一个人还是要从小事做起，老师对孩子严格要求还是好的。"何为本来想说，有些根本就不是事啊，譬如最后一个交描红本，能是事吗？总得有最后一个交的吧？还有些事情，老师觉得孩子不妥，直接批评，正确引导，要求他改正不就行了吗？为什么非得大事小事都和家长来说呢？是显得老师很关心孩子？还是这些问题需要家长来引导和教育呢？但是话到嘴边，又觉得不妥，万一要是这些话传到老师耳朵里，那就尴尬了。

"那倒是的，老师对孩子严格要求，说明老师负责任。"贾慧附和了一句，然后问，"何必然参加什么补习班？"

"补习班？"何为又有点反应不过来了，接着说，"这么小的孩子，就那么一点课程,没有必要参加补习班吧?"

"那你们选好上什么初中了吗?"贾慧一脸不相信。

"上初中还有选择吗?现在不都是按地段分配吗?"何为觉得贾慧的问题很奇怪。

"啊?你们家成绩这么好,没有打算去上民办吗?"贾慧侧过半边身子,像看怪物一样盯着何为。

"上民办?你说的是贵族学校吧?那不是我们去的哟,我们现在还挣扎在贫困线以下,正为解决温饱问题而奋斗呢!"何为揶揄道。

"行吧,不知道你是真糊涂还是假糊涂,不说这个了!"贾慧似乎有点扫兴,身子重新靠到了座椅上,转换了话题说,"您这是去吴州出差?"

"去谈点事,也算出差吧!"何为应付着。

"何爸爸是做哪一行的?"不知不觉,在贾慧嘴里,何先生变成了何爸爸。

"我做得杂,现在做镁合金压铸。"何为犹豫了一下,含糊着回答道。

"镁合金压铸?"贾慧似乎没有听明白,追问道。

"镁合金是一种新型材料,主要应用在笔记本电脑、手机、汽车等领域。"何为解释道。

"呵呵,这个太冷门了,我不太懂,赚钱吧?"贾慧说。

"赚钱谈不上,只是活着!"何为不太喜欢人家动不动就问赚不赚钱,觉得俗气。

"现在生意是挺难做,活着就好!"贾慧附和道。

何为敷衍着说:"您做哪一行?"

"我是做投资的。"贾慧轻描淡写地说。

"做 VC 还是 PE?"这下何为又来了兴趣,有想过帮助工厂引进投资,所以一直留意着风险投资方面的信息。

"都不是，是投资理财。"贾慧说。

"做基金？做银行理财产品？"何为追问。

"有点这个意思，但是我不是在银行做。"贾慧说完，又解释了一句，"P2P，你听说过吗？"

"明白了，这几年有点火。"何为对P2P没有什么兴趣，认为那是一个不太靠谱的行业。

两人突然都没话说了，何为一转念，就又在想自己的事情，想自己不知道究竟是哪根筋搭错了，辞职跟着蔡进来干工厂。

何为学的是自动化控制，只是阴差阳错进了互联网行业，一混就是十几年。这些年工作辗转变迁，也遇到了瓶颈，年龄大了，干不过年轻人了，职业空间已经顶到了天花板。当然，在这个行业待得久了，也有了巨大的心理纠结，具体是什么，也说不上来。互联网行业是个一日千里的行业，新的商业模式层出不穷，节奏快，加班多，是个年轻人的世界。每年新毕业的大学生就像海浪一样，一波接一波地扑过来，把上了年纪的人推倒在沙滩上。公司里奔四的人只有几个，何为就是其中之一，年轻的同事当面客气地称呼着经理或者自己的英文名字，背地里却都是"老何老何"地叫着。这个年纪，在互联网行业，叫作未老先衰。不仅仅是两鬓生了白发，主要是没有了向上的空间。人要是看不到前途，做事就会力不从心，思维迟钝。何为每天神情恍惚，一到下午就打不起精神，昏昏欲睡。添了二宝以后，更是加不起班了，只要逮着机会，就趁早往家里溜，希望能在孩子睡觉以前，带他玩一会儿。

蔡进动员何为到工厂里去，何为也正好为自己职业上的天花板苦恼，当然也是看到工厂虽然没有赚钱，但是机器还是添了不少，规模还是摆在那儿，如果转型成功，也许就会有另外一番天地。

一直耗在那里，不主动求变化，是眼看着没有出路的了，只能坐着等死，而要变化，又哪能那么容易呢？蔡进把快散了的人心重新聚拢起来，定下了新的经营策略：一是优化手机中板业务，发展直供客户，逐步淘汰二手订单；二是部分产能向汽车零部件和电动工具领域转型。

而蔡进真正看中的却是新能源汽车行业，想转型做新能源汽车镁合金零部件。镁合金在汽车领域的应用，越来越广泛，方向盘、仪表盘支架、座椅支架、轮毂，发动机盖、气缸盖、变速箱体、曲轴箱，车上随处都有镁合金压铸的部件。镁合金的应用，也在往新能源汽车渗入，纯电动汽车的电池箱、控制箱改为镁合金，有巨大的应用前景。

新能源汽车也是一个新兴的产业，孕育了二十年，这几年受雾霾引发的环保压力，以及国际能源危机影响，国家出台系列政策，扶持新能源汽车产业，整个产业呈现了井喷式发展。新能源汽车的销售，有国家补贴，但是补贴方案每年都在调整，能效标准每年都在提高。要提高能效，最简单的办法，就是车要轻量化。镁合金的密度只有钢铁的四分之一，也只有铝合金的三分之一，强度却不输给钢铁和铝合金，而且消震性好，还有良好的散热性，因此被新能源车企逐步青睐。

拍拍脑袋，做个决定容易，但是真要去实施，新问题又会层出不穷。新能源汽车零部件体积都比较大，目前的机器根本无法满足生产需求，必须要超大吨位的压铸机器，这是工厂的当务之急。进入汽车零部件领域，需要进行相应的认证，要获得汽车零部件的生产资质，这是行业准入的门槛。进入一个全新的陌生行业，客户资源一片空白，要从头开始，即使找到了客户，从接触到供货，流程和周期会很长。所有这些问题，都需要资金，需要时间，需要人去解决。

蔡进是个精明人，总能挑起大家的兴趣和热情，但是又能把困难一桩桩一件件摆出来，让人觉得要做的事情并不是可望而不可即的，不是伸手可触的，也不是用力跳起来也够不着的，而是用力跳一跳，就可摸到的。按他的说法，若是太容易的事情，那早就有大把人在干了，早已经没有了机会；要是太超前太难的事情，又会成为先烈，成为后来者成功的垫脚石。只有在最合适的时机做最合适的事情，才能四两拨千斤。最合适的时机，就是比普通人早那么两三步，最合适的事情，就是要看这个产业的发展趋势，是否是势在必行的，是否有国家战略作为背景。

蔡进讲的道理，也是不能太较真的。要是按他的说法，做智能手机中板，刚入行的时候，他说的不也是这个道理吗？他也是说比别人快那么两三步，智能手机更新换代快，用镁合金中板是一个产业趋势。可事实却狠狠地打他脸了。这些何为只能暗地里想，不能当众拆他的台。

做新能源汽车这块业务，是需要有专人去负责的，蔡进刚有转型念头，估计就已经打定了何为的主意。说若是何为不干，也是需要招人来做的，但是招的人干不干得好，真不好说。转型成不成功，关键得靠人，而创业期的小企业，靠招来的人，是靠不住的，得靠自己人，靠合伙人。末了他丢下一句："难道你何为就愿意一辈子按部就班？"

这句话，对于何为来说，即使说不上是当头的棒喝，也无异于是心灵的一次叩问。何为过去的工作，都是按部就班，没有大的盼头，也没有大的风险，虽说加班多了一点，倒也稳定安逸。这么多年来，看到同事们一波又一波出去创业，一轮轮地拿风投，自己也不是没有眼红过，也有过冲动和梦想，甚至也设计过几个自认为有巨大创新的商业模式，做过几次商业计划书。可拿着商业计划书，去谈了几个天使投资以后，便都没有了下文。没有下文，兴奋期慢慢过去了，便又回到了正常的生活轨道，恋爱、结婚、生子、供楼。隔几年在网上更新一下简历，拿一个更好的offer。后来不时听到哪个创业的前同事失败，从媒体上看到哪个创业的前同事又资金链断裂，自己反而暗自庆幸，庆幸自己没有去冒险，不要去背负失败的痛苦。

也许是安逸得太久，也许是麻木得太久，当蔡进这样一说以后，何为便一直在问自己：为什么就不能冒一次险呢？为什么就不能让自己去搏一把呢？为什么就不能让自己做一次人生的挑战呢？

何为最终答应到工厂，是做足了思想准备的，柳依却还是担忧，何为竟说了几句豪气的硬话：无非就是脱一层皮，剐一身肉，怕什么呢？万一要是成功了呢？

转型的事情，千头万绪，首先要解决的就是大型压铸机的问题。要是买新机器，国产的也得好几百万一台，不现实。工厂的资金本来就捉襟见肘，如今要转型，实际上是在螺蛳壳里做道场，机器只能在融资租赁或者二手货上做文章。

何为把信息散了出去，想不到，只有几天工夫，吴州的一位朋友，就给何为提供了一条信息，约好这日去看机器。

车一下高速，贾慧要给何为车费，何为没好意思要，两人几番推让，就到了贾慧要去的地方。

五

吴州的朋友叫方圆，相识的时间与何为到东都的时间差不多长。刚来东都时，何为入职的公司主要是开发各种在线应用小工具，如万年历、黄道吉日、星象查询、血型与性格这类玄之又玄的东西。公司统共就十来杆枪，典型的三少一多公司，人少、工资少、福利少、事情多。何为参与的是万年历和黄道吉日项目。工具开发出来以后，便找大大小小的网站谈合作，尤其是大的门户网站，把开发的工具嵌入到这些网站，成为他们某个频道里的应用小程序。那时候，反正是典型的月光族，每个月交了房租，吃光用光，一时也不会有买房谈恋爱的奢望，觉得那是遥不可及的事情。人的期望不大，反倒是无忧无虑，下班后便有大把时间。而打发时间的方法，就是去交各色的朋友，线上的线下的，参加各种聚会，老乡会、校友会、驴友会、读书会、创业会。只要想动，每个周末都可以排得满满当当的。人们参加聚会的目的，并不是纯粹地为交朋友而交朋友，更多的是想积累人脉资源，获得发展机会。何为的想法就是接点外单，干点私活，赚点外快，积累点项目经验，为跳槽做准备。

和方圆的认识，是在一个创业沙龙上。在这种沙龙上，与会的人，一般都要做自我介绍。何为做完自我介绍以后，就有人凑了过来搭讪。这是一位蓄着长发扎着马尾的男子，三十来岁，虽是圆脸盘，却也眉清目朗，看着放荡不羁，实则彬彬有礼，他自称方圆。方圆说："一直想找个兼职的程序员开发一款算命软件，却苦于找不到合适的人，刚才听你提到目前在做万年历和择日程序，这和算命软件很是相关，不知道有没有兴趣合作。"何为从小接触中医，对阴阳五行自是不陌生，虽然不通八字，却也听说过《三命通会》《子平真诠》《滴天髓》这样的命理古籍，听说过民国韦千里、当代邵伟华这类算命大师的名字。两人一聊，谈不上相见恨晚，却也挺是投缘，交换了MSN、QQ和手机号等当年时兴的一连串联系方式。

做算命软件并不复杂，对代码的要求也不高，但是，要想做出这套软件，不精通命理知识，却是想都别想。而要学习命理知识，难就难在这是一套学校里不曾学习过的知识体系，一切都得从零开始。从认识甲乙丙丁戊己庚申壬癸，子丑寅卯辰巳午未申酉戌亥开始，要用天干地支来计时，把人的出生年月日时，都转化为天干地支；要懂得五行的阴阳生克，干支化合，刑冲克害；要熟悉六十甲子纳音，十天干生死旺绝，八字旺衰，格局，用神，六亲，神煞，胎元，大运，小运，流年……

两人自此天天在网上探讨交流，每到周末便碰面，耗了一年多时间，没日没夜地，总算把第一版软件开发了出来。软件出来后，何为换了工作，新的公司规模大了许多，待遇也跟着提高了不少，不过加班一样多了起来，为了赶项目在办公室里打地铺是常有的事情。这样一来，便没有时间去帮方圆做维护和升级版的开发了。方圆做算命软件，也只是因为爱好而带来的一时冲动，并没有想着要达成多大的商业目的。软件开发出来以后，就放在软件下载网站上，供相关爱好者下载使用。软件有试用版和正式版，用户试用过后，要是喜欢，便需要交年费，才能使用正式版。年费并不多，一年百十来块钱。而实际上，下载使用正版的人却并不多，反倒是破解了序列号使用盗版软件的比比皆是。时日一久，更是有人破解了源代码，在此基础上进行改版，放到了网上。后来更加人性化和专业化的相关软件日渐多了起来，方圆便也索性不再去管这软件的死活了。

项目虽是无疾而终，可是方圆该给的开发费都是按时给付的，就连后续答应给的年费分成，虽是不多，也一分不少地给了何为，让何为对他很是敬重。何为因着做这软件，竟也喜欢起算命卜卦这一套东西来，不小心成了半个算命先生。更难得的是，两人虽是没了项目的合作，交往却一点没有少，十几年下来，时不时地便见个面，见面了便闲扯喝茶，喝完茶喝酒，性情越来越相投，竟是成了难得的好朋友。

何为兜兜转转地到达方圆处，已是十点半。方圆一见何为出现在门口，便从屋里迎了出来，一把握住何为的手说："兄弟，我们先去外面吃饭，吃完饭回来，我给你喝一款好茶！"

何为说："还得抓紧去看机器呢！吃饭就不到外面去了，叫盒客饭在办公室里吃吧，饭前先喝泡茶，等饭来了吃完就走。"

"也行，就听你的！"方圆也不和何为客气，说，"这个茶，你先听听名字——檀口搵香腮，有意思吧？"

何为笑了笑说："这名字怎么这般香艳？'半推半就，又惊又爱，檀口搵香腮'，这不是《西厢记》里的桥段吗？"

"要的就是又惊又爱啊！因为这茶一半儿红一半儿绿，红绿相间，泡出来的茶汤，也是红中带绿，绿中带红。"方圆也是一笑，一边说着，一边从檀木陈列柜上搬出一个精美盒子，盒上画着牡丹，又是大方又是艳丽。盒子打开，有两个装茶叶的罐子，罐子是青花瓷，罐口封了蜜蜡。方圆用美工刀将蜜蜡刮开，打开盖子，一股淡淡的茶香扑鼻而来。

方圆喜欢品尝各地的名茶，白茶、普洱、金骏眉、龙井、铁观音、碧螺春、单枞，都有收藏。方圆喝茶，会用精致的茶具，而且每一种茶，用的都是专用的一套茶具，说是这样不容易串味。白茶、绿茶用瓷器，普洱、红茶用紫砂壶。喝茶的过程，更是复杂，什么茶，用什么样的水，水什么温度，茶要泡多久，都会极其讲究。用他的话说，喝茶喝的是过程，喝的是氛围，也喝的是文化。喝茶谈事，会让人说话慢条斯理，有足够的时间去思考，说出来的话，不会有差错。

喝好茶自然要用好茶具，这回方圆却只拿出一个玻璃茶壶，放在黑檀茶海上。茶杯则用的是菩提叶盏，杯底有一片鎏金的菩提叶。摆好茶具，他又拿出几瓶水来，一边开水一边说："这是从西藏运来的冰川水，开采地点的海拔高度在 5100 米。"

水一烧开，方圆用开水烫了一下茶壶和茶杯，又倒入一些凉水到烧水壶里，说："泡这个茶，水温只能八十度左右，否则茶就走了味。"接着便用茶勺在茶罐里取了几勺茶叶，放在玻璃壶里，茶叶看上去，也没有什么特别，倒和金骏眉的样子有些类似。等茶壶里加了水，头汤倒掉，再续水以后，茶叶就跟着醒了，这才看出和金骏眉的不一样来。只见茶叶在玻璃壶里一片片漂浮起来，有的红，有的绿，仿佛刚刚睡醒的美人，神态娇羞欲滴。屋子里不知怎的突然有了音乐声，听着像是道家音乐《春景融和》。一转眼工夫，泡在壶里的茶叶，散得更开了，每一片都仿佛在水里翩翩起舞，像极了飞天的仙女。

方圆将茶汤倒入菩提叶盏里，何为迫不及待地端起茶杯，抿了一口，醇香绵绵，如饮甘露，如吻香腮，真是又惊又爱，让人欲罢不休。

"真是名副其实啊，檀口揾香腮！"何为小心翼翼地放下茶杯说。

两人一边品茶，一边聊茶，方圆便说起了这茶的来历。

"这茶叶，来自闽东靠近浙南的一座山上，那是一座有着神话故事的山呢！"

"什么神话呢？"何为问道。

"那山朝着海，山顶矗立着两块巨石，和山上其他石头的质地都不一样，像是飞来之石一样，很是突兀。两块石头皆是两丈来高，十丈见方，两石相距数十丈，奇怪的是两块石头的颜色、纹路却都一样，怎么看都觉得原本是一体的，只是被人劈为两半而已。而且朝天的面都平整光滑，好像是被人细细打磨过的，如一面镜子般。"

方圆说的时候，眉飞色舞，抑扬顿挫，滔滔不绝，仿佛此刻正站在那山上的石头旁一样。何为不敢打断，只是好奇地听他说了下去。

"那又是谁有这般大的力量,能将这么大的石头劈为两半,打磨以后,搬开数十丈远呢?当地人说那是昆仑山的两位神仙吵架,以霹雳劈开了山上的一块巨石,各坐一块,飘在空中,两人就在石头上隔空论道,论道时盘腿而坐,累了便以石为床而眠。不想一晃竟然过了九九八十一天,石头在空中像云一样随风飘移,载着两位神仙飘到了东海边上,两位神仙看到大海,方才相视一笑,停止了争吵。而那两块石头,也就留到了海边的山顶上。所以当地人称这石头为神仙石,山为神仙山。神仙石被当地人世代供奉,常年香火不绝。"

"那也只是传说吧,当不得真的!"听他说完,何为便道。

"这种传说,自是难以考究,只是这神仙石,却还有一个诡异之处,南边的一块,用罗盘置于石上,罗盘指针会转动一百八十度,指针由南指向北。而北边的一块,则没有这诡异之象。"方圆接着说道,"这我可是带着罗盘实地去勘探过的,一开始我以为是罗盘出了问题,又用手机上的指南针试过,才知道确实如此。"

"哦?有点意思,那确实是神奇!"听他这样说,何为也是诧异,想不明白其中的奥妙,便问道,"那和这茶又有什么关系呢?"

"当然有关系啦!这'檀口揾香腮',就是产自这山的半山腰上。"方圆说,"这个茶稀罕得很,我也是朋友送了这么两盒。一直舍不得开,等兄弟来一起品品。"

何为和方圆聊天,都是信马由缰式的,没有特定的主题,天南海北,东拉西扯,聊到哪儿算哪儿。有时即使有正儿八经的事情要谈,也是三言两语就聊完,聊完以后,接着闲聊。这会儿两人又由茶聊到命理术数上。方圆对这些东西,有些痴迷,算得上大师级别的人,却又不以此为生。用他自己的话说,他是属于"书房派"。算命的分为两种,一种是江湖派,一种是书房派。江湖派重视应用，是以算命当职业，以之作为谋生的手段。而书房派，则重视理论研究，喜欢著书立说，纯粹当作个人爱好玩玩而已。当然，这也仅仅是近代的说法，自古以来，读书人都是要读《易经》的，《易经》是五经之一，群经之首，而算命卜卦，又都源于《易经》。古代推算历法、祭祀、占卜都是朝堂大事，所以书房派算命大师，都是立于庙堂之上的。

何为本就相信命运，自从给方圆做了那算命软件以后，更是通了命理，但是经历过这十几年以后，却又有了不同的认识和看法。在何为看来，人的命运既然都能算得准，那就是命中注定的了。既然是命中注定的，那算命又有什么用呢？难道还能改变命运吗？如果命运是能改变的，那算命又怎么说是准确的呢？心头有了这些纠结以后，也多次和方圆探讨过，可惜都是没有结果的，何为总觉得他并没有解开自己的疑惑。这会儿又聊到这个话题上了，方圆说："命运从某种意义上讲，是可以改变的，出家之人，就不在五行之中，若是一心向善，诚心礼佛修道，命运或多或少，都有改变。明朝嘉靖年间，浙江嘉善有一位袁黄，江西有一位俞都，就都曾改了命运。"

"袁黄后来改名叫了凡，写了《了凡四训》，俞都的事情，则被今人拍成电视剧搬上了荧屏，叫作《俞净意公遇灶神记》，这些我都用心看过的。"何为接了方圆的话道。

但是这并没有解开何为心中的结，方圆也没有揪着要继续探讨这个话题，而是莫名其妙地说："未来是未知的，人的一生很漫长，什么时候要发生什么事情，谁也不知道。因为人对未来是恐惧的、充满好奇心的，每个人便都想了解未来，把握未来。正因为如此，算命才有巨大市场。从这个意义上讲，算命实际上带有一种心理学的属性。去寻求算命的人，其实也就是为了寻求一种心理上的慰藉，而算命大师，不过是披着术数外衣的心理医生罢了。"

何为不知道他突然说这话是什么意思，正在思量如何接话，叫的客饭却到了，前台送饭进来，方圆起了身去招呼。何为近来对八字的看法，模模糊糊地，有了一种新的概念和认识，把八字当成了一套哲学系统来解读，一套基于中国传统社会伦理纲常的人生哲学系统。这种概念呼之欲出，但是具体的、更深的剖析，却还没有形成。刚才本想说说的，此刻因打断了话头，便没有再继续。

六

出售二手压铸机的厂家，在吴州西北方向的一个工业园区，说是工业园区，那里实际上是一片城乡接合部。工厂独占一个院落，门前是一条大马路，周边建筑稀稀落落。院子西边有两栋蓝顶彩钢屋顶的单层厂房并排着，东边是一栋三层的小办公楼。厂房看上去很大，目测下来，一间有五千平米以上。工厂里见不到几个人，没有忙碌的身影，也听不到机器的轰鸣，院子靠边堆着一些托盘和杂物，尤显荒凉。方圆带着何为赶到那儿时，何为手机里设置的午间闹钟响了起来，十二点了，正是饭时。看门的老头放下端在手里的不锈钢饭盆，用手抹了下嘴，把两人引到办公楼，交给了一位姓司马的经理。

落座以后，方圆给何为与司马做了介绍，各自客气地寒暄了几句，何为便直奔主题，问他们的机器原本生产什么产品的。司马经理说："我们一直在做自行车一体化轮毂，山地自行车和公路自行车轮毂都做。"

"那这个业务应该比较稳定啊，竞争也不会太激励，我们做了几年镁合金压铸，做自行车轮毂的，还第一次碰到。"何为说。

"是的，生意一直很稳健，利润也不薄，一个山地自行车的轮毂，出厂价有一百五左右，死飞的轮毂，出厂价更高，要超过三百了。"司马说得轻描淡写，眉头却锁着，眼神也有些迟滞。

"那怎么就要卖机器了呢？"何为问道。

"唉！"司马重重地叹息了一声，接着说，"三年以前，工厂接到一个订单，做共享单车轮毂，产品出厂价也不错，虽然利润没有原来高，但是业务量实在太大了，可以说是一下就飞了起来！"

何为注意到，司马经理说到这里，突然像换了一个人，眼睛发光，眉头也舒展开来了，整个人都精神起来，仿佛回到了过去的高光时刻。

"订单每个月都在翻倍，根本生产不过来，只好把原来的业务都砍掉，专门生产共享单车轮毂。但是产量还是跟不上，没有办法，一方面把订单发到外面去做，一方面抓紧买设备，建设新厂，就现在这个厂。"

何为和方圆都没再打断司马的话，只是静静地听着，两人不时相互交换一下眼色。

司马喝了口水，接着说："这个工厂，实际上只运转了不到两年，四五月份的时候，突然就结款不正常了。客户给我们结款，是三加二的模式，就是有三个月账期，再开为期两个月的承兑汇票。实际上等于是半年结款。"

司马经理突然打住了话头，又皱起了眉头，长长叹了一口气，从桌子上抽出一支烟，叼在嘴里，却找不到打火机。方圆从自己包里翻出一个，递给了司马经理，司马"啪"的一声打开火机，点起香烟，猛抽了几口，就在烟灰缸里掐灭了。

"共享单车，本来是个挺好的事情，改变了人的出行方式，解决了公共交通最后一公里的难题。可是随着资本的大规模进入，几家头部企业恶性竞争，打得死去活来。我们供货的也是一家头部企业，突然资金链就断裂了。城门失火，殃及池鱼！我们做供应商的跟着倒霉，也跟着资金断裂！"

司马经理越说越激动，声音越来越高。

"因为原来的业务都停了，只做这么一家客户，我们措手不及，一点回旋余地都没有。眼看着原材料供应商天天催款，眼看着厂房租金交不起，眼看着工资发不出，眼看着贷款还不了，眼看着工厂就散了！"

说到这里，他停下来，又点燃一支烟，吸了几口，声音低了下来，似乎在呜咽，显得很悲怆。

"建新厂投资就超过了一个亿，加上要压半年的货款，虽然我们也压材料供应商的款，但是压的时间只有两三个月，每月工资房租电费这些都是不能拖欠的。哪里去找这么多钱来周转呢？自然要到处去拆借。银行能贷一点，但那只是杯水车薪，更多只能在民间拆借，付着高额的利息。社会上那些借钱给我们的，一听到我们出事，立马就上门了，工厂的大门都被堵了一个多月，现在堵大门的倒是没有了，但是工厂的主要股东，走到哪里都有人二十四小时贴身跟着！"

何为听了以后，唏嘘不已，心里想，这不正应了手机行业里一位名人说的一句话吗？"站在风口上，猪都能飞起来"。可是风停以后呢？猪只会重重地摔下来，摔得粉身碎骨。风口有风险，看来还是得脚踏实地做事，不能迎风而上啊！否则会连命都没有。寮城工厂做手机中板不正是在风口上吗？现在考虑转型做新能源汽车配件，是不是也是在赶风口呢？如果电动汽车行业，也出现共享单车这种状况呢？那将如何应对？是否应该未雨绸缪，企业早点建立风险机制防控未知的风险呢？可是又如何建设风险机制呢？或者干脆劝蔡进散伙，还是不要做了？可是这几十年来，国家每一次经济腾飞，不都是风口吗？远的不说，就说最近二十年，互联网、电子商务、房地产、股票、高铁建设、移动互联网、自贸区，到现在的物联网和人工智能、新能源，又哪一个不是风口呢？每个风口上，都带动了不知道多少企业的发展，不知道让多少人赚得盆满钵满，让多少人功成名就。当然，在每个风口上，也不知道有多少企业，多少人，飞上天以后，又摔了下来。时代浩浩荡荡，每个人都会自觉或者不自觉地被裹挟着前行，根本由不得自己。后浪推前浪，前浪死在沙滩上，没死的就会勇立潮头，成为英雄。任何行业，真正的大赢家，都是寥寥无几，其他的都是陪练。陪练的能全身而退，赚点小钱，也是烧了高香的了，若是成了炮灰，也只能自认倒霉。

  关键是不能贪，要见好就收，要脚踏实地，做力所能及的事情。看着飞起来了，马上就要寻找安全着陆的办法。这时，何为脑子里各种念头，不断翻腾，一会儿信心百倍，一会儿又心灰意冷。

  聊了一阵后，司马经理带着何为与方圆参观了车间，看了看机器。一个车间是压铸车间，一个车间是后处理车间。压铸车间的机器安装在厂房两边，呈斜线形排列，一边安装了十几台。地板上划黄线的区域还整齐地堆放着一些没有来得及去毛边的半成品。机器上虽然落满了灰尘，却一点也遮盖不住机器的成色。让何为尤其意外的是，每台机器旁边都配备了机械手。

  重新回到办公室，何为准备详细了解下机器的性能，然后好好砍砍价格。可是刚一坐下，口袋里的手机就急促地响了起来。拿出来一看，是何必然班主任打来的，何为犹豫了几秒，就把电话挂了。嘴上对两人说："孩子班主任打来的，应该没有什么急事。"心里却在想，不会又是描红本最后一个交吧？或者是又在体育课上踢球把同学撞倒了？上周何必然体育课上踢球，和同学撞到了一起，同学倒在地上，脑袋擦破了皮。柳依那天正好出差回来，碰上这个事，一放下包，就匆匆忙忙赶到学校，和对方家长带着孩子去了医院，里里外外做了检查，还做了脑部CT，好在没有什么事，没有脑震荡，也没有后遗症。从医院回来，又买了水果去同学家赔礼道歉。班主任最近没完没了地投诉，让何为产生了条件反射，一看到老师的信息和电话，就头皮发麻，神经紧绷。刚才没接的电话让人定不下心，收不住神，满脑子想的都是孩子的事情，准备好的话，一句也讲不上来，只好由着司马经理和方圆两人说话。

好不容易收了心思，想要插话，电话却又响了，手机上显示的还是班主任的号码。看来一定有什么急事。何为突然就有了一种不好的预感，心一下就突突乱跳起来，难道孩子出了什么意外？这样想着，也顾不得场合，马上接通了电话。话筒里立马就传来班主任老师带着哭腔的吼声："何必然爸爸，何必然发疯了！他打了俞淼淼，还打了好几个人，还有两个女生，我们办公室的几位老师，一起拉都拉不住，他从食堂追到教室，从教室又追到办公室，一路追着同学打！"班主任老师"噼里啪啦"说了一大通，话筒那头不时传来各种吆喝声，声音极其混乱。

听了老师的吼声，何为的心反而不再蹦蹦乱跳了，孩子没有什么意外，孩子是安全的，只是又在学校闯祸了。班主任老师还在电话那头说个不停，带着哭腔，一会儿大声呵斥孩子，一会儿要求何为马上赶到学校。何为对班主任说："这会儿我在吴州，正开会呢，不能马上到学校！"

"那什么时候能到呢?"班主任追问道。

"原计划是要晚上才往回赶的,现在就是马上出发,也要两个小时,到学校得三点了吧!"何为嘴里应付着班主任,脑子里却在斟酌是否有必要马上赶去学校。

"就没有其他人能过来吗?"

"您稍等,我联系一下他妈妈吧!"

"电话一直没有人接!我是先打给他妈妈的。"

事发突然,老师的咆哮声让何为有些蒙,脑子里乱糟糟的,一时反应不过来,现在有了几分冷静,便问班主任:"您先别急,究竟是怎么回事?何必然又不是疯子,不会无缘无故就打人吧?"

班主任说:"中午在食堂就餐,俞淼淼不小心把饭菜洒在了他身上,他却报复人家,把自己的饭菜泼在了俞淼淼身上!俞淼淼拉住他的手,他就动起了手,打了俞淼淼,还打了旁边的两名女同学!"

何为听了以后,总觉得哪里不对,不像班主任说的这样简单,略一沉思,便说:"您这话不实吧?他和俞淼淼发生冲突,怎么还会去打周围的女同学呢?"

"不是故意的,但是也是打了!哪里不实了呢?"

"那是打了吗?应该最多是不小心碰到女同学了吧?他为什么要报复呢?为什么还要打俞淼淼呢?何必然不是疯子,心理上没有什么问题!早上我还送他上学呢,莫不是还有什么隐情吧?"

"他就是疯了!"班主任大声吼道,接着电话里又是一阵杂乱的大喊大叫,电话接着就断了。

何为的心情一时沉到了谷底,虽然知道孩子没有什么意外,但心里总是揪着,生怕不去的话,没有事情也会生出什么事情来。但是又实在不想从一百多公里以外的地方，火急火燎地赶去学校。班主任喜欢小题大做，总是把一些鸡毛蒜皮的事情当作问题来和家长沟通，搞得孩子就像一个问题孩子一样。上个学期，也是孩子的事情，当时正在开项目沟通会，班主任一通电话，硬是让何为扔下了会议室里的同事，十万火急地从单位赶往学校。从一环到二环，从二环到东西高架，绕到三环，上南郊快速干线，一路超速，生怕孩子在学校要出什么事情。一路上老师还不断打电话催，问到了哪里。原以为发生了什么大事，结果到了学校，一了解情况，却让人哭笑不得。原来课间操的时候，前面的同学报告班主任，说何必然做操的时候不认真，一直在搞怪做鬼脸。班主任攥着他的领口，把他从队伍里拧了出来，要他站到一边。结果课间操结束后，他竟然还站在那里，一动也不动，不回教室。老师劝他，他却只是偏在那儿，一句话也不说。班主任便去拉他，结果越是拉扯，他越是来劲，就是不动。何为问他为什么站那里不回教室，他说："老师太不公平了，明明是他一直回头对我做鬼脸和各种搞怪动作，我才做鬼脸回应的。他告密，老师却只让我罚站，当着全校同学拧我出来，让我出丑。"

屋子里的场面一时显得尴尬和沉闷，方圆和司马经理也都没有说话了，一个抽烟，一个喝水，眼睛都看着何为。何为拨了一下柳依的手机，果然没人接听。方圆首先打破沉默，问道："孩子的事情？"

何为叹息一声，说："是啊，让人头痛呢！在学校打架了，老师打电话来投诉。"

"男孩子嘛，打架很正常，关键是要打赢，不能打输！"方圆安慰道。

"是嘛，男孩哪里有不打架的，我们还不都是打打闹闹长大的！"司马经理也附和道。

"打架可不好，无论打赢打输，伤了谁都麻烦。打伤了对方，要带人家上医院，赔人家医药费，人家家长还要找麻烦讨说法。自己受伤了，也要上医院，要承受皮肉之苦。何况现在人都越来越文明了，社会也越来越强调法治，不提倡用拳头说话。"何为连忙摆明了自己的观点。

班主任的电话又打了过来，何为等铃声响了三四次才接。"现在七八个老师拉着何必然，其中还有三个男老师，但是他的力气实在太大了，拉不住，他还动手要打老师，用脚踢门，我的手都被他抓伤了！"电话一通，她的声音又"噼里啪啦"地从手机里传了过来。

"那就放开他，让他出去，看他去干什么！"

"不行，万一他出什么事情，谁来负责？"

"要不先让俞淼淼同学回家，然后再让何必然回家？"

"我们负不起责，不敢放开他，万一他从楼上跳下去呢？"

"自己的儿子，我了解，放开他，他不会跳楼的，让他回去就没有事了！"何为说完，见对方没有接话，似在思考，以为她有了松动，便又补充道，"有事我自己负责，也不会找老师和学校麻烦！"

班主任却仍不同意，还是紧催着要何为抓紧赶去学校，何为被逼急了，就说："那就打110吧，要警察来处理好了！"

班主任说："你说的啊，打110！"

"是我说的！我又不能飞，就是立马出发，也不可能马上赶到学校！你说怎么办？"

"就不能想想办法吗？"

何为突然想到梁四化，就对班主任说："要不我让他表舅过来吧？他正好在我家附近，好吗？"

班主任连忙说："行！行！你要他抓紧过来吧！"

何为挂了电话，又拨给了梁四化，简单说了下情况，要他立马去学校。

七

今日不去学校是不行的了，设备反正已经看过了，也不是自己就能决定是否购买的，要等蔡进来看过，一起谈了价格以后，方可最终决定。眼下还有什么事情，比儿子重要呢？还有什么事情，能和儿子的安全相比呢？何为急匆匆告别方圆二人，开着车猛踩油门冲出了厂门。

车刚上高速，催促的电话又疯狂地响了起来，班主任问："孩子表舅到了哪里？"

"表舅应该已经出发了，我也在往回赶，您再等会儿吧！"开了一阵车，何为气已经顺了，说话不疾不徐的。不明白四化怎么还没到学校，只好打他手机催问。

"四化，你到了哪里？"

"姐夫，我正准备出门呢！"

"你还才准备出门啊？我都上了高速，你快点吧！老师又打电话来了。"

"助动车电不够了，我充点电。"

"唉！你就不能打个车去？"

高速上不是很拥堵，速度开到了一百六十公里，一路超越前面的车，手机导航不断提醒："您已经超速了！"何为不管不顾，只有在导航提醒前面几百米有违章摄像头的时候，才把速度放下来，过了摄像头又再次加速。

何为给柳依打电话，想问她是否已经接到了老师的电话，问她是否已经知道了孩子的事情。电话拨通，仍是无人接听。也不知道她干什么去了，为什么这么久不接电话，不是说今天中午蒋芙儿约她的吗？对了，给蒋芙儿打电话试试看。何为心里嘀咕着，稍微放慢了速度，空出一只手来在手机上翻出蒋芙儿的号码，拨了过去，响了几声，接通的却是录音："您的呼叫已转入联通秘书台……"

联系不上柳依，何为有些无名火，想东想西的，脑子里便翻腾起一些疙疙瘩瘩的事来，鸡零狗碎的。过去何为加班多，回家晚，柳依朝九晚五，离家又近，照料孩子时间便多一些。等生了二宝，休完产假，她却换了工作，离家远不算，还常加班，有时候竟然比何为到家还晚。这一两年，何为加班少了，柳依倒来劲了，时常回来晚不算，还时不时地出差，一出去就一周，家是顾不着了，孩子也跟着不怎么管了。手机又响了，是梁四化打来的。

"姐夫，我已经到了学校，你到了哪里？"

"还在高速上，估计还要四五十分钟吧！何必然怎么样了呢？你告诉他，不要冲动，我马上就赶来了。"

"我说话他不听！"

"你附在他耳边，轻言细语地跟他说话，给他说爸爸马上就来了，要他不要着急，有什么事情，爸爸来解决，他情绪就会慢慢缓和的。"

两个小时的路程，何为只用了一个半小时，赶到学校的时候，门卫好像认识他或者知道他要来干什么，没有询问也没有登记，直接就开了门让他进去。爬上教学楼三楼，走到五年级教师办公室门口，门关着，里面并没有班主任电话里听到的那种吵翻了天的动静。何为轻敲了两下门，开门的正好是班主任老师。老师个儿不高，从上到下的宽度和厚度却很傲人。她看到何为，少了往日见面的客套，只说了一句："你总算来了！"何为看着她脸颊上绷着的两团肉，一下松了开来，只是表情仍然活像老家傩戏的面具。

何必然就站在靠门的办公桌前，梁四化和数学老师一人拉着他一只手，校长和德育老师在旁边和他说话，还有几名老师散立在一边。周边的几位老师，有认识的，也有不认识的。认识的有英语老师、体育老师、年级组长。一大堆人挤满了办公室，一个个都好像是蜡像馆里的人像，各种姿态和表情集合在一起，却看不到面部肌肉的变化。

何必然瞪着眼睛，紧闭着嘴巴，腮帮子鼓得老高，一脚前一脚后，身体向前倾着，像是随时要挣脱。看到爸爸，他情绪一下就缓和了，表情恢复了自然，身子也站直了，梁四化和数学老师同时把拉住他的手放了开来。何为看着孩子，没有说话，孩子也看着何为，也没有说话，所有人都没有说话，都看着何为父子。何为的表情很平静，眼睛里什么也看不出。孩子的表情也平静了，眼里没有愤怒，没有冲动，没有害怕，也没有眼泪。只是额头上还微微淌着汗，脸颊上有一团不规则的黑灰，不知道是被汗水还是泪水淌过。校服上满是油污，腋下撕破了一大块，布条翻在外面，露出了里面的T恤。

英语老师首先打破沉默，指着旁边一位中年女老师说："这位是校长！"校长戴着精致的金边眼镜，却怎么也掩盖不住眼角的雀斑和细纹。英语老师又指着一位比校长略显年轻的女老师说："这位是副校长！"

"校长好！副校长好！我都见过的，见过的！"何为鸡啄米似的连连点头，和校长副校长打招呼。

校长面无表情，带着不容置疑的口气说："何同学家长，我们去隔壁教室谈谈吧！"

"我先和孩子谈吧！免得孩子等会儿又冲动，我先向孩子了解一下情况，我们再谈，好吗?"何为小心翼翼地回复着校长。

"让表舅在办公室陪着孩子，我们先聊聊!"校长语气柔和了些，话却仍是坚决。

何为看了看何必然，摸了摸他的头，又用手擦了擦他额头上的汗，柔声说："干吗要这么冲动呢？有必要吗？爸爸平常和你说过的话都忘记了？你先和四化舅舅在这里坐着，我去和老师聊会儿。"

跟着校长、副校长、德育老师、年级组长、班主任一行人到旁边教室，刚一落座，校长便说："何必然一看到爸爸来了，情绪马上就缓和了，看来还是只有爸爸才镇得住孩子啊!"

何为觉得校长用这个"镇"字，很是别扭，难道孩子是反革命，是暴动分子，是妖魔鬼怪，需要镇压？便纠正道："不是镇住孩子，是因为爸爸是孩子的定海神针，爸爸来了，他就有了依靠，有了安全感!"

校长愣了愣说："今天的事情，动静闹得太大! 俞淼淼的家长都来了，人家情绪很激动。班级里一般的事情，由班主任解决。班主任不能解决的，由年级组长解决，年级组长不能解决的，由学校德育老师出面解决，德育老师还解决不了的，副校长出面。今天副校长和我都来了，可是还是没有劝住孩子。我快三十年教龄了，做校长也做了十几年，原来做过九年制一贯学校的校长，现在做这所小学的校长，什么样的学生我都见过，可是像何必然这样的孩子，我只见过两个。一个到上初中的时候，连家长也放弃了，后来有什么事情，都是直接打110。警察带走孩子，也不能超过二十四小时，孩子还得有人领回去啊! 可是那孩子的家长，就是不去领孩子。实在没有办法，只好还是由学校出面去领孩子。可见那家长对孩子有多恨多失望! 一个就是何必然了，听说上个学期，也发生了一次动静不小的事情，当时不过还没有闹到我这里，在年级内部解决了。"

校长的话，听上去客客气气的，但是每句话都带着刀子，而且太武断了，怎么能这样判定自己的孩子呢？何为听得刺耳，脸憋得通红，心里不痛快，嘴里却只能先表明自己不纵容孩子的态度。

"实在很对不起！给各位老师添了麻烦！给学校添了麻烦！给校长添了麻烦！无论如何，今天的事情，说一千道一万，何必然动手打人，肯定是不对的。子不教，父之过，作为何必然的父亲，我是要负责任的！"何为停顿了一下，看了看众人，副校长像是要开口，刚吐出来一个字，何为就把她打断了，自顾自地接着说，"不过，何必然没有理由无缘无故打人，更没有理由打周围不相干的同学！是不是还有大家不知道的情况呢？"

校长说："那就由班主任介绍一下事情的经过吧！"

几位老师呈一字型并排坐着，校长坐在中间，左边依次是副校长、年级组长，右边依次是德育老师、班主任。一排课桌拼接在一起，形成一条长案，摆在他们前面。何为面对着他们，一个人坐在对面。好像对面坐着的都是面试官，自己是来求职接受面试的；又感觉在法庭上，校长是审判官，其他老师是陪审员或书记官，自己就像待审的被告一样。忽然察觉到这个场面，何为尴尬极了。索性把椅子往后挪了挪，用目光逐一扫了一遍在座的老师，然后停留在班主任的脸上。

班主任说："中午在食堂就餐，俞淼淼同学不小心把饭菜倒到了何必然身上，何必然竟然报复性地反泼了过去。俞淼淼拉住何必然的手，想阻止他，他就一拳打向了俞淼淼。俞淼淼个子没有那么高，不敢还手，就跑开了。不知道为什么，过了一会儿，何必然又追过去打。俞淼淼只好接着跑，他在后面追，一直追到了教室。我听到动静，跑过去一看，教室里乱成了一锅粥，急忙去制止。何必然讲不听，我只好先要俞淼淼到办公室里来，他竟然追到办公室来了。俞淼淼吓得直哭，我去拉何必然，可是哪里拉得住他，办公室的其他老师就过来帮忙。何必然力气太大了，我们几个老师都是女老师，拿他一点办法没有，他又挣扎又踢门，还差点打到我了。后来找了几名男老师来，关上门，才勉强把他控制在办公室里。在食堂里，他还碰到了两位女生，一个是沈婷婷，一个是鲍佳琪，当然，应该不是故意的。"班主任说完，就拿出手机，给何为看俞淼淼父母发来的照片，一条胳膊上显出一块淡青色的伤痕。

何为一看，意识到孩子确实动手了，忙说："那先带俞淼淼到医院去，其他事情，等去完医院回来再说不迟，俞淼淼的医药费我来负责。"

校长说："医院倒是不用去，去了也是皮肤浅表软组织挫伤，不需要治疗。倒是俞淼淼可能会受到惊吓，需要进行心理上的介入，不过我们学校心理老师会介入的。现在还是谈谈这个事情怎么解决。"

何为说："事情肯定需要解决，孩子的行为，我深表歉意！也会找对方家长，这两天带着孩子登门道歉。但是我还是想先和孩子谈一下，了解一下究竟是什么原因，才会导致他不依不饶。刚才班主任说的，应该还不是全部，我觉得应该还有没有掌握的情况，譬如，俞淼淼为什么要把饭泼到何必然身上？是不小心的，还是故意的？何必然为什么开始没有追着俞淼淼打，而是俞淼淼拉了他手以后，才追着去打呢？我记得老师电话里说，他还打了两位女生，刚才老师又说，碰到两位女生，而且特别强调不是故意的。到底是打了还是不小心碰到，这个区别可大了？女同学们有没有受伤，要不要去医院？我了解何必然，知子莫若父，他不会随便动手打人的，而且也没有打过人，更不要说莫名其妙打人了！"

校长说："对方家长情绪很激动，在等着要一个说法！我们还是希望你今天晚上就去对方家里，买一点水果，你或者你们夫妻一起去，不要带何必然去。"

何为不明白校长为什么不容自己先去和孩子沟通？这难道要花很多时间？非得只听一面之词，就匆忙下结论？道歉迟一点早一点，关系很大吗？越想疑问越多，便说："我需要时间找孩子了解情况，如果不把问题的症结弄清楚，我担心孩子还会出什么状况。即使今天晚上去，也至少要十点以后了吧！"

副校长打圆场说："还是早点吧！八点半如何？"

何为纠结了一阵，虽然心里不情愿，却还是勉强答应了副校长。毕竟是人家的孩子受了伤，无论如何，总是要去登门探望、道歉的。回头再慢慢和何必然沟通，也没什么不妥。

何为以为就先谈这些，接下来的事情，要等探问完俞淼森再说了，正准备要告辞，不想校长又说道："今天的事情，学校也要有个态度！我们希望家长能带孩子去看看心理医生，该治疗治疗，该吃药吃药！如果不去看医生，难保不会再发生类似的事情，出了事情学校可负责不起，那就只好请家长来陪读了！"

何为眼睛盯着校长，停留了至少一分钟，校长把眼睛转向了天花板，何为又朝其他老师一个个看过去，老师们看到何为的眼睛看过来，也都转开了，好像何为的眼睛有毒。校长前面说的话，夹枪带棒、武断专横，何为都唯唯诺诺，没有太坚持自己的想法，毕竟孩子是打了人的，无论有没有理，打了人理就要亏一大截。但是刚才的话，表面上好像还在关心何必然，要他去看医生，仔细一想，却是太刻薄太刺耳，意思是要么去看医生，要么陪读，不看医生不陪读，怎么办？她没有说出来！而话里的意思却明摆着：要不就休学，不要来学校了！可是孩子现在是义务教育阶段，学校没有权利开除辞退学生，所以出了这样的招来逼何为。话没有说出来，又不落下把柄，真是滴水不漏啊！

"心理学的东西，我也略懂一点，身边的朋友，正好也有好几位是心理学方面的专家，其中还有一位是专注于儿童和家庭的。我也经常就孩子的成长和教育问题向他请教，从来没有听他说，何必然可能会有心理问题。因此，他用不着去看心理医生，更不用服用药物。心理科医生一开药，那都是精神病的药，吃了会让人变得痴呆、迟钝、肥胖，这是要毁掉孩子一辈子的，不是精神病也会成为精神病。要怎样狠心的父母，才忍心让一个活蹦乱跳的孩子变成精神病呢？我肯定是不会让自己的儿子成为精神病的！何必然还是个孩子，一个还不到十一岁的男孩。他情商发育是有些慢，还很孩子气，有时候喜欢打打闹闹，有时候有点倔，甚至四年级开始，不会像以前那么讲得听了，但是这些我认为都是正常现象，是任何一个孩子都可能有的现象。何况他学习还那么自觉，很喜欢阅读，读了不少课外书籍。他从来没有参加过任何课外补习班，但是成绩哪一门都是三个A。也没有学过奥数，暑假的时候，他突然就对奥数有了兴趣，竟然自己买了几本书，自个儿学完了三年级四年级的奥数课程。他每天坚持练习毛笔字，几年里从未中断过。在班上还自发组织了足球队，体育课总和大家一起踢球。也喜欢体育竞赛，获得过不少学校和区里的体育竞赛奖牌。校长您说这样的孩子有心理疾患吗？需要吃药治疗吗？"何为有些激动，一口气讲了一大通。

何为说完，众人都没有开口，班主任接了话说："何必然是很聪明的，学习能力是很强，我从来没有说过他学习上的问题。我只是说他个性强，管不住自己，尤其不能控制自己的情绪。最近一个学期以来，他喜欢故意吸引别人的眼球，引起别人的注意！"

何为听了班主任前半截的话，以为她要缓和一下气氛，不要让大家这么针锋相对，不想后面半截，又说出一番莫名其妙的话来。如此也不客气地说："何必然个性强，是有一点的，不过，谁没有一点个性呢？至于吸引人眼球，引起别人注意，这是人的共性，甚至是所有动物的共性。狗见了人都知道摇尾巴撒欢呢！看看现在的朋友圈、微博、抖音，人人晒这晒那，发照片发视频，有的甚至故意演丑，哪个不是在吸引眼球？包括在座的几位老师，你们有没有在朋友圈里晒照片晒生活期望别人点赞呢？看看电视台那些综艺节目，哪个不是在吸引眼球？现在讲的不就是眼球经济吗？整个社会都在这样引导，引导人抛头露面，博眼球，带流量，大人都无法克制，何况一个孩子呢？孩子吸引老师注意，吸引同学注意，或者抢着回答问题，不就是希望得到老师的表扬，得到同学认可吗？有什么不好？"

说着说着，何为突然觉得这几句话，说得似乎过火了，如此换了语气说："当然，我说这些，并不表示我赞成哗众取宠，赞成各种不择手段吸引眼球的现象。其实何必然很在乎老师的。他每天都会和我说学校里的事情，哪节课上，老师提了他什么问题，他举了多少次手，什么时候帮着老师出了黑板报，什么时候帮着老师搬了东西，他都很高兴和我说。只是最近几周，老师好像不提他问了，哪怕很多时候，一些有难度的问题，只有他一个人举手，老师也装作不看见，直接忽略掉。"

校长说："看来家长对班主任有意见?！"

班主任说："其实何必然家长，无论是爸爸还是妈妈，和我沟通很频繁的，也很配合我的工作！"

"我担心何必然有骄傲情绪，所以总和老师一起商量，如何把握好尺度，既不挫伤孩子的学习热情，也不让他骄傲，更是要纠正他一些不良的习惯和行为。我们对老师没有抱怨的，校长您别误会！"何为其实对班主任是越来越有了一些看法的，认为她不懂得爱，对孩子没有爱；认为她不懂得因材施教，因势利导地引导孩子，教育方法过于死板；总把应该在学校由老师完成的教育推给家长。但是何为又不想班主任被校长抓住辫子，以后给她穿小鞋，影响她的工作考评，也怕因此与她的关系雪上加霜。毕竟孩子还要人家来教育，还要一个半学期才小学毕业，所以又向校长解释。

校长说："那看来何必然还是很上进的，也很聪明。这么聪明的孩子，如果性格这么倔强，将来会有两个极端，要么就特别优秀，要么就会总是闯祸！"

何为说："很倔强，我也很头痛呢，校长是教育的专家，您有什么好办法没有？麻烦您指导一下。"

校长正要说话，突然，一个披着藏青色披肩的女老师一头撞了进来，满脸惊慌，上气不接下气地说："出事了！校长，出事了，出大事了！"

八

下午刮起了西北风，叶子早已掉落得稀稀疏疏的树枝，被风吹得簌簌作响。还在枝头没有掉落的黄叶，在风中纷纷飘落、起舞、旋转，刚落到地上，又被风卷起来，贴着地面翻滚。太阳不知道什么时候已经躲开了，天阴了下来，气温骤然下降了好几度。早上穿得少出门的人，如果这个时候在室外，会有一丝寒意。天气的骤然变化，好像是风、云、太阳商量好了一样，要合摆个像样的仪式，欢迎"立冬"这个节气的到来。

东都南郊古运河边的小学校园里，上午还干干净净，这会儿却已是满地落叶。风虽然大，运动场上，仍然有好几个班在上体育课。有的班级，体育老师正带着孩子们在跑道上慢跑，做热身运动；还有的班级，正在整队，做列队训练；也有高年级的班级，老师简单训了几句话以后，就开始了足球对抗赛。高年级那个班里没有踢球的孩子们，则三三两两地，互相追逐着。追累了的孩子，就随意坐在草地上聊天，或者一个人找个人少的角落发呆。教学楼里，老师们的课正上到精彩处，有的谆谆善诱，有的唾沫横飞。个别交头接耳、耍小动作、神游发呆的孩子，会被老师突然提高的声调拉回到课堂上。没有上课的老师，也都坐在办公桌前忙碌。学校食堂里的师傅们，正在清理卫生，收拾完以后，准备下班。校门口的门卫室里，两个穿着蓝灰色保安服的门卫，都是五十多岁的大伯，看上去很疏懒，一个喝着茶，一个百无聊赖地翻看着手机。其他轮岗的门卫在早上站完岗以后，就都已经回家，再过半个钟头以后才会陆续到来。等他们到来以后，孩子们就要陆续放学了。先放学的是低年级的班级，他们放学比高年级要早一个钟头。

放学的时间还没有到，校门外就陆陆续续有了人，正常情况下，这些大都是孩子们的爷爷奶奶外公外婆。可是今天这个时候来的人，却比过去多，而且看上去不只是爷爷奶奶外公外婆。只是一会儿工夫，校门外就聚满了人，黑压压一片。

两个门卫大伯，开始以为是家长们来接孩子放学了，没有太在意，等到校门口被围堵得水泄不通，才感到有些不对劲。哪里不对呢？原来人们的情绪和表情似乎不对。两人都以为在做梦呢，使劲揉了揉眼睛，发现不是梦，而是一场莫名其妙的火要烧起来了。他们哪里见过这阵势，一下子就蒙了。还没有等他们反应过来，就有人大声喊："开门！开门！开门！"看到这架势，他们哪里敢开门，这是要出事，出大事啊！但是又不知道发生了什么事，慌乱中给学校办公室打了电话。

满脸惊慌撞进来的是学校德育处的一位女老师，她是连跑带爬过来的。校长撂下何为，带着一群人，急哄哄赶到校门口，也被眼前的场景吓得不知所措了，不知道发生了什么事情。有的家长已经爬过了并不高的铁闸校门，准备往里跳。两个门卫大伯站在门卫室外瑟瑟发抖，不敢靠近大门，只是一个竖着防爆盾牌，一个手持防爆长叉，在那儿装装样子。

跟在校长后面的副校长，在慌乱中最先冷静下来，她大声喊道："家长们！家长们！请不要冲动！不要爬铁门，有什么事情，我们好好说！"

但是她的喊话声被淹没在群情激愤中，根本就没有人听见。爬过校门的人，已经进入到门卫室里，按下了大铁门的电动开关，门一点点自动向一边拉开，人群一拥而入，奔向食堂。

不知道谁打了报警电话，急促的警笛声由远而近传来，一会儿警灯闪烁，数辆警车呼啸而来，停在了校门口。带着防爆装备的警察，迅速跳下了车，快速散开，封锁了通往教学楼与操场的道路。

冲进去的家长，一部分已经奔向了食堂，食堂里正在清理卫生的工作人员，早已吓得躲在一边，不敢说话。家长们一进到食堂，就跑进了厨房和储物间，把架子上、冰箱里、储物间的食材，一一翻了出来。有趁机拍照的，有仔细翻看查验的。厨房和储物间一片狼藉，拆了包装的食材满地皆是。

何为看到校长来不及和自己打招呼，就带着人急匆匆赶了出去，也意识到学校有突发事件，估计校长一时半会儿没有时间来处理何必然的事情了，也就不再等她回来，准备带孩子先回家。到了办公室里，却看到梁四化独自坐在门口的椅子上刷手机，何必然则和英语老师站在里面靠窗的地方，老师正在和他说着什么。

何必然两手拽着裤管，双腿并立，人站得笔直，嘴巴紧闭，一言不发。

何为瞧他那神情，大概是已经明白了错。看得出来，英语老师很有方法，说得何必然不时点头。何为听不到她在说什么，她的声音很轻，像是在和孩子说悄悄话。

英语老师姓赵，三十出头，身材高挑，头发微微卷起来，披散在白皙的长脖子上，一个东方女性里比较少见的高鼻梁很骄傲地挺立在眉眼中间，美中略带几分不近人情的高傲与冷峻。女人美而高冷，会让人不敢接近，只能远观。不过美丽的女人，无论走到哪里，都会是一道风景。何为来时匆匆忙忙，和校长打了招呼就到隔壁教室接受"审判"去了，并没有来得及和赵老师打招呼。这会儿见她正和孩子说话，也不好突兀地去打断，只好悄悄站在门口，看着他们，默默等待。赵老师也是认识何为的，看到何为过来，聊了几分钟以后，就中断了和何必然的谈话。转头对何为说："何爸爸，今天的事情，您回家也不要急着批评孩子，让孩子先冷静冷静。"话里带着善意和体贴，和她高耸笔挺的鼻子上透出来的高傲冷峻形成了强烈反差。

"谢谢赵老师！何必然今天的事情让您费心了，也给学校添麻烦了。孩子一直说很喜欢英语老师，我现在算明白为什么了。"何为说。

"呵，为什么呢？"面对别人的赞美，大概所有人都高兴。为了知道赞美是否是真心，有时候也会习惯性地随口追问一句原因。

"因为刚才我看您和孩子说话，都这么轻言细语，而且说的是悄悄话，说明您平时很尊重人。在您面前，应该是真正做到了人人平等，哪怕是一个孩子，是您的学生。"何为的赞美是发自内心的。

"谢谢！"赵老师露出了一丝笑脸，看得出来，这话对她很受用。尊重每一个孩子，首先要把孩子当成一个平等的人，正是她执教的理念。平时学校也提倡这样的理念，但是似乎没有几个老师，能真正和孩子们做朋友，把孩子当成一个平等的个体来看待。这会儿被何为说出来，不由得高看何为一眼，有觅到知音之感，说话就更加轻柔客气了几分："何必然平时实际上挺上进的，学习也很主动，人又特别聪明，而且也懂礼貌。我很喜欢这孩子。今天的事情，应该还有原因，我们现在所知道的，应该不是全部。孩子这会儿应该是一根筋，倔在这儿，您先回家慢慢开导吧！"

何为是知道一根筋的，用老家的话说，就是"结"（音 gi）在那儿了。人都会有"结"的时候，世上太多的悲剧，就是发"结"造成的。发"结"的人，是失去理智的，只认死理，不计后果，转不过弯来，把旁人的劝阻当耳旁风。要是有谁是带着批评或者责难的口气，非但不能解决问题，反而可能让"结"的人越来越"结"，场面越发不可收拾。发"结"其实只是一会儿的事情，但那时候是"刚"的，柔才可以克刚。所以，面对发"结"的人，大可不当回事，可以先不理他，也可以轻言细语地安抚他。这种安抚，有点像心理医生的催眠术。

千恩万谢地告别了赵老师，何为带着何必然与梁四化走下三楼时，家长们已经冲进了食堂，警察封锁了教学楼的楼梯出入口，只准出，不许进。学生们都被老师约束在教室里，没有人跑出来瞧热闹。

何为一路出来，看到里里外外的这种阵势，也是莫名的惊讶，不知道发生了什么了不得的大事情。本来想了解一下，但是想想还是算了，多一事不如少一事。自己孩子的事情，还没有解决好，免得一不小心，又惹得一身臊。

校门外也拉起了警戒线外圈，从警戒线里出来，外面还有一大圈人。从人群里挤了出来，便遇到了熟人，是何必然同班同学林子渺的妈妈林巧娟，也是小宝托儿所的同学欧阳倩的妈妈。两人经常在托儿所门口碰到，有时间就会聊上几句，因此比较熟。林巧娟主动和何为打招呼，何为也就停了下来，正好想问问发生了什么事情。这是一个不高不矮、不胖不瘦的女人，看上去和大多数做了妈妈的女人一样，丢在茫茫人海里，并没有太多特征，会让人转头就忘记她。但是只要和她说上几句话，又能顷刻间明白，眼前的这个女人，是那种精明强干的女子，话不多，但是每说一句话，都能说到关键点上。此刻林巧娟正和几个何为不熟悉的家长围在一起，家长们嚷嚷着你一言我一语，争相议论着学校里发生的事情。大家说的是东都话，何为听着费力，看林巧娟并没有说话，也只是在倾听，就问她："这么大阵势，发生了什么事情？"

"我也才来，正听他们说，说是食堂的食材有问题，有过期食品。我知道的也不多，你可以到手机上看，那里信息量大，也不知道是真是假。"林巧娟三言两语说完，又问道，"看你不是刚从学校里出来吗？不知道发什么了什么事？"

"咳！别提了，我家娃和人打架呢！我是被老师请来的。"何为说完，打开手机，看到有人把自己拉进一个新组建的家长群里，一进去，才知道是学校食堂里发生了事情。再打开朋友圈和微博，里面的信息已是铺天盖地了。儿子打架是在食堂开始的，而且相互泼了饭菜，何为隐隐约约感觉到，这个事情，可能和何必然与俞淼森打架有关。一想到这里，哪里还敢逗留，和林巧娟打了下招呼，就急急忙忙带着孩子和梁四化离开了。

好事不出门，坏事传千里，何况是这个人人都有机会发言做传播的手机自媒体时代。何为离开的时候，有消息灵通的记者和自媒体人，已经赶到了学校，他们想获得第一手的新闻材料。可是却被警察堵在了校门外，堵在了警戒线之外。堵在门外的记者和自媒体人，不知道消息准备来接孩子放学的家长，附近居民和过路的看热闹者，聚在一起，不但堵住了校门口，也堵住了校园周边的人行道。扛着长枪短炮各种专业拍摄工具的，与拿着手机拍摄的一起抢镜头。有的自媒体拍摄者，一边拍摄一边解说，进行连线直播。

网上的围观者更是不计其数，骂声一片。各种配文字的照片和配解说的视频开始流传，说东都一小学黑心食堂曝光，家长群情激愤，冲进食堂，查出了发黑发臭长满了毛的肉、发了芽的土豆、腐烂的青菜、过期的调味品。甚至还有的照片上，出现了让人作呕的肉蛆虫、死老鼠。

有好事者开始人肉校长，学校食堂的承包企业，以及承包企业法人的各种相关信息。这些信息经过加工整理，又迅速在网上进行传播。

东都在这个下午成了全国乃至全世界的焦点。东都南郊古运河边的这所小学，则以这样一件不可思议的事件迅速跻身为了世界名校。

九

刚到小区门口，河南籍的胖保安就招呼说："好像有你们家两个快递在架子上。"小区的保安和何为都比较熟，早晚见了面，都会打个招呼问个好。保安室里早几年放了一个货架，算是物业给业主的便民服务，专门用来放置代收的快递。谁家里若是白天没有人，快递员就会把快递放到保安室里，让保安代签。最近一两年里，这项便民服务渐渐被安放在小区里的智能快递柜取代了。智能柜提供二十四小时免费保管服务，超过了时间，就要付费，一个快递一天一块钱。两个快递都是黑色塑料袋包装的，看着好像是衣服。

从电梯里出来，家门口也放着几个快递，有纸箱装的，也有塑料袋包的，不外乎衣服鞋子零食化妆品这一类的。那位创造电商神话的大佬说，抓住了女性，就抓住了消费。柳依就是被他紧紧抓住了，成了他的忠实粉丝。她上班忙，陪孩子的时间少了，在网上给孩子买衣服、买零食却多了，几乎天天都有快递上门。买来的衣服，不是大了就是小了，要么还没来得及穿就过了季节，要么就是孩子不喜欢穿。家里的两个衣柜，不要几个月就堆满了，新买的衣服没有地方放了，就买收纳箱回来装。看着着急，何为只好每隔几个月就清理衣柜，把衣服一袋一袋往小区的回收箱里扔，每扔一次便心痛一次。

和她沟通过，希望她不要乱买了，这样乱买下去，浪费钱还不算，关键是会让孩子不懂得珍惜，让孩子感受不到母爱。孩子个子长得快，尤其大宝，平常在学校穿的是校服，只有周末和假日，才有机会穿其他衣服，应该带着去商场买，要试着合身才买，每次换季的时候买一回就行了。

柳依就这样听着，也答应不买了。快递确实能少几天，可过得十天半月，又一天天多起来了。要是再说她，她便会怼过来，说出"又没有花你的钱""孩子怎么就感受不到母爱了"这样的话来。这样一来，何为也就懒得说了，说了也没用，还要闹不愉快，只是跟在后面不断地清理衣柜。

刚开了门，把门口的快递搬到屋里，柳依不失时机地回了电话过来，她很急促地问："你在哪里，有没有去学校？"

"我刚从学校回来呢！"何为问，"你知道今天的事情了？"

"早知道了，已经闹得满城风雨了，谁不知道！"

"我说的不是这个事情，是你儿子的事情。"

"儿子啥事情？"

"你今天中午怎么一直不接电话，干吗去了？"

"去和蒋芙儿做SPA了，手机放在储物柜里，没听到。"

"你心真大，不是说去Starbucks的吗？你不是一直很忙吗？今天怎么就空闲下来了？"

"蒋芙儿说好久没有见了，正好她说有一家SPA很好，要我陪她一块去。"柳依听何为说话急，连着解释说，"我正好今儿事情不多，就和她一块去了。你刚才说儿子事情，究竟什么事情啊？"

"你儿子和人打架了，动静很大！"

"和谁？儿子伤到哪里了？"

"俞森森！"何为本想说，儿子没有受伤，但是话到嘴边，却又改口说，"你抓紧回来吧，回来看一下不就知道了吗？"

"他俩平时不挺友好的吗？怎么打架了呢？"柳依看何为并不提伤情，也没再追问。她早摸透了这个男人的脾性，明白儿子应该是没什么大碍的。

"谁知道呢？我还没搞清楚呢！我先了解吧，等会儿还要去他们家登门赔礼呢！"何为生怕柳依晚上又要去和人吃饭应酬，不能按时回来，因此强调说，"你早点回来，我们一起去吧！等会儿回来你先去接小宝，接完顺道去水果店买个水果花篮。"

何必然回到自己屋里，身上还穿着那身又脏又破的校服，和衣横躺在床上，双手呈一字摊开，眼睛漫无目的地看着天花板，两腿悬在床沿，双脚一上一下地运动着，好像在踩乡村里的老水车，一只脚抬起来，另一只脚踏下去。爸爸进来，他也当作没有看见，依然自顾自地躺着，保持着原来的动作。

"累了吧？累了先去洗个澡，洗完澡睡觉舒服！"何为本想任他躺一阵，一个人安静地待着，有利于自我调节，自我反省。但又担心他等会儿睡着了。衣服这么脏，没有洗澡就睡觉，把被单弄脏了事小，主要是出汗那么多，在心身疲惫的状态下，很容易受风寒而生病。何为说完，也不等他回应，帮他准备了换洗衣服，放在床头。

何必然"嗯"了一声，起来拿了换洗衣服，进了浴室，在里面磨蹭了半个小时。洗完澡一出来，人便清爽了几分，眉眼之间又流露出了小孩子才有的神采。何为给他削了个苹果递了过去说："打架生气很伤神的，先吃个苹果，补充点维生素吧！"

他接了过来，狠狠地咬了一大口，却是一声不吭。

"你如果累了，不想说话，吃完苹果先去睡觉。要是想说，就和爸爸聊聊，今天究竟是怎么回事，让爸爸评判一下，到底是谁的错。"一直到现在，何为都只是听到老师的一面之词，还没有机会从孩子的嘴里获得只言片语。

何必然又咬了几口苹果，也不看爸爸，还是没有开口的意思，似乎也不反感听，何为便给他讲起了前不久看到的一则新闻。

"前段时间，一辆公交车上，人很拥挤，有一个人不小心踩到了另外一个人的脚，被踩的人很生气，就骂人了，踩人的也回骂了过去，两人骂着骂着，就动上了手。车上顿时乱成了一锅粥，乘客们纷纷避让。公交车司机看到有人在车上打架，猛踩了刹车。这时正好其中一人推了一把另外一人，借着急刹车的惯性，被推的人倒了下去，后脑勺重重地磕在了车载的灭火器上，伤了蛛网膜，脑内大出血，虽是送去了医院，但是终究没有抢救过来。"

何为边说边打量着孩子，看着他慢慢被新闻所吸引，眼睛睁得老大，便接着道："一人就此丢了性命，另外一个人，既要承担巨额的赔偿责任，还要受到法律的制裁，轻则要判刑十年以上，重则要偿命！实际上还远远不只是他们两人的悲剧，而是两个家庭的悲剧！父母没有了儿子，妻子没有了丈夫，儿子没有了爸爸！这都是什么惹的祸呢？"

"冲动！"

"对啦！"看孩子终于开口了，何为就着刚才的话题，发表了自己的看法，"冲动是魔鬼，所以人不能冲动。但是不仅仅是不要冲动的问题，是人要懂得宽容，要能吃得了亏。试想一下，如果那个被踩的人，能宽容一点，知道公交车上拥挤，不去骂人家，会有事吗？如果那个踩人的人，立刻道歉，哪怕被骂了也能忍受着，毕竟是自己踩了人，会有后面的事情吗？即使骂开了，但是双方都克制一下，其中有一个人吃一点亏就算了，不推推搡搡，会出人命吗？因为他们都不懂得宽容，吃不得亏，所以就出了人命，毁了自己，也害了两个家庭！"

"是俞淼淼先搞我的，他故意把饭菜泼洒到我身上！我很生气，也就还了过去，他又过来抓破了我的手，还出了血！"何必然堵在心里的"结"（音gi）慢慢散开了，脑子里绷着的那一条筋也就舒缓了。

何为拿起何必然的手一看，手背上果然有明显的抓伤，有三条指甲抓出的血痕，其中一条，有一厘米长，掉了一大块皮。

"我朝他打了一拳，他跑开了，没打着，就去追他，追到教室才追上，一拳打在了他手臂上。老师到教室，正好看到我打他，就大声吼我。他趁机往老师办公室跑，我想去追，老师一把抓住了我。我想挣脱老师，其他老师就出来了，也来拉我。"何必然声音很低，却一口气把事情的缘由说出来了。

何为几乎是尖着耳朵在听，听着和老师讲的出入似乎并不大，只是老师可能没有注意到何必然的手被抓伤了。但是又一想，不对啊，老师说俞淼淼是不小心把饭菜洒在了何必然身上，何必然却说是故意的。究竟谁说的是真的呢？何必然是不会撒谎的孩子，老师应该也不会撒谎。对了，应该是老师还没有来得及了解详细情况，只是听了俞淼森的一面之词，或者是从周围其他同学那里了解的情况。如果是这样，那么俞淼森又为什么要故意将饭菜洒在何必然身上呢？看来果然还有内情。一分析到这里，何为就又问："俞淼森不会无缘无故把饭菜故意泼你身上吧？"

何必然把正要咬苹果的动作停了下来，手抬在胸前，眼睛看着何为，僵在那里又不作声了。何为一下明白了，刚才的问题，才是关键，再问下去，他恐怕又要犟在那里了。这孩子要是不想说的话，再怎么问，也不会说。哪怕受委屈，也只是沉默。班主任有好几次对何为说，他有时候就像个"地下党"，嘴巴怎么也撬不开。可是事情总要弄个明白，孩子的错误，绝不能姑息，该教育还得教育，该认错还得认错，该惩罚还得惩罚，不能由着他性子来。这时候姑息了他，下回难免他又重犯，到时候又姑息他，这样下去，长大到了社会上，必定得吃大亏。但是眼下怕也不能逼着他说了，得另外寻时机，想办法让他开口。

"这缘由，你总得说个明白，今天可以先不说，爸爸可以等你，什么时候想明白了，什么时候说吧！"

他还是拿着苹果，手僵在胸前，看着何为，仍不开口。何为只好换了话题。

"老师叫你为啥不听呢？拉都拉不住！"

"我不知道！"看到爸爸不再追问前面的问题，何必然把僵在胸前的手放了下来，声音比之前越发小了。

"那你今天有错误吗？"

"有！"

"那错哪儿了呢？"

"我不应该打他，更不应该追着打他，也不应该不听老师劝！"

看他这么明白，何为想，会不会在老师拉住他的时候，其实他就已经知道在犯错呢？只是控制不住自己而已。

"还有吗？"

何必然把吃剩下的小半个苹果放在茶几上，从纸巾盒里抽出一张纸巾，擦了擦手和嘴巴说："他把饭倒我身上，我不应该也倒回去！"

"你应该怎样处理才是正确的呢？"事情的真正起因如何先不论，至少孩子现在的认错态度是好的。这时候，何为又想着趁热打铁，把事情一次性解决掉，不要留着问题过夜。

"第一时间报告老师。"

"嗯，还好你能知错！"肯定了孩子，何为说，"今天的事情，你就是一种吃不得亏的心理在作祟。你至少有三次机会，让事情不搞这么大。第一，俞淼淼把饭洒你身上以后，你不吃了，去告诉老师就行；第二，你以牙还牙，把饭倒在俞淼淼身上了，俞淼淼抓伤你的手，你不去追他，而是这时候告诉老师，也来得及；第三，老师叫你住手，你及时停止，也还为时不晚。爸爸希望你以后能吸取教训，任何时候，要冷静，要隐忍，要克制自己，一定要能吃亏，要懂得宽容。有什么事情，第一时间向老师反映，就不会像今天一样了，你本来是有理在先的，结果变得没理了，而且落得满身不是。爸爸说这么多，不知道你听明白了没有？"

"明白了！那要是遇到坏人呢？"

"也要先跑，要躲起来，往人多的地方跑！在确认自己安全的情况下，赶紧报警！"

"跑又跑不掉，我们小学生又不能带手机，想报警也报不了，怎么办呢？"

"实在跑之不及，无处可躲的情况下，又无法报警，那你就想办法和他周旋，哭啊喊啊，躺到地上打滚啊，都行！反正要用各种办法拖延时间，引起别人的注意，让坏人惊慌失措！只有在危及生命的最后关头，无可奈何之下，才能奋起反击！"

"为什么总是好人躲着坏人呢？要是反击的过程中，犯人不小心被我消灭了呢？"

"这个吗？要是反击中，好人灭了坏人，叫作正当防卫，你长大了就会明白！"何为不知道该怎么回答他了，突然发现自己说了这么多，好像都是废话，大道理孩子似乎都懂，他的回答，也许仅仅只是为了迎合爸爸，配合爸爸，就如电影里的演员对白一样。

何为怕他揪着刚才的话题不放，见他还没有回答，便把话题收了回来。

"今天的事情，你得给老师写检讨，要做好在全校师生面前做检讨的准备。同时，你明天到了学校，要主动向俞森森当面道歉。我和你妈今天晚上先登门去人家家里赔个不是。你有问题吗？"

何必然说："没有问题。"

"知错就改，善莫大焉！能改正错误的孩子，在爸爸妈妈眼里，就永远是好孩子，在老师眼里，也还是好学生。但是，犯了错误，必要的惩罚还是要的，不然不长记性，你自己说吧，怎么惩罚？"

"周末跑五公里？"

"今天的事情，得加倍罚，十公里！"

孩子犯错，何为经常以长跑来惩罚他，随着他年龄增长，罚跑的距离也越来越长。柳依却不理解，总责怪何为搞家暴，对孩子搞体罚。多次和她解释，说这样一方面可以让孩子长记性，吸取教训，避免下次犯错；另一方面，实际上也是有意用这种方式，来锻炼孩子的体魄，训练耐力，磨炼意志，以弥补学校运动量的不足。她却还是坚持自己的看法，何为百口莫辩，和她讲不通道理，便也只好由着她去说了。但是该罚孩子的时候照罚，只是自己都会全程陪着他跑。

说完孩子的事情，何为才又关注起学校食堂的事情来，这可是不得了的大事，得问问孩子。

"今天学校吃的什么？"

"鱼丸和罗宋汤。"

"好吃吗？"

"还行！我只吃了一个鱼丸，就都倒掉了。"

"那学校平时的饭菜怎么样？"

"有时候好吃，有时候不好吃。"

"什么时候好吃，什么时候不好吃呢？"

"如果吃菠萝炒排骨，喝罗宋汤和白萝卜汤就难吃。吃蘑菇的话，就更难吃了，我一闻到这个味道就想吐！其他都还可以。"

"为什么菠萝炒排骨不好吃呢？"

"因为太甜了，我不吃！"

"那其他呢？"

"老爸，蘑菇我一直不吃的，你不是知道的吗？白萝卜汤和罗宋汤，也是很难吃的！"

对照手机里的各种信息，何为初步判断今天学校的事情会闹这么大动静，也许可能是个乌龙。那么这个乌龙是怎么来的呢？为什么会出现这么大的事情？越想，就越觉得这个事情，可能和今天孩子打架的事情有关。一旦这样认定，何为就有些担忧了。也不知道接下来事情会往哪个方向发展。若是真和孩子打架有关，他迟早会知道，看来先得给他透个气，打个预防针，好让他心理有准备，能承受得了。

"爸爸和你说过蝴蝶效应，还记得吗？"

"记得！"

"那什么是蝴蝶效应呢？"

"就是一只蝴蝶拍一下翅膀，可能会引发太平洋的一场海啸。"

"表明什么意思呢？"

"表明哪怕一件微小事情的发生，也可能会引起连锁反应，引发一连串事情的发生，可能还是很大很大的事情，就像海啸一样。"

"那爸爸告诉你，你也不要担心，因为这个事情，和你没有直接关系。今天你们学校发生了更大的事情，可能和你们俩打架有关。"

何必然懵懵懂懂，一脸惊讶地看着爸爸说："食堂里的事情吗？和我有什么关系？"

看他一脸惊讶的样子，何为有点后悔刚才说的话了，但是说出去的话，已经收不回来，索性继续说道："就是食堂的事情！刚才学校回来，你看到这么多人，还有那么多警车、警察。具体的事情，爸爸现在还不知道，不过应该很快就会知道了。你不要有心理负担，这个事情，只是和你打架有关，但是你没有任何责任的！"

十

柳依现在工作的地方，在这座城市东边的 CBD。那是一片繁华热闹的所在，是这个城市的面子。那里矗立的摩天大楼，是这个城市的地标，也曾经一次又一次地刷新着这颗星球的建筑高度。它们直入云霄，在雾霭天和阴雨天气里，远远望去，云雾缭绕，仿若海市蜃楼。从各地来东都旅游的人，那里是必游之地。人们喜欢登上最高的一栋摩天大楼的高空观光区，或者坐在哪座地标建筑的空中旋转餐厅里，拿着望远镜俯瞰这座城市，看阳光下的魔幻，看夜色中的璀璨。最要紧的还是拍照留念，发在朋友圈里，用眼下时兴话说，叫作"打卡"，告诉认识和不认识的朋友们，宣告自己曾经到此一游。

这里聚集着数不清的跨国公司和金融机构，不少全球知名企业的亚太总部或中国总部也在这里安家落户。进出那里的人们来自世界各地，各种肤色，各个人种，应有尽有。除了汉语以外，英语是那里的通用语言，时刻可以听到黑头发黄皮肤的人和黄头发白皮肤的人，或者与欧洲白裔和黑人混血的美国人在用英语交流。也时时可以听到其他外国语言，韩语、日语、法语、德语、意大利语、俄语、阿拉伯语都很常见，要是偶尔听到印第安语或非洲土著部落的语言，也不稀奇。在这里上班的人，被称为金领和高级白领，他们少则拿着数十万的年薪，多则上千万甚或上亿。这是这个城市的年轻人都渴望去工作的地方，也是这个城市的丈母娘们挑女婿时最看重的地方。在这里上班，意味着国际品味和全球视野，也意味着高学历高能力，更意味着票子车子和房子。

这个世界上，有富人的地方，就会有穷人，在富人聚集的地方，往往不远处就有贫民窟。在东都这片繁华热闹的CBD区域里，虽然没有贫民窟，却也有一些人，看上去衣着光鲜体面，是让人羡慕的白领，其实他们却只是做着一份普通的文秘工作。他们每天的工作，只是处理一下信件和快递的收发，安排一下会议室的使用，帮助其他人订个外卖，买个机票高铁票什么的。他们拿的薪水，甚至舍不得吃那里动辄要数十元的外卖，而是自己带着午餐，将钱省下来，买法国香水和化妆品，买意大利包包和服装，买一切可以让自己看上去更加体面光鲜的，能让人看得见摸得着的实用物品。

柳依每天上班坐地铁，要换两条线路，单程耗时一个半小时，横跨半个东都。高峰时地铁里人挤着人，肩碰着肩。早上出门是掐着点的，免不得总要与人摩肩接踵。回来倒是经常错开了高峰，免去了拥挤，时间却没个准。要是准点下班，一般晚上八点前能到家，要是加班或开会，晚上十一二点才进家门也是常事。

尽管在电话里叮嘱过柳依早点回来，可是她还是毫无意外地制造了意外。她通知何为说大 boss 临时组织开会，大概要到十点后才能到家，要何为自己去接小宝，也不要等她吃饭了。

早教机构的托班，其实都没有办托班的资质，只能以早教的名义打擦边球。家长却也并不在乎什么资质，只要看环境还可以，有孩子活动的空间，老师有耐心，就会把孩子送去。现在的夫妻，一般双方都要上班，没有时间照管孩子。即使有老人帮着带孩子的，到了两三岁，也不愿意孩子总由老人带在家里，这样老人会累，孩子也会孤单。东都的幼儿园又大都没有小小班，即使个别幼儿园里有，也名额有限，僧多粥少，很难进得去。何定然每天早上八点送去，在托儿所吃午饭和晚餐，晚上七点半接回来。要是何为或者柳依哪天回来早，就不等七点半，什么时候回来，就顺道把孩子接了回来。哪天要是夫妻两人都有事，不能七点半赶回家，就请梁四化夫妇去接。

何为以前上班也不远，开车也就半个小时路程，虽然公司里加班也是常事，却总是逮着机会差不多就开溜，大多数时候能赶在七点半以前去接小宝。近来就更是自由了，反正工厂在寮城，自己又不用去坐班，东都也暂时没有设立办公室，一切都由自己安排。接送小宝，照顾两个孩子的生活和学习，就自然而然地落到了何为身上。

赶到托儿所的时候，只剩下何定然一个人在大厅里玩滑滑梯，前台有一名老师自顾着在电脑上忙活。小宝一看到何为，立刻叫开了。"爸爸！爸爸！你今天到哪里上班了？这么晚接然然？"小宝从滑滑梯上滑了下来，何为一把抱起他说："乖宝宝，乖宝宝想爸爸了吧！爸爸今天去好远的地方，接宝宝晚了。"

抱着走了几步，他闹着要下来自己走路，何为只好放了他下来，任他往前走，自己在后面紧跟着。孩子一会儿走，一会儿跑，一会儿跳，一会儿又停下来，东摸摸，西看看。走到红绿灯路口，何为一把拽住他的手，不让他过去。何定然抬起头问："爸爸，红灯还是绿灯呀？"

"小宝告诉爸爸好不好，红灯还是绿灯？"何为蹲下来，两手拉着他的双手问。

"红灯！"小宝大声说。

"红灯应该过马路还是不过马路呢？"何为又问。

"红灯停，绿灯行！"小宝的声音还是很大。

"小宝真聪明，过马路还要注意什么？"

"走白色的斑马线！"小宝眨巴着眼睛说道。

每次带着小宝过马路，何为都会不厌其烦地对他重复"红灯停，绿灯行"，重复过马路要走斑马线。大宝小的时候，也给他这样重复过，现在则常对他说，遵守交通规则，不是给警察看的，也不仅仅是有没有违法，而是一种安全习惯。安全习惯不断强化和重复，习惯就会成为一种下意识。在红绿灯路口，没有斑马线的马路，无论有车没有车，都不能乱穿。所有交通事故发生的原因，无不是行人或者司机带有侥幸心理，以为反正没有人，反正没有车，反正没有警察。很多人考驾照时学习交通法规，就只为了过科目一，考试能够拿到本本，应付了事，压根儿就没有认识到，这关系到身家性命，交规考试不只是考试。讲得多了，柳依听到了就会嘲讽说："你讲得他们耳朵里都起茧子了！"当然，她也心知肚明，何为讲交规考试不只是交规考试这些和开车相关的话，只有她在的时候才会讲，其实就是故意讲给她听的。

何为对小孩的交通教育，又不仅仅是安全习惯和安全下意识的培养，而是在给孩子建立规矩之道。规矩之道，就是人生之道，人要随时随地懂规矩，遵守各种规矩，不逾越规矩。很多人的人生，毁在半路上，实际上就是毁在心里没有规矩之道上。而规矩之道，就是要从小养成，从红绿灯斑马线开始。孩子太小，不一定能懂这些道理，但是何为相信，长大以后就自然会懂。

过了红绿灯，路边有一家水果店，何为买了几种进口水果，要店员帮着装了一个礼盒。把小宝送回家里，嘱咐何必然，让他先照看下弟弟后，便没作停留，拎着礼盒，上俞淑敏家去了。

两家本在同一栋楼，也就电梯上下的距离。两家虽是没有太多的交情，但因着孩子同学的缘故，有意无意地，不多不少，也会对彼此的家庭情况有一些了解。俞淑敏的丈夫叫黄学军，黄山脚下长大的，初中毕业后就来了东都，来时只有十六七岁，在老乡开的铝合金门窗店里当学徒，几年后认识了比他大三四岁的俞淑敏。

在东都，根据地域和进入东都的时代划分，同是东都人，却有三种身份。从殖民地半殖民地时期东都建埠起，一直到上世纪七八十年代，从安徽、江苏、浙江以及全国各地来到东都，有东都市区户口的人，都叫东都人。改革开放以后，通过考学进入东都的大学，留在东都的人，或者其他地方大学毕业后来到东都工作的人，只要上了东都户口，在这里置业安家的，叫新东都人。当然，随着时代的发展，社会的开放，来东都的人越来越多，所以后来新东都人的范围越来越泛，无论有没有户口，只要在东都工作生活的外来人口，都叫新东都人。而在东都周围郊区的农村城镇，那些祖祖辈辈在当地生活了几百年上千年的人，则叫作本地人。

这几十年来，东都大搞基础设施建设，大兴房地产业，城市的中心被不断拆迁改建，变成了金融区、商业区、科技城、城市旅游观光带等各种综合性功能区域。城市周围的郊区和农村也不断被征地，大江冲积平原上的肥田沃土大片大片地消失了，变成了纵横交错的街道，街道两旁高楼大厦一栋栋拔地而起。城市越来越大，郊区与城区的边际线在不断向外拓展。原来住在市区的东都人，除了少数人还住在市中心以外，大部分散落到了这个城市的四面八方，搬迁到了二环三环以外，更远的甚至到了四环内外。他们和拆迁征地安置了商品房的郊区本地人，每年涌入东都置了房产的新东都人，杂居在了一起。如果不去相互打探，寻根究底，或者偶尔从流露出来的口音里进行分辨，谁也分不出谁是谁。

本地人虽然身在高度开放和现代化的东都，却和华夏大地所有的农村一样，有着传宗接代的传统。只生了女儿而没有生儿子的人家，则要想尽办法招赘一个女婿来接续香火。俞淑敏正是本地人，家里没有儿子，只有她一个女儿。黄学军就是为接续俞家的香火，而入赘到了俞淑敏家。俞淑敏家在前些年被征地拆迁，分了两套拆迁安置房，还得了一笔不菲的动迁款。安置房一套给父母住，一套用来出租。夫妻俩则另外买了商品房在这个小区，与何为一家做起了低头不见抬头见，见了相互仅有点头之交的邻居。

早年黄学军也开了个铝合金门窗店，陆陆续续经营了十来年。这两年房子限购，门窗生意也跟着冷落了。这时恰好网约车悄然兴起，他与时俱进，关了门窗店，专职开起了网约车。开网约车时间自由，不像出租车司机，要给出租车公司交份子钱，因此活儿没有出租车辛苦，钱赚得却要比出租车多。

何为按了门铃，门半开了，俞淑敏穿着睡衣，探出半个身子来。何为忙说："俞妈妈，我来看看你家淼淼！"说完把水果礼盒放进了门里。俞淑敏紧绷着脸，没有让何为进门，一个字没说，就转身进屋里去了。门没有关，何为站在门口，进也不是，退也不是。好在黄学军从里屋走了出来说："水果就不用了！"

黄学军也是脸无表情，用身子堵住了门口，一点也没有让何为进去的意思。

何为只好说："水果就一点意思，给淼淼吃的，收下吧！"看黄学军没有作声，又说："今天孩子的事情，真是对不起，淼淼伤到哪里了没有？要不要去看看医生？医药费我们来承担！"

"医院倒是不用去，只是你们家孩子怎么这样呢？太吓人了，你们要好好教育孩子啊！"黄学军皱着眉头说。

"子不教，父之过！孩子犯下了错误，父母是有责任的，所以，我今天来登门赔礼了，这点水果，是我的一点心意，希望你们能原谅。我对孩子的行为，深表歉意，一定会对孩子严加管教！"何为只好继续说好话，同时也在琢磨着，要不要问问对方，是否知道事情的真实起因，也是否知道何必然受伤了。

黄学军脸色缓和了一些说："你的道歉，我们接受了，水果就不要了！你这个爸爸可以的，希望何必然不要有下次了，以后不要再发生这样的事情，不要再打我家淼淼了！"

俞森森在黄学军身后闪了一下，显得有些害怕的样子，何为见了他，原本还在斟酌如何开口的话，一下没了顾忌，直说道："俞爸爸，今天的事情，虽然何必然确实做得很不对，没有忍让森森，但是，不知道森森给你们夫妻讲了这件事情的真实起因和过程没有？何必然的手背被森森抓出了好几道血痕，也不知道你们是否知道？"

黄学军原本变得稍微柔和的脸色，听了何为这几句话，一会儿紧绷，一会儿又舒展，接连变换了数次，最后定格在看着像半个笑脸的样子上说："何爸爸，孩子打打闹闹，是正常的，我们家淼淼，即使有错在先，但是你们家何必然的样子也实在太吓人了！"

何为话已经说得如此明了，黄学军却一点也没有检讨自家孩子行为的意思，对何必然的受伤，也没有表示哪怕一丝的歉意。何为很是无语，知道和他们一家没有什么好说的了，只能嘱咐何必然，以后尽量不要和他家孩子接触。

留下礼盒在门口，也不管他们收不收，何为转身便走了。到了楼下，电梯门一打开，几名警察站在电梯口，何为一出来，他们便进去了。

这一整天，都在无序的忙乱中，连抽一根烟的时间都没有。何为去小区的凉亭里坐了一会儿，连着抽了两根烟，才回家去弄晚饭。

每日接了小宝到家，何为会先看看大宝做好的作业和正在做的作业，签好老师要求在作业本上签的名字，便忙着去厨房做晚餐了。哥哥在餐桌上写作业，弟弟则在客厅看动画片。小宝一边看，一边模仿动画片里的语言和动作，一个人在那里又跳又叫，玩得忘乎所以。有时也跑到餐桌旁边，扯着哥哥一起玩会儿。要是不看电视了，他就自己在一边安静地搭积木，只有找不到某个构件了，才会拖着哥哥或者爸爸帮他一起去寻找。

只要半个小时，何为就会把饭菜烧好，三四盘菜，有荤有素，有时候还会有汤。柳依要是能回来，就等着她一块儿吃，要是回不来，就一家三个男人吃。其实何定然在托儿所吃过了，只是在旁边装模作样，给爸爸和哥哥捣乱。何为有时会喝一杯酒，边吃饭边聊天，和两个孩子聊得倒也挺热乎。总会问问何必然的作业，有没有什么不懂的，一天在学校里面发生的事情。何为问完，何必然也会有很多问题要问爸爸。一会儿问高力士为什么要给李白脱靴？杨贵妃给李白研墨，唐玄宗会高兴吗？李白的诗里最常出现的字除了酒、月、剑以外，还有什么？然后又会问，明朝最好的是哪个皇帝呢？明朝最伟大的是哪个人物呢？如果曹操活到八九十岁的话，还会有司马懿家族的晋朝吗？霍金的预言，都会成真吗？他每天都有无数的问题要问爸爸，千奇百怪，层出不穷，无所不包。何为心情好的时候，会很耐心地回答他，有些问题实在很难回答，就要他先说说自己的看法。心情不好的时候，就说先吃饭，吃完饭以后再说。何定然看到爸爸只顾着和哥哥说话，就会抗议，在那里大喊大叫，吸引爸爸的注意力。何为只好先不回答哥哥，而是满足弟弟。

饭吃完以后，餐桌上撤下了残汤剩水，摆出来了笔墨纸砚。何必然练习欧体，字架已经出来了，很是有模有样。小宝在旁边嚷嚷着，也要写，如果不让他写，他就大声尖叫。何为只好也给他弄了几张大宝废弃了的试卷和一支毛笔，让他胡乱涂鸦。写完字，大宝会到书架上找出一本书来看，看一阵便去睡觉了。何为则还要洗碗收拾厨房，要给小宝洗澡，忙忙碌碌，要到快十点。柳依回家了的话，由柳依陪小宝先睡，柳依没有回来，何为就先陪他睡觉。小宝喜欢带着玩具睡觉，他白天喜欢玩什么玩具，晚上就带什么玩具睡。有时候会把小汽车、玩具手枪、奥特曼都搬到床上，摆弄成一排。还会把一叠绘本搬到床上，要何为讲故事，绘本讲完了，他可能还没有一点睡意，吵着要爸爸从头再讲一遍，或者另外搬一叠绘本过来，讲别的故事。何为要是实在累，不想讲了，便打开手机，找"喜马拉雅"上的睡前故事给他听。有时候则只给他听听儿歌，或者放放《三字经》和唐诗。他吵闹一阵子，也就安静了，不到一会儿就酣然入睡。

何为则会悄悄起来，去大宝房间看看，看他是否关好了灯，要是被子踢开了，还会帮他拉拉被角。

十一

柳依扭动钥匙开门时，已经过了十一点，兄弟俩都早已进入了梦乡，她蹑手蹑脚进来，生怕弄出动静，惊醒小宝。何为坐在客厅里看《史记》，正看到《扁鹊仓公列传》这一篇。柳依一坐下来，便迫不及待地问起今天的事。何为给她粗略讲了一下事情的经过，末了说："这事情，起因在俞淼淼，但是后面的错在你儿子，他太不能吃亏，人又总是一根筋，如果这个性格下去，将来恐怕要吃大亏！"

"这性格还不是遗传你的！你不就一根筋吗？"柳依压低声音责怪何为。

"嘿嘿，说孩子呢！怎么又把我扯上了？你倒是说说，今天中午究竟干吗去了？晚上又干吗去了？"何为回了过去，有意把话题扯到柳依身上。

"晚上不是告诉你大boss开会吗？他每次开会都很啰唆，没完没了，一点效率也没有！"柳依抱怨完老板，又说："蒋芙儿今天和我聊小升初的事情，说儿子成绩这么好，应该去考个民办初中。"

"这么巧啊！早上我遇到何必然一个同学妈妈，叫贾慧，你应该认识的，她也问我，儿子是不是要去考民办初中。怎么现在大家都盯着民办初中呢？"

"你怎么认识她了？你离她远点！她离婚了的，见到男人就粘上去！"柳依很警惕地说。大概大多数妻子，面对单身女人，尤其是有几分姿色和风情的单身女人，无论是否相熟，关系好还是不好，只要和自己的丈夫有接触，就会本能性地提高警惕，会不问青红皂白，先挤兑一番。

"你想哪里去了，我不是去吴州吗，发了个顺风车信息，不想她坐了我的车。你怎么总是打岔？刚才说民办初中，是个什么情况？"

柳依顿了顿说："我们都太 low 了！一直自说自话，对孩子的教育关注太少了，搞得如今都和社会脱节了！"

"怎么脱节了呢？"

"如今早已经不是我们那个时代啦，所有人都上公办学校！现在成绩好的孩子，想上好大学的孩子，都得去上民办初中，公办学校现在都叫作菜场学校！民办初中不是谁想上就能上的，也不是花钱就能上的，得经历层层选拔，各种考试，过五关斩六将，才有机会进得去。在东都，民办学校里有十大名校，要是能考了进去，就有半只脚踏进了东都的四大重点高中。那几所高中，可是全国闻名的。即使进不了四大重点，也能进八大金刚。八大金刚是东都四大重点之外的另外几所最有名的高中。进了这些重点高中，考985、211就不怕了。否则，要是上了菜场初中，孩子可能连普高都难上，听说那些学校，至少百分之五十的孩子，只能上职高。即使上了普高，要不是重点，恐怕一本都考不上，更不要说985和211了！"

"你净听他们胡扯，这恐怕是民办学校招生的噱头吧！难道公办初中的孩子就不读书了？难道公办初中的孩子，就都是差生了？"柳依"噼里啪啦"一口气说了一通何为不曾听过的话，何为早有些瞠目结舌，直觉得不可思议，仿佛自己不是这个时代的人，却又有些不服气。

"是或者不是，你自己到网上了解一下不就行了吗？或者问问别的家长和老师吧，也或者周末我们约蒋芙儿一起吃饭，你问她。她儿子今年刚上预初，上的是师大附中下属的东升中学，在东都民办初中里数一数二的！"柳依大概有些累，说完就起了身。

"师大附中下属的初中，怎么是民办呢？意思东都师大和师大附中，都是民办的？"何为一听不对，明明东都师大是全国排名靠前的师范大学，是重点大学，什么时候成了民办？

"这我就不知道了！"柳依摔下一句话，起身推开何必然房间的门，瞄了一眼，看他睡得香，也就没有开灯，又悄悄关了门，自己洗澡去了。

第二天早上，何必然的状态恢复了正常，除了手上的抓痕以外，根本看不出前一天发生过什么事情。因为关心儿子，柳依这天起床比往常早，何必然吃早餐的时候，陪在桌子边，问长问短，满是怜爱。看到孩子受伤的手以后，更是生气，一会儿怪老师偏心眼，一会儿怨何为不关心儿子，一会儿又讲要去俞淑敏家讨说法，好像满世界的人都有错，只有她是站在真理的一边。大早上，何为不和她理论，免得害得一天心情不好，便任她发牢骚。好在何必然懂事，说："老妈，你就不要说了，这事情我自己有错的！"此时恰好小宝在床上大声叫"妈妈，妈妈"才解了大家的围，柳依进去伺候小宝起床。何必然也吃好了早餐，父子两人赶紧出了门。

走到半路，何必然突然对何为说："老爸，昨天你问我的话，我告诉你，但是你得答应我两个条件，行吗？"

"什么条件呢？你先说说看。"何为想不到他这么快就想通了，会主动和自己说那个真正的缘由。

"我说了，你不能批评我！"

"这个可以答应，还有呢？"

"你不能告诉老师！"何必然说完，就站在那里不动了，等着何为的回应。

"为什么不能告诉老师？"何为只好也停下脚步。

"因为我答应过俞淼森，不告诉老师的！"

"你们都打成这样了，你还帮他保守秘密？"何为心里想，这孩子还真是适合去做保密工作，硬是一根筋。

"人要信守承诺，不能言而无信！"何必然很是认真地说。

"行，我不告诉老师，你说吧！"孩子说的话，正是自己经常教育孩子的话，何为有些哭笑不得。

"昨天第四节课是体育课，我们跑完步以后，老师就让大家自由活动了。"

"然后呢？"

"我去洗手间，看到俞淼森躲在里面玩英雄。"

"什么英雄？"

"手机游戏啊！现在很热的，人人都玩。老爸，你这都不知道，也太low了吧！"

"你们学校不是不让带手机的吗？"

"俞淼森经常偷偷带的，老师没有发现。"

"然后呢？"看何必然没事人一般，并没有把偷偷带手机到学校玩游戏当回事，何为也只好耐着性子继续听他说下去。

"俞淼森看到我进去，就邀请我一起玩，条件是要我发誓不向老师告密。"

"你发誓了？"

"发了！"

"继续！"

"我因为不太会玩，把他玩的一个英雄的胜率拉低了，他很生气，吵着要我帮他打上来。"

"接着说！"

"正好下课铃响了，我没理他，就跑去食堂吃饭了，刚打了饭坐下，他也打了饭跟了过来坐我旁边。他还一直在那里吵吵嚷嚷，责怪我。我说你要再吵，我就去报告老师了。不想他一口把嘴里的饭喷了出来，喷得到处都是，还溅到了我饭盘里。我看饭脏了，把盘子推开，不打算再吃了，他却把他盘子里的饭泼到了我身上。"

"这么重要的情况，你怎么不告诉老师呢？"

"老爸你不讲信用！"何必然又站住不走了，大声说道。

何为立刻反应过来，自己刚答应过孩子，这会竟然听完就沉不住气了，只好狡辩说："我什么时候说要告诉老师了？我是说你为什么不告诉老师？"心里却又想，看来昨天自己的直觉是正确的，何必然不是那种无缘无故就打人的孩子，果然另有原因。这事还得去学校，和班主任、校长当面谈个明白才行。

校门口的道路上，穿着绿色志愿者衣服的几名家长正在指挥交通，引导孩子们安全过马路。校门外，学校的保安和联勤的民警全副武装站立在两旁，警惕地看着四周。校门里，几名老师和袖口戴着白底红杠的少先队队长，分列两旁，迎接着同学们的到来。孩子们穿着蓝色的制式校服，胸口带着校徽，脖子上系着红领巾，背上背着各色的书包，一个个好像小鸵鸟，欢欢喜喜地走入校门。到了校门口，他们一个个会高高举起右手来，给列队迎接他们的老师和少先队队长们行队礼，说声"老师好，同学好"。

那些送孩子上学的家长，或开车，或骑助动车，或走路，一直目送着自己的孩子进了校门，才放心地离开。一切都和过去每一天的情形一样，好像昨天什么事情也没有发生过。

何为本想送孩子去学校的时候，就顺道去找班主任和校长，给他们说下自己了解的一些情况，同时也想旁敲侧击地探听下后来食堂发生的事情。当然，还有更重要的一项，就是希望能从学校获得一些小升初的信息。昨天晚上柳依说了以后，何为嘴上虽然怀疑，心里却也听了进去，当成了一件重要的事情。但是又怕一早就去谈些不愉快的事，弄得人家心情不好，所以到了校门口，又临时改变了主意，给班主任去了电话，约了下午一点再去。

下午到了学校，却并没有见到校长，班主任说，校长和副校长都去教育局开会了。何为只好和班主任单独聊了一会儿。何为告诉班主任，昨天晚上按事先在学校谈好的，买了水果，去过俞淼淼家了。同时，也对何必然进行了批评教育，孩子也深刻认识到了自己的错误，保证以后不再重犯，并且答应会写检讨交给老师。

何为说话的时候，一直注意着班主任的表情，发现她眼睛有些发红，还有黑眼圈，像是熬了夜，神情也是恍惚。她听何为说，却不太接话，开口也只是"嗯、哦"之类的单音节。何为原想孩子这么一闹，班主任心里肯定有疙瘩，以后对何必然不会尽心，也不敢管束他了，怕是会让他在学校里自生自灭。今日来找她，也是想讨好下老师，缓和一下关系的。本还想着把昨日学校没有掌握的情况告诉她以外，再不露痕迹地赞美她几句。

如今看她这般神情，要说的话竟说不出口，只好长话短说。"昨天回去以后，我向孩子了解了事情的经过，发现起因和之前学校说的还有些出入，俞淼淼把饭倒在了何必然身上，不是无意的，而是故意的！更主要的是俞森森先抓伤了何必然的手,手上有好几道伤痕,还出了血。俞森森之所以故意这样做,还另有原因,您也应该知道,何必然是不会撒谎的孩子!"

说到这里,何为就停下了,等着看班主任的反应和说法。班主任拢了一下头发,把手放了下来,双手抱在胸前说:"何爸爸,何必然的检讨我已经看过了,昨天的事情吧,因为后来出了事情,想必你已经知道了,所以学校还没有来得及后续讨论。不过我自己昨晚一宿没有睡觉,一直在过滤这个事情。何必然手受伤,我昨天是没有注意到的。"

何为看她吞吞吐吐,欲言又止,有避重就轻的味道,也没有追问另外的原因是什么,似乎在害怕承担什么责任似的。什么责任呢?难道是昨天食堂的事情?对了,应该是这个事情。当然,也可能还是何必然打架的事情,动静这么大,学校肯定也要对她这个做班主任的进行批评和问责。真要问责,对班主任来说,也是无妄之灾。何为心头突然就生起一股巨大的歉意,想着自己这一天一夜里,竟然就没有想过人家学校和班主任的难处,尽是想着自己的孩子。如此便道:"我和您说这些,其实没有什么意思,您可千万别误会!只是想告诉您一些昨日忽略了的细节,还原事情的真相。您教何必然这么多年了,大家心里都有一杆秤,您很敬业,很负责任,也很辛苦,何必然一直很尊敬您,我和孩子她妈也很感谢您!"说完何为就起身,又说:"老师还要上课,就不耽误您的宝贵时间了!"班主任也没有回话,只是微微叹了口气,就把何为送出了办公室。

东都南郊古运河边那所小学食堂里发生的事情,来得突然,让人猝不及防,平息得却也很快。头两天里,自媒体上的信息铺天盖地,几乎都是一边倒地谴责学校、食堂承包企业、当地的教育主管部门。可是到了第三天,自媒体上就开始出现了不一样的声音,其中有一个大V号撰文说,东都所有学校的食堂管理,早有了一套由相关主管部门制定的成熟管理机制。

文章里说东都学校的食堂，都由第三方来承包，承包是要进行公开竞标的。对于承包食堂的企业，有非常苛刻的条件，也有很严格的管理制度。食品采购、食品储存、食品加工，以及食堂的环境卫生、餐具清洁与消毒、从业人员的健康状况与准入资质，都有详细的管理制度和流程。所有的事项都责任落实到了人，采购的食品可追溯源头，每日饭菜有样品存留，食堂财务有预算公示，有日常监督和不定时检查，出现公共卫生安全事故，有快速反应和处理的预案。虽然文章没有明确说明结论是什么，但是很容易让读者自行归纳和总结，在这种管理体系之下，是不可能出现食品安全事故的。

接着，网上那些骇人听闻的现场照片，不利于学校和相关负责人的言论，也悄无声息地消失了。即使没有消失的，也有人从网上找到一些图片，用红线划了重点，与突发事件中的图片进行比对，说这些图片根本就是网上早前的图片，有的竟然都没有经过处理就发了上来，明显是别有用心的人唯恐天下不乱，移花接木，栽赃嫁祸。差不多同时发布的，还有各种官方的通报。相关部门的检测结论说，学校食堂的食材、餐具、环境没有任何异常，没有检测到任何超标的和有害的物质。执法部门说，对食堂承包企业的资质，食堂的管理、卫生、采购、人员，进行了认真细致的检查，都符合相关法律规定和流程，没有任何违法违规之处。

一周以后，自媒体的热点转到娱乐圈里某位明星的出轨事件中去了，人们对学校食堂事件的关注热度，似乎一夜之间便消失了。东都南郊的相关行政主管部门却不失时机地发布了事件的真相。

原来事件的起因，竟然是因为一名学生的家长，在自己孩子与同学发生肢体冲突以后，听信了孩子的一面之词，在没有真凭实据的情况下，进行主观臆测，认为学校食堂饭菜有问题，存在劣质食品和过期食品，之后在网上大量散布谣言,鼓动学生家长闹事。这次事件,严重影响了学校的教学秩序,造成了极其恶劣的社会影响。公安机关决定追究肇事者责任,对散布谣言的学生家长黄某某,带头冲入食堂的学生家长崔某某,制作假照片和假视频、传播不实信息的自媒体从业人员范某某,因为违反《治安管理处罚法》的相关法律条款,予以行政拘留七日至十五日不等。

在网上闹得沸沸扬扬的这个突发事件,正如何为的直觉一样,居然是一个乌龙。这个乌龙在相关部门公布事件真相和处罚决定以后,在少数人茶余饭后又笑谈了一两日以后,就迅速被人们淡忘了,仿佛从来就没有发生过一样。

十二

司马经理三天两头来电话,每次也不拐弯抹角,都是直截了当地问对机器究竟满意不满意?满意的话什么时候可以定下来?何为的回答却是虚虚实实,只说正在研究中,买还是不买,什么时候买,就是没有个确定的答复。这是蔡进点拨的策略,其中的奥妙,何为自然心领神会。虽然工厂急着要买新机器,但也没有必要这么匆促。这种买卖,谁着急谁就被动。对方卖了机器,是等着款子来清账善后,是火烧眉毛的事情,自是越快越好。自家添置设备,是为了转型,转型不是一天两天的事情,快一天慢一天,不会有什么影响。也不用担心卖方因着机器抢手,一下就卖掉了。几十台机器,不是哪家工厂一下子就能吃得下的。当然,即使何为有心早点把这个事情定下，也得等蔡进那边的答复和决心，毕竟自己不是主事的。

看着何为这里一直没个准信，司马又委托方圆来说合。方圆和何为相交这么多年，对何为的心思，只三言两语，便已了然于胸，也不多掺和，只说价格好商量的，不当废铁卖就行。眼看主动应该挣得差不多了，心想是时候出手了，不想刚起了念头，蔡进的电话就来了，两人倒像是有了心灵感应。

何为是有些迷信心灵感应的，前不久辞职，才刚动了念头，还从来没有和谁提起过，工作也还在正常进行，老板却突然找自己谈话，问长问短，表现出了从来没有过的关心，旁敲侧击地挽留。要是在老家，就连打个喷嚏，边上的人也会郑重其事地说，怕是有谁在念叨你惦记你了。当然，除非是家里的长辈对晚辈，或者晚辈对长辈这样说，才会真正是郑重其事。至于外人，尤其是同龄人，多半是调侃，带着暧昧的起哄。若是夫妻情侣之间，要是有一方在外面有了相好的，无论怎么伪装，销毁物证，把可能露出破绽的蛛丝马迹都抹得干干净净，一副若无其事的样子，但在另一方的心里，其实早已经起了无数怀疑的念头，两人在一起，同床异梦，自会生出许多别扭来。只是苦于暂时没有证据，不得不将就着将日子先过下去，等待哪天铁证如山，堵在床头之时，再一起算账。

何为把司马几次来电话的情况大概讲了一下，蔡进认为火候差不多了，是时候进行实质性的洽谈了。通完电话，他便买了机票，次日一早，就和主管技术的股东肖明远一道赶到了东都。

蔡进虽然姓蔡，人却不菜，不是那种优柔寡断的人，做事情干脆利索，想好的事情说干就干，毫不拖泥带水。虽然比何为还大几岁，干劲却比何为足，精力也充沛，好像永远有使不完的劲。这些年，他的生意其实并没有那么顺当，总是磕磕绊绊，每次眼看着要不行了，最后关头却又总能挺过来，好比那打不死的小强一样。何为之所以把一家老小应急的钱都投给他，最后把自己人也投进去，多少也是看重了他这一点的。何为做事总有些瞻前顾后，万事都想求个周全，要考虑方方面面。这样稳妥是稳妥，做起事来却少不得拖泥带水。如此难免会给人婆婆妈妈的印象，甚至有些老气横秋，暮气太重，朝气不足。每回见面，蔡进都说："你这个年龄，不该这样啊！"无论何为搭不搭话，他都发表一通见解："现在国内发达的地区，人均寿命已经接近八十岁，法定的退休年龄也在不断往后推迟，那些身居高位的人，六七十岁还称之为年轻一代。要是用这些标准来看，四十来岁的年纪，虽不是八九点钟的太阳，但应该也还是上午的太阳，还不到午时，正是年富力强，有旺盛生命力和创造力的时候。"方圆也常说"男人四十一枝花"，透露的大概也是这么个意思。

何为的性格，其实倒蛮适合原来在互联网行业的工作，写代码，做项目需求分析。那都是需要考虑方方面面，做得周周全全才好。也不怕婆婆妈妈，工作做得越细致，bug 就会越少。也不知道究竟是原来的工作造就了何为这样的性格，还是何为的性格正好适合了那样一份工作。现在和蔡进两人搭档，性格倒也形成互补，何为可以在蔡进快马加鞭的时候，在后面拉拉缰绳，以免马失前蹄。何为要是在磨前打转转时，蔡进也可以从旁边抽上两鞭子，加快一点速度。

何为到机场接了他们，便直奔吴州而去。方圆得到消息，也赶了过去，与何为一行一脚前一脚后地到了司马的工厂。众人见面，打过招呼，略作寒暄，司马就引领大家一起去车间看了机器。何为上次只是走马观花地看了一下，蔡进和肖明远这回却看得很仔细，边看边问，拍照片，做记录，忙得不亦乐乎。每一台机器的功率、吨位、出厂日期、保养情况、关键部件的细部、磨损情况，都没有放过。

所有功课做完，已到午饭时分，司马在工厂不远处一家吴州本帮菜馆，给大家张罗了午饭。菜馆在偏僻之处，店内也还算干净整洁，装修朴实无华，有点农家乐的味道。虽然到了饭点，食客却不多，台面大都空着，估计主要做的就是附近几间工厂的生意。司马领着大家进了一个包间，包间里的装修也和外间一样简单，没有华丽的装饰，偌大一张圆桌，周围摆着十来把椅子。

　　服务员送来菜单，放在司马面前，司马看都没有看，就把菜单推给了何为，并说："每人点几个自己喜欢吃的菜，这里条件简陋，就吃个便餐，请大家多多包涵，不要怪罪。"何为把菜单推给肖明远，肖明远又推给了蔡进，蔡进又推回给司马说："哪里，给司马经理添了麻烦，不用这么客气，这里您熟悉，还是您来点。"

　　司马却又把菜单推给了方圆说："方老师，请您来点吧！"方圆说："既然你们都客气，那我就不客气了！"服务员很机敏地走过去，方圆指着菜单点了几样，点完又问大家有没有忌口的。司马问服务员有什么酒水，大家都推脱，说喝茶就好，酒就不要喝了，等会儿还要谈事，事情谈完又要开车。司马也不再勉强，就势要服务员上菜快点。大概是客人少，服务员出去没几分钟，菜就陆续上来了。先上的是醋泡花生米、拍黄瓜、酒炝河虾、盐水毛豆，都是半生不熟的东西，接着熟菜也开始上来。司马和方圆不断转动玻璃圆盘，把新上的菜推到何为与蔡进三人面前。三人却也只是稍微动下筷子，又把圆盘转向了其他人。饭吃得不温不火，话也谈得不咸不淡，都是些无关痛痒的话题，东扯葫芦西扯叶。大家好像都约好了一样，谁也不开口谈核心问题，也或者大家都在玩着心理战术，看谁先沉不住气，谁就要占着下风。司马经理看上去急得不行，几次把眼光看向方圆，方圆却也装愣充傻，装作没有看见或者没有领会司马的意思。司马看方圆无心配合，实在忍不住了，就自己把话题引到了买卖上。

"何经理、肖总、蔡总，机器你们也看过了，还有什么需要了解的，尽管说，我都会言无不尽。"

"其他倒没有什么，就看看价格是否合适了。"看司马开了口，蔡进倒也直爽，单刀直入，直奔主题。说完直看着司马，生怕漏过他任何表情。

司马把餐桌上的玻璃圆盘又转动了一下，说："你们要多少台呢？"

蔡进说："我们小工厂，要不了几台，具体得看价格。"

司马说："我们买的都是新机器，大家都同行，机器的价格都不会陌生，这种进口机器，进回来一台小五百万。"

蔡进说："嗯，新机器是要四五百万的，我们就是买不起新机器，才来买旧机器的。"

司马说："这机器也就用了一两年的时间，怎么着也有六七成新吧，要是按财务上的十年折旧，也只是折旧百分之二十。"

蔡进听得似乎大出意外，料不到司马会这样来谈，听了没有接话，把眼光转向了何为。何为也很意外，看他的意思，估计是要以买进价格为基数，按财务折旧的思路来谈了。要是这样，恐怕根本就谈不下去，和蔡进的心理价位会相去甚远，也和工厂的预算相去甚远。看蔡进不接话，何为只好说："是啊，机器都是好机器，时间也确实不长。不过，再好的机器，要是不运转，也只能是一堆废铜烂铁，放得越久，越不值钱。还得保养，保养也要钱。而且得有地方放这些机器，放机器的地方，每个月的租金也是不少吧！"

肖明远接腔道："现在整个镁铝合金压铸行业，日子都不好过，这几年大家都在扩张，产能早已饱和，基本都没有什么利润。很多同行说，机器不开比开了好，不开至少不用愁着人工和电费，开了的话，这都是固定的开支。"

蔡进又接了话说:"司马经理的工厂还幸运,目前还没有官司上身,工厂还有权自己处置资产。我一朋友的工厂,因为债务纠纷,所有资产都被法院冻结了,拍卖了几年,都没有买家,眼睁睁看着一堆机器真正变成了废铁,一分钱也换不出来。"

司马看着三人你一言我一语,讲相声一样,说了一大通,却也只是听着,并不接口。蔡进看司马似乎油盐不进,就看了看表,和何为说:"我们晚上的飞机,要不今天先这样?"

何为正要开口,不想司马却又抢了话头说:"蔡总这么着急啊,这么远到东都和吴州,如此来去匆匆,也不多留两日?饭大家也吃得差不多了,要不我们回办公室聊吧!"

大家只好又跟着司马,回到了工厂办公室。司马给大家让好座,倒了茶水,便说:"大家稍微等会儿,我去去就来。"说完就拿起手机走了出去,拉上了办公室的房门。

蔡进看司马出去,摇了摇头,轻声说:"这架势,要谈下来怕是不易,得另做打算。"

何为点头,没有作声,想这工厂都这样了,前面司马又如此急不可耐,这会儿却又不着急,是有些让人捉摸不透了。难道有了大买家不成?方圆一直没有插话,这个时候却解答了三人的疑惑:"蔡总,不要着急,慢慢谈嘛!司马应该去请示大老板去了,他做不得主的。"

蔡进说:"我倒是不着急哟!买这种二手设备,要靠运气的。"

司马过了约一刻钟才返回办公室,一进来就连声说:"对不住了,让大家久等了。"坐下后,又说:"蔡总,何经理,我看你们是有诚意的,我们的情况你们也都知道,要不你们给个价格吧,只要过得去就行了。"

何为看了下蔡进，蔡进微微点了下头，示意何为先开价。何为按事先商定的心理价码说："司马经理，那我就直说了，一台六十万，配机械手一起。"

何为说话的时候，大家都把目光投向了司马，看他反应。司马的表情并没有什么大的变化，想必刚才的报价并没有偏离太远。只见他双眼微闭，像是在纠结、思索、酝酿，过了一会儿才睁开眼睛说："加二十万一台，最少五台起卖，如何？"

"我们这次最多只要两台，工厂太小，买回去也没有地方安，加二十万太多了，一两万块还是可以的。"肖明远说。

几番讨价还价，双方加加减减，最终以七十二万一台达成协议，连机械手一起搭配，购买两台。等敲定了付款方式，设备交付时间、运输等细节事项以后，几人又选定了要买的两台机器，当场拍了照片。商定等确定机器拆卸和包装起运的时间以后，由何为再过来现场看着。

离开吴州去机场的路上，蔡进显得有些得意地说："总算捡了个大便宜，而且还搭配一套机械手，机械手目前一套也得三十万了，虽然总体预算比我们之前的贵了一些，但是都还可以接受。"

何为只是笑笑，肖明远说："那机器的成色，比预想的还要好。"

蔡进并没有顺着刚才的话题说下去，却又念叨起困难来了："虽然只贵了二三十万，对我们也是很大压力呀！本来买这个机器，就是要想办法从别的地方挤一挤，挪一挪，能拖欠的房租、电费、工资、原料款，尽量拖一拖，现在又凭空多出二三十万，工厂里怕是再也挤不出来了，还得大家想想办法，各自去筹一筹。"

何为听了，却有些着急，想自己能到哪里去筹呢？几年以前投进去的钱，现在连个钱影子还没看到。过去那点工资，看着不少，但每月还了房贷，加上日常生活的开支、孩子的教育、各种人情往来、给父母按月象征性的一点孝心后，本就所剩无几。看着别家的孩子每年都被父母带着满世界打卡，自己每年也总得带着孩子们出去一次吧，虽然比不得别人都往国外跑，只是在国内转转，但那也是一笔不菲的开销。蔡进像是看出了何为的心思，说："主要还是我们几个来想办法吧，你的情况我是知道的，你就不要去筹了。"

听蔡进如此说，何为心里着实松了一口气，面子上却过不去，只好咬着牙说："我是实在筹不来一分钱的，要不我的工资，这两个月暂时不发了吧，也做一点贡献，尽些微薄之力。"说完却又后悔，两个月不发工资还能撑得下去，万一要是拖得长了，那可就有得麻烦了，到时候要是还不出房贷，要去找柳依垫钱，不知道又得费多少口舌，免不得还要被她抢白一顿。柳依那里是还有一些存款的，只是她好像越来越看重钱了，说儿子还这么小，得给儿子存钱。平常家里的开销，是一分钱也舍不得掏，除了成天在网上重复购买各种从来不用的东西外。

蔡进也没有说好，也没有说不好，只说到时候再说吧。他估计也不知道何为这瞬间的许多心思，一会儿竟然又转了话题，说："只可惜资金不够，不然真可以一口气买上五台十台。"大有要把人家工厂的机器一口吞下之势。

到机场放下两人，车刚开到高架上，方圆的电话就来了，好像算准了时间似的。何为按了接听键，方圆那洪亮的声音就传了过来。"兄弟，今天还算满意吧？其实你们后面的钱，哪怕不加，恐怕也得成交。你是不知道，他们大老板家里现在正坐着十几号人呢，都是社会上专业要债的。"

何为说："你马后炮，怎么不早说呢？"

方圆说："我前几天不就和你说过了吗，只要不是废铁价就可以。而且今天也有暗示啊，要你们慢慢谈，司马去请示大老板了。不过今天这个场合，两边都是朋友，我哪里能插话呢？别人会以为我不厚道，落井下石。"

挂了电话，何为想，做人还是应该要厚道些，总不能自己尽捡着便宜占，要是价格再往下谈，不是乘人之危趁火打劫嘛。

十三

从机场回来，走出电梯，满眼杂七杂八的快递包装物胡乱地堆放在靠门的楼道里，隔着门能听到屋内电视里传出来的巨大声响。何为心里嘀咕了一句"又乱扔"，便弯下腰来收拾，把碎裂的泡沫板、揉成一团的封箱带、黑的白的塑料袋，一件件捡起来，塞进小纸箱里，小纸箱又装进大纸箱里，归整好码放在门边，才从包里掏出钥匙来开门。门一打开，抬眼看到餐桌上一堆吃剩下的外卖，摊得满桌子都是，何为的眉头便皱了起来。电视里面正在播放《奥特曼》，一个怪兽一脚踩塌了一栋大楼；一个银盔蓝衣红裤的奥特曼，单腿跪在远处，一手撑地，一手擎着武器，作势要攻击。武器是半月形的，闪耀着银光。何定然手中也举着一把奥特曼的能量剑，单腿跪着，模仿着电视里奥特曼的动作。柳依半躺在沙发上，两腿搁在茶几上，双手捧着手机，大拇指在屏幕上快速拨动着。听到开门的动静，她知道何为进来，眼皮都没有抬一下，说："你吃饭了吗？"

何定然看到爸爸，一下跳了起来，跑到何为跟前说："爸爸，电视里的是什么奥特曼？"

何为这才舒展了眉头，一把抱起他，满脸带笑地问："什么奥特曼呢？小宝告诉爸爸，好不好啊？"

"赛罗奥特曼！"

"小宝真聪明！"

"爸爸，赛罗奥特曼手里的是什么武器？"

"什么武器呢？"

"赛罗孪生剑！"

"赛罗奥特曼还有什么武器呢？"

"赛罗眼镜、究极铠甲、赛罗奥特火花、帕拉吉之盾。"

"这么多啊？"

"我们打怪兽好不好？爸爸演怪兽，我演奥特曼！"

"乖崽崽，等会儿爸爸和你玩，爸爸先吃饭，好吗？"何为放下何定然，对柳依说："怎么又吃外卖呢？煮个饭有那么难吗？"

柳依仍没抬头："我接了小宝回来都快八点了，累得要死，哪里还有力气做饭。我以为你在外边吃，没给你留，你自己随便弄点吃的吧。"

何为放下小宝，抬脚到了何必然门口，敲了敲，推门进去，见何必然正在收拾书包，便问："作业写完了？"

"笔头作业都完成了，还剩两个手机作业，一个是朗读课文，一个是安全知识竞赛。"何必然一边收拾一边说。

"哦，那你抓紧完成吧，今天不要写字了。"

对于学校的手机作业，何为也是满肚子牢骚的。现在手机上的诱惑太多，连成人都克制不了自己，更何况是孩子？要是总让孩子频繁接触手机，说不定哪天就被什么内容勾住了，魂都会勾走的。何况手机对孩子的眼睛伤害这么大。把手机单独给何必然,何为是不放心的,只要他需要做手机作业,就会在旁边盯着。这无形中让何为充当了陪读,空耗掉许多时间。学校要求安装的 APP 有好几款,有语文的、英语的、英语人机对话的、课外阅读打卡的、专门用来布置作业的。时不时还有各类竞赛、知识问答、问卷调查,都需要用到手机。花样层出不穷,目的只有一个,就是让家长下载专门的 APP 或者注册某个小程序。家长害怕孩子玩手机上瘾,像防贼一样防着,学校却变戏法似的,不停地往手机上加任务。何为也曾向班主任质疑过,期望班主任解惑。班主任说都是上面安排的,会把意见反映上去。不过她又说,自己个人的看法,现在手机是趋势,知识不仅仅来源于书本上,也来源于手机上,只要不是有害的就行。何为却不敢苟同她的说法,手机本是个好工具,可以方便人,可以将人碎片化的时间充分利用起来,但是现实却很骨感,人的时间反而被手机碎片化了。手机的工具属性越来越低,人控制手机的能力越来越弱,反过来,人大有被手机奴役的趋势。

何为要柳依去陪着何必然做手机作业,自己想去煮碗面条吃。柳依说:"我刚发了一篇文章给你,你看看。"

柳依发来的文章,标题是《重磅!刷爆朋友圈,不看耽误孩子一辈子》,一看就是那种夸张的标题党。就像旧时街头玩杂耍卖狗皮膏药的,玩杂耍是假,卖狗皮膏药是真。敲一声破锣,翻几个跟斗,引了人来围观,又敲一声破锣,吆喝一嗓子:"有钱的捧个钱场,没钱的捧个人场。"文章的前面是东都民办初中升学攻略之类的内容,末尾却又是广告,介绍一个小升初补习班的课程,说是北大名师一对一辅导。

柳依上回与蒋芙儿见面回来,突然就无比地热衷起了何必然的学习,好像一下子掌握了时间机器,从里面挤出很多富裕的时间,用来研究小升初这档子事。自己一个人研究还不行，非要拉着何为一起，每天都有这类文章发给何为，内容大同小异，说的无非都是民办初中如何如何好，大家如何如何挤破脑袋要往里面去，却又是如何如何难以进得去。

煮好面条从厨房出来，何为看见柳依还是坐在那里看手机，姿势都没有变，就问她："怎么还没有去陪着他做手机作业呢？"

"我把平板给他了，他自己在里面做呢！"柳依把茶几上的一条腿搁在了另外一条腿上。

何为有些不放心，把面条搁在餐桌上，便又去看何必然。他正趴在床上，双手捧着平板，两个大拇指在平板上快速动作。何为低头一看，平板上打开的是语文 APP 的朗读界面。

"还没有做完？"

"正准备做。"

"刚才那么久干吗去了？"

"我整理书包，然后查了个资料。"

"那你抓紧点吧，我坐在这里陪着你。"

何为说完，就在床沿上坐了下来。何必然刚读了一句，房门被推开了一条缝，何定然的小脑袋慢慢探了进来，接着他把门一点点全推开了，人也跟着走了进来。他手里还举着那把奥特曼能量剑，剑上闪着红光，走到何为面前，抬着小脑袋说："爸爸，你不是当怪兽的吗？"

"弟弟，你出去！"何必然不高兴了，怪弟弟打扰了他。

"乖崽崽，你先出去，先让妈妈陪你洗澡，爸爸陪哥哥做完作业，再和宝宝玩。"说着何为抱起何定然走了出来，把他塞给了柳依，说："你带他先洗澡，我陪大的把作业做完。"

何为盯着何必然做完网上的作业，顺手拿过他手里的平板，说："洗洗

95

上床睡觉吧!"何必然眼巴巴地看着平板,那神情,就像一块快要塞到嘴里的蜜糖突然被人抢了去一样,恋恋不舍,很是不甘,嘴巴砸巴了好几次,似乎在想念那个味道的美好,其实是想说什么,最终又没有说出口。

面条凉了,吸干了面汤,粘在一起,糊成一团,筷子夹起来,一夹一大把,分也分不开。何为吃完面条,收拾完桌面上的外卖垃圾,刚拿出老家的农家茶,想美美地泡一杯喝,小宝却已经洗完了澡,光着身子从卫生间里跑了出来,喊爸爸帮他穿衣服。何为只好放下茶罐,帮他擦干身子穿好衣服,又抱他到床上,给他讲故事,等柳依来陪他。他大概是玩得太累了,也或者是太晚了,和往常大不一样,一个故事还没有讲完,眼皮子就在打架了,努力睁了几次,最终扛不住瞌睡虫捣乱,侧过身,腿一缩,便呼呼地睡了。

柳依洗完澡,却没有进去卧室,穿件粉色睡衣,披头散发的,还坐在沙发上看手机,没有要睡觉的打算。何为出来,看着光火,便说:"你就不能不总是抱着个手机吗?看本书不行?"

"我又没有影响到你,你干吗那么大火气?"柳依怼了回来。

"没有影响我,但是会影响到孩子!"

"怎么就影响孩子了?"

"孩子有样看样,看到你总拿着手机,也会拿起手机,舍不得放。"

"搞得好像你不看手机一样,何况我是在查看小升初的资料。"

"有什么好看的,翻来覆去,不就那些内容吗?"

"你是不想让儿子上民办了?"

"那你倒是说说看,民办有什么好?"

"发了那么多资料给你,敢情你都没有看的?你对儿子也太不负责任了吧?"

何为倒不是没有看，相反是看得太多了，而且是越看越烦躁。每天打开手机，头条上，百度上，家长帮上，作业帮上，浏览器上，每一个有资讯的 APP 上，不一会儿便弹出这些信息来，满屏都是大同小异的内容，仿佛这手机已经吃透了何为一样，知道他想要看什么，或者逼着要他看什么。看一带三，看三以后无穷无尽，像嚼过的口香糖一样粘在身上，撕也撕不掉，又像唐僧被盘丝洞的蜘蛛精缠住了，脱身不得。看头几篇的时候，何为倒也还气定神闲，并不排斥，只是脑子里有了一个念头，怕是得好好研究一下民办初中和小升初这回事了。自从被口香糖粘上，被蜘蛛精缠住以后，加上柳依一有时间就念叨，说谁家的孩子在学奥数，谁家的孩子新概念已经学完三了，何为却又心浮气躁起来。他自认为不是唐僧，没有那份定力。

他总感到哪里不对，又不知道是哪里不对，内心里好像有一栋房子要拆了，那是一栋花了多年心血辛苦建造的房子，正在被人一点点拆除。今天揭一片瓦，明天拆一根椽子，后天拔掉一块砖头，人却被拆房子的人锁在屋子里，出不去，眼看着一天天瓦解，眼看着要轰然崩塌，眼看着就要被掩埋在废墟中。有时候又像是在做梦，梦见房子被人拆了，梦里有一种要无家可归的焦虑，刚要醒来，那梦里却又起了台风，风浪把船打翻，人在大海中漂荡，内心无比恐惧。

"我都看了，怎么感觉好像是这些民办初中和补习班勾结在一起，制造舆论，制造一种短缺的恐慌，就像前些年房产商和中介一起导演房子热销排队抢号一样。"何为被柳依一阵乱枪扫射，有点招架不住，却还在负隅顽抗。

"就你聪明理性，大家都糊涂？没有看到人家排队抢号买房的，如今房价翻了多少倍？"柳依又一梭子弹射了过来。

何为实在无力招架，只好举起白旗，欲要投降。柳依抓获了俘虏，得胜还朝，在路上还要向俘虏继续展示武力，再踢上几脚。

"我选了五所学校，作为重点目标，回头我们再找蒋芙儿取经。"

"她那肥嘟嘟的儿子，读书不是一直是打酱油的样子吗？我记得你总说她一直羡慕你儿子学习好不要操心的哟？"

何为一下找到了敌人的破绽，毫不放过机会，立刻组织反攻。趁着柳依还没有反应过来，又加大了反攻力度。

"你想想，东都每年十几万小学生毕业要升初中，而民办初中只有那么几十所，学位加起来也就一万五千个，难道除了这一万五千个孩子以外，其他孩子都不要上高中了？不要上大学了？可是，我看到数据，东都每年参加高考的人，也有五六万，就算是那些民办初中里的孩子都上了高中，那么剩余的四万多高考生又是哪里来的呢？肯定不是从外星移民来参加东都高考的吧？不是从外星来的高考移民，那就是从东都的公办初中里考上普通高中的，对吧？所以，公办初中一样有机会上普高考大学，是不是？还有一个问题，难道民办初中里就没有垫底的孩子了？每一个都是第一名？"

何为虽然每天被手机里的小升初资讯搅得烦躁不安，却也没有忘记去寻找一些理性的数据来做客观的分析。以这些数据分析出来的结果，和那些口香糖一样粘上来的资讯，在何为脑子里面天天打架，各有胜负，一直没有决出个高下来。柳依显然没有防备何为的绝地反击，也不看手机了，腿从茶几上放了下来，嘴巴张开，好像下巴快托不住了，要掉了下来。她一时找不到话语来反驳他，只好祭出她的撒手锏："难道儿子就不是我辛辛苦苦十月怀胎生下来的？反正我不管，必须听我的，给儿子上民办，周六我就约蒋芙儿，你必须一起！"

看柳依油盐不进,何为无计可施,只好高高挂起免战牌,又拿起《史记》来装模作样要读,却又哪里读得进去,眼睛看着书本,神却游在千万里之外。一会儿是工厂的事情,机器已经落实了,很快就可以运到寮城安装,可是客户呢?自己得抓紧去找客户。一会儿又是孩子教育的事情,自己难道就真的这么反对上民办?恐怕也不是。那么怕什么呢?怕资金压力?自己辛苦打拼,还不都是为了孩子,再没有钱,孩子读书要花的钱,就是自己勒紧裤带过日子,也不会少了他的,何况现在不至于到那光景。那就是和自己对孩子的期望不符了?是害怕孩子进了民办,小小年纪就淹没在应试刷题的汪洋大海中,没有时间读自己给孩子规定的书目了?那是一串长长的书单,从小学一年级开始,一直排到了高中,详细列出了哪个学期读什么书,哪个假期又读什么书,由易到难,由浅入深,涵盖了国学、文学、历史、科技、天文历法、地理游记,看上去五花八门,其实重点非常突出,因为每一个阶段都穿插了一个系列,那就是中医。四年级暑假《药性赋》,五年级暑假《汤头歌诀》,六年级暑假《神农本草经》,七年级暑假《伤寒论》,八年级暑假《金匮要略》,九年级暑假《脉经》和《思考中医》,高中三年《素问》《灵枢》《道德经》《南华经》《列子》。除了《思考中医》以外,无一例外,这些和中医相关的经典都要求孩子能背诵。

在骨子里,何为是希望何必然能成为一个儒雅大度的人,一个有开阔思维的人,最终能步入中医这个神秘的殿堂,做一名良医。

随着年龄的增长,见识的增多,眼界的开阔,世事的变迁,何为隐隐约约觉得,也许自己走错了路,不应该随波逐流,放弃祖业。毕竟是祖传六代的中医啊,断了传承,多可惜!所以,何必然刚上小学,何为就有意引导他往中医的路上走,激发他的兴趣,给他打基础。父亲虽然没有说什么,但是听说孙子在背《药性赋》,心里自然也是高兴的。

十四

乌黑发亮的寿器安放在堂屋进门的左侧,祖母的遗像端端正正地摆放在寿器前的供桌上。祖母仙逝,父亲、母亲和自己在一边商量丧事。其他人呢?其他人都哪里去了?为什么没有人来帮着料理?搭建灵堂,写挽联,做道场,行大开路,置办白宴,千头万绪,却没有人来帮忙。几件新打的家具搁在堂屋里透风,刚上的油漆还没有干透。家具是老式的,漆是上好的山漆,透着红光。双门的衣柜,用的是黄铜合页、黄铜拉手,两扇门上画了一对仙鹤,那鹤一飞冲天,就要飞入云霄了。碗柜下面放着坛坛罐罐,坛坛罐罐里有酸豆角、酸刀豆、霉豆腐、剁辣椒、麸子肉、豆豉,还有父亲最爱的冰糖杨梅酒。那是用自家酿制的米酒,泡上山里摘来的青梅,加入一包冰糖。冰糖是一盒包封,油纸包着,贴了红纸,用细绳捆好。碗柜四四方方的长条台面上,有一个茶缸,茶缸是黑色的陶瓷茶缸,里面盛满了"老巴叶水"。缸上面有一个嘴,像个乌龟头。台面上的柜子,门是镂空雕花的推拉门,四扇门上各有一只麻雀。麻雀饿了,要到稻田里去捉虫子吃,捉不到虫子,它们就吃刚长穗的稻子。稻田里到处都有稻草人,稻草人都戴着斗笠,穿着各式的衣服,有咔叽布的中山装,有粗麻布的对襟大褂,还有四个口袋的绿军装。红的白的干辣椒、腊肉、笋干、茄子干、萝卜干、干黄花、干蕨菜、干紫苏、大红枣、红薯干、采瓜皮,还有盐油罐里白花花的猪油和雪粒子一样的盐,把碗柜塞得满满当当。那架风车,涂的是桐油。双抢打下来的稻谷就要晒干了，可是大风来了，树要拔起来了，屋顶要揭起来了，把人都要吹翻了。挑着两箩一两百斤的谷子，走在木桥上，桥面是三棵松树搭起来的，斗笠吹落到河里去了，顾不得去捡。风把云吹了过来，一大片黑云，白天变成了黑夜，大雨来了，倾盆而下。田里的水涨了，塘里的水涨了，河里的水也涨了。溃了，田埂溃了，塘坝溃了，河堤也要溃了。风车吹掉秕谷，推着独轮车交粮去。粮站收的谷子，不能有砂砾，不能有秕谷，不能潮湿。那看磅秤的是龙四，跋着人字拖鞋，穿着红背心，手里摇着破蒲扇，扁着个后脑壳，吊着双带着毒的牛眼睛盯着人看。粮站外推独轮车的人越来越多，男人在后面推着，小孩在前面用绳子拽着，女人肩上挑着。太阳火辣辣地晒，满身淌汗，湿透了衣服，肩上擦汗的毛巾也湿透了。起火了，从后面的屋顶着起来了。火势越来越大，堂屋的椽子也烧起来了，瓦片开始掉落，半边墙就要彤塌，怎么没有人来救火，远远近近看不到一个人。人呢，人都哪里去了？屋子就要烧没了，好在又下起了雨，一下就把房顶上燃起来的大火浇灭了。天黑了，没有电灯，屋子里点了几盏气死风的煤油灯，人都上床睡去了。夜静悄悄的，狗叫了，打破了夜的宁静。一条狗叫，两条狗叫，三条狗叫，所有的狗都叫起来了，龙王坡上"哐哐"传来震天巨响，盖过了狗叫声，泥石流从高处一泻而下，从观音坳那边涌来，把东厢房的门冲坏了。何为从巨响中惊醒，一把抱起熟睡的小宝，跑了出来，却来不及去西厢房救父亲、母亲和大宝。幸好泥石流停在了东厢房门里，没有摧毁其他房屋，父亲披了件衣服从西厢房里出来，问发生了什么事情。

何为惊魂未定，刚喘一口气，似乎听到柳依在大喊："你怎么啦？大喊大叫，吓死人了！"何为睁开眼睛，却发现自己好好地躺在床上，柳依正用手使劲摇着自己，小宝还睡在两人中间，没有大火，也没有泥石流。原来刚才做了场梦，一个遥远的梦，一个长长的梦，一个清晰的梦，一个可怕的梦。何为再无睡意，从床头拿起手机一看，五点半了。起来掀起窗帘看屋外，晨曦初露，一抹朝霞，映红了东南方向一群高楼后面的半边天空。

何为的祖母早在何为童年的时候就去世了，梦里的房子也早拆了，翻盖成了砖混结构的小洋楼。那么这梦又是什么意思呢？场景错综复杂，却又条理清晰，醒来后还能记得住。何为从书架上抽出一本已经翻得破旧不堪的《周公解梦》来，把梦境里的关键词梳理出来，列在纸上，翻着书，一项项地对照解梦。按书里的说法，梦到亲人死去，意味着旧的结束，新的开始。那么结束的旧的是什么呢？新的开始又是什么呢？难道指的是刚刚辞去的工作和刚刚接手的工厂里那一摊子事情？黑色的棺材，意味着升官发财，黑色在五行五色里面属于水，水也是财的意思。升官这辈子是没有希望的了，就是天上有官帽子掉下来，恐怕也不会落到自己头上。发财倒是还有可能，莫非寮城工厂的这次转型、买机器，路子真的走对了？雨水有点复杂，一方面代表收获和成果，一方面又代表悲伤，还是一种阻滞，也是出行的阻碍。那么会有什么收获、什么成果呢？又会阻滞什么呢？又因为什么而悲伤呢？不得而知，这个先不去想了，反正也想不出来。梦见大火，也是意味着要发财的意思，大火被熄灭，却又要失意，有麻烦。泥石流会有不可预计的困难要发生，情绪会失控，会有大爆发。这几项都是不好的预兆。衣柜、碗柜、风车、稻草人、麻雀、送粮这些又作何解呢？嗯，太多了，不去想了。

放下《周公解梦》，何为又想，《黄帝内经》不是对梦也有解释吗？好像是阴盛梦水阳盛梦火，具体记不得了。便又到书架上找来《黄帝内经》，翻了半天，在《素问·脉要精微论篇第十七》中找出了相关内容。书中说："是知阴盛则梦涉大水恐惧，阳盛则梦大火燔灼，阴阳俱盛则梦相杀毁伤，上盛则梦飞,下盛则梦堕,甚饱则梦予,甚饥则梦取,肝气盛则梦怒,肺气盛则梦哭,短虫多则梦聚众,长虫多则梦相击毁伤。"自己梦到了雨水和泥石流,算是梦到了水,那就阴盛了,而又梦见了火烧房屋,是否就是阳盛了呢?而水又浇灭了火,是否是阴阳俱盛而"梦相杀毁伤"呢?梦中有亲人去世,自然有悲伤哭泣,哭则是否是肺气盛呢?梦中泥石流和大火,是有恐惧,恐惧是不是和肾有关呢?是否肾气虚呢?想想又怕不对,好像书上哪里还有关于梦的记载,翻遍《素问》也没有找到,只好又从《灵枢》里找,不想从目录里就看到了《淫邪发梦第四十三》的篇章。内容和素问的说法倒是大同小异,只是更加详尽,指明人所以有梦,是因为邪气运行于经脉之内,导致人的魂魄飞扬不定,让人睡不踏实,梦便纷至沓来。邪气在不同脏腑则有不同梦境,其中一句"客于肾,则梦临渊,没居于水中",则似乎和恐惧相关,人掉落在水里,那肯定是要丢魂失魄的,哪来不恐惧呢?弄了半天,也没有分出个子丑寅卯来,只是想着,自己身体怕是报警了,大概是阴阳失调,肺气盛,肾气虚,得问问父亲才好。

大概是因为梦境太过复杂清晰,何为脑子里总是摆脱不了梦里的一幕幕,做早餐的时候,送何必然上学来回的路上,都没有停过。后来又想起是否要用弗洛伊德《梦的解析》那套理论来解析一下,却又不熟悉那些东西,只好百度了一阵,归纳起来的结论是:梦是欲望的满足。大概是一种被压抑了的愿望,打碎了以后,在梦的世界无序重组,得以达成;又或者是儿时的深层记忆左右了梦;又或者是这些日子里的重要事情通过梦的重新组装演绎;又或者是源于性的心理焦虑。脑子一团糨糊,竟然理不出半点头绪。只好自我安慰"日有所思,夜有所梦"。可是,这许多日子里,又何曾想过这些莫名其妙的场景呢?

一早胡思乱想,工作却也不敢耽搁。机器已经定了下来,很快就会起运到寮城去安装调试。蔡进负责去弄相关的行业准入资质，自己这头的重中之重，便是要全力以赴开发客户。手头并没有现成的资源，何为把认识的人在心里细细地过了一遍又一遍，却只是用笸子梳光头，一丝没有。认识的人里，没有汽车行业或者汽车相关行业里的，不等于他们也都不认识这个行当里的人。何为眼前一亮，犹如夜行在野外迷失了方向的人，忽然看到了隐隐闪烁的灯火一样，兴奋了起来。朝着灯火的方向走了过去，由隐约到明亮，越来越清晰。

　　早些年互联网行业流行过一个"六度分离理论"，说是最多只要通过六层关系，就可以联系到你想要联系的任何人，现在何为笃信这个理论。找朋友的朋友，从身边认识的人入手，一个个去问他们，看看谁认识汽车领域的人，无论是传统燃油车还是新能源汽车，无论是整车厂还是配件厂，反正只要有认识的，就好办。通过一个朋友，认识另外一个朋友，相信很快就可以摸出一些道道来。思路一打开，思维便越来越活跃，除了通过朋友的朋友这条路以外，又琢磨出一条路子来。汽车行业、新能源汽车行业、动力电池行业、汽车材料行业，都会有各种展会、各样的行业会议和学术交流会议，那都是能最快渗透进行业里去的场合，产业最前沿的动态、发展方向，都能通过那些场所来了解和认知。更重要的是，那也是产业圈里的社交场所，可结交朋友，寻找准客户。等到相关资质已经具备了，有了一两个客户以后，自己工厂也可以去参展，设立展台，还可以到行业会议上去做专题演讲，介绍镁合金在新能源汽车上的应用前景。

　　过去几年的行业展会和行业会议信息，网上都能找到。何为把这些零零碎碎的信息一点点复制下来，整理成表格。主办方、承办方、参会单位、参会嘉宾、其他与会人员、活动地点，都列在了一起，一比对，就发现了规律。原来主办方总是那么一些单位，参会的企业与人员，邀请的嘉宾，每次也都大同小异。再搜集了未来一年里即将要举办的活动预告，一比对，和已经举办过的类似，参会的也还是那些人，变化的只是时间和地点，以及会议的主题。

对于何为来说，这是一个重大的发现。这个行业看似很大，其实圈子却很小，只要勤去赴会，相信不要一年，就能在行业里混个脸熟，交到不少朋友，也会开发出一些客户来。何为精神一下大振，信心瞬间倍增。一会儿又想，干脆把所有的电池厂和新能源汽车整车厂，都从网上找了出来，先制作一个拜访地图，无论如何，哪怕先去陌生拜访一轮也行。做好地图，又动手制作了一份工厂的PPT，对工厂的设备、技术能力、镁合金的材料特性，都做了详细介绍，更是拓展性地对镁合金在汽车零部件上的应用趋势，做了非常专业的分析。这些都是准备投身工厂以来所做的功课，何为早已谙熟于心。做好以后，觉得还不够，又做了一份专门针对新能源汽车镁合金应用方向的PPT，着重从降低重量、提高能效、防水散热方面进行了分析，其中一些思考，都是何为的创新性思考，网上并没有人提出过类似方案和观点。

在电脑边连着趴了几天，脖子都有些酸痛了，有时候眼睛还发胀。这日忙完，何为站起来，双手交叉抬起，做了几个前后左右拉伸的动作，何必然正好放学回来，他一进门，便递给何为一张通知，说："老爸，周五下午要开家长会，你签下回执。"

何为接过通知一看，上面并没有说为什么而开家长会，只是强调必须由父母参加，也就顺手签了字，递还了给他说："家长会还是要你妈妈去吧！"何为不太乐意去开家长会，是因为头次家长会就是何为去的，看去的都是妈妈居多，爸爸就那么几个，坐在教室感到很是突兀。

前几日忙的时候，何为早已把那晚上的梦抛到了脑后，此刻工作理出了一些头绪，脑子稍微一空闲下来，那梦又浮现了出来，心想还是得问问父亲，要他帮着解解梦。即使不问梦的事情，也应该给父母打电话了，过去都是每周要视频一两次的，这段时间，却有大半个月没有和他们连线了，只是在微信上给他们留言，问道两声，解释说近些日子忙。父母却也没有多问，怕是早猜透了何为心情不好，不然两周不连线，他们也早打过来了。电话打过去，是母亲接的电话，她说有病人来开方子，父亲一时不得空。没说几句话，母亲接连咳嗽了几声，何为担心得不得了，忙问她怎么了。母亲说："有得事，就是晚上受凉了，过几天就会好，不用担心。"她问孙子，何为说："都好着呢，晚上要他们和奶奶视频吧！"说了几句，父亲的声音传了过来，说是方子开完了。何为便给他讲了那晚的梦，父亲听完以后，沉默了一会儿，才说："这梦没有太大意义，不要有心理负担，只是工作上要留有后手，做什么事情，都不能太过乐观，要准备一些万一不按预设的轨道发展时的应对方案。"聊了一会儿别的以后，临挂电话前，他又说："要注意家庭关系，懂得互相体谅。身体上，有时间去量个血压看看。"

因为在家里办公，何为和父母通完电话，便去托儿所接何定然了。不在托儿所吃晚饭的孩子，从四点开始就陆陆续续有家长来接走了。何为来的时候，也还不到五点，正好又遇上了林巧娟，两人一起在门口等老师把孩子从楼上领下来。托儿所是租了一套两层的大商铺，楼下一半是大厅，一半则隔成了两间教室。大厅里铺了彩色防摔的垫子，垫子上放了一架滑滑梯，滑滑梯周边散落着一些EVA的大型积木玩具。楼上全部是隔出来的教室，说是教室，实际上也就是一间间二十平米不到的房间。一间教室里少的十几个，多的二十来个孩子，孩子们一天里就在这间房子里玩耍、吃饭、睡午觉。每个教室配两名老师，一个阿姨。何定然和林巧娟的女儿欧阳倩，都在楼上的一个班里。

何定然和欧阳倩手拉着手走了下来,一边走一边说着话,一名女老师在后面小心地护着他们。两个小朋友走到了门口,却都还拉着手不放,说要一起玩。林巧娟只好对他们说:"然然,倩倩还要赶去上英语课呢,你们明天再在一起玩,好不好?"说着拉着她女儿的手就要走。

何定然却不放手,说:"我也要和倩倩一起去学英语。"

何为随口说:"倩倩这么早就学英语了?"

林巧娟回道:"我们这才学半年,算是迟了,人家都是一开口学说话就学的。"

何为双手摊开,做出表示不可思议的神态。林巧娟便又说:"有的孩子到四岁的时候,都已经掌握上千个单词了。"

"怎么可能?就是认汉字,哪怕再小学习,四岁也很难认到一千个。"

"你没有听说过北京的一个段子吗,外国人问一名北京家长,四岁孩子掌握一千五百个单词够用吗?家长回答说,在美国是够了的,在海淀肯定不够。"

林巧娟一说完,就抱起欧阳倩上了车,临走前,又放下车窗说:"你们家然然,这么聪明,也应该去上个英语班或者其他什么早教班,抓紧学起来。"

"行,要不哪天你有时间给我们好好介绍介绍。"

"没有问题,明天就行,明天小朋友没有课,你带然然来我家玩吧!"

十五

晚上下了些雨,和夏天的雨一样,来得急,去得也快。下过雨以后,气温下降了几度，第二日，身上要加件背心或者薄的羊毛衫，才不会觉得冷。送完孩子，何为一整天仍在家里办公，上午把几天来做的工作又梳理了一遍，处理了PPT上的一些细节，将一些干巴巴的文字描述和数字，换成了一目了然的图表。下午安排打电话。选下午打电话，何为也是寻思过的，人们上午一般都要忙一点，无暇顾及和工作不太相关的电话，下午则往往会松懈一些，不太会介意外部的干扰，有些人还巴不得有些意外的事情，当做一天里工作中的插曲，借以调节情绪。上百个挑选出来的电话名单，一个个地打过去，都是一些过去的朋友和熟人，无非是老同学老同事之类，也有在某个场合见了面加了微信留了电话，后来又相互联系过几次的老朋友。

自从有了微信之后，人跟人的联系便变成了微信与微信的联系，见面是很奢侈的事情，很多人都是几年没有见过，只是依稀记得这个人，样子都已经淡忘了。电话也少得出奇，一年里难得有几个相熟的人和你通电话，平时来电话的，不是给你推销房产和银行贷款的，就是那些教你如何炒股发大财的带路党，邀请你加入某个"股神"的群。当然，也有些你接听的陌生电话，听着的声音婉转动听，还可能嗲声嗲气，你正好空虚寂寞冷，便不管她推销的是什么，顺着她闲聊几句，套她要私人电话。可是，她并不会顺着你的话题走，只顾推销她的业务，你会暗地里骂她不解风情，恨恨地挂了电话。而你却不知道，"她"只是"它"，根本就不是人，而只是一个call死你的智能话务系统，怎么能解你的风情呢？

智能化给大家带来的又一方便，就是把人们的交际也变成了自动化车间里的流水线，交际效率无限提高，人们节约出来大把时间，专注于手机上，阅读大数据推荐给你的，为你量身定做的，对你口味的，绵绵不绝的，让你欲罢不能的信息。平日大家的联系，集中在逢年过节的时候，在微信里群发一下祝福的语言和表情。元旦春节情人节元宵节清明节五一节端午节七夕节中秋节国庆节重阳节感恩日圣诞节复活节，无论是中国节还是洋节日，反正只要是节日就群发问候，生怕大家生分了。后来有专家和学者出来考证，说是清明节不适合祝福，那是怀念逝者的日子，再后来又说端午节也不适合说"快乐"，而要用"安康"两个字。但是节日总是不能少的，如此人们又加了一个电子商务派生出来的购物节在微信里祝福。但是还是不够，所以又把一年里的二十四节气加了进去，不过名目也改了一下，不是在节气里相互祝福，而是很贴心地提示，又是某个节气了，要从哪些方面来注意养生，吃饭穿衣，行走坐卧，要有哪些讲究。亲人朋友之间的感情深了没有不知道，但是年复一年地对全国人民进行传统历法知识和节日文化的大普及，却是实实在在的。尤其是对那些早已经"数典忘祖"的年轻人，更是深刻地唤醒了他们对祖宗的记忆，这也算是移动互联网和微信的又一大贡献吧。

　　人工智能的发展一日千里，正在一天天地影响到每一个家庭，渗透到每一个人的生活里。加上了人工智能的聊天软件，将会彻底解放你，你不再需要亲自聊天或者群发节日问候和祝福了，你可以预先设置节日问候和祝福，给不同的人发不同的问候和祝福语。每逢节假日，就自动发送。你还可以输入你的语音和人像，让系统识别你，模仿你，学习你，生成你。当然生成的只是你的声音和影像，它将代替你祝福和问候。它可以一年年变老，也可以越来越年轻，还可以青春永驻，一切都可以根据你的喜好进行设置。现在流行的节日群发终将会慢慢消失，逐渐变成它们之间，或者聊天软件ID之间相互的问候与祝福。人类几千年以来苦苦追求的长生不老，终于可以部分实现，肉体虽然不能永存，但是只要你的聊天软件ID还在，问候与祝福就可以永恒，真正千秋万岁。

何为的电话让每一个人都很意外，寒暄之后，却又都充满了警惕之情，主动向何为诉苦哭穷，说现在经济不好，钱难赚，日子过得痛不欲生，提前把何为的口封住，生怕要找他们借钱。何为却只是问是否认识汽车行业的人，说新开发了一项业务，想要找这个领域的客户，电话那头才长吁一口气，语气明显变得轻松起来。有的还和何为揶揄一下，开几句玩笑，说发达了可千万不要忘记哥们，然后哈哈大笑，笑过之后又说："还真不认识这样的人，我回头问问身边的朋友，有认识的介绍给你。"何为正要说话，表达感谢之情，电话里却传来"嘟、嘟"之声，那头早挂断了。

昨日刚刚烧起来的一把火，一轮电话下来，又浇灭得只剩下一缕残烟。何为无奈，只好改了策略，发信息在朋友圈里，询问有没有人认识汽车行业的人。好比姜太公钓鱼，愿者上钩，倒也不再抱太大希望。

下午还是昨日的时间，到托儿所接了何定然，坐了林巧娟的车，一同去她家。两个小朋友和昨日一样，手牵着手从楼梯上下来，上了车，何为带着他们坐在后排，小家伙们兴奋得不得了，又叫又跳。

车行了一会儿，何必然突然很认真地说："爸爸，我有了一个好朋友！"

何为故作惊讶地问："你的好朋友是谁啊？"

何定然大声说："倩倩！"

正好遇上红灯，林巧娟在驾驶座上转过头来问："是什么样的好朋友呢？"

"就好像爸爸和妈妈一样，每天睡在一张床上。"何定然说完便去搂欧阳倩。何为和林巧娟都哈哈大笑起来。不想欧阳倩却说："你们不许笑，我们是认真的！"

车刚过了红绿灯，林巧娟笑得忍不住，人趴在了方向盘上，一脚踩住了刹车，人都往前扑，好在何为反应快，本能地把左手伸出来挡了一下，孩子们才没有磕到。后面的车也跟着紧急刹车，再开动的时候，人家快速超了过来，摇下车窗，侧出身来狠狠地骂道："他妈的，找死吧！"

林巧娟家住在一个别墅区，车直接开到了地下车库，从车库开了门进去，是她家的地下室。地下室有一百多个平米，堆满了纸箱。靠近楼梯的地方，摆了两张桌子，有两个中年妇女正在忙着打包，旁边摊开的纸箱里装有矿泉水、纸巾、面膜一类的东西。还有一种产品，包装上有一个身材纤细，凹凸有致的型女，似乎在向人抛来媚眼，展示万种风情。何为忍不住回望了一眼，识得是一种排毒养颜瘦身的饮品。桌子上摊开了几十个小纸箱，一个妇女手里拿张单子，对照着往纸箱里塞东西，有的是一瓶矿泉水，有的是一包纸巾，有的是一盒面膜，有的是一瓶瘦身饮品。从楼梯上到一楼，是客厅，客厅后方是厨房，东侧是一间房子，门敞开着，里面靠墙摆了四张办公桌，每张桌子上都有电脑，有两张桌子上各有一个女孩在电脑前忙碌。

林巧娟介绍说，这别墅三层，地下室是送的，临时做仓库用，一楼是客厅和厨房，二楼和三楼住人。何为说："这房子大气，你还开网店啊？"

林巧娟说："反正在家里闲着，要带孩子，开着玩的，赚点奶粉钱。"

何为看到地下室的场景，早有些好奇，便问："怎么看你卖矿泉水和纸巾，这样一瓶瓶一包包卖，怕是快递费都赚不回来吧？"

她脸上微红，没有急着回答，招呼何为坐到沙发上，然后说："我去给你拿杯水喝。"

"何叔叔，这是我妈妈刷单的。"

声音是从楼梯上传下来的，抬眼望去，却见一个和何必然一般年龄的男孩，一手撑着扶手，一跳一跳地从楼梯上下来。鼻梁上的眼镜片太厚，压得鼻子要反抗，眼镜在鼻尖上跳舞，镜片上数不清的光圈一起跳跃，甚是晃眼。何为认得，这是她儿子林子淼，和何必然在同一个班。

"你不去做作业，跑下来干吗？"林巧娟给何为端来一杯水，对着林子淼呵斥道。

"我倒水喝。"林子淼把舌头吐了出来，肘贴着胸肋部，双手抬起，五指张开，身子和双手一起晃动了几下，眼镜在鼻尖上跳得更欢了。对着他妈做完鬼脸，并没有下来倒水，转身又上楼去了。

欧阳倩早已经搬来了许多玩具，摊开在电视机前的爬行垫上，和何定然高高兴兴地玩在了一块。

林巧娟在旁边的沙发上坐了下来，对何为说："不是购物节要大促吗，不刷些单，把排名拉到前面，会一点销量也没有。发实际的商品又成本太高，发不起，只好弄来些矿泉水和纸巾，不过刷手们也不会计较你发的什么。现在反正大家都这么玩，逼得没有办法。"

"刷单还要发货吗？"

"嘿，现在平台查得可严了，一样得有完整的物流信息，而且重量还得和商品重量大体相符。"

"那你哪里去弄这么多人帮你刷单？"

"都有专门的刷单公司来做的，刷一单给他们十来块钱，他们会把任务分发下去。"

"还有专门的刷单公司？"

"是啊，他们一个刷单的群里，聚集几千人甚至上万人，每天过手的资金都是天文数字。里面大都是些家庭妇女和大学生，也有工作比较闲的白领，各家网店做运营的运营人员，早就有了成熟的产业链条。反正谁都要刷，不刷就没有销量。"

"怎么不投广告呢？"

"广告？广告也投，但是效果不好。一天下来，钱烧得心痛，一个点击少则几块，多则几十块，订单却没有几个，不如刷单靠谱。当然，刷单也是配合广告，广告带来的流量和点击，需要刷单来提高成交率，这样配合，才有排名，也会拉低广告的竞价。"

何为听得瞠目结舌，不小心窥破了人家的行业秘密，很是不自在。越是知道得多，不知道的就越多，又被害死猫的好奇心驱使，止不住又问："这不是全民作假吗？"

"那有什么办法呢？大家都在作假。那些行业标杆，网红店铺，每个月销售都是天文数字了，不一样要刷。他们在平台里面还有各种关系，早已经和小二打成了一片，有的还在平台所在的城市设立了办事处，安排人专门打理关系，获得各种促销活动的入场资格。但是还得要刷，做得越大，刷得越多，不刷就只能等着死。"林巧娟似乎很是气愤，恨别人比她刷得多，平静了一下，又说，"其实，我已经不怎么做这种平台了，现在主要做社交平台，通过朋友圈、小视频、公众号销售为主，目前还在试着做直播。平台开网店是鸡肋，做了这么多年，也舍不得放弃，到了大促的时候，就冲一下排名，到时候看能不能获得一个好的促销坑位。"

后面的这些，又听得何为一愣一愣的，都是一些新鲜的名词，何为并不熟悉。林巧娟也不想再继续谈这些，就转了话题，谈起了早教的事情，说："倩倩现在上的班不多，只是一个舞蹈班，一个英语班，一个珠心算班，一个钢琴班。"

何为却已经替小女孩着急了，这么小就报了这么多课程，这压力得多大啊？

"这还不多啊？"

"你是不知道，当爹妈的都不想让孩子输在起跑线上，如今大家都是从娘胎里就开始胎教。有的小朋友一两岁就天天都有课，周末更是排满了。我们小区有一个孩子，倩倩参加的班，他都参加了，倩倩没有参加的，他也参加了，什么儿童绘画班、乐高班、轮滑班、围棋班、拼音识字班，那都是倩倩没有参加的。"

"那不是把一年级的课程都学完了吗？"

"何止哟，到一年级的时候，早已经上三四年级的课程了，而且主要精力在奥数和英语上了，学校的东西，根本不是主要的了。"

何为听着，不知道说什么好。心里竟然渐渐地生出些说不出的悲哀来，不知道是为那些拼命给孩子报班的父母，为那些不堪重负的孩子，还是为自己过去没太关心这些，或者是为小宝，现在都没有给他报过一个班，以后要面对着怎样残酷的竞争。

"然然准备上哪个幼儿园呢？"何为内心还没有平静，林巧娟又问道。

"还没有考虑这么多呢，应该就近吧，不知道实验幼儿园有没有机会，不过幼儿园好像都是按地段招生？"何为一边思考一边回答，"对了，你们呢？"

"当然是优先国际双语幼儿园啦，实在不行就上实验幼儿园。"林巧娟说完，又补充说，"幼儿园最好是私立的国际性幼儿园，双语教学，从小就和国际接轨，最不济也要上一个实验幼儿园。圈子蛮重要，国际幼儿园的圈子，培养的都是全球性人脉，进实验幼儿园的大都是公务员和事业单位的子女，好歹孩子将来幼儿园同学圈，都是有头有脸的爹妈。"

这又是颠覆三观的话，听着有道理，又似乎没有道理。何为也没有去细想，只想着她家小的还这么小就抓得这么紧了，大的应该更是不得了，便问："那你家老大呢？准备报什么初中？"

林巧娟不假思索地说："自然是上民办啦。我们一早就准备上民办的。

所以一直在外面参加补习，二年级就开始上奥数和英语，这不，小五班都已经上了两年了。"

"什么是小五班？"

"不会吧，你连小五班都不知道？"这回轮到林巧娟惊讶了，"就是专门给小升初准备要上民办的孩子开的小灶，针对性很强。"

林巧娟说出来的每一句话，都撞击着何为的心灵，仿佛原始大峡谷的深涧里，突然有人接连投入巨石，激起浪花，发出巨响，在山谷里久久回荡，惊得栖息在山林里的各种鸟儿扑哧扑哧乱飞，也惊得林子里的兔子狐狸梅花鹿四处乱奔。静下来以后，先头那些说不出来的悲哀，确定不再是为别人了，而只是为自己。同时又生出一些自责来，觉得自己过去太自以为是了，对不住孩子们。两个孩子，都是白纸，居然就从来没有想过要去给他们报那些班。和别家的孩子比，也不知道有了多远的距离。

晚上柳依回来，还在门口换着拖鞋，何为就沉不住气了："你不是约了蒋芙儿一家的吗？具体哪天，我和你一起去吧。"

"你今天吃错什么药了，怎么突然开窍了？"柳依满脸疑惑，进来放下包说，"她去意大利了，等她回来再约吧！"

何为没有说今日接受了林巧娟的一番教育，洗过了脑。

十六

人往往在满怀希望的时候，希望却会变成失望，而在失望之余，也许又会发现新的曙光。似乎有一只看不见的手，时常把你推到悬崖的边缘，眼看要坠落下去，又把你拉了回来，像是和你开个玩笑，做个危险的游戏。一轮电话打下来，何为已经不太相信通过朋友的朋友会获得客户，也有些怀疑起了六度分离理论，认为理论毕竟只是理论，真要去实践起来，发现满不是那么一回事。外星人存在不存在？从理论上讲，是存在的。这么浩渺的宇宙，人类不可能是孤独的存在，可是要去发现外星人，实现和外星人的交流和对话，又是多么的虚无缥缈，比水中月镜中花更不可及。

小宝已经躺在两人中间睡去了，柳依终于放下了手机，准备要关灯。何为从被窝里伸出手来，摸到床头柜上的手机，准备要将它调到飞行状态，却又忍不住打开了朋友圈，想看看今天发的求助内容下面有没有错过什么留言。其实之前已经看过无数遍了，莫名其妙地随手点赞的多，有用的留言一条也没有。点赞的人，尤其是那些秒赞的人，也许都根本没有看过你发的是什么东西，点赞只是他们认为的，或者公认的美德，只是他们的一种习惯，仅仅表明他们在你朋友圈里的存在，表明他们在关注你。想不到的是，还真有一条新的留言：兄弟，你做个东吧，我给你介绍几位朋友认识！留言的是方圆。

在挑选出来的那串电话名单中，何为是把方圆排除掉了的。因为太熟悉他了，熟悉他生活的轨迹和圈子，所以固执地认为，在他的圈子里，是没有自己要找的那些资源的。此刻看到他的留言，心里那把本只残存着一缕余烟的火，瞬间又复燃起来。何为一刻不敢耽搁，立马起床，只穿了件睡衣，就跑到客厅去给方圆打电话，约好周五晚上请他和他的朋友们一起喝酒。

到了周五，何必然一早爬起来，还没有洗漱，就跑到主卧，开了灯，站在床头对柳依说："老妈，今天你记得去参加家长会哟，下午三点半。"

主卧的窗帘还没有拉开，房间里本是一片漆黑，灯光突然一亮，柳依眼睛受到刺激，用手使劲揉了几下，然后双手撑到床头，伸了个懒腰说："你要你爸去吧，我今天去不了，下午和国外有一个重要的视频会议，不能缺席。"

何为刚从厨房做好何必然早餐，端了出来放在餐桌上，听到柳依的话，就说："你不能去要早说才好，我本来下午和晚上都有安排。"

"我也是昨天才得到通知，临时安排的会议。"柳依躺在床上解释，说完像是又突然想起了什么，反问道，"再说家长会你又没去过几次，不能每回都我去吧？"

"行，那下午我去吧，不过晚上我有应酬，回来比较晚，你早点回来。"何为只好答应柳依，生怕一大早闹不愉快。早上怄气，人会一天不爽，诸事不顺。这是些固执的念头，是从小受的影响，烙印在脑子里面的，像大树的根一样，在泥土里越扎越深。这些念头里，有种种的忌讳。如平时说话，尤其是孩子们的话，逢年过节说的话，喜庆日子里的话，若是不吉利，往往会一语成谶。平时若是出门办事，尤其要专程去办什么事情，也有诸多讲究，要挑挑日子，最起码要做到"七不出八不归"，也一定要事先把所有的准备工作做好，不能遗漏必带的物品，万不可中途折返。无论什么原因，只要中途折返，这事十有八九是办得不顺利的。小的时候，何为也曾觉得这些是迷信，成年后，反倒是越来越深信不疑了。至于究竟是什么原因，却也道不明白，更不能上升到逻辑推理和科学的层面去深究。

周五放学是下午两点半，要比平日早许多。家长会安排在下午三点半召开，有些需要接送的孩子，家长还得先接了孩子送回家再过来，时间上也是刚刚好。何为早上送何必然去学校，放学却由他自己回来。除非雨雪天气，怕他被雨淋湿，才开了车去接他。这种天气，何必然也必定会在校

117

门口等着爸爸，哪怕是突然变天下的雨，何为也总会赶过去接他。何为是和他约定过的，只要雨雪天气，只要爸爸没有出差或者脱不开身，就一定会来接的。

何为掐着时间，三点出发，不想去得太早，到了那里傻等，也不想去得太迟，让所有人看着自己一个人进门，会怪不自在。走到离学校不远的十字路口，亮了红灯，何为停下来，把腿搁在路口禁止机动车进入到人行道的铁桩上，弯腰做了几个压腿动作。在抬起头的瞬间，远远看到马路对面一家店铺靠街的玻璃橱窗里，有两个穿着校服的孩子侧身坐在里头，虽然看不到脸面，其中一个的身影却是再熟悉不过。那是一家二十四小时营业的便利店，玻璃橱窗边设置了一个吧台，摆了几张凳子，顾客可以坐下来喝瓶饮料，也可以买个便当坐在那儿食用。绿灯一亮，何为快步过了马路，进了店门，悄然站在了两个孩子的身后。其中一个正是何必然，另一个让何为很惊讶，竟然是俞淼淼。俞淼淼双手横捧着一个手机，两个大拇指在屏幕上快速点按滑动，几个玄幻人物在他的操作下，正打得难解难分，看得何为眼花缭乱。他们肩靠着肩，像是被人施了定身术一般，眼睛一动不动，紧盯着屏幕，浑然不知道何为站在了身后。

两人不久以前还发生过一场惊天大战，这才过去多久？如今又如此亲密，似乎从来就不曾发生过什么不愉快一样，实在让何为匪夷所思。何为拍了一下何必然肩膀，他用手往后扒了一下，没有扒到什么，才想到要转头来看，却又恋恋不舍，大概是屏幕上装了一条隐形的橡皮筋，拴在了他眼睛上，要用力拉扯才能移动。他转过头来看到何为，像触电一样，从凳子上跳了起来，站立在一边，却不说话。俞淼淼这才感觉异常，回头瞟了一眼，看到何为，虽是惊讶，却也只是一眨眼的表情，不管不顾地，仍专注在屏幕上，手上的动作，丝毫没有迟滞。何为一手拉着何必然，一手提起他放在一边的书包，走出便利店，到了街角，方才厉声问道："你在干吗呢？"话虽严厉，声音却压得很低，生怕在大庭广众之下教训孩子，伤了他的自尊心。

何必然两腿并立着，耷拉着脑袋，不敢看何为，轻声回复道："他爸没有来接他，他说和我一起走路回家。"

"那怎么玩上游戏了呢？"

"我没有玩！只是看着他玩。"

"行，就算你没有玩吧，上次的事情这么快忘记了，不也是因为玩游戏开始的吗？太不长记性了吧！"见何必然不再作声，只是用双手拨弄着衣角，何为只好缓和了语气，"以后再不许了，哪怕看也不要去看，看着看着就上瘾了，一上瘾，就会没了自控力，人便毁了！"

"知道了！"

"行，那你赶紧回家！"何为把书包给了何必然，看着他过了红绿灯，转了弯，看不到身影，自己才继续往学校走去。

路上一耽搁，赶到学校，教室里面已经坐满了家长。讲台上不见班主任，却见赵老师站在讲桌边，正低着头在整理一些什么材料，林巧娟和几位家长围在一起帮忙，好像都是家委会的。何为看赵老师正忙，似乎也未曾注意到自己，便没有打招呼，悄然进去，找了个空位坐下。旁边有人与何为说话："今天是你来啊！"

侧头一看，贾慧正满脸端笑地看着自己，眼里闪着热切的光芒，显得异常亲热，如老友重逢般。何为也微笑着和她点头，嘴里不说话，心里却在寻思，怎么又这么巧？刚认识她，这会竟然又挨着坐在了一起。再看时，蓦然发现这女人眉如新月，高挂在一双忽闪忽闪的眼睛上，脸上两个酒窝，像是盛满了白酒，正荡漾着一圈圈散开，甚是妩媚，半点不像一个有十多岁孩子的妈妈。难怪当日提到贾慧，柳依就充满了警惕。何为立刻收了眼神，不敢再看她。

　　一会儿人都到齐了，大家各自坐好，赵老师站在讲台中间，双手撑在讲桌上说："耽误大家宝贵时间，来参加今天这个家长会。今天的家长会是我们这个学期第一次家长会，本来应该早些时候开的，但是因为大家都知道的原因，一直耽搁到今天。"场面话说完，她又说："今天，正式和大家宣布一下，以后就由我来担任咱们班的班主任了，一直到孩子们毕业。希望大家多多支持我的工作。大家反正也都不陌生了，我们已经相处了四年多，这已经是第五个年头。我对孩子们，会尽心尽力，会尽到做老师的责任和义务。以后少不得要经常麻烦和打扰各位家长，同时家长们有什么需要和我沟通，也请随时找我，我一定知无不言。当然，白天要上课，上课是不能带手机在身上的，所以，我的回复不一定会及时，请大家谅解。"停顿了一下，她开始进入主题。"我们今天开会，主要有三件事情。"她举起三根纤长白皙的手指晃了一下，又放了下来，"第一件事情，还是上次的事情，虽然已经过去了，但是在这里，还是必须要和大家说一下。这事情影响太大，让学校的工作非常被动。虽然我们班的家长，参与的并不是很多，但是这个事情的起源是在我们班，这些过程和处理的结果，相关部门都已经有公布，想必大家早就知道了，我就不在这里重复和啰唆了。我只是想和大家说，以后大家对学校的工作，我个人的工作，有什么疑问，有什么异议，一定要先和我沟通，也可以直接找学校的相关领导沟通，请大家不要凭空猜想，乱传谣言，相信谣言。尤其不能冲动，冲动是会造成严重后果的。学校为了这件事情，也做了很严肃的检讨，为了防微杜渐，学校决定从下周开始，每天邀请两位家长志愿者到食堂做义工，主要是监督食堂的工作。每周一个班，按班轮流。因为这个事情的源头在我们班，所以下周开始，就由我们班的家长首先开始轮值。具体由家委会来安排，有时间的家长可以自愿报名参与。"

赵老师在讲台上走两步，换了个位置，又说："另外，也是从这件事情上吸取到教训，学校举一反三，为了加强对学生课堂纪律的管理，也为了让家长更多地了解自己的孩子，决定引进一套智能监控系统，安装在每间教室里。这套系统是有人脸识别功能的，系统可以对孩子在课堂上的表现进行全方位的监控。每堂课孩子举了几次手，有没有听讲，坐姿是否端正，是否趴在桌子上，是否在睡觉，是否在交头接耳，是集中精神在听讲还是在神游，都会通过摄像头抓取身体姿势和面部表情进行分析。当然学校很重视家长的态度，今天就在这里征求一下大家的意见。"

赵老师一讲完，立刻有家长问："这样不是侵犯了孩子的隐私权吗？"

赵老师说："学校会保护信息安全的，所有的监控信息，都不会外传。"

又有家长问："那样孩子不是一点自由都没有了吗？"

赵老师说："自由从来就是相对的，最大的自由是在规则之下的自由。"

坐在何为旁边的贾慧说："这样好是好，就是担心这样下去，孩子会越来越呆板，少了孩子应该有的活泼和天真。"

贾慧说完，下面的家长就一个个交头接耳，私下议论起来，有人觉得这样压抑人性，有人觉得现在的人工智能真是太恐怖了，但是更多的人却又觉得这样很好，至少孩子在课堂上不会乱来了，学习上可以更加专注。

赵老师一开口讲上次事件，何为就感到耳根发热，接着背上靠近肩膀的地方又发痒。悄悄抓了一下，反倒更痒了，而且痒的地方又扩散开了，两个肩膀都痒起来。大庭广众之下，抓也不是，不抓也不是，只好不断耸动肩膀，让衣服和肩背部发生摩擦，浑身都不自在。这样一动，便感觉到所有人都用异样的目光盯着自己，有鄙夷的，有看稀罕的，也有刀子一样刺过来的。仿佛自己是光着屁股的猴子，又或者是在红灯区被警察现场抓住的嫖客，正面对着记者的镜头。此时大家讨论监控的事情，也没有认真去思考，只是模糊地觉得有些荒唐。为什么要把孩子上课的表现和课堂的纪律交给一套监控系统去判断呢？这本不应该是老师的工作吗？监控系统难道就真的能做到准确无误地分析孩子的行为？就能识别得了人的喜怒哀乐？即使能识别得了人的喜怒哀乐，又能知道人为什么要喜怒哀乐吗？譬如一个孩子刚刚听老师讲一篇课文，老师讲到一个好笑的情节，孩子哈哈大笑了，讲到一个悲伤的情节孩子流下了眼泪，又讲到一个愤怒的情节，孩子也满脸愤慨，那究竟孩子是认真听讲了还是没有认真听讲呢？要是不能知道人为什么喜怒哀乐，那用抓取的这些影像数据来判断一个孩子在课堂上的表现，不就很单纯和片面了吗？

正在难堪与疑惑中，包里的手机振动了一下，何为偷偷拿出来看了一下，是贾慧发来的微信："散会后有时间吗？我们一起喝茶，聊聊！"

何为瞟了她一眼，她也正看自己，两人眼神撞在一起，一闪而过，不着痕迹。何为也在微信里回道："我晚上有应酬，要是散会时间早，是可以的，太晚就不行！"

她回了个"OK"的表情包过来。

大家议论一阵以后，赵老师在上面说："同意安装监控系统的家长请举手！"

家长一大半都举起了手，有几个没有举手的，前后左右看了一遍，看着举手的占绝大多数，也就慢慢都把手举起来了。何为前面一直没有举手，总觉得这个事情不妥，应该还要再商议，看到大家都举手了，又觉得自己一个人不举手不好，是不支持老师和学校的工作，何况自己举不举手也决定不了大局，只好也举起手来。可是等到何为的手举起来，大家举起的手都已经放下来了,只有自己的手还孤零零地举在那里。这样一来,便更是不得自在了,恨不得有隐身术,隐身起来,有遁地术,从地上遁走。

老师看所有人都举了手,就说:"既然大家都没有意见,安装监控系统就算全票通过了,谢谢大家支持学校的工作。"

这事说完,她又打开投影仪,用手中激光笔发射出来的红点,指着投影幕布上的内容,一条条和大家解说小升初的一些问题。先讲人户分离的情况,又讲非东都籍学生家长的居住证积分问题。她说:"非东都籍家长居住证积分如果没满一百二十分的,要抓紧去办理。没有满足达标的条件,就不能在东都上初中。即使上了初中,将来也不能参加中考进入东都的普通高中,东都的普通高中,是不会招收没有资格在东都参加高考的学生的。积分达标的条件,主要是和家长的学历、职称、缴纳社保的年限等相关。要是积分没有达到标准,孩子学籍要转出的,大家在这学期期末以前要办理好。"

讲完小升初的事情,她又给每人发了一份调查问卷,要大家填写,内容包括家长的学历、工作性质、经济状况、孩子初中升学意向是民办还是公办等。何为也无心细看,稀里糊涂地快速填了,就等着散会离开。

收了调查问卷,赵老师说:"最后再给大家说个事情,请大家回去一定要管住孩子,不能让孩子带手机来学校!我们班是有孩子带手机来学校的,学校是三令五申,明文禁止的。"说完便散了会,何为本想立刻就飞步而去,奈何坐在门口的人走在了先,还有些家长则向老师围了过去,要咨询什么事情,讲台和门口只有几步距离,门口便显得有些拥挤。何为只好等在后面,让别人先走。贾慧也走在后面,似乎轻声和他说了一句什么,他却并没有听清楚,只是点了下头,也没有去追问。经过讲台,赵老师却把何为叫住了:"何必然爸爸,您稍微等会儿,我还有几句话和您说。"

何为无奈，只好找地方坐了下来，微微闭上眼睛，顺势坐直身子，双手置于膝盖，手心朝上，鼻子吸气，嘴巴吐气，做了几次深呼吸，而后舌尖抵住上颚，眼睛睁开一丝缝隙，眼睑下垂，余光观着鼻子，鼻子观着耳朵，耳朵观着心。内心逐步平静，脑袋开始澄明，浑身的不自在顷刻间化为乌有，欲入物我两忘之境。前一刻还如坐针毡，这一刻却是如坐莲台。

"何爸爸，你工作很累吧？"何为睁开眼来，赵老师正笑吟吟地坐在对面，一只手半捂着嘴巴，大拇指和食指一张一开地摩擦着自己的高鼻子，另一只手搁在这只手的肘上。因为手遮住了半个鼻子，因此这笑容少了高冷，多了亲切。打量四周，除了自己和她外，教室里已经空无一人。

"抱歉，是有点累了，刚才差点睡着了。"

"没事，找您主要是和您单独交流一下何必然的一些情况。"赵老师放下按摩鼻子的手，双手摊开搁在了桌子上说："何必然暑假写的一篇作文，参加市里的中小学生作文比赛，虽然没有获奖，文章却写得很特别，思维异常活跃，没有一点套路，让人耳目一新，我和学校一些老师还在朋友圈里转发了，收获了无数点赞。"

"谢谢！您说的是那篇《秋日登泰山》吧？"听她说起孩子文章的事情，即在意料中，却又出乎意料之外。意料之中的是作文没有获奖，意料之外的是老师们会转发，而且评价还不错。

"是的。马上升初中了，你们要好好准备准备，争取上一所好的民办初中，可千万不要耽误了孩子。"

"这些天，我们也正在考虑这个事情呢，原来一直不知道，初中居然还有民办和公办之分，所以没有重视。"

"现在重视也还不迟，还有好几个月可以准备。"这话一说完，赵老师话锋一转，"不过，你可得多关注一下孩子，要他不要和俞淼森打成一片，尽量远离，回去和他多说说。"

"我也正为这事头痛呢，我来学校路上，就看到他们俩又玩在了一块。"

"那孩子，现在每天都带手机来学校的，经常躲在厕所里面玩游戏，家里又不管的。我教了他这么多年，就没有看到他完成过几次作业。"

"谢谢赵老师提醒，我会和他强调的。也感谢赵老师这么负责，对每个学生都有耐心，而且还不计较孩子犯错。"何为原来一直以为学校并不知道俞淼淼带手机的事情，现在看来是什么都知道的，却又不好接她的话。

"哪个孩子不犯错呢，何况最后证明，事情的起因并不在何必然。何必然是很有个性，有些偏。可是哪个优秀的人没有个性呢？我也很偏的。"后边的话一出口，她自己便先笑了，何为也是一笑，她接着说，"至于耐心，说实话，老师的最高境界，就是要因材施教，对所有学生一视同仁。但是，一个班这么多学生，又怎么可能真正做到因材施教呢？学生有肯学习的，也有不肯学习的；有规矩懂事的，也有调皮捣蛋的；有家庭配合好的，也有家庭配合差的，老师怎么能做到一视同仁呢？"

离开学校，已经五点多了，天已经擦黑，路灯却还没有亮，只有汽车的灯光在街道上闪烁，照亮着刚刚拉开夜幕的城市。

十七

何为要赶着去饭店，又记挂着刚才和贾慧的约定，时间却又太晚，想着只好改日再约了，正要联系她，微信上却有她发来的几条留言。她先是说：“我在校门右边路口等你。”过了一阵又问：“怎么还没有到？”最后说：“等太久了，我先走了。”几条留言前后间隔超过二十分钟。何为忙给她回了过去说：“很抱歉，我被老师叫住了，刚刚才从学校出来。”发过去以后，见她没回，又追了一句：“我明日约你，今天实在是来不及了。”发完，正好一辆出租车过来，便伸手拦了，直奔饭店而去。

何为吃不惯东都甜甜腻腻的本帮菜，又嫌北方菜不精致，也不感冒粤菜馆的太过正儿八经，没有喝酒的气氛，更受不了日式料理屋的那种拘束，要脱了鞋子坐在榻榻米上。凡是自己做东，就会毫无例外地安排在湘菜馆。这十几年，东都的湘菜馆越来越多，生意也越来越好。喜欢甜食的东都人，似乎突然变了口味，喜欢上了这吃起来让人汗流浃背，眼泪鼻涕一把抓的酸辣味道。生意好的店，到了晚高峰，还得取号排队。排队的人一人一个塑料凳子，分成几排坐在店门口，店里给每人一盘免费的瓜子，食客们一边等待叫号一边嗑着瓜子，形成了一道风景线。取号排队，本来是医院、银行和政务大厅的专利，不知道是哪个聪明人，把这专利应用到了湘菜馆。当然，湘菜馆的繁荣，也离不开何为的“贡献”，十几年下来，东都有名号的湘菜馆，何为鲜有不熟的。有些常去的店，有他们的贵宾卡，和老板店员也相熟，能打个折，优先安排个座位，免去排队的烦恼。

今日做东，宴请方圆和他的朋友们，何为定的湘菜馆，店名叫“这湘情”，能让人过目不忘，也容易让人浮想联翩。“这湘情”开在东都南郊的一条美食街上，那是个城市的边沿地带，说是美食街，其实并没有市区美食街上的那份繁华和热闹。这刻虽是餐馆生意的晚高峰，街上的行人却是三三两两，多数餐馆里的食客也是稀稀落落，鲜有满座的店堂。和街上的冷清不同，“这湘情”门口却排满了等着叫号的食客。这番景象，不知道会让同一条街上其他餐馆的老板们，生出多少羡慕和嫉妒恨。

"这湘情"店内的装修,是湘西乡村那种木屋式的,墙壁、地板和天花板都是原木装修,上的是清漆,没有涂颜色。墙壁上挂着几幅写意式的中国画,画的都是湖南的山水风土人情,有南山的草原牧场,有洞庭湖的渔舟晚唱,有雁回峰上北归的雁群,有紫鹊界的梯田,有蓝田的麻石板街,有凤凰的吊脚楼,有挥鞭赶着老水牛犁田的老农,有摇着纺车织土布的少妇,有正在解开缆绳准备要撑船过江的翠翠。这些画画风相似,浓墨淡彩,挥洒有致,神韵毕现,似乎都出自同一人之手。中国画的装点,让原本处处透着乡村田园气息的店堂,脱了些土气,添了点诗情画意。店内的桌椅板凳是湖南乡村里才有的原木八仙桌,大的桌子配四条春凳,一条春凳可以坐两个人,小的桌子配四张骨牌凳。桌椅板凳都是那种在城市里早已经销声匿迹的纯木榫结构,上的是湖南乡村里旧时最贵重的山漆,看上去黑得发亮,亮中又微微透着暗红。

何为与店员老板都相熟,刚到门口,店里的妹子立刻就上来打招呼,问了声几个人,便直接把何为引入了楼上的包厢。这种生意好的餐馆,无论平时再忙,也都会预留一两间包厢,以接待不期而至的老主顾和重要贵宾。包厢里摆的也是八仙桌,和大堂里不同的是,春凳换成了有靠背的八仙椅。屋内照样挂着一幅画,画的却不是湖南的山水风土人情了,而是李白醉酒图。画旁用狂草配有李白的诗《自遣》:"对酒不觉暝,落花盈我衣。醉起步溪月,鸟还人亦稀。"

何为刚刚落座,拿着菜谱在酝酿,方圆也到了,后面紧跟着四人。方圆手里捧着个硕大的陶罐,一进门就大声说:"兄弟,我带了个酒来,不是茅台,但也是茅台镇的,别人送了我两坛,我今日带来一坛,大家一起品品。"接着方圆给何为介绍了他的朋友。一个叫成道,三十五六岁,个子不高,脸瘦,颧骨却高,眼射精光,和名字一样,大有成仙得道之势。后一个叫夏相宜，方头大脸，肚子有些圆，四十来岁的样子，上下恰也相宜。还有一位白白净净，穿着西装，戴着眼镜，斯斯文文的样子，名字却不太斯文，叫作苟富贵。最后介绍的一位，叫崔凤鸣，年纪最轻，柳眉凤眼，脸若粉黛，握手时感到那手绵若无骨，声音也甚是悦耳，是那种罕见的男生女相。每介绍一人，何为嘴里都说"幸会幸会，欢迎欢迎"，心中对他们却一个比一个惊叹，不知道方圆从哪里寻得这些人物。

何为做东，又和饭店相熟，就主动点了菜。点的有雷公皮炒鸡蛋、薯粉豆腐、湘西木桶黄牛肉、桥头河萝卜炖羊棒骨、清炒萝卜苗、剁椒鱼头、串烧虾、腊味合蒸、珠梅土鸡、三合汤。菜式自然地道，连食材都是每日从湖南运来，其中几个招牌菜，在东都其他湘菜馆，根本吃不到。

点完菜，方圆已经打开陶罐，将酒倒入了分酒器，又逐一给每人的酒杯满上。菜还没有上来，他乘隙又给何为详细介绍这几位朋友。原来方圆与成道也是新交，两人偶然相识，却一见如故，虽没有同出师门之谊，却互称起师兄弟来，方圆叫成道师弟，成道叫方圆师兄。成道曾经拜武当山的道长为师，习练武当太极拳十数年，已达炉火纯青之境。闲时也喜欢茶道香道，对算命卜卦、风水堪舆亦是颇有研究。方圆说一直想介绍成道给何为认识，只是机缘不巧，直拖到今日。何为过去和成道重新握手，两双手重重握在一起，使劲摇了几摇，大有相见恨晚之意。说来也巧，成道竟然是安途新能源汽车的采购总监，仿佛命里早就安排了这样一位贵人在等待着何为，时机一到，就能对号入座。苟富贵则是安途汽车的动力系统技术负责人，夏相宜是恒源动力电池的技术总监，恒源动力是安途汽车的一级供应商，也是最主要的动力电池供应商。正好这日夏相宜出差到安途汽车，方圆约成道给何为认识，成道一寻思，就顺道把苟富贵和夏相宜一起带了过来，何为的项目，需要这二人配合，才有机会做成。崔凤鸣则是夏相宜的朋友,夏相宜没有介绍,大家也不好问,不知道做什么工作的。

　　重新认识过后,何为简单介绍了自己项目,说完双手连连作揖,要大家多多关照,众人都说"好说,好说"。菜便开始上来了,先上来的是雷公皮炒蛋,何为给大家介绍说:"这雷公皮,是在湖南乡村的田埂和水塘边的草地里采的,纯野生的东西,要打雷下雨以后才有,看上去像小号的木耳,味道却大不相同,吃到嘴里滑溜溜的。"何为让大家先尝尝,众人便都拿起筷子夹了来吃,还没有来得及细细咀嚼,就一个个连连说"好"。接下来上的桥头河萝卜炖羊棒骨,何为说:"这菜稀罕的是桥头河萝卜,不是羊棒骨。这是在一种土质疏松的黄沙土里长出来的萝卜,这种黄沙土富含硒、钾等微量元素,长出来的萝卜又大又白又脆嫩,当地有一句俗语,叫作'桥头河萝卜不放油,夹起来两头流'。因为这萝卜名声在外,每到冬天,长沙、湘潭、岳阳等地的菜商都会大批去那里抢购。"何为说着,直觉得自己哈喇子要流出来了,就先动了筷子,夹起一块萝卜来,塞进了嘴里。其他人也跟着吃了,成道说"确实不错",苟富贵说"鲜",夏相宜说"嫩",崔凤鸣说"滑",方圆说"爽",赞完以后,大家又拿起筷子连续夹上几口往嘴里塞。

　　后面陆续上的菜,何为也是逐一地做了介绍。说那"薯粉豆腐"却并不是粉条炖豆腐,而是一种用红薯粉做出来的类似豆腐的菜品。初冬时节,农人把刚从地里挖出来的红薯,洗净去皮,剁碎如米粒,置入大木桶里,加冬温夏凉的井水,用一根粗大的木杵在桶里不停地搅动,直到里面的水都成了浓稠的白浆,用纱布滤过,漏下去的白色浆液,便成了薯粉豆腐,留在纱布里的是不要的薯渣。薯粉豆腐要用肉糜来煮,加上剁辣椒和蒜蓉,出锅时再浇上一勺久炖的肉汤,洒上葱花。何为讲完,众人又都迫不及待地品尝,自是个个说"美味"。最有味的却是三合汤,这是来自湖南梅山蛮地区的一道名菜，用的料是牛鞭、牛血、牛百叶，有壮阳之效，能让人身心活泛，久战不衰。说是当地的女子，若是想和男人行事了，就会在晚饭时做上一碗三合汤给男人喝。有人说这三合汤之所以叫三合汤，是因为合胃、合肾、合心。男人喝了三合汤，女子愈加离不开男人，男人也愈加离不开女人。话音未落，大家哈哈大笑，想必大家有误解，何为忙解释说："当地女子称呼自己的丈夫叫'男人'，不是到外面随便找的什么男人。"大家笑完，却并不客气，各自拿起勺子往自己碗里盛汤，都恨不得要多喝几碗。

介绍完菜，何为站了起来，双手举起酒杯说："大家拨冗而至，不胜感激，以后也少不得要诸位关照，千言万语，尽在酒中，我敬诸位一杯，先干为敬！"说完一仰脖子，就把酒喝了。众人也早跟着起身，各自喝了自己杯中的酒。方圆再给大家满上，何为端起酒杯跟方圆说："兄弟，感谢的话我就不说了，一切尽在酒中。"又是一口把酒喝了。接着敬成道，敬完又一一敬了众人，众人也相互敬了酒。酒一喝，大家说话就海阔天空起来。

何为本就对武当和太极拳充满兴趣，眼前成道是练习武当太极拳的高手，往后又要有求于他，便投其所好，捡着能恭维人，听着舒服，却又不显山露水着了痕迹的话，对成道说："成总，看您这个眼神和精神头，只怕谁见了您都能看出是个练家子的高手吧？"

成道回道："哪里称得上高手，太极拳博大精深，我最多也就是刚刚摸到点门道，等什么时候你看到我眼神不再像现在这么外露了，才算达到了炼精化气的境界。不过这也仅仅是筑基的第一个阶段，后面还有炼气化神、炼神还虚几个境界，最高的境界是炼虚合道。我的资质，这辈子能炼精化气成功，就很满足了。"

何为听后，更是钦慕，说："成总太谦虚了，我看过一些中医方面的书籍，您说的这个炼精化气的阶段，是否就是《内经》里所说的真人呢？"

方圆抢了话头说："恐怕还不到吧，《内经》里说的真人，应该是炼虚合道的境界了。师弟，你说呢？"

成道说："师兄说得对，炼神还虚的境界，自古以来就不多见了，何况炼虚合道呢？就是孙思邈和张三丰，恐怕最多也只是炼神还虚的境界。"

方圆又道："师弟所言极是，能到炼气化神，就算是罕见的大家了，也就是《内经》里的圣人和贤人之境了。炼神还虚和炼虚合道，都是真人境界。"

何为道："有道理，孙思邈叫孙真人，张三丰叫张真人，这两位可能是炼神还虚之境。黄石公和王禅老祖，也许介于炼神还虚与炼虚合道之间了吧，能真正达到炼虚合道的，恐怕只有彭祖、老子和吕祖三人了。"

方圆道："还有一些，王子乔、左慈、于吉、葛玄，不过都是《搜神记》中的人物，左慈和于吉也在《三国演义》中见过，不过都是小说家之言，算不得数。倒是另有两个人，陈抟和王重阳，但他们最多是炼神还虚，炼虚合道的境界，是定然没有达到的。"

苟富贵此时插话道："几位对最近太极拳和自由搏击对垒的事情怎么看？"

大家都看向成道，想听他怎么说，这个事情成道最有发言权。成道略作沉思，说道："这先要从传统武术讲起，传统武术在古代本就是搏杀的，学武练武，不会是为了比赛，更不是为了表演，那时的人没有这份闲情。学了功夫，就是要防身的，要看家护院的，要当成职业的，要上战场厮杀的。可以说习武之人，都是把脑袋别在裤腰带上，在刀尖上舔血的。所以，你说武术能不能打？肯定能打，这个毋庸置疑！到了近代，热兵器传入中国，刀枪棍棒快不过子弹，对普通的习武者是一种打击，苦练一辈子，不如枪把子，人们的习武热情一下子就降了一大截。到了今天，社会环境更是发生了翻天覆地的变化，功夫作为搏杀的职业属性已经没有了，社会没有了尚武之风，真正的武术甚至被人为的淘割。人们练武的目的，仅仅只是为了强身健体而已，即使是国家武术队的成员，也只是为了武术比赛，而这些比赛也只是限于表演性的比赛。由武术派生出来的散打，基本也是学的西洋拳击那套竞赛规则。武术搏杀的土壤没有了，打的能力就基本丧失了。而自由搏击者，训练的就是攻击力，成天就是与人对打。要一个练习武术套路的人，去和一个练习自由搏击的人对打，怎么打？"

苟富贵说："是啊，现在更是搞笑，我看到一些社区告示栏贴的告示，说是如果看到聚众习武者，鼓励人们去派出所举报呢。"

"我也看到过这类告示。"方圆附和了一下苟富贵，又对成道说："师弟，你说得很有道理，你接着说，我们继续受教。"

成道就又说道："太极拳也是传统武术之一，命运自然和传统武术一样，逐步丧失了搏杀功能，只剩下了强身健体之作用。但是太极拳和传统武术又不一样，太极拳讲究动静结合，境界越高则越是讲究以静制动，只求意念神气之流转，不再追求一招一式，有板有眼的动作。那些去应战自由搏击的太极拳手，应该还是属于太极拳动作派。"

苟富贵说："成总的意思是说，真正的太极拳高手，是不会去应战自由搏击的挑战的，对吧？"

成道说："大概是这么个意思，应该是不屑于去应战。"

苟富贵又问："那他们就不要维护太极拳的面子吗？"

成道说："一个三岁小儿向一个心智成熟的大人去挑战，大人不去应战，你说大人丢了面子吗？"

听了成道的比方，众人又是哈哈大笑，笑完，方圆说："师弟，道家讲究无为与不争，太极拳越是练到了高深的境界，就越是无为，越是不争，这个恐怕是有些人永远也不会明白的道理。"

成道说："还是师兄高明，一语道破天机。"

夏相宜听到几人谈神论道，半天没有说话，此时接话道："我是俗人一个，看你们说这些，只有当听众的份，不过成总我是真心佩服的！"

方圆马上说："我们都是俗人，不说这个了，来来来，大家喝酒！"说完举起了酒杯，作势要和大家碰杯。众人也依势举起了杯子，都一口把酒喝了。

众人酒意渐浓，人亦渐熟，话亦愈多，少了刚见面时的拘谨。方圆说："前段时间群里看到个喝酒段子，很有意思，说出来给大家听听？"说完也不等众人答应，就念了出来：

"战友喝了酒，血染的风采，硝烟里握手。

"同学喝了酒，推心又置腹，一唠准半宿。

"同事喝了酒，前途在招手，跟着感觉走。

"朋友喝了酒，哥们五魁首，互相扶着走。"

成道说："这有点意思，但是总感觉少了点什么。"

夏相宜说："是不是少了点喝酒的气氛？"

方圆说："对对，大家就这样干坐着喝酒，是少了点氛围，不如大家行个酒令。"

满座皆附和，成道说："要不师兄先出个题？"

方圆似乎早有准备，说："墙上有李白醉酒图，就以酒为题，我们用现成的网络段子为令，我发给大家，大家先记忆两三分钟，等会儿正式行令了，就不可再看了。"见没人反对，方圆把段子发给了大家，众人看了一会儿，方圆又说："题目就叫《如果没有酒》吧，每句都有一个典故，我加个规则，就是大家行令之时，后句中不能有酒字。谁要是接不上来，谁就喝酒。我起的这个题，就由我先开始，由左边往右边接。"方圆说完，见大家也都放下了手机，便开了头："如果没有酒，武松焉敢景阳冈上走？"

方圆右首坐的是夏相宜，夏相宜脱口而出："如果没有酒，鲁智深又怎能拔倒垂杨柳？"一看就是行酒令的好手。

接下来轮到成道，他也是不假思索就接上了："如果没有酒，关云长如何能斩颜良诛文丑？"

到了崔凤鸣，只见他抬起右手，手心朝下，大拇指和食指捏在一起，由左往右上方拉了过去，活像在穿针引线，身子跟着手指微微一动，吟声而道："如果没有酒，李玉和就不会浑身是胆雄赳赳！"好比京剧里旦角的唱腔。

轮到何为，也学着崔凤鸣的腔调："如果没有酒，杨子荣哪能甘洒热血写春秋？"接完又说："我续崔兄弟的题，也来个京剧样板戏里的人物。"

到了苟富贵时，他取下眼镜，从随身口袋里摸出一块眼镜布，擦了一下镜片，才说："如果没有酒，贵妃难醉酒？"

众人都说这句不行，后句中有酒字！喝一杯！苟富贵也不推迟，一口把酒喝了。

一轮下来，成道说："这个令太简单，换个复杂点的。"

方圆问："换什么呢？"

成道说："我手机里也有个关于酒的网络段子，我发给大家，规则变一变，前一句要用一个历史名人，名人喝了酒，后面用七个字概括这人的主要事迹或者人生，要押上一句的韵，可以是我发大家的段子，可以是古人的诗句，也可以是自己随拟的，同样后句不能有酒字。"

成道发来段子，众人看了，也都附和。成道说："我起的酒令，那就我来开头。还是由左到右，谁接不上谁喝，接错了也要喝。喝完酒下一个人继续接。"说完，成道就开了头说："荆轲喝了酒，壮士一去不回头。"

该轮到崔凤鸣了，崔凤鸣脸上本有粉黛，喝了些酒以后，两颊更是变成了桃红，如今第一个就接不上，一会儿脖子也见了红，只好右手端起酒杯，左手以袖遮面，把酒喝了。崔凤鸣一喝完，何为早已有了，说："秦皇喝了酒，一统江山并九州。"

到了苟富贵，却又接不上来，倒也不含糊，什么都没有说，直接就把酒喝了。方圆看着苟富贵喝完，对苟富贵说："苟兄弟酒品好，酒品可以见人品，我陪苟兄弟一个！"说完竟然也端起杯子喝了。喝完便接了令说："汉武喝了酒，开疆拓土兴丝路。"

夏相宜侧身看着方圆说："再喝酒！"众人醒悟，原来"路"字不押"州"字的韵，也催促方圆喝酒。方圆只好一仰脖子，又喝了一杯，喝完把酒杯翻转过来晃了一下，放回桌子上，看着夏相宜。

夏相宜看方圆喝完，身子往后一靠，双手往两边摊开说："曹操喝了酒，横槊只待小乔柔。"

"唐宗喝了酒，宣武门外鲜血流。"成道立马接了令，说完看着崔凤鸣。

"刘伶喝了酒，神灵焉能帮戒酒。"崔凤鸣经历一轮，早已经想好了词，还是那京剧的唱腔。

众人却看着他呵呵笑，没人接令，他一瞬便明白了，双手端起杯来，一口喝了。喝完他看着成道说："成总也应该喝！"

这一提醒，众人方才醒悟，成道接的令，韵没押上，差点被他蒙过去了。大家看着成道乖乖地把酒喝了，又起哄让他另罚了一杯，方才作罢。

何为站了起来，左手向外一翻，右手举杯说："李白喝了酒，与尔同销万古愁。"说完自己竟把酒喝了。

方圆抢着说："杜康喝了酒，一壶佳酿解千愁。"

成道也跟着说:"王勃喝了酒,滕王阁序成不朽。"

夏相宜也说:"稼轩喝了酒,沙场点兵恨悠悠。"

苟富贵的斯文此时也少了许多,酒一喝,多了几分豪气,接道:"宋祖喝了酒,黄袍加身陈桥头。"

崔凤鸣跟着又吟唱了一句:"陶潜喝了酒,弃官不做乡下走。"

何为一直没有抢话头,见崔凤鸣说完,就接道:"东坡喝了酒,叹那明月几时有?"

夏相宜又抢着说:"阮籍喝了酒,竖子咏怀八二首。"

方圆紧接了过去说:"右军喝了酒,兰亭翰墨领千秋。"

成道再跟了说:"岳飞喝了酒,恨不饥餐兀术头。"

一时乱了接令的秩序,每人搜肠刮肚,借用那网络段子,把好酒的文人墨客,史上的风流人物,一个个给他们一阵胡乱点评。喝酒也是即兴而为,你一杯我一杯,很快桌子上杯盘狼藉,人也个个东倒西歪,说话舌头都在打转。何为看大家喝得尽兴,还要叫菜,服务员进来,却看到苟富贵已经趴在了桌子上,崔凤鸣喉咙里也不断发出声响,用手按在胸口,就提醒何为道:"不要再喝了,等会儿大家都要醉。"这是何为家乡邻县的一个妹子,每次来都对何为照顾有加,何为只好用眼神征询方圆,方圆又看成道和夏相宜,成道和夏相宜亦已尽兴,方圆就说:"今日恰到好处,改日兄弟们再聚。"说完众人收拾东西,妹子帮着叫了出租车,夏相宜扶了崔凤鸣先走,他们自己在附近开了酒店。何为要送,夏相宜推脱,成道也给何为使眼色,何为只好作罢。何为又要送成道和苟富贵,方圆说:"不用了,他们坐我的车,我顺道送他们。"妹子又给方圆叫了代驾,何为搀了苟富贵,方圆也在一边扶了一只手,一起把苟富贵弄上车,众人便都散了。

十八

难得周末睡个懒觉,却被电话吵醒,何为心里很是痛恨,想着怕又是那些推销房产和贷款的电话,也没有看,就把电话按了。又想起昨晚喝酒太多,回家太晚,忘记把手机调到飞行状态了。没过几分钟,手机却又响了,何为有些生气,恨不得接了电话,骂人几句。可是想想还是算了,谁都不容易,这些人虽然在骚扰自己,但是毕竟也是一项辛苦的工作,周末都不休息,敬业精神也是值得称道的。心中一原谅,就只是想按掉以后,把手机调成静音,不料拿起手机一看,便立刻坐了起来,原来是母亲来的电话。何为接了电话,还没开口,就听到母亲说:"不知道是不是信号不好,刚才怎么电话里没有声音,只好又打过来了。"

何为忙用方言轻声解释说:"姆妈,不是信号不好,是我按掉了,我还没有起床,这么早,我以为是骚扰电话。"

"那你继续睡吧,我没有什么事情,就是想和孙子们视频一下,咳,咳。"母亲在那头说,后面还夹着咳嗽声。

何为这才想起,日前和母亲约好,晚上视频,竟是忘了。这会儿只好说:"妈,前几日我搞忘记了,等会儿他们都起床了,我打过去,您怎么还在咳嗽呢?"

"没事,已经好多了,你等会儿再打来吧,我先挂了。"母亲不等回复,就挂了电话。

何为不敢再睡,起来穿了衣服,拉开窗帘催柳依和何定然起床。柳依却不愿意,说好容易到周末,还想再睡一阵。何为无奈,只好又拉上窗帘。小宝却已经醒来,睁开眼睛在那里傻笑,也不说话也不动作。何为过去,在他额头上亲了一下说:"爸爸给你穿衣服好不好?"

"妈妈穿!"何定然用手在额头上爸爸亲过的地方擦了又擦。

"爸爸帮你穿,宝宝乖,妈妈还要睡一会儿。"柳依懒洋洋地说。

"不,妈妈穿!"何定然说着,爬到了柳依身上。

何为看可以偷懒,赶紧溜了出去,到何必然房间,拉开窗帘,要他起来和爷爷奶奶视频。何必然显然也还想多睡,赖在床上不动。看他这样,何为也不忍心让他周末这么早起来,便重新拉上窗帘,也就任他去睡了。寻思先出去买些早点回来,出了小区,却一眼看到包子铺的招牌不见了,只留下一个锈迹斑斑的金属框,几根日光灯管和一把电线凌乱地搭在上面。包子铺门口有几个人在排队,梁四化看到何为过来,手里一边忙着一边给何为打招呼说:"姐夫,今天周六也起来这么早?"

何为说:"他爷爷奶奶想孙子了,要和他们视频,一早打电话过来,把我吵醒了。"

美珍在里头搭话道:"上了年纪的人睡眠少,都起得早。"

"谁说不是呢!"回了他一句,何为便问:"店里的招牌怎么拆了?"

"唉,别说了,昨天城管在这里搞了一个下午,说是所有店铺只要不符合要求的都要拆。"

"什么要求呢?你的招牌当时不是备案审批过的吗?"

"说是现在重新统一规划过了,要求一条街上的招牌统一材料,统一尺寸,统一字体,统一颜色!"

小区门口一排门面,开了又关,关了又开,到如今大都没有了租户,只剩下几家店铺还勉强开着，包括四化的包子铺，一家房产中介，一家水果店，一家美容美发店。何为看那几家店，招牌果然也都拆了，便说："这不瞎折腾吗？"

"他们不折腾，哪里有事做呢？"美珍从包子铺里探出头来说。

"你别瞎说！"四化呵斥了美珍一声。

一个城市的活力，从各种店铺的招牌上就可以看出来，招牌越是丰富多样，说明这个城市的商业气息越浓厚，若是都统一了，那企业还要logo和VI设计干吗呢？又如何体现每家店铺的特色和文化来呢？对于城市的管理者，有些事情，是不能管得太细的，管得太细了，就限制了人的创造性。和这夫妻两人聊了几句，何为拿了包子馅饼豆浆便回了家，脑子里却还在想着统一招牌的事情。

几人还都没有起来，小宝还在床上翻腾，缠着妈妈。何为也懒得再去叫他们，只好自己先吃了早餐。一口馒头塞在嘴里，忽然又想起昨日赵老师说何必然暑假参赛作文的事情，便到卧室拿出电脑来打开，找出了他的那篇作文看了起来。

初秋登泰山

初秋时节，我和定哥一起去登泰山，到了山脚天外村，我不禁感叹道："这山跟我老家的山相比，简直就是土包子一个嘛！"

我们买好门票乘了半小时车，上了中天门，然后开始了我们的登山之旅。我本想御起仙剑天琊直飞山顶，但一想到年幼的定哥，还是放弃了念头。再来说下定哥，精神有的是，丝毫不被泰山撼动，一步三个台阶，那些游人个个都看得目瞪口呆。

走着走着，定哥说："大哥，我们来爬石头吧！"我不禁苦笑，孩子就是孩子，但为了不扫定哥的兴，我微微点头，助跑都没用，借一块小石头助力，直接登上了那巍峨的巨石。昂首望望天，不禁皱眉，现在正值中午，阳光刺眼，怎么山顶却雾气笼罩，莫非这是……只见定哥在下面蹬了半天，终于上来了，他扶着我的肩膀，气喘吁吁地说："大哥，你——"又喘了几下说："怎么上来的？"我微笑不语，一把拉着他的手从三四米高的巨石上跳了下来。那一刻，突然无数白光从四面八方向我射了过来，我立马作势要拔剑，看到的却是无数对着我的手机，我方笑道："我多心了！"

我们继续向上攀登，不久便过了十八盘，都说十八盘陡峭异常，今日一看，也不过如此。"啊，老哥，石头！小心！"我抬头一望，一块巨石就要将我吞噬了，游人顿时乱作一团。我不紧不慢，抽出天琊，只见天琊暗泛青光，看似已经迫不及待了。我心中凝神，一股精气从我体内流入剑中，那股气随着天琊上的气轨形成了强大的乱流，我用被强大乱流包裹着的天琊，在空中画了一个十字。没错，十字剑气阵，那巨石瞬间被绞碎成了尘埃。

为了不引起骚乱，我带着定哥直上升仙坊。说来真有趣，我们一下子从十八盘飞上了升仙坊，看来真的可以说是名副其实的升仙呢。眼看就是巨灵神把守的南天门了，回首望去，不禁感叹泰山之巍巍，这杜工部前辈"会当凌绝顶，一览众山小"的诗句，非虚言非虚言啊！我对正看山看得出神的定哥说："现在我们走的可是升天的路，要一个台阶一个台阶品尝一下升仙的感觉，切不可急！"定哥一怔，点了点头，望着云雾缭绕的南天门，慢慢地上着台阶。而我，虽然也在上台阶，但心中却冒出了重重疑惑。一转眼，我们便到了南天门门口，南天门给我们的见面礼是一阵苍凉的冷风，吹在脸上怪疼的呢。

我上了天街，给定哥买了根冰棒，便继续奔往最顶端，也就是玉皇顶。在这天街上，非常嘈杂热闹，大家在云雾中行走，云雾中消费，云雾中赏景，真是美不胜收。我们来到了最神秘的玉皇顶，向下望去，半个泰安都在脚下，一条河流隐隐约约，曲折蜿蜒，将泰山围了起来，她是孕育我们的母亲河——黄河。远远近近，还有许多在云雾中的小山。这景，简直无法用我的文字表达出来它的美。我心生感触，便学着当年行者的模样，用天琊在石壁上刻了"岳潜心行到此一游"，只见那字发出青光，如活的一般，在泰山上，我就也算留名了。

我牵着定哥的手，望着这大好山河，御起了天琊，在泰山里面遨游着……

何为当时看这篇文章，是满心欢喜的。觉得文字充满灵气，思维天马行空，硬是把一篇游记写成了一个充满玄幻色彩的篇章。认为这些年何必然读的书，背的诗，都没有白费功夫。当然，何为也知道这文章是不能获奖的，评委老师肯定会说这文章言之无物，思想缺乏深度，少了高大上，没有弘扬正能量。

等到大家都起来，已经到了九十点钟了，何为到微波炉里热了包子和馅饼，招呼他们来吃。顺口和何必然说竞赛作文的事情，告诉他作文没有获奖，但是不等于作文写得不好，只是不符合比赛作文的要求罢了。何必然听了，倒是没有太大的失落。

何为给父母接通了视频通话，两个孩子活蹦乱跳地围了过来，都抢着要拿手机，嘴里不停地喊着爷爷奶奶，爷爷奶奶的脸在视频里凑在一起，看着孙子们，满脸是笑。母亲问："早餐吃了没有？"父亲问何必然："期中考试了没有？现在看什么书？"母亲又问何定然："有没有想爷爷奶奶？"何必然说："爷爷奶奶，你们身体好不好？你们来东都好不好？"柳依只是给公公婆婆打了声招呼，就坐到一边盯着自己手机屏幕不再回头。何定然则在那里大喊大叫："爷爷、爷爷！奶奶、奶奶！"场面一团杂乱，爷爷奶奶听不懂孙子们的普通话，孙子们也听不懂爷爷奶奶的湘安方言，那是一种连湖南人也听不懂的方言，何为只好不时在旁边做翻译。祖孙四人的兴致却一点没减，爷爷奶奶脸上洋溢着儿孙绕膝的幸福，孩子们也表露出久未见爷爷奶奶的兴奋。聊了一阵，母亲在视频里又发出几声咳嗽，比早上持续的时间更长，脸也偏到了一边去。何为心里满是担忧，忙问母亲："妈，你怎么咳这么多天了还没有好？吃药了吗？"

母亲回过脸来，又对着视频说："没事，就是着凉了，开始没有吃药，今天会去抓几服药来吃。"

何为还是不放心，又问父亲："爸，姆妈的咳嗽究竟是怎么回事呢？要不去医院检查一下？"

父亲沉默了一下说："先开几服药吧，不行再去医院。"

何为再看母亲，似乎脸色有些苍白，就又说："妈，你还有哪里不舒服，一定要说。爸，你要仔细辩证一下，实在不行，还是去医院看一下吧！"

母亲说："说了没有事情，就是着凉了，你操这心干吗？"

父亲也说："先听你妈的，吃几服药再说吧！"

何为只好作罢，挂了视频，心中却还在担心。担心母亲怕花钱，不愿意去医院。过去有什么病，都是父亲开几服中药一吃，就好了。何为是相信父亲的，但是心里又空落落的，觉得母亲这咳嗽来得不太一样，具体哪里不一样，为什么空落落，却又说不上来。

东都的冬天少雨，晴天多，时常有雾霾，会几天不散。面对雾霾，太阳和人一样不高兴，人拿雾霾没有办法，只能出门时戴上口罩。太阳却不屈不挠，一直和雾霾做着顽强的斗争，时常穿透雾霾，将阳光洒落在这个城市的高楼大厦上，又从高楼大厦的幕墙玻璃上折射出去，刺射着人们的眼睛。有时候会刮上一阵西北风，眼看着天压得更低了，像是要下雨，过了一个晚上，第二天却又有阳光，雾霾也散去几分，只是气温会骤然下降好几度。

这日下午还是和往日一样，有阳光，却看不到太阳的脸，也看不到蓝天，半空里一片灰蒙蒙。气象台提醒应该减少户外运动，何为却还是带着孩子们来到了南郊体育公园，寻了一片草地，让何必然带着弟弟踢球。何必然却不愿意，要爸爸一起踢。何为无奈，只好陪着他们。父子三人品字型摆开，何必然将球踢给何为，何为又轻轻将球踢给何定然，何定然接了球，却不踢给哥哥，而是转过身一个人踢着球往其他方向跑了，一路跑一路哈哈大笑。何必然看着何定然踢远了，跑过去把球抢了回来，颠了几下球，而后一脚传给了何为，何为用脚接住，又踢给了何必然。何定然却不干了，一会儿追着球跑，一会儿又追着爸爸跑，看着球到了哥哥那里，又去追哥哥，都追不着，就躺到草地上哭闹打滚。何为过去把他抱起，何必然也把球传给了弟弟。

远处围拢过来几个孩子，有家长在后面跟着，想要一起踢球。孩子们年龄大都和何必然差不多，只有一个小点的，大概七八岁。何为巴不得有孩子和他们兄弟一起踢，自己悄悄退到了一边，只是看着孩子们在草地上尽情地跑动。当球踢到身边的时候，也过去踢上一脚，却只是踢给何定然。何定然接了球以后，仍旧自己一个人乱踢，踢了一阵，又会被何必然或者其他小朋友把球抢走，他又跟着球和众人一气乱跑。

贾慧昨天没有回微信，这时候却回了过来说："周日下午吧！下午三点我们一起喝茶，我到时候发定位给你。"何为想着反正明天没什么安排，便答应了她。

回完微信，正好看到何必然抢到球，他颠了几下，一脚踢出去，球落在了那个七八岁的小男孩身上，小男孩一个趔趄，摔倒在草地上。何为和小男孩的妈妈差不多同时跑了过去，何必然和其他几个孩子也跑了过来，小男孩却已经爬了起来。

何为问他说："小弟弟，摔痛了没有？"

小男孩拍了拍身上的草屑说："不痛。"

他妈妈拉着他前后仔细看了看说："有哪里不舒服吗？磕破了没？"

小男孩摇了摇头，没有作声。

何为转身对何必然说："你用力稍微小一点，可不要再对着小小孩踢。"

何必然"嗯"了一声，就和几个孩子一起散开了。

小男孩妈妈说："你留个电话给我吧，要是有什么情况，我联系你！"

何为一愣，才反应过来，说："要不现在带他去医院检查一下吧？"

"医院倒是先不要去，就怕有个万一。"

何为哭笑不得，知道她爱子心切，这时候和她是讲不清道理的，也懒得再和她理论，留了电话给她。

十九

周日吃过午饭，贾慧果然发了个定位过来，何为打开地图看了下距离，七八公里路，开车过去并不是太远。临行前却又有些忐忑，想着与她才见过两次，还不算相熟，也不知道她约了自己要谈什么。想要不去，又觉得不好失信于人，当然，心里却又是有些渴望的。犹豫了一阵，和柳依说了声下午出去和朋友谈点事，便一溜烟出了门，开了车过去。跟着导航走，到了终点，却是一家商务酒店，心中便有些狂乱，找地方停了车。走到酒店门口，一块LED显示屏上，正映出一行红色的字来："钟点房价格160元"。进入大厅，中央有一个吧台，绕着往后走了半圈，吧台后面一堵墙，装饰成了一幅古老的航海地图，上面挂着舵、司南、齿轮之类的物什，给人一种别样的精致和古朴。何为定了定神，努力压抑着心中的狂乱，那是一种带有兴奋、好奇、紧张、心虚的复杂感受。给贾慧在微信里说："我到了大厅。"贾慧秒回道："你沿着吧台后面的楼梯，上二楼来。"何为故作镇定，前后左右打量了一番，并没有看到任何熟悉的面孔，便悄然上了二楼。

到了二楼，心里顿时安定了许多，原来上面只是一个茶馆，顾客不多，一眼便看到贾慧，独自坐在靠窗边的一个卡座上，手里翻着一本书，不时又抬头往楼梯这边瞅。看到何为，她抬手摇了摇，何为快步过去，"嘿"了一声，算是打过招呼，便在她对面坐了。

贾慧合上书，朝靠窗的方向推了推，看着何为说："你可真是守时，正好三点。"

何为脸上有些微微的热，说："不好意思啊，让你久等。"

"也没有啦，我也刚落座。"她身子往后移了移说，"你喜欢喝什么茶？"

"我喜欢喝的茶，这里肯定没有，你喜欢喝什么茶，就喝什么茶吧！"

"什么茶这里没有呢？"

"一种我们家乡的农家茶。"

"哦，那肯定没有，喝普洱如何？"

"行啊，看看有没有生普，熟普不敢喝了。"

"我也不敢喝熟普的，就喝生普吧！"

贾慧说完，叫了服务员过来，点了一壶生普。两人一时没有话说，何为看她的书，封底朝上，看不到书名，便问她："看什么书呢？"

"《白夜行》。"

"你也喜欢东野圭吾啊，我儿子也喜欢的，都买了十几本他的书。"

"谈不上特别喜欢，就看着玩，这种推理小说，看着蛮烧脑的。"

聊东野圭吾，话题往深里扯，何为却接不下去了，虽然孩子喜欢，但是自己却是一本没有看过，只是知道一些书名。服务员恰好上了茶过来，帮着烫了壶，醒了茶，倒掉头汤，便退了下去。贾慧说了几句，也转了话题。

"你家公子是真有个性哟！"

"那就是一个犟小子。"

"那天学校的事情，我闺女回去说了。"

"她怎么说的？"

"她就坐在他们俩对面，所有的过程都看得清清楚楚。"

贾慧便把那日沈婷婷看到的情况说了一遍，果然和何必然说的一致。事情已经过去了这么久，何为想不到她会提到这个事情上来。也不知道她是什么目的，便问她那日何必然到底有没有打到沈婷婷。

"没有的事情，但是他在追俞淼淼的时候，碰了一下是有的，我家姑娘还差点摔倒。"

何为烫了杯子，倒了茶，推了一杯给她，自己也端起一杯，抿了一口，在嘴里咂了咂，吞了下去。

贾慧也小小地品了一口，问："口感如何？"

何为回道:"还行,有些苦涩,味重,是生普的味。"

贾慧说:"只是还行吗?那你嘴刁,这店里的生普,说是从五百年的古树上采的。"

"看来你常来嘛,这里的老主顾了?"

"来过几回,这里人少,安静,方便谈事。"

"你也喜欢安静?看你不像安静的性格嘛!"

"像什么性格呢?"

"应该是开朗型的,善解人意的那种吧!"

"你知道后来食堂里那事情的真相吗?"贾慧笑了笑,没有顺着何为的话说,却是继续回到了食堂的话题上去了。

"不是都有了结论吗?还有什么真相?"何为其实也是满怀疑惑,却故意这样说。

"我也是听警署的朋友说的,他正好负责处理这个事情。"

原来俞森森和何必然在学校闹出这么大动静,班主任也第一时间通知了俞森森的妈妈俞淑敏,黄学军正好在家里刚吃过午饭,也没有出车。夫妇俩满肚子的火气,怒冲冲地赶到了学校,等查验了俞森森的伤势,却并无大碍,只是小臂上青了一小块,火气当下就平息不少。那时何必然却被几名男老师扭住,瞪圆了眼睛,在用力挣扎。夫妇两人本来也和何必然不陌生,看到这幅场景,反倒是有点发憷,不知所措。校长给他们简单交代了一下事情的经过,抚慰了他们以后,就让他们领着孩子先回家了。

贾慧只讲了个开头,就让何为惊讶不已,觉得她似乎是亲历了一般,竟然对当时的情形,比自己还清楚。便竖起了耳朵,听她接下去如何说。

"他们一回到家里,又脱了孩子衣服,仔仔细细地各处查验了一番,确实没有发现哪里还有伤痕,就只把孩子手臂上的伤,拍了照片发给了老师。

但凡做父母的，看到孩子和人打架，尤其是受了伤以后，都会心痛自己的孩子。心痛之余，也自然要仔细询问细节和起因。俞淼淼面对父母的询问，一直支支吾吾，不肯说。"

说到这里，贾慧喝了口茶，何为给她续了杯，接过话说："为什么不说呢？是觉得自己先理亏，还是不知道如何说？或者正如校长所说被何必然吓坏了，有心理障碍，需要进行心理介入治疗？"

"孩子之间打架，哪里会像大人一样明明白白，是是非非都清清楚楚呢？孩子之间动手，更多是由相互之间的打闹、追逐、玩笑开始的，闹着闹着，就当了真。孩子打了架，老师和家长都会当成一件很大的事情来处理，往往要请双方的家长，要孩子写检讨，当众做检查。而孩子之间吵架之后，却比吵了架的夫妻和解得还要快。夫妻之间吵架虽然是床头吵架床尾和，却也总要别扭好几天。孩子吵架，睡一个晚上起来，第二天可能又照样开开心心玩在了一起，一样地追逐打闹，原来怎样现在还怎样，该干吗干吗，好像前一天根本没有发生过什么事情。"

何为想到前日去开家长会，在便利店里看到的情形，正是贾慧说的这样，越发觉得她讲得有道理，便不再打扰她，任她说了下去。

看爸爸妈妈问得急了，俞淼淼说："我饿了，要吃肯德基。"夫妇俩知道他中午没有吃饭，加上这么一折腾，自然饿得难受，就带着他去了附近的肯德基。看着他一口气消灭了一个汉堡、几个鸡腿，喝了一大杯加冰的可乐，俞淑敏和丈夫交换了一下眼色，问孩子道："淼淼，何必然为啥要追着你打呢？"

俞淼淼一手拿着鸡腿，一手拿着汉堡，眼珠子转了不知道多少次才说："我把饭菜洒到何必然身上了。"

"你怎么这么不小心？"俞淑敏轻声责备道。

"今天的菜实在太难吃了？"俞淼淼咬了一口鸡腿，又说，"那个罗宋汤，一点不好吃，鱼丸又酸又臭。"

夫妇俩你一句我一句地问他，孩子估计也是填饱了肚子，缓和了情绪，就把事情的前因后果颠三倒四地说了个大概。俞淼淼说完，却突然捂着肚子喊不舒服，要去上厕所，拿起桌上的餐巾纸就急匆匆地往餐厅楼上的洗手间里冲。

夫妻两人边听边梳理，也按自己的理解，把事情逐步还原了。学校午餐吃的是鱼丸和罗宋汤，鱼丸吃下去，有一股酸臭的味道，俞淼淼忍受不了，就吐了出来，吐得满桌子都是。饭菜这么难吃，一生气又顺手把盘子翻掉了，饭菜全倒了。不想何必然正好坐在他旁边，俞淼淼吐出来的饭菜，本就喷出一些在何必然的餐盘里，翻盘子又洒了些汤汤水水在他身上。何必然大概是生气了，也吐出来一大堆，一样地翻了餐盘，同样弄得俞淼淼满身都是。

俞淑敏刚到学校之时，原本对何必然有十分的火气，想着如果晚上何为不来家里登门道歉，就要上门去讨说法的。这会儿听了孩子的说辞，就想，这事情起因还是在淼淼身上，倒也不能全怪何必然。再加上当时在学校看到何必然那个样子，衣服也撕破了，满身汤渍油污，火气本就消去了两三分。回到家中，查验了孩子的伤势，并无大碍，火气又去了两三分，如今明白了事情的起因，十分火气早已经去了八九分。人的火气一旦消除，就会变得更加理性。有了理性，人的思维就会变得活跃和敏锐，就善于发现新的问题，察觉到事情背后的事情，也或者是发现事物的本质。

现在俞淑敏的思维就变得特别活跃和敏锐了。她抓住了一个容易被人忽略的关键点，俞淼淼和何必然打架，罪魁祸首却是学校的饭菜，是那发酸发臭的鱼丸。学校的鱼丸怎么会发酸发臭呢？俞淑敏问黄学军。

149

正巧这时候俞淼森肚子不舒服，急匆匆去了厕所。黄学军一听妻子的提醒，马上意识到一个严重的问题，学校食堂里给孩子吃的饭菜，竟然有过期变质的食物。这还得了，学校居然坑害孩子，万一要是食物中毒了怎么办？万一要是因此吃了这些过期食品，像手机里那些信息说的一样得了结肠炎，得了癌症怎么办？黄学军便说："网上经常看到一些幼儿园和学校黑心食堂的事件曝光，不会咱儿子学校食堂也是黑心食堂吧？"

孩子从洗手间里回来，夫妇问他怎么了？他说拉肚子了，裤子都弄脏了。两人越想越后怕，越聊越感到事情重大，本已经只剩下一两分的火气瞬间又变成万丈火焰。人心里的火焰一旦烧了起来，就会和物理的火焰一样，有巨大的破坏力，会酿成灾害。两个火焰万丈的人商量着，说这个事情，可不能就这么算了，得赶紧让学校的食堂曝光。俞淑敏在微信上联系了一些平时有交情的家长，告诉大家学校的食堂有问题，饭菜都是劣质食品、过期变质食品，甚至有的食物已经发臭发酸。

有几个家长，他们的孩子和俞淼森是一路上过幼儿园的，其中正好有一个姓崔的家长，昨日中午刚送了自己孩子去医院，说是急性肠炎，医院怀疑是吃了不干净的食物。

这是一个信息爆炸的时代，这是一个谣言和真理一起在手机里漫天飞舞的时代，这是一个缺乏信任的时代，这是一个人人天天忙着点赞和围观的时代，这更是一个容易把芝麻绿豆裂变成核弹的时代。家长们一听到学校食堂竟然有劣质食品，这可比芝麻绿豆的事情大多了，自己的宝贝居然每天在学校吃这种东西，那还了得。正好也有一些孩子，过去在学校里也有过腹泻，或者送去医院被诊断为急性肠炎的，当时都是莫名其妙，不明原因的，也是零零碎碎的，偶尔一个发病，谁也没有多想。这时候和手机里家长们流传的信息关联起来，便自然而然地怀疑到学校食堂里去了。家长个个义愤填膺，有人迅速就建了一个群，专门讨论这个事情，有提出要去学校讨说法的，有提出要曝光学校食堂的。一个邀请两个，两个邀请四个，也就在黄学军买完单，从肯德基回到家里的那会儿工夫，群里就已经聚集了几百名各个年级的家长。有人提出来，现在就去学校，去食堂寻找证据，免得学校知道了情况，提前转移了劣质食品，销毁了证据。

说到最后，贾慧还不忘加上一番总结和评论："当关系到自己切身利益的时候，尤其是群情激愤的时候，大部分人并不一定愿意去探求事情的真相，也不愿意去用脑子思考问题，任何提议，都会一呼百应。即使有理智的人，虽然不会盲从和跟随，却也会沉默，做一个围观者。"

何为过去只是猜想到食堂的事情和何必然打架有关，也想到是个乌龙，看了有关部门的结论，也证实了自己的说法，但是压根就没有想到竟然如此离奇。当然，也对贾慧是刮目相看，想这女人不简单，这事情从她嘴里说出来，竟像说书一样。

"难怪你喜欢东野圭吾呢，看来你适合去当侦探，也适合去写小说。"

"你这是恭维我呢，还是损我？"

"当然是恭维啦！不过这事情，我听下来，还是觉得有些离奇。"

"怎么离奇呢？"

"俞淼淼腹泻，这我倒是能猜到原因，肯德基的烤鸡腿，本身就不容易消化，吃了热的鸡腿和汉堡，又喝加了冰块的可乐，是很容易拉肚子的。就是不知道食堂在此之前，到底有没有问题？不过，我也问过我家小子，按他的说法，应该是没有问题的。"

"看来，你还不是很了解东都和东都人啊！"

"怎么说？"

"我回头发一篇小文给你吧，我写的一篇日记。"

"日记都给我看啊？"

"没事，不是私密的内容。"

话一出口，何为便有些后悔了，觉得这话有些暧昧，偷偷看贾慧，她两边脸颊上的酒窝，也起了些红晕，煞是好看。

二十

寮城工厂早早地腾出了位置，买的二手机器一运回去，就夜以继日地安装起来。蔡进每日都发安装进度的图片和视频过来。眼看安装得差不多了，又问何为什么时候去工厂看看。何为知道他的意思，实际是在问客户开发的情况，催促业务，等着订单开工。何为忙给他讲了讲业务开发思路，目前工作的进展，以及那日宴请成道等人的情况，自然少不得要提起安途汽车和恒源动力电池，说正准备约了时间去拜访，如果谈得顺利，到时候带客户一起来考察工厂。

和蔡进谈完，何为便在微信上联系成道，等了一阵，见他没回，又打他电话，没等接通，却又马上按掉了。想着就这样打过去，是否过于冒失，那日酒后，还一直没有联系。但电话总是要打的，而且得急着打，元旦以前业务总得有个眉目才行，何况成道人不赖。如此又拿起电话，要再拨，临了却又放下了，反复了几次，最终找出个记事本来，拿了笔在上面写了满满一页，都是些业务的要点，谈话的细节。这才又拨了过去，电话响了半天，却没有人接。微信不回，电话不接，何为便有些失落，担心人家只凭一次喝酒，怕是早不记得自己是谁了。那日喝酒的情形便一幕幕地在脑子里过，却无论怎么看，成道也不是那种见人说人话，见鬼说鬼话，变脸比翻书还快的人，也不是那种酒桌上说的话从来不当话的人。很多时候，在酒桌上交的朋友，也只是停留在酒桌上，下了酒桌谁也不认识谁。成道应是那种一诺千金，有情有义之人，这样想来，便已释然，想他多半是在忙碌中，不方便接电话。正在胡思乱想中，电话却响了，正是成道回拨过来的。

"何师兄吧？我成道！"

"对，对，我是何为，成师弟好！"何为听他叫自己师兄，也跟着叫他师弟，心想方圆的面子还真大，一下把两人的距离拉得更近了。

"师兄，我这会儿正在开会，如果方便，你明天下午两点来我公司面谈如何？"

"好，好，我明天下午两点过来。"

何为一手拿电话，一手拿着桌上的记事本，眼里看着刚写的那页纸，正酝酿着要怎么说，不想成道洞若观火，怕是一看来电号码就知道了自己的心思，不等自己开口，直接就约了过去的时间，让准备了半天的一堆话没了说处。

打开PPT，何为把界面调得更加大方了一些，又把蔡进发来的机器图片，选了几张不同角度的，添加到了PPT中，次日算好时间出发，开了车便往安途赶。

"地不满东南，天不足西北"，华夏地势西高东低，东都也是这种地势的延伸，东部是大江冲积平原，西部有一片海拔不高的山脉，山脉由东南向西北方向呈扇形绵延而去，进入邻省。安途新能源汽车总部在东都西部远离市区的一个小镇，有一条地铁线和高速公路通往市区。小镇是全国有

153

名的汽车工业重镇，分布着大大小小数百家和汽车相关联的企业，有整车制造企业，也有零部件供应商，还有汽车工业研究院所。

高速公路下来，道路两旁有一条汽车工业文化长廊，陈列着建国以后不同时代的各式汽车，一下把何为带入了一片虚幻中，仿佛穿越在大半个世纪的历史时空中。往戈壁荒漠深处奔去的嘎斯车，后面扬起了漫天灰尘，那应该是上世纪五六十年代；在盘山公路上爬坡的解放牌卡车，那是上世纪六七十年代从三线工厂里运输军火出来的卡车；在两侧长满梧桐树的柏油路上飞奔的东风卡车，那是上世纪八九十年代在全国城乡跑运输的个体户；在沙土路上颠簸行驶的红色大客车，车顶上堆满了行李，用尼龙大网兜住，一只大公鸡从竹篓里拼力伸出来大半个头，好奇地打量着外面变幻着的陌生田野；穿行在城市里的加长型公交车，车里挤满了穿着蓝色劳动布工作服和白色衬衣的男男女女。还有从天安门城楼前缓缓驶过的黑色红旗轿车，从军营里开出来的绿色212吉普，从霓虹灯闪烁的街道上驶过的淡蓝色乌龟车……

过了汽车工业长廊，就进入了小镇的中心。小镇不只是有汽车企业，同样也有繁华的商业闹市区，有酒店，有餐饮，有娱乐，有各种服务业。随便哪个中国城镇里都有的足浴保健中心、健康养生中心、美容美发中心、零售药店、房产中介、早教机构一样布满小镇的大街小巷。咖啡馆、麦当劳、肯德基、披萨店、面包坊也一样不少。

和东都最大的不同是建筑，这里没有摩天大楼，临街的房屋五六层的居多，只有少数几栋十几层的高楼，孤零零地散落在镇子的不同地段。街道的命名也很有意思，多以国内各个时期的主要汽车品牌为名，如解放路，东风路，红旗路，也有以国外汽车重镇命名的道路，如底特律路。这些街道的名字透露出小镇肩负的历史使命和拥抱世界的野心。镇上的交通也独具特色，几乎看不到道路拥堵的现象。主要的公共交通工具是造型很时尚的有轨电车，可以通达小镇的大部分街道。出租车很少，要有也是从市区载客而来的。由客人自驾的分时租赁车则成了镇上的又一道风景，这是一种小镇生产的纯电动汽车。随处可见专用的汽车充电桩和泊车位，租车的人就近找一个，车可以随借，也可以随还。

进入汽车工业园里，成片都是厂房，有三四层的，也有一层的大厂房，厂房中间配套有办公楼，和厂房的区别不是高度，而是建筑的形状和外墙的装修。安途新能源汽车有一个单独的院落，院落里有五六栋四层的楼，安途总部和技术研发中心设立在这里，生产工厂则分散在不同的几个省市。安途是这几年新能源汽车里跑出来的一匹黑马，是造车新势力族群中的一员。公司前身是生产汽车电器的，这十年来，因为瞄准了新能源汽车的市场前景，便投资布局了新能源整车项目。安途在国内新能源汽车的市场占有量，年年上升，产销量排在了行业前几位，几款主打车型一直供不应求，正在建设新的工厂扩大产能，也在同时研发数款新的车型。

谈客户，要做到知己知彼，否则无异于盲人摸象，那日和成道喝酒以后，何为就从网上搜集整理了安途的这些信息。

到达安途，离两点还差十分钟。给成道打了电话，稍等了几分钟，他就从中间的一栋楼里出来，把何为迎到了二楼的一间会议室里。两人聊了一小会儿，陆续又进来了几个人，成道一一做了介绍，其中苟富贵是一起喝过酒的，其他几人，一名品控经理，一名结构工程师，一名成道采购部门的经理。何为忙着过去一个个握手，发名片。几人中也有带了名片的，看到何为发名片过来，就顺手做了交换，也有只接了名片，却不给何为名片的。每人脸上都看不出欢迎或者不欢迎的表情，个个惜字如金，生怕多说一个字，从嘴里蹦出金子来，让何为捡走了。何为料不到有这么多人进来，本以为今天只是和成道单独聊聊，看到这阵势，不由得生出几分准备不足的心虚，却也故作镇定，摆出一副舌战群儒的架势来。

　　成道和他的同事们交代了几句，算是开场白，就让何为给大家介绍工厂和产品。何为也不说闲话，从包里拿出电脑来，请成道帮着接了投影仪，打开PPT，就直奔了主题。从工厂的主营业务开始讲起，又分别介绍了工厂的重要客户、主要设备、生产能力和技术能力。所讲的在实事求是的基础上，做了一些修饰，加了一点水分。譬如服务的客户，把几大手机厂商都列了进去，看上去很漂亮，实际上这些客户一个都没有接触过，只是通过第三方接了一些零散的订单在生产。说他们是客户，也确实是帮他们做生产，说不是客户，又真不是客户，因为从来就没有正面接触过。当然，也不会有人当真，揪住这些无关紧要的细枝末节不放。接着，何为重点讲了镁合金在汽车上的应用，尤其是新能源汽车上的应用前景。讲到这些，几人倒都听得很是仔细，有人做笔记，也有人不时打断何为，提出问题。这些内容何为早已经下过了功夫，各种参数和指标记得烂熟，自然没有被问题难倒。那日晚上喝酒的时候，虽然没有怎么谈业务的话题，何为却也简单问过成道一句，安途的车上是否已经有了镁合金零部件，成道是很肯定地说过："有考虑，但是还没有。"一阵互动以后，何为进入了状态，早没有了刚开始时的心虚胆怯，进一步提出了针对安途汽车的镁合金应用建议，主要从部件轻量化、动力电池散热、动力电池和控制系统外箱一体成型、提高防水性能等方面提出了解决方案。激动之时唾沫横飞，结束以后口干舌燥。

　　等何为说完，品控经理问道："你们工厂是否做了IATF16949认证？"

　　这是何为最怕问到的问题，也是目前工厂的一个软肋，这是一项汽车和汽车零部件生产企业通行的国际质量认证体系，可以说是一张行业的准入证书，要至少持续十二个月的生产和质量管理记录，才有可能获得认证。这是撒不得半点谎的，何为只好实话实说："正在申请认证中，最快明年下半年能下来。"

安途几人简单交换了一下意见，而后成道就说："我们商量以后，会很快给出答复，是否有必要去进一步验厂。"接着他讲了讲他们的采购流程，说到了一级供应商和二级供应商的区别。根据何为工厂的产品性质，若是合作成功，也主要是给一级供应商做零部件配套，也就是做二级供应商，由安途和一级供应商一起验厂，谈妥产品技术方案和价格，但是合同却是和一级供应商签订，货也是供给一级供应商。

结束以后，何为本想邀请大家一起去吃饭，话到嘴边却又没有开口。想着第一次拜访人家，虚实还未知，更是担心这种大公司里人际关系错综复杂，自己并不知道深浅，若是不小心牵扯到了哪根不应该动的藤蔓，岂不是鸡飞蛋打。

直到出了办公室上了自己的车，坐在驾驶室里，何为才给成道在微信上说了一句："师弟，晚上一起去吃个便饭，可好？"

成道很快回了过来："师兄不必客气，来日方长，以后机会很多。"

何为刚要放下手机，微信里成道又问何为："联系过夏总了吗？"

何为回道："师弟，我还没来得及和夏总联系！"

成道又发来一大段："师兄平时先和他拉扯拉扯，在他朋友圈里多点赞。具体等我这边研究后，再通知你要不要与他们那边进行直接沟通。"

和成道聊罢，何为又联系了蔡进，和他通了通气，汇报了刚才拜访安途的情况，催促他要重视 IATF16949 认证的事情，抓紧准备起来。蔡进答应说会抓紧，不过末了又说，也不一定非要这么急着办的，实在不行到时候找谁挂靠一下也不是不行。挂了电话，何为怕蔡进嘴里说抓紧去办只是一时应付，真实的想法是找人挂靠，要是万一因此耽误了业务，究竟是算自己的工作不到位，还是因为工厂的资质问题，到时候会说不清楚。就又在微信里对他说："临时变通一下也是可以的，但是该办的总归要去办，迟办不如早办，要是不提前准备起来，到时候会很被动，既然下定了决定要做，就总得看长远一点，不能总是走一步看一步。"

蔡进秒回了俩字："放心！"

二十一

蒋芙儿从意大利回来，给柳依代购了一个包，柳依邀她来家相见，她嫌南郊太远，不愿走动，反过来邀请柳依带着家小去她家一聚。这正合了柳依的心意，约定这周六去她家吃中午饭。

蒋芙儿家在市区的黄金地段，附近有一座千年古刹，建筑金碧辉煌，香火常年旺盛，每日晨钟暮鼓，佛音缭绕，给繁华的闹市里增添了几分神秘和静谧。半殖民地时期，那里是法租界区，留下了不少的法式建筑和法国式的浪漫文化，爱情和面包的故事不断在那里上演，哪怕是那种干硬难啃的法式面包，如今也还能在那一片里顽强地发酵。没有房子的男青年身上洒满香水，出入周围的各色茶馆和酒吧，参加各种沙龙，不断思考找谁结婚和谁会和我结婚的问题，慢慢变成这个都市里没有钻石的王老五。高颜值高学历有房子的女青年，白天穿着引领时尚的职业装出入职场，入夜则换上晚礼服，要么藏身会所，活跃于形形色色的酒会舞池中，要么去参加达人秀，也有格调高雅的，则喜欢去赶慈善拍卖会和奢侈品发布会的场子，那是一些隐形富豪、大佬和神秘人物经常出没的地方。她们夜深人静时拷问结婚解决什么问题和结婚的意义，慢慢变成剩女。害得这些王老五和剩女们的父母成天操心死了他们和她们的终身大事，举着牌子把各个公园里早年的英语角变成了如今的相亲角，也催生了这个城市里唯一有全国性竞争力的互联网产业——相亲交友网站的繁荣。

蒋芙儿家那个小区，房价已经涨到了十几万一平，现在已经成了联合国社区，住着来华的留学生和持商业签证的各国"移民"，他们给各种需要金发碧眼或者黑肤卷发的面子公司和早教机构撑场面。共和国的绿卡听说比美利坚合众国的更难得，外国人要拿在华的工作签证十分不易，"移民"不合法的多于合法的也不是什么稀奇事情。早年的业主们一个个经不住每月数万元房租的诱惑，纷纷出租了房子，在稍微偏远处购置了新的房产，享受起了岁月静好的半退休生活。

蒋芙儿在东都上的大学，毕业实习那年，认识了大学里的学长伍持仁，蒋芙儿毕业第三年，两人便结了婚。蒋芙儿家里就她一个女儿，父母都是县里的公务员，有一官半职，也有一些积蓄，早准备好了女儿的嫁妆。伍持仁是地地道道的东都人，闯荡东都，是他曾祖父的事情，那还是半殖民地时期，虽不是资本家，也是帮资本家干过活的，世面是见过的，懂得弄堂人家的规矩。可惜没有为革命流过血汗，不过听说也是参加过工会的，至于有没有罢资本家的工，上街游行示威，打倒帝国主义和反动派政府，却不得而知。倒是后来解放军进城时，他爷爷举了小红旗在群众队伍里喊"欢迎欢迎"，却是千真万确的事情了。改革开放以后，他家虽没有趁着改革的春风成为先富起来的那一部分，但他父母都在关系国计民生和国家经济命脉的国有企业里上班，比上不足比下却有余，尤其没有受到上世纪九十年代国企重组下岗潮的影响，日子早已奔了小康。他父母把单位分的福利房置换成了商品房，又早早给伍持仁供了八九十平米的婚房，不大也不小。他们准备结婚时，伍持仁父母帮他准备的婚房市价已经翻了一番，关于房产的问题，开始有一些小小的纠结，后来却也顺利地解决了。两家商量着，谁也不占谁便宜，谁也不委屈谁，索性把伍持仁父母给他准备的婚房卖了出去，那卖房子的钱，和蒋芙儿父母给她的嫁妆凑在一起，另买了这套大房子。那时这片的房价还不足三万一平，索性全款一次付清，房产证上两人的名字便都有了。房子一百八十平米，是名副其实的豪宅，远远超过了东都的人均居住面积，也造就了他们夫妇今日数千万的身价。

柳依和蒋芙儿高中时候是一对好姐妹，在那个城市气息和泥土味混合着的县城一中里，每个年轻人心里都装着远方和诗，眼里燃烧着炽烈的火苗，有的火苗点燃了书本，获得了知识，去了远方；有的火苗点燃了爱情，读着朦胧的诗，失去了未来。这一对姐妹常常被男生眼睛里的火苗照得通红，成了学校的明星，可是她们的心却在远方。两人心照不宣，暗自较劲，从高中时每一次考试的成绩，到填报志愿时大学的排名，离家的距离，以后工作的好坏，薪资的高低，恋爱的对象，都成了两人较劲的点。蒋芙儿结婚以后，两人的较劲变成了柳依单方面的追赶，她羡慕蒋芙儿生活在市区，住着豪宅，不时去国外溜达一圈。蒋芙儿的生活品质成了柳依的人生奋斗目标。每到不高兴的时候，就数落自己没有眼光，嫁错了人，跟着何为在东都从西到东，从北到南，从市区到郊区，郊区变成市区以后，又到更远的郊区，一年年远离城市的中心，不知道搬了多少次家，历尽了人间的疾苦。何为要是辩驳，她嘴里没有眼光的人就变成了何为，怪他看不清东都房地产的走势，不知道早点买房子，硬是跟着泡沫论一条道走到黑，眼看着价格一年年飙升，购买力一年年降低。没有眼光何为是认了的，要是上升到能力问题，何为却打死不认。长期以来，自己工作兢兢业业，收入虽是不高不低，却也远高于国家统计局公布的全国人均收入水平，也要高于东都的人均收入水平，没有给东都人拖后腿。买不起豪宅和市区的房子，实在是工资的增幅一直跟不上房价的涨幅，甚至跟不上房租上涨的节奏。

蒋芙儿在这座城市的一份晨报里做着无冕之王，追的是社会新闻。相比其他版面，新闻的面要广，没有特定的采访对象，不用去机场或者哪个五星级酒店门口彻夜蹲守，也没有每年这个会那个会地要按部就班去采访，时间相对自由，收入主要是薪资奖金加稿费，少了其他同行的许多好处，却也不是没有，每个月要靠运气。只是自媒体流行以后，报纸的发行量逐年降低，报社的收入也年年递减，报纸停办也不是不可能。蒋芙儿也早就给自己留了后路，一方面暗暗与几家有实力的自媒体合作，几年下来，也绞尽脑汁炮制了几篇十万加的文章在朋友圈里流行。另一方面毕竟舍不得丢开那个小本本，更舍不得离开那个不同于企业的体制，也在其他非纸质媒体圈里暗自活动开来了。

伍持仁则比他的父母进了一步，毕业就考入了一家事业单位里，主任科员做了几年，对内上上下下打成了一片，对外一团和气，业务不拔尖也不落后，一直努力追求进步，做好了各种准备，时刻等着领导给他再压压担子。

柳依带着一家子赶来，按了门铃，蒋芙儿两口子一起出门迎着。夫妻两人穿同款的灰白运动T恤，蒋芙儿唇红齿白，眉毛描得又长又细，五官好似画在鹅蛋上，处处都描摹得很精致。门口有鞋套机，脚往上一套，一次性的塑料鞋套就自动穿好在鞋子上了。到了屋里，夫妻二人都挺亲热，招呼柳依也招呼何为。两个女人一见面就用她们的家乡话叽叽喳喳说个不停，相互交流美容经验。蒋芙儿说柳依最近变苗条了，是不是用了什么瘦身产品，柳依说："哪里啊，正愁得要死呢，小肚子上又长了一圈肉。"说完，又夸蒋芙儿："最近用了什么秘方？皮肤是越发细腻水嫩了。"蒋芙儿面上更显高兴，说："哪有什么秘方，就是一有时间就去楼下的护理店做护理。"何为倒是能听懂她们的话八九分，伍持仁则一句听不懂，和何为握了一下手以后，就夸何必然又长高了。相互赞美了身材和皮肤，蒋芙儿这才停止和柳依说话，一把抱起何定然，要他叫阿姨。何定然在她怀里扭动着不肯叫，柳依哄他说："阿姨家有好多好吃的，你不叫等会儿阿姨不给你吃，只给哥哥吃。"何定然这才大声叫了，蒋芙儿放下孩子，去厨房端出几盘切好的水果，放在了茶几上，又给两个孩子一人一罐饮料，吩咐伍持仁去拿她刚从意大利带回来的咖啡豆，要做现磨咖啡。

蒋芙儿家是那种欧式装修风格，全屋欧式家具，客厅地板铺的是泛着金色纹理的仿大理石瓷砖，房顶吊着有十数盏灯的全铜水晶吊灯，客厅与餐厅分隔的两根罗马柱尤其醒目，屋子住了十几年，却还像新装修的一样。柳依每来一次都要赞一次他们家的装修，这次又不忘说："我说芙儿，我就搞不懂，你们平时到底有没有在这屋里住，这装修和家具，怎么还都像新的一样。"

"哪里还新，我都早就想重装了，只是嫌搬家麻烦。"

"你是真爱折腾，好好的，我看再住二十年都不要重装。"

"我是看着厌了，想换个风格。"

"那你们再买个大 house，另外装一个风格。"

"大 house 是买不起的，倒是想要去郊区买一个面积小点的房子养老。"

柳依替她惋惜一阵，两人房子聊完，又扯到了衣服上。蒋芙儿到屋子里拿出一件西装领的蓝色连衣裙，展开来给柳依看。

"刚从意大利带回来的，可惜现在穿出去，稍稍有些冷了。"

"这个配你的身材皮肤发型，恰到好处。"

柳依一并把她的衣服和全身部件从头到脚夸了一遍。夸完，又问伍可欣去了哪里，仿佛才刚发现他不在家，一惊一乍的。可欣是蒋芙儿的儿子，名字比较亲切也很中性，可以男孩子用，也可以女孩子用。蒋芙儿说他到劳动广场那边的书城去补课了，要下午才回来。

"在民办初中还要补课呢？"

"民办初中更要补课，不补课怎么跟得上老师的进度？"

两人说着，伍持仁端了咖啡上来，也拿了一个实木小板凳坐在一边。何必然兄弟这会儿倒没有吵闹，在旁边各自喝着饮料吃着水果。何为接了刚才蒋芙儿的话题，问民办初中什么进度。蒋芙儿说："拿英语说吧，预初最差中考词汇要全部熟练掌握，学完新概念三的很普遍。数学的话预初要学完七年级，深度和难度，也不知道要超出课本多少了，都是竞赛级别的。"

何为说："竞赛级别的内容学校不教吗？"

蒋芙儿说："公办肯定不会教，只会按义务教育的大纲来教学，民办不同，会按学校自己的教纲来教。"

"可欣不是民办吗？民办既然有教，怎么还要去补习班呢？"何为又重复了前面柳依的问题，看着蒋芙儿，等着她解释。

蒋芙儿说："民办的孩子个个都是'牛蛙'，人人都打鸡血，周末和寒暑假没有不去校外开小灶的。也有条子生进去了跟不上的，就更加要去补课了。"

何为说："那这样对公办怎么公平呢？中考要是按民办的难度来考，公办的岂不是都不要上高中了？"

蒋芙儿端起咖啡喝了一口，把杯子重新放在茶几上说："这和公平不公平扯不上边，再说民办的这种难度，主要是针对自招的，针对的是四校和排名前十的市示范性重点高中。"

"自招是什么意思？"何为和柳依几乎同时问出口。

"依依，你们两口子可有意思了，自招都不知道？"蒋芙儿眼睛瞪大，一半认真一半揶揄地说，"不要每天只顾着赚钱哟，钱哪里能赚得完呢？必然升初中的事，要早准备早打算，别到时候后悔，可来不及的。"

"谁说不是呢？他就是死脑筋，我天天给他讲，他还说难道公办初中的孩子就不要上高中了吗？"柳依抱怨道。

"这不专程过来取经了吗？"何为看柳依当着蒋芙儿夫妇的面责备自己，大家虽然很是相熟，却也是不自在。

伍持仁面宽体厚，额头光亮，发际线经不起额头的侵略，退缩到后脑勺上去了。他一直坐着没有插嘴，这时候接话道："这个东都的高中招生嘛，很是复杂的，总的来说分为自招和裸考。这个重点高中和示范性高中嘛，都是自招为主，要是不提前了解，确实会被动。这个自招又分为自荐和初中学校推荐，无论是初中学校推荐还是自荐，首先要能获得自招资格，有了自招资格才能获得自招考试机会，自招考试考的就是竞赛级的东西，以英语为例，至少也得是四级水平吧！"

何为问道："那裸考呢？"

伍持仁清了清爽子说："这个裸考嘛，就是中考，硬拼分数，风险蛮大。东都的中考，是按义务教育的大纲出题考试的，考试难度不大，好的学生和中等的学生，民办和公办，同分的太多，成绩拉不开距离，零点五分的差距，可能就决定数百学生的命运。何况谁能保证每次考试都不失误呢？所以嘛，裸考对成绩好的学生，对民办的学生，反而不公平。要是参加了这个自招，考试只要合格，就能提前和重点高中签约。到时候中考只要上了线就行，这个分数线嘛，比裸考至少低十几二十分呢！"

何为问道："刚才说的自招资格是什么？"

"这个嘛，一个是看你所在的初中学校，四校基本只看民办初中的生源，其次就是看学生初中阶段参加各种竞赛和活动获得的荣誉。还有嘛，就是在全区或者初中学校平时的考试成绩排名，尤其是一模成绩，也就是九年级第一学期期末考试的成绩排名，只有排名在全区前百分之三的才有机会。"伍持仁屁股抬了一下，把木板凳往后移了移，又说，"这个优质的民办初中嘛，实际上大都是四校和重点高中附属的，每所重点高中，都有自己附属的数所民办初中，即使不是直接附属的，也是和一些教育投资公司，或者一些区里的教育局，一些大的房地产开发公司合作办学的。这个示范性高中的自招考试资格嘛，自然会优先向自己附属的初中倾斜啦！"

何为说："这些高中办民办学校，是为了经济利益吧？"

"这个嘛，有经济利益的衡量，但不能说都是利益嘛，或者说，经济利益不是主要因素。优质高中，竞争也是很激烈的。现在这个重点大学都在搞自招，北大清华都推出了各种自招计划。譬如说嘛，清华推出的领军计划，北大的博雅计划，基本都是针对全国排名靠前的几十所示范性高中的啦。这个重点高中的竞争嘛，首先就是生源啦，他们办附属民办初中，是为了提前储备优质生源，增强自己的竞争力。"伍持仁慢条斯理，一口"这个"和"嘛嘛"，权威而又全面地回答着何为提出的问题。

一会儿有人按门铃，原来是蒋芙儿在外面餐馆订了餐，可以直接送家里来吃，吃完以后他们再派人来收拾盘子，清理卫生。送餐的人把菜品从食盒里取出来，一盘盘端到了餐桌上，每盘都冒着热气，和在自家的厨房里刚刚出锅一样。蒋芙儿招呼大家坐餐桌上来，兄弟俩迫不及待地过去了，何定然爬到椅子上，用手去盘子里抓，盘子里的东西还有些烫，刚抓到一根鸡腿，手又触电一样缩了回来，在空中乱舞。柳依跑了过去，一把抱了他下来，呵斥道："你这孩子，都被你爸惯的，一点规矩不懂！"伍持仁招呼何为过去边吃边聊，何为坐过去，抽了一张餐巾纸帮何定然擦手，说："小宝很乖的，对不对？要吃什么妈妈给你夹好不好？不可以用手去抓，也不可以站到椅子上哟，要好好坐着！"蒋芙儿说："就是给他们吃的，讲什么规矩，来这里就像来家里一样。"说着把刚才何定然抓过的鸡腿夹到了他碗里，又给何必然夹了几个水晶虾。

伍持仁拿了一瓶红酒来，一边开酒一边对何为说："这酒嘛，是拉菲集团的酒，骨架不错，口感非常的柔顺。"

何为平常喝红酒少，品不出味来，听了伍持仁介绍，忙说："那多可惜了，拉菲这么贵，给我喝是糟蹋了。"

"没事，一起品品。"伍持仁把酒开了，倒了一半在一个蜗牛型的水晶醒酒器里说，"不是拉菲，是拉菲集团产的酒。"

何定然嚷嚷着要喝饮料，何必然也用眼睛看着爸爸，蒋芙儿吩咐伍持仁说："亲爱的，你要先去榨猕猴桃汁，你们喝酒等会儿。"

柳依忙对蒋芙儿说："芙儿，不用理他，别惯着他，他瞎闹。"

"不要麻烦了。"何为也跟着做手势要拦伍持仁。

蒋芙儿嗔道："有什么麻烦，你们见外干吗？我早准备好了，特意给孩子准备的，况且我也要喝呢。"

伍持仁笑了笑，放下手里的红酒瓶，起身去了厨房，一会儿厨房里传出格外刺耳的声音，哔哔啵啵的，好像谁家在装修房子用电钻打孔的那种声音。声音响过，伍持仁端出一个大玻璃壶，壶里盛满了绿色的猕猴桃汁。到了桌子边坐下，要给孩子倒上。柳依对何为说："你怎么当上大爷了，只吃现成的？也动动手啊！"何为看了柳依一眼，伸手要去接伍持仁手里的壶过来，心里却不悦，想这女人吆五喝六的，怎么总是在外人面前一点也不顾及自己面子呢？伍持仁嘴里说道："我来，我来嘛！"手上却也没有推脱，把壶松开任何为接了去，拿起了醒酒器，给何为倒上了红酒，又要给柳依倒，柳依用手把杯子捂住说："我就不喝了，他喝了酒，等会儿只好我开车。"

伍持仁给蒋芙儿也倒了红酒，何定然举起手里的杯子，对大家说："干杯！"

蒋芙儿脸上笑开了花，两片嘴唇生开，一口洁白的牙齿露了出来，举起杯子对何定然说："然然说得对，来干杯！"

众人都举起杯子碰了一下，何为一口就喝了，伍持仁和蒋芙儿各自拿着红酒杯晃了晃，却只是小小地抿了一口，就放下了杯子。何定然却不干，拿着杯子和这个干了又要和那个干，逗得大家哈哈大笑。他干了一轮下来，才放下杯子，用手抓起碗里的鸡腿啃了起来，何为和柳依看见，知道他不会用筷子，也没有再说什么，任他去了。

柳依说："可欣中午也不回来吃饭，可苦了他了，周末都没得休息。"

蒋芙儿说："没有办法，我们家本来就是勉强进的民办，不像必然是'牛蛙'，我们家是'鸡娃'，所以只能打鸡血。"

柳依说："什么'鸡娃''鸡血'的？"

蒋芙儿说："这个是小升初必须要熟悉的一些行话，你们也需要熟悉一下，现在不知道，到时候会一脸蒙的。"

柳依说："什么意思呢？"

何为也放下了手中的杯子，看着蒋芙儿。

蒋芙儿说："小升初的时候，你们到时候肯定要去找学校啊，去参加一些民办初中组织的讲座啊，活动日什么的，也需要进入到一些家长群里去，大家交流心得，就常常会用到这些行话，说白了就是暗语。"

柳依说："那你抓紧给我们说说。"

蒋芙儿说:"根据孩子的学习情况,一般把孩子分为几种,'牛蛙''蝌蚪''青蛙''鸡娃'。"

柳依说:"什么是'牛蛙',你一个个给我解释吧。"

蒋芙儿说:"这个让持仁给你们说。"

"咳,咳!"伍持仁干咳了两声,接了蒋芙儿的话说,"这个'牛蛙'嘛,就是各科成绩都全优的孩子啦,获得了各种市级竞赛一等奖的学生,尤其是各种奥数的竞赛。这种孩子嘛,都会被头部的民办抢着要。'牛蛙'又分'奥牛''英牛''全牛',这个'奥牛'嘛,就是'奥数牛蛙','英牛'嘛,就是'英语牛蛙','全牛'嘛,又叫'混血牛',是'奥牛'加'英牛'。这个'蝌蚪'嘛,是没有参加过课外培训和辅导,也没有奥数能力,只是在学校学了教学大纲上的东西。'青蛙'嘛,是达不到'牛蛙'的水平,却又参加过各种辅导班和培训,获得了不少奖项和证书,只是没有大奖,都是些火锅奖,也就是只求榜上有名的小奖,不讲究排名。"

柳依说:"芙儿,那你还总叫何必然'牛蛙',他什么课外辅导班也没有参加,更不要说参加竞赛了,不就是个'小蝌蚪'了?"

何必然一直在那里吃东西,顾不上插嘴,这会儿说:"老妈,我学过素描,以前还学过国画和钢琴的。"

"就是的,必然学习自觉,门门优秀,不用上辅导班,也是学校里的'牛蛙'!"说完,蒋芙儿又说,"'鸡娃'资质不佳,却总是不断去参加辅导班,有的是拼搏精神,就像可欣。"

伍持仁又说:"这鸡血嘛,是要靠学校打,家长打,培训机构打,大家一起努力打。所以可欣不断打鸡血。"

何为说:"我听柳依说,你们不是要安排可欣去国外留学的吗,还这么打鸡血干吗?"

蒋芙儿说："老何，那是两手准备，知道吗？考不上市重点，才去读国际高中，完了去国外上本科，那是没有办法的办法。能在国内上重点，我才舍不得这么小送他去国外呢！"

柳依说："我们孩子也得赶紧打鸡血了！"

蒋芙儿说："鸡血又分为'自鸡''荤鸡''素鸡'？"

何为说："这又有什么讲究？"

伍持仁道："这个'自鸡'嘛，从两个方面讲，一个是家长在家里辅导，不去报培训班，这需要家长有足够的水平，也要花精力耗着，一般家长做不到。还有嘛，就是学校不主动告诉孩子应该要去上辅导班，而是家长自己在了解到竞争的残酷性后，带孩子去参加补习班。这个'荤鸡'嘛，是语文数学英语全科在外辅导打鸡血。'素鸡'嘛，是主打兴趣牌，以培养孩子的兴趣和素质为主，一般作为特长生培养和发展，如钢琴、美术、围棋、机器人、编程、各种考级，就是'素鸡'类。"

"我以前每回和可欣玩，问过他有没有参加辅导班，他都说没有的。"何必然这会儿冷不丁又插嘴道，说完把端在手里的杯子放在嘴边，喝了一大口猕猴桃汁。

伍持仁听了何必然的话，嘴巴砸巴了几下，眼睛看向蒋芙儿，蒋芙儿鹅蛋脸上画的眉眼嘴唇一时不动，而后又霍地同时展开，笑道："所以他现在要抓紧去补课啊！"

"那他怎么考上了民办？"何必然突兀地又冒出一句，这也正是何为想问却不知如何开口问的话。

"他这个嘛，撞的大运，撞的大运，超常发挥！"伍持仁自嘲几句，起身去了里屋的洗手间。

"就是，可欣就是撞的运气！"蒋芙儿附和一声，便夸何必然说，"必然这么优秀，去考民办，准能考上的！"

柳依说："哪里是运气，这是可欣的实力，爸爸妈妈这么优秀，可欣有优秀的遗传基因。"

"嘭"，何定然把杯子打在了地上，玻璃碎片和果汁撒了一地，他怯怯地看了看妈妈，又看向爸爸。"你怎么回事？"柳依大声责骂，何定然"哇"的一声大哭了出来，她又怪何为没有看好孩子。何为连声说："不好意思，不好意思！"忙蹲到地上去捡玻璃碎片。蒋芙儿说："没事！没事！不就打碎个杯子吗？碎碎平安，碎碎平安！"说完又朝卧室那边喊道："老公，你拿个拖把过来收拾下！"伍持仁听到响声，早从洗手间出来，朝地上看了一眼，光亮的额头上忽儿闪出一个"川"字，就转身去阳台拿了拖把和抹布，回来额上"川"字已是不见，嘴里道："打翻大发，不打不发。"何为从伍持仁手里抢了工具过来，把拖把放一边，用抹布在地上小心地收拾起来。

吃完饭，餐馆的服务员过来收拾了桌面，顺带把餐厅也打扫了一遍。几人回到客厅沙发上，又坐着闲聊了一会儿，何为便提出告辞。蒋芙儿说："再坐会儿嘛！"说着到屋里去拿了帮柳依带的包出来。柳依接在手里说："我等会儿给你微信上把钞票转过去。"蒋芙儿用家乡话说："不急的，你要急的话，多转一点，多转一点！"

二十二

何为秉持的那些对于孩子的教育理念，本就被柳依的念叨、手机上不断推送的资讯、林巧娟的洗脑冲击得七零八落了，今儿听蒋芙儿夫妇一席话，内心里虽也蹦跶了几下，却只如几个蚂蚱在草丛里跳了几跳，很快就平静了下来，再也没有了激烈的挣扎。

从蒋芙儿家出来，才下午两点多，柳依觉得时间还早，提议就近去劳动广场那边的书城找找辅导班。何为并不赞同，认为劳动广场离家太远，每次来回要花几个小时，不值当。况且也不放心让何必然一个人跑这么远来上课，总得有人陪着，两人平时都忙，难保每个周末都有时间。不过还是答应她一起去看看，总可以对比一下市区的辅导班和南郊的有什么不同。从蒋芙儿家到劳动广场并不远，地铁只有几站路，开车过去却不方便，那里有一条街是国内最有名的步行街，停车会找不到地方。柳依说："要不我们坐地铁过去，车就停在他们小区里，看完以后再回来开车吧！"

地铁里虽然没有工作日上下班高峰时那么拥挤，不需摩肩接踵，座位却是没有的，还有不少人拉着吊环站在过道上。何为抱着小宝，招呼柳依和何必然不要站在车门口，走到两排座位中间的过道上站定下来。有个大姐看到何为抱着孩子，要站起来让座，何为连忙谢绝，告诉她自己几站就到了，站着就行。何定然看到车厢里人多热闹，不愿意被抱着，挣扎着要下来。何为怕他不老实，会钻来钻去摔倒磕到，碰撞到人惹人讨厌，哪敢放他下来。不想他手脚乱舞，大喊大叫地挣扎起来，车厢里所有人的目光都投了过来，充满了警惕，搞得好像何为是拐卖儿童的人贩子一样。何为实在无奈，只好放他下来。他一下地，便一手拉着车厢中间的一根立杆，转起圈来。立杆边本来站得有两个人，只得远远地避开。何为面露歉意，连声给人说："不好意思，不好意思！"过去一手拉住了他，不敢再让他乱动，嘴里吓唬着他："小朋友在车上乱动，会被警察叔叔抓走，关在一个小黑屋子里，看不到爸爸妈妈。"何定然这才安定，站在那里一手扶着立杆，一手任何为拉着，眼睛好奇地四处打探。

地铁到了劳动广场站，下车的人很多，车厢一下子空了一大半，这里是东都地铁最重要的中转站，有几条线路交会。跟着人流拥出车站，就是劳动广场的步行街，街上熙熙攘攘，满眼都是人。旅游观光的电动小火车打着铃铛驶了过来，行人纷纷避让，兄弟两人都追喊着要去坐，柳依大声呵斥着制止他们，说两人一出来就像从动物园里放出来的野物一样，到处乱奔，没有规矩。何为也用力拉住何定然，对兄弟俩说："要坐也不在这里坐，这里没有车站，等我们先去书城看了，有时间再说。"

穿过步行街，到得一个红绿灯路口，密密麻麻的人，被几个交通警和辅警手拉手拦住在斑马线的两端。等绿灯一亮，交通警散开，行人就像开闸的洪水，奔涌而过。

过了红绿灯右拐，就是书城路。书城路所以叫书城路，不是因为东都书城在这条路上，这条路上也不只有东都书城一家书店，还有外文书店、古籍书店、三联书店、考试书店、司法书店，另外有好几个出版社的门市部，一起占了半条街。还有半条街，则是卖字画、古玩、文具和文化用品的店。何为初来东都的时候，书城路的人流一点不比步行街少，那些从全国各地来旅游的人，在步行街上买了衣物和时兴的商品，又会跑到书城路来逛书店，寻找在自己家乡买不到的书籍。如今读纸质书的人越来越少，每人都抱着一本书或者一张报纸，旁若无人地坐在公共交通工具上啃的风景，无论在公交地铁上，还是高铁飞机上，都已几近绝迹。要是偶尔有人在车上拿出一本书来读，不亚于大熊猫上了地铁，会成为稀罕事，定会被围观和拍照，成为朋友圈和自媒体的热门话题。在这个城市里，不久前就曾上演了一出因阅读而引发的荒诞传奇剧。有一个中年流浪汉，衣衫褴褛，蓬头垢面，以拾荒为生。此公有个读书的癖好，无论是别人遗弃的报纸，还是拾荒得来的书本，都会在无聊时拿来一读，或坐在开放式公园的椅子上，或者在哪条街巷的屋檐下，或者坐在地铁站的入口。有日傍晚，他借着书城路古籍书店门口的路灯读《春秋》，被人看到，拍了视频传到网上。不日便招来了全国各地的视频主播们进行直播，现场人山人海，不亚于任何一个当红巨星在公共场合的露面，警察不得不拉上警戒线以维持秩序。一夜之间流浪汉成了网红，被人捧为流浪大师，实在是羞杀了自缚在象牙塔里的大师们。当然，主播们也只是为了蹭流量，围观者也只是凑热闹，没有人会因此而重新捡起书本。书城路更没有因为流浪大师的传奇而继续热闹，繁华早已成了往事，路上稀少的行人，都是匆匆而过，鲜有人驻足或者进入到哪家书店。那些书店却都还在顽强地生存着，好似繁华褪尽，烟云还没有来得及散去。只是店里卖书的柜台越来越少，卖和书不沾边的产品柜台越来越多。东都书城也一样，每一层都隔出了一大片空间，租给了各种中小学的课外培训辅导机构。

进入到书城，一层层往上逛，上到四楼，半个楼层卖的是中小学的教辅书籍，半个楼层是几家课外辅导培训机构，到了第五层第六层，则再也找不到一角卖书的柜台，琳琅满目，全都是各种早教机构和课外辅导中心的招牌。每到一家课外辅导机构门口驻足，就和去商场里逛服装鞋帽柜台一样，玻璃门里立刻有人出来热情招呼，问是不是要给孩子报辅导班，无论你回答还是不回答，招呼的人都会不厌其烦地为你耐心提供贴身顾问式服务，或问孩子的情况，或介绍他们的课程和机构。何为吃不准哪家好哪家不好，招揽顾客的工作人员嘴里说出来的和店门口宣传资料上介绍的，情形都差不多。每家都说是独家教材，名师辅导；每家都会在入学前对学生进行学情分析，有针对性地制订教学计划；每家都强调分层次教学，充分挖掘学生潜力，保证学生学习效果的同时培养学生良好的学习习惯。当然，仔细一看，也还是有一些细微区别的，譬如教学人数，有的说是小班制，有的说是一对一或者一对二教学。这就好比在菜市场里卖菜的摊贩一样，各家的菜都差不多，家家都有萝卜白菜，家家都有茄子豆角，可能都还是来自同一个蔬菜批发市场，甚至来自同一个蔬菜大棚，根本无法分出好坏优劣，买这家或者那家，要么是凭借摊主的人缘与亲和力，要么是凭借摊贩所在的位置，要么是看买菜人的心情，随缘而就。

每家的门口都已经停留过，到了六楼的最后一家，玻璃门里出来一位二十来岁的姑娘，头发扎成一个马尾，一双眼睛又大又水灵，朝何为与柳依笑笑，就径自蹲在何定然身边，逗弄着说："小弟弟好可爱哟，你几岁了啊？"

"三岁，姐姐你几岁了啊？"

"姐姐是大姐姐了，小弟弟上幼儿园了没有？"

"我上托班。"

"托班好不好玩啊？"

"好玩！"

"有哪些好玩的，到屋里去坐下来告诉姐姐好不好？"说着，姑娘就牵着何定然的手进了屋里。柳依和何必然跟在后面，何为也只好跟着进了屋。姑娘安排大家在一个玻璃圆桌前坐下，给每人倒了水，这才开口问何为。

"家长是要了解小学课程还是初中课程呢？"

"小升初的课程。"

"小哥哥现在四年级还是五年级？"

"五年级。"

"在哪个学校？"

"在南郊。"

姑娘一套绵柔的组合拳下来，很快就把何必然的情况问了个底朝天，让何为没有丝毫抵抗力。问完以后，拿出一张表格出来，要何为填写，说已经通知专业的课程顾问出来提供咨询，家长有什么要问的，尽管问课程顾问。

何为看了一下表格，要填的内容包括了学生和家长的基本信息，如姓名、年龄、就读学校、电话等，以及学生的综合学习情况，如在学校的考试排名，各个学科平时的考试成绩，获得过什么奖项，是否参加过奥数培训，是否上过其他课程辅导班，目标初中是公办还是民办，等等。何为一一填完，交给姑娘，姑娘拿着看了一眼，说声"稍等"，就一闪进到了一个门里去了。一会儿，后面跟着一位小个子的圆脸眼镜男出来，看上去大概三十来岁，头发整齐地向后梳着，一身黑色西装，里面配着白色衬衣和黄色花纹的领带，如果在大街上遇见，何为一定认为是做房产中介的。姑娘介绍说："何爸爸何妈妈，这位是我们的小升初课程顾问邬老师。"

邬老师很是热情地点点头说："家长，我们到里面去谈吧！"说着，也不等何为和柳依答应，就在前面引路，往里间走去，两人连忙带着孩子跟了进去。进了门，何为才发现里面还别有洞天，一条窄窄的走廊，七拐八曲，串起许多间大大小小的房间，每个房间里都有声音传出来。邬老师带着大家在一间门开着的房间门口停下来，屋子没有窗户，里面黑乎乎的。邬老师开了灯，方才看到屋子中间摆着一张长方形台子，两边各一张双人的沙发，看着像是进了一家咖啡馆的情侣包间。好在门口还有两把带着靠背的简易会议椅，也不是那种昏淡粉红色的灯光，消除了情侣包间才有的暧昧气氛。几人进去坐下，何为与柳依带着何定然坐一张沙发，邬老师坐对面沙发，何必然坐在门口的椅子上。

不知道是空间太小，还是几人坐得太近的缘故，一种要让人窒息的气味钻入了鼻孔里，是许久没有洗过的头发混合着发胶味才有的那种特殊气味，也或者是只有在大学男生宿舍里才有的那种气味。何为不自觉地用一只手捂住嘴巴，两个手指不露痕迹地按摩鼻子，想把空气过滤掉，让嘴巴来呼吸。看柳依时，也见她在努力屏住呼吸，嘴巴一张一翕，活像大热天里缺氧的鱼儿露出水面来吸氧。何定然则站在何为与柳依中间，一点也不老实，拿起桌子上不知道谁遗留在那里的一本《新华字典》，横着看了又竖着看。何必然坐在门口的椅子上，双手放在身后，眼睛看着邬老师，好像在课堂上等着老师随时提问。

邬老师手里拿着何为刚才填的表格，看了又看，然后问道："何必然同学没有参加过奥数培训，对吧？"

柳依大概是憋得难受，抢先回答道："对的，没有的！"

"其他课程辅导班也没有参加？"

"是的！"柳依又换了一口气。

"好的，何必然同学先去做一个测试，我们需要对孩子的情况做一个全面的诊断，才能给他制订补习计划，进行针对性辅导。"

何为说："测试多长时间？"

邬老师说："三门课一起两个小时。"

何为看了一下手机说："今天时间不早了，是不是来不及了，会影响你们下班？"

邬老师说："没事的，我们是以学生为上帝的，家长和学生什么时候来，我们都会陪着等。"

柳依说："可是我们还没有考虑好呢！"

"也没有关系，没有关系的！"邬老师用右手的几根手指往后理了理头发，不知道是在梳头还是挠痒痒，边挠边说，"孩子可以先测试，至于孩子是否报我们的班，什么时候报我们的班，只要家长不着急，我们也不急的！"

何为顺着邬老师的右手看去，一层白色的头皮屑飞舞着，落在了他的肩膀上，再沿着肩膀看他，衬衣的领口微微泛黄泛黑，领带起了一层毛茸茸的壳。何为的眼睛想再深入，绕到他的背后去看后领，奈何后领被他的脖子和头发挡住了，恨眼睛不能打弯，绕不到后边去，只能发挥丰富的想象力，去探究他后领里的光景。

"你愿意去测试吗？"柳依问何必然。

"愿意！"何必然说。

邬老师起身带着何必然走了出去，说是去另外一间教室里测试。何为悄声问柳依对这里的感觉如何，何定然却已经爬到台子上去了，柳依把何定然抱下来，说："就那样吧！"

何定然安静得太久了，此刻再也不愿意待在屋子里，闹着要出去，柳依大概也巴不得早点离开这间屋子，就要何为留在这里，自己带着孩子去外面了。邬老师回来，看到柳依不在，问道："何妈妈呢？"

"孩子太闹，她带孩子到外面去逛了。"

"哦，那何爸爸，我们接着聊吧！"

"好的，我有一些问题，咨询一下邬老师，好不好？"

"请说。"

"你们这里的优势是什么呢？"

"我们这里有小班制，一个班二十个小朋友，也有一对一辅导。"

"这算不得优势，隔壁几家都是这样的。"

"我们这里最大的优势，是我们分析了全市所有民办初中历年面谈和考试的题目，吃透了他们的出题思路和方式，针对性地编辑了一套教材和练习题。"

"嗯，这个算是个优势，还有吗？"

"我们的教材，是东都几大知名民办初中的特级教师编辑的。"

"具体是哪几家民办初中和哪几位老师呢？"

"这个可不能说，这是商业机密！"

"那他们来这里上课吗？"

"他们是课程专家，不常来上课的。"邬老师说完，怕是觉得不妥，又补充说，"我们的老师，每一位都是经验丰富的老师，都是从985和211院校毕业的！"

"那能看看教案或者课程大纲吗？"

"这个也是商业机密，要保密的！"邬老师又开始挠他的头发了，边挠边说，"而且，我们每个孩子的教案和课程大纲都是不一样的，我们是因材施教，分层次教学，会充分挖掘每个孩子的潜力，培养他们良好的学习习惯和兴趣。"

"因材施教，分层次教学，你们门口的介绍有的，其他家也都是这样宣传。"何为带着疑惑问道，"那我既不知道具体是哪位老师来上课，也不能看教案和课程大纲，如何相信你们呢？"

"这个嘛，家长您放心，我们的师资绝对可靠，到时候孩子来上课就知道了，包括学校的教程和课程大纲，等到孩子来上课了，就都会发下去的。"

"那如何保证你们的辅导效果呢？"

"何爸爸请放心，我们会每天给家长发孩子上课的视频，也会每月进行测试，随时向家长汇报孩子的学习和成长情况。"

"你们这里有小五班吗？"

"小五班？"邬老师说，"小五班没有的。他们都是骗人的，打着和哪个民办初中合作办学的旗号，说是金坑银坑，保证进入哪所民办学校，其实可能是土坑粪坑，而且是违反教育局规定的，教育局明令禁止民办学校与培训机构合作办学，也明令禁止民办学校和课外辅导机构挂钩！"

"哦，还有这回事？"

何为清清楚楚记得林巧娟亲口对自己说过他家林子淼在上小五班，邬老师的话，本是越问就越是觉得云山雾罩、疑点重重，此时听他如此说道，何为更是提高了警惕。听到"金坑银坑""土坑粪坑"，也是云里雾里，搞不懂他说的是什么意思，只是猜测可能就是蒋芙儿说的所谓行话，本想马上就问这些"坑"是什么意思，却又担心自己对课外辅导的行情一点不懂，在人前露了马脚，会被人绕了进去，当小白鼠解剖了都不知道，事后还要被人家笑话。

"当然啦！我们是教育局发了证的，是有办学资格的正规教辅机构！"

"那你们的课程价格呢？"

"要是一对一的话，八百一节课，要是报小班的话，一节课二百八，每节课是九十分钟。"

"一次要报多少节课？"

"何必然同学这个情况，我建议进行三科全补。可惜来得慢了一点，要暑假来就好了，他现在只能报秋冬班的一个多月课程了，再加上寒假班和春季班。我们是开设暑假班、秋冬班、寒假班、春季班。暑假班和寒假班，每周上六天课，秋冬班和春季班，是每周六和周日上课。"

"你们这里过去升入民办初中的学生多吗？"

"多了去了，到我们这里来补课的，都是奔着民办初中去的！"

"有升学的具体数据吗？"

"我手里没有，您要的话，我可以去给你调取，到时候发给您。"说着，邬老师拿出手机来，打开微信里的二维码，伸了过来，"何爸爸，我加你微信吧，你扫一下就好了，我到时候给你发资料。"

两人聊着，不知道是因为鼻子适应了屋子里的气味，还是因为后面越来越提起来了警惕心，何为竟然已经感觉不到异味了。等到何必然回到这个屋子的时候，已经过去了两个小时，也没有觉得时间比刚进来时多了许久。邬老师看何必然出来，说先过去看一下卷子，很快就来。何为正好想去洗手间，便同邬老师一起从小屋子里出来，他指引说："沿着走廊一直往前，走到头以后右拐再左拐。"何为一路过去，找到地方，走廊尽头一个洗手台，男用的和女用的在洗手台两边，门对着门，门要是不关，两边的风景都会暴露无遗。何为刚关了门，便听到外边一阵哗啦啦的水声，同时听到两人说话的声音，虽不是很响亮，却也听得清清楚楚。

"乌贼钓了条大鱼在谈！"

"是鱼表上呼来的吗？"

"不是的，好像是前台捡来的！"

"他做完这单，这个月任务就完成了！"

"怎么好事都轮不到我们头上呢？"

等声音渐渐远去，何为出来，看到一胖一瘦两个女孩走在自己前面，出来拐了一个弯，便去了另外一个方向。何为回到小屋，问何必然题目都做完了没有，难度如何。

"做完了，不过分肯定不高。"

"怎么说？"

"大部分内容都没有学过，英语主要是阅读，很多单词不认识。数学有牛吃草问题、鸡兔同笼问题、行程问题、抽屉原理，这些都是奥数，还有整除、比例、一次方程等，这是六年级才学的。"

"哦，那你怎么知道是奥数和六年级的？"

"我看过书！"

问了几句，邬老师手里拿着卷子走进来说："何必然同学语文不错，有八十一分，数学也及格了，英语有点差，只有四十多分。"尽管何必然已经说了试卷的难度和内容，听着邬老师如此说，何为脸上还是挂不住，只感到半边脸都在发烧。接过卷子，草草浏览了一遍，看到题目确实如何必然所说，心里才好过一些，只是想着民办初中的考试真要按这个难度，以何必然现在的水平是定然进不了。一下子要补习这么多内容，是否还来得及呢？要是来不及的话，那么现在上辅导班，是否还有必要呢？心中一时权衡不定。邬老师又说："何必然还算不错的，有些孩子测试下来，三门都不及格。"

"哦？那他们还来上补习班吗？"

"当然要来啦，成绩不好，还不来上补习班，那不就歇菜了！"

"那他们补习以后的情形如何呢？"

"那还用说，进了我们这个门，那成绩是唰唰地就往上蹿！"

"哦，培训效果这么好？"

会不会是这些教辅机构故意把测试难度提高？他们这个测试，莫非是一种心理战术？测试的目的是放大家长的焦虑心理，让家长认为自己的孩子原来是如此的不堪，抓紧到教辅机构去补课是孩子唯一的出路。何为被自己心里忽然冒出来的想法吓了一跳，再联想着刚才不小心听到的那几句对话，一下便明白了，人家把自己父子当成了大鱼呢！估计他们嘴里的"乌贼"，说的就是这个邬老师吧！对，肯定是这样！他们这个测试，大概也是为了摧毁家长的心理防线而设计的，这是推销术里的落单技巧，是赵本山春晚《卖拐》的套路，让一个腿脚好好的人在精神恐吓之下变成瘸子。如果前面的测试是故意提高难度，那么后面参加培训以后所谓的每月测试肯定就要故意降低难度，让每一个学生的成绩看上去都不错，以显示他们的辅导效果。一旦这样认定，何为便说："邬老师，在你们这里培训过的孩子每月测试的卷子能不能拿来看看呢？"

181

"对不起,这个是学生的隐私,我们是不能泄露的,希望家长理解。如果我们把何必然的试卷给其他家长看,家长也不会愿意,对吧?"邬老师的拒绝毫无意外。

怀疑有猫腻之后,何为对邬老师这个人,也一并怀疑起来了,临出门时,何为看似随意地问道:"邬老师哪里人?"

"我是宿州的。"

"哦,安徽宿州,对吧?邬老师是哪里毕业的呢?"

"武大!"

"武大美啊!我去过一次,有山有水有樱花,东湖、珞珈山、狮子山。狮子山顶上有座图书馆,图书馆下面有一栋民国时期建的学生宿舍,叫什么斋来的?"

"嗯,是的,是一座民国时期的宿舍,什么斋呢?嘿,竟一下短路了!"

"对了,好像老斋舍,对吧?"

"对,对,老斋舍!"

出来以后,何必然问何为:"老爸,东湖、珞珈山、狮子山、老斋舍都很有名吗?"

"也许吧,至少在一些人的心里是很有名的!"

二十三

从书城出来,天早黑了,远的和近的建筑物上射出来的各色灯光,在城市的夜空里跳动着，旋转着，闪烁着，交相辉映，让夜色中的城市更加五彩斑斓，充满魔幻色彩。步行街上仍然热闹，白天的游客还没有散去，看夜景的游人又赶了过来，他们汇聚在一起，向沿江的方向拥去。柳依带着小宝坐完电动小火车，正在街上闲逛，父子两人寻来与他们会合，柳依问起测试情况，何为一说成绩，她便责问何必然道："怎么考这么差呢？"又怨何为说："都怪你，不早点给他报辅导班！""这你可怪不得他，这个测试，是有难度的！"何为忙替大宝分辩，讲了考试的内容，还对这种考试的目的进行了分析。柳依听了，却不以为然，反过来嘲讽何为自以为是。嘲讽完，又与何为商量，明日一天啥也不干，一门心思去找辅导班。何为说要找也只能找小五班，说着便把林巧娟那日讲的说给了她听，何必然也说有同学上小五班，柳依听着有道理，和何为统一了意见，专找小五班。

第二日上午，一家人赶到了南郊城市广场。那是一座覆盖在地铁站上的庞大建筑，算得上是南郊的地标性建筑，集购物、餐饮、娱乐、早教、儿童游乐场于一体。里边的中小学课程辅导机构看上去比东都书城只多不少，在书城里看到的一些教辅机构招牌，在这里也能看到，当然也有许多是书城里没有见过的机构。一路问来，每家的情形和书城里的机构都大同小异，也都要进行学情测试，以便对学生进行针对性辅导。就连价格，也好像都是商量好了的一样，出奇地一致，一节课的差价最多也就是二三十块钱。这不得不让人怀疑他们是不是有统一的行业标准和套路，或者这些机构的从业人员，实际上都是从某个机构里面孵化出来的。就好像街头的各色美容美发店，各家的服务项目和手法实则都差不多，进去理个发，洗头妹和理发师都会想尽办法和你套近乎，套近的目的则只有一个，让你花钱买他们的消费卡。要是买了卡的，又常光顾的，会被引导去做那些价格不菲的项目，好让卡里的钱快速消耗完，等着再次充值。只偶尔光顾一回的，那消费不完的资金便沉淀在店里，等到哪日想起来还有这样一张卡的时候，店要么是搬走了，要么是换了门头或者关了店。

问遍了所有的教辅机构，也没有找到小五班。大人有一些疲乏，小孩却还精神头十足。小宝一会儿吵着要去儿童游乐场玩，一会儿又嚷着说肚子饿了。走到一家密室逃脱的游戏屋门口，大宝也赖着迈不开腿了。实在拗不过孩子们，柳依便找了一家汉堡店，点了汉堡、鸡腿、薯条、可乐，给他们吃。何为无心吃东西，拿了手机在网上搜索，翻了几十个网页，看到家长们在各种社区、贴吧和论坛里发言寻帮助，求小五班信息的不少，回复的却寥寥无几，能提供确凿信息的更是一条也没有。何为越看越烦，便关了网页，放下了手机。柳依又上网去找，寻了一阵，她说找到了。何为凑过去一看，一个社区的陈年旧帖里，罗列了五六条信息，每一条都有电话和办学机构的名称，还说明了对应的是哪所民办初中。拨了电话过去，不料没有一个是通的，不是无限时地占线，就是空号。两人商量，干脆直奔其中留有地址的两家，上门去咨询。

先寻到了近的一处，那里是一排社区的临街门面，看遍了所有的店，却没有发现帖子上说的小五班，就连普通的课程教辅机构也没有一个，只有一间教儿童画的画室，躲在一条深巷里。到一间房产中介门口停下，想找里面的人问下，立刻有西装革履的小伙子出来热情地招呼说："租房还是买房？"何为回复他不租也不买，只是想打听个事情。小伙子顷刻间便没了兴致，说他是刚来的，什么也不知道。好在屋里跟着又出来一个女的，她说一年多以前这里有过一家补课的，去年夏天就已经搬走了，说着她指着一个方向说："就那间！"何为朝她指的方向看过去，却是一间养生会所。只好又马不停蹄地去找另外一家。那是一处写字楼的地址，循了楼层房号上去一看，屋里已是人去楼空，地上四处都是散落的纸片，落满灰尘，一片狼藉。问了保安，才知道他们也搬走了大半年，至于去了哪里，却不得而知。

遍访不着，一时没了方向，只得闷闷不乐地打道回府。车从林巧娟家小区门口过去，何为一拍脑袋，想自己怎么如此的笨，为啥不问林巧娟呢？立刻找地方停了车，打了电话过去，给她说连着找了两天小五班都不曾找着，没了办法，才来寻求帮助的。林巧娟听了，在电话里"呵呵"一笑说："你不早说！你这样去找肯定找不着的，他们都不公开招生的，这几年查得又紧，每年都换地方。"

何为问："什么情况？"

林巧娟回道："这几年小五班都是被教育局明令禁止的，他们哪里敢公开招生？而且也没有哪个培训机构承认自己是小五班啊！民办初中更是公开撇清和小五班的关系，对外宣称没有和任何培训机构合作。其实都是心照不宣的事情，真真假假，难辨真伪的！"

何为听了，倒觉得和昨天邬老师嘴里说的情况一致，就又问道："那他们如何招生呢？"

"他们招生都不公开的，都是一些过去他们招生生源比较多的学校，由班主任和任课老师推荐过去的。而且老师也只是悄悄告诉一些成绩好的学生家长，口口相传的。也有组织QQ群或微信群的，在群里组织好生源以后，先填好表格，他们收集来以后，通知家长带着学生一个个去面谈。"

"搞得这么神秘啊，好像地下组织一样。"

"可不是嘛！即使这样，一个小五班的培训机构，每年报名的学生少则上千人，多则两千人，但是他们也只会收一二百人。"

"这么多人报名？那他们如何挑选？"

"他们先看产品说明书，觉得合适的才通知去，去了以后考试，考试基本上也是十个里面能录取一两个。"

"什么是产品说明书呢?"

"呵,就是学生简历,有的叫作产品说明书,有的叫作近期病历卡。"

"知道了,那您那里有熟悉的小五班吗?"

"我们家滂滂上的那家,早在五六月份就招生满了,他们一次招的人比较多,有三百多,不过每上完一期课,就要考试一次,每考试一次,就要淘汰掉至少百分之十,听说最终上岸的,也就是百分之二十。我给你地址,你可以去碰碰运气!"

"那太感谢了!他们上课上多久?"

"他们是上四期课,暑期、秋冬季、寒假、春季课,课上到四月中旬基本就结束了。"

一说完,林巧娟就把地址发过来了。柳依一直在旁边尖着耳朵听两人通电话,林巧娟说的话,一个字也没有漏掉,看了地址,就催促何为赶紧过去。走了一阵,车行到一条车少人少的路上,两边都是新建的小区,导航到一个小区的门口,语音便提醒:"您已到达目的地!"小区外面并排建着几栋三层的商铺楼,商铺楼外是一片小花园。何为赶到的时候,花园里一群十一二岁的孩子,男男女女,大概有数十人,正在四处追逐打闹。下了车,两兄弟兴奋得叫了起来,小宝挣脱何为的手,和哥哥一起跑了过去,钻入到了人群中,和他们打闹在了一起。何为看到一个女孩跑到了跟前,忙问她这里是不是小五班,女孩点头说:"是的!"何为还想再问几句,她却早已经跑开了。"丁零零,丁零零",忽然一阵清脆的摇铃从中间那栋商铺处传来,孩子们瞬间停止打闹,都朝着铃声的方向跑去。何为转头一看,一个肥脸的女子正站在一间商铺的门口,手里举着一个摇铃在晃动。不知是衣服太小还是身上的肉太多,她全身的肉都在朝衣服外面挤,看着都让人担心，万一要是把衣服挤破了，蹦出来一点什么，当着这么多孩子的面，如何是好。何必然知道人家要去上课了，就站在那里，眼巴巴地看着他们进入到门里，满是羡慕之情，何定然则一直跟着他们跑了过去，跑到半路，发现哥哥和爸爸妈妈没有跟来，才停住，又折返了回来。

两人带着孩子到了门口，往里一看，门里还有一扇大门，门边有一张写字台，台子上有一台电脑，刚才摇铃的肥脸女子正坐在电脑前忙碌。何为推门进去，正要开口问话，女子头都没抬便说："你什么事？"

"我是带小孩到你们这里来报课程辅导班的！"何为长了记性，也知道了这里就是小五班，所以不敢再提"小五班"三个字。

"哦，我们这里不招生了！"女子仍没抬头，手往嘴里塞了些吃的，嘴巴不停地咀嚼着。

"我知道，你们可能已经招满了，但是我们特别渴望能进你们的班，而且我们是有人推荐过来的！"何为讨好地说。

"哦，谁推荐的？"女子这才抬起头来，看着何为几人。何为看那女子的脸，除了肥大，鼻孔还有些朝天，难怪说话如此傲慢。

"林子淼妈妈，林子淼和我们家孩子是同班同学。"何为说。

女孩上下打量了一下门口几人，语气客气了几分，说："哦，现在都什么时候了？我们确实已经招满了，你们来太迟了！"

"老师，您就不能通融一下吗？"柳依在旁边帮腔道。

"你说明书带了吗？我帮你问问校长吧！"女子说。

"没有呢，我们来得匆促，不知道要带说明书。"何为说。

"那你填下表格吧，我到时候给校长看看，有名额通知你。"女子说。

"您能现在问问吗？"柳依问。

"现在校长不在啊！"女子答道。

"那什么时候在呢？"柳依追问道。

"你这人怎么这样呢？我怎么会知道校长什么时候在什么时候不在呢？你们填不填，不填别影响我工作！"女子突然就生气了，两个鼻孔好像在呼呼地对着天花板冒热气，说完便低下头来忙去了，不再理人。

柳依拉着小宝掉头便出了门。何为也恨不得立马转身就走，想着屋里这尊大神，看一眼就不想再看第二眼，可是为了孩子的事情，却又不得不低声下气地说："不好意思，打扰您工作了，麻烦给我一张表格吧！"

女子这才扔给何为一张表格，何为接了过来，看表格的内容，倒是和昨日在书城填的表格差不多。问她借了一支笔，弯在写字台一角，小心翼翼地填了。填完递给女子，女子接过去，一眼不看，随手便放在了一边。何为问她要电话，她不耐烦地说："你们怎么这般啰唆，刚才不是告诉了你，有名额会通知你的嘛！"

一天下来无功而返，大家都疲惫不堪。柳依无缘无故遭人抢白一顿，心情更是坏到了极点，一个晚上都在喋喋不休，责怪何为，说何为早不上紧，把孩子的事情耽搁了，要是儿子最终没有考上民办初中，看怎么办？何为也无心辩解，只好任她一个人在那儿发作。到了次日，早上送何定然去托儿所，恰巧又遇上了林巧娟，她问报名报上了没有，何为告诉她只是填了表格，要等通知。林巧娟说："那够呛，估计没有戏！"她要何为再找人想想办法。何为知道林巧娟认识的小五班家长多，也恳求她帮着找人问问。何为等不及肥脸女子的通知，心里总还是带着一丝侥幸，中午吃过饭，就又开车跑了过去询问，还是那女子门神一样坐在那里，爱理不理地说："你怎么又来了，今天校长不来的，你要来下周六来吧！"

正在愁闷，书城那边的邬老师来了电话，问考虑得怎么样了，孩子什么时候可以去入学。何为想，要不再问问他，万一他们就是那种隐秘的小五班呢？便说："邬老师，我们回来考虑了一下，觉得你们那里还是蛮正规的，很想来上课，可就是有些担心，万一民办没有考上，误了孩子！"

"昨天我和你说过的，我们这里考上的很多的啦！"邬老师模棱两可地说。

"那能不能保证我家孩子考上呢？"何为试探性地问。

"那我们保证不了的，没有人给你保证的！"邬老师果断地说。

延宕到下周六，何为又带了何必然去那里问，这回肥脸女子倒是没有了前两次的爱理不理，一看到何为父子二人过去，就主动说："已经问过校长了，校长说实在没有办法，人招满了，而且即使没有招满，现在进去，也没有用的，因为前面耽搁的课太多，跟不上，最终只能被淘汰。你们要来，只能等明年了！"

何为很想爆粗口顶她一句，明年来还有屁用！明年小孩都上预初了。

二十四

何为带着何必然空跑一趟，闷闷不乐地回来，柳依和小宝都在客厅，一个坐在小凳子上看电视里的《小猪佩奇》，一个靠在沙发上鼓捣手机。何为倒了一杯水，坐了过去，对柳依说："那里没戏了，还得另想办法，要不你问问蒋芙儿，看看她有没有熟悉的。"柳依无暇顾及何为，她正在微信上不知道和谁聊得正欢，没有说好，也没有说不好。自从有了智能手机，柳依的魂慢慢地就被它摄走了，开始只是每日闲下来时看看微博，自己也发一发，偶尔打打牌。4G 和微信出来以后，不管什么时候，手机便不离手了，吃饭盯着，坐车盯着，哪怕上了床，也不曾消停。有时候何为想干点什么，她还舍不得放下，好像对手机的兴趣比对床笫之欢还大。近一两年，则更甚了，两人之间说话，大都是何为在说，她专注在手机上，半天不回一句，偶尔回那么一两句，要么就是说："啊，你刚才说什么？"要么就是呛死人的话。何为要是因此数落她几句，她便有一堆话来堵何为的嘴。"上班这么累，回家里轻松一会儿都不行吗？""你怎么什么都管？""我看手机的自由都没有了吗？""看手机犯法了？""不看手机，要与世隔绝吗？"时间一久，何为也习惯了，两人的话便日渐地少了，交流仅限于孩子的事情，简简单单，三言两语，时不时带一点火药味。柳依基本不过问何为每天在忙什么，何为也不知道柳依心里在想什么。何为要是突然想要去了解柳依的心思，也只能去翻她的朋友圈，窥探一些蛛丝马迹。何为一杯水喝完了，还不见她回答，也懒得再说，想着只好再问问林巧娟。柳依却又开了金口说："你先去做饭，我等会儿问！"

在家里，厨房里的事情都是何为为主，何为烧的菜，柳依和孩子们都喜欢吃，这也是一件让何为幸福的事。要是何为不在家，柳依要么叫外卖，要么带孩子们出去吃。她偶尔做那么一两回，烧出来的菜，却连她自己都不愿意吃，不是盐多得不能入口，就是半生不熟，或者烧成了黑糊。她做了菜，吃完饭，还得等何为回来收拾残局。厨房里往往惨不忍睹，灶台上摊得乱七八糟，地板上满地水渍和菜叶。何为喜欢厨房里井井有条，做完饭，灶台地板还要干干净净。在何为看来，做饭也是能训练工作统筹能力的，在厨房里有条不紊，到了工作上就会严谨有序。父母几次来东都，看到都是儿子在厨房里忙碌，母亲免得不要提醒说："男做女工，越做越穷！"何为便会半开玩笑地和父母说："那是老古板想法了，如今男女平等，女人也要去职场工作，和男人一样打拼。厨房里的事情，不一定就非得女人去做，在东都，男人下厨的远比女人多。"

做好饭，何为招呼大家过来吃，柳依坐到餐桌上，一手拿着筷子，一手拿着手机，夹了一口菜塞在嘴里，眼睛继续看着手机，嚼了几口，对何为说："刚才问过芙儿了，她说她那里没有这类信息。"

"也是的，他儿子并没有上过小五班，不是照样上民办初中了吗？"柳依没有回答，停了一会儿，何为接着说："这几日我又在想，上民办初中，也不是非要上小五班不可的。小五班里学的无非是奥数、英语、语文，要我说，自己在家里也可以学。而且这种小五班，估计也是刷题为主，大概率上说，教给孩子的东西都是知其然不知其所以然。"

"你能，那你来教？"柳依的眼睛终于从手机上移了过来，看着何为说道。

何为不理会柳依的嘲讽，继续顺着自己的思路说："我教或者你教，都不是问题。关键是小五班如果是刷题为主，那不就是揠苗助长吗？揠苗助长的孩子，我不太相信有后劲。你想想，既然这些民办初中这么厉害，肯定会选择真正有潜质的学生，而不会以选择揠苗助长方式培养出来的孩子为主。那么什么是真正有潜质的学生呢？就是不需要上课外辅导班，成绩照样优秀的孩子，说明这些孩子平时学习习惯好，自我管理能力强，脑子也好使。我是相信我儿子有这个实力的，儿子，你有没有自信？"

何必然听爸爸问自己，口里的饭都没来得及吞，囫囵着说："我不知道！"

"我知道！"小宝抢着说。

几人便都笑了，柳依放下手机，问何定然说："你知道什么呢？"

小宝说："上学，认字！"

柳依又问："你认识什么字啊？说给妈妈听听。"

小宝昂起脖子说："人之初，性本善。"

"崽崽真聪明！"何为夸了一下小宝，接着说，"而且我还在思考一个问题，民办初中究竟比公办初中强在哪里？我不认为师资力量和硬件条件公办比民办差，我认为公办甚至要更好。可能存在的差距，也许是不公平的竞争造成的。这主要体现在两个方面，一方面是招生上，公办初中只能按地段招生，好的学生和差的学生都必须接收，民办初中则不同，可以在全市优中选优；另一个方面，就是超纲教学的问题，公办初中受到政策的限制，只能按规定的教学大纲和进度教学，民办初中则灵活得多，可以按自己的进度和大纲来教学。当然，这可能会造成学习氛围的差别，公办的学生良莠不齐，学习氛围可能要差一些；民办的学生都是挑选过的，学习氛围肯定要好，会形成一种你追我赶的现象。可是一个人，学习好不好，我觉得最终还是看自己，只要自己自觉，就不会受环境的影响。想想我们那个时候，哪里有民办初中，好学的不是照样好学吗？也没有看到谁受到什么大的影响。"

何为说这些话，确实是自己的思考，是听了林巧娟和蒋芙儿夫妇的话以后，是在手机上看了各种各样的小升初信息以后，从最开始如梦方醒的震惊，到后来与日俱增的焦虑恐慌，到这一周来找小五班处处碰壁，才逐步冷静下来的沉思。当然，这些思考，也是一种自我安慰，是知道孩子上小五班可能无望了，对自己，对孩子，对柳依的安慰。

"你那个时候没有重点班吗？没有重点中学吗？我就知道你什么都干不成，连帮孩子找个辅导班都找不着！"柳依听完何为的长篇大论，一口呛了过来。

"我找不着，你也可以去找啊！"何为听她讲到重点班和重点中学，一时哑言，却又听她这样无来由地抢白自己，便有些生气了。

"我去找，那还要你干什么？"柳依又怼了过来。

"我不去上小五班了，也不要去民办初中，就上公办挺好的！"何必然挺懂事地说。

何为被柳依的话呛住，嘴巴张在那里，半天不知道说什么。听何必然如此说，看着儿子，心里一时五味杂陈，怪自己无能，也怪柳依刻薄，又痛儿子懂事，更恨那些小五班鬼鬼祟祟神出鬼没。柳依吃完，拿了手机又坐回沙发上去了。何定然把饭撒得满桌子都是，用手在桌子上捡饭粒吃。何为只好放下自己的碗，一勺勺先喂他。刚喂完碗里的饭，邬老师又打电话来了，何为本不想接，任他响一阵算了，不想被小宝一下就按了绿色键，嘴里大声说："喂，你是谁啊？"

邬老师说："何爸爸吗？我是邬老师。"

"是的，邬老师，您请说！"何为只好拿起手机说话。

"这样的，今天给您来电，是告诉您一个好消息，我们这里今天开始有一个活动，现在到我们这里报全科的孩子，冬季课程和寒假课程连报，可以享受一千元的优惠，我给何必然同学留了一个名额，这个活动到下周日截止，您看什么时候过来办一下手续？"邬老师叽里咕噜一口气说了一大堆。何为耐着性子听他说完，敷衍了一声说："谢谢，我们考虑一下！"便挂了电话。

大宝和小宝也都离开了餐桌，何为拿着手机在想，难道就真的放弃小五班了？自己这会儿虽然找了这么多理由安慰自己，但心里又似乎不甘，万一要是真没有考上民办初中，那可真是委屈儿子了！那又还有谁能帮忙呢？想着便打开微信通讯录，漫无目的地翻动起来，看到林巧娟的名字，就又不自觉地发了一条信息过去，问她是否问到有用的信息。一会儿林巧娟回了过来说:"还没有呢!"翻完通讯录,又去翻朋友圈,朋友圈的首屏信息是一篇《小学生英语阅读能力培养策略》的文章,发朋友圈的是何必然新的班主任赵老师。何为眼前一亮,像淹水的人突然抓住了救命稻草一样,想为什么不问问赵老师呢?便试着在微信上给她说:"赵老师,请问您那里有小五班的信息吗?"等了一会儿,还不见她回,何为只好又去翻朋友圈。从这一天的内容看到了昨天的内容,也没有再看到有用的信息,就放下手机,收拾了餐桌,去厨房洗碗了。洗完碗出来,重拿起手机,便看到了赵老师的回复:"你们怎么还没有找好?我给你个地址,你带孩子去看看,不过我也吃不准,他们还招不招生。"后面一条信息,只是一个地址,没有电话,也没有学校名称,更没有联系人。何为这才想起赵老师在上次家长会后,把自己留下来单聊,是给过自己暗示的,当时却没有往小五班上想,也就没有和她深聊,这才走了许多弯路。忙回她说:"非常感谢赵老师,您这信息可真是及时雨,我们一直在找,可就是找不着,正犯愁呢。"她很快回道:"不用谢,你们抓紧去看看吧!"

何为拿着赵老师发的信息,过去给柳依看了又何必然看,说:"赵老师既然能推荐,那肯定是靠谱的信息!"何必然看完信息,一脸高兴,柳依也立马放下手机,站了起来说:"那还等什么?马上去啊!"说完,她便进了卧室。一会儿出来,何为看她换了一件新买的浅粉斜领长外套,提了蒋芙儿从意大利帮她带回来的包,眉毛也修得细长了些,还上了口红,人便添了些精神,也多了几分妩媚。

从看到赵老师回过来的信息那一刻起,何为压抑了好长一阵的心情一下就开朗了。走到屋外,才发现今日蓝天白云,竟是没有雾霾。赵老师发的地址在南郊靠近市区的地段,何为对那片不太熟,开车导航过去,走了半个小时,才到得附近。这时经过一所学校,是师大附中名下的民办初级中学——玉树中学。师大附中是东都高中里的四大名校之一，玉树中学在东都的民办初中里，也是排名前几位的。柳依对何必然说："儿子，你要是能考进这所学校，就一只脚踏进师大附中了，也有半只脚进了清华北大！"

过了玉树中学不远，就看到一个不大的院落，里面就一栋四层小楼，楼有些旧，外墙上贴的是马赛克，有好几处已经大片脱落。导航提示已经到了目的地，车开到门口，两扇铁门紧闭，看不到有人。何为不敢按喇叭，只好下车，把铁门推开一丝缝隙，朝门里大声喊："有人吗？"喊了几声，从楼里出来一位跛着腿的老人，一拐一拐地走过来。

老人隔着门问道："什么事？"

何为忙说："大叔，我给孩子来报辅导班的！"

老人说："有预约吗？"

何为说："学校老师推荐来的。"

老人这才开门放何为把车开进去，停好车，到得大楼门口，只看到门口挂的是一块文化传播公司的牌子。何为不知道哪层是辅导班，进到楼里，敲了一下底层就近一个房间的门，里面有人说："请进！"推开门进去，看到屋子里面对面摆了两组写字台，有一男两女坐在里面办公。何为问道："请问小升初的辅导班在几楼？"男的抬起头来说："你什么事？"那是一张精瘦的脸，年龄和何为相仿，何为说："我带孩子来报名辅导班的！"男子说："谁介绍来的？"何为说了赵老师的名字，男子才说："这里就是，你把说明书给我看看吧！"

又是说明书，好在何为上周从林巧娟介绍的小五班碰壁回来，就给何必然准备了一份，把孩子的兴趣爱好，读过哪些书，背过哪些诗，上小学以来每个学期每次考试的成绩，都列了上去。柳依也加上了自己认为要加的内容，总的来说，已经把孩子说成了这个世界上最好的孩子，聪明、肯思考、爱学习、知书达理、兴趣广泛、多才多艺。当然，金无赤金，人无完人，要是没有缺点，怕人家看着太假，便又加了些缺点，譬如说他做什么事情太过专注，看书看得忘记吃饭，不太服输，总喜欢争第一。何为下车时就拿好在手里，忙给男子递了过去。男子看了说："我们去隔壁会议室聊吧！"到了会议室，大家分头坐下，何为问男子说："老师贵姓？"男子说："我姓汪。"何为连忙说："汪老师好！"同时也要何必然叫汪老师。

汪老师说："我们这里的教学，主要是激发孩子的学习潜能，培养孩子的学习兴趣，想必你们应该知道！"

何为其实不知道，但是嘴里却说："知道的，知道的！"

"我们本来是五六月份就截止招生了，但是看了何必然同学的情况，可以让他试试，先考个试，如果能得七个A，那么还是可以来上课的。不过我可先给你们讲好，我们这里要求很严格的，每个月上完课都要进行一次测试，哪次不能达到七个A，或者有一个C，就会被淘汰。"

"你们这里培训过的学生，初中去到哪些学校比较多？"何为吸取了前几次和辅导班老师打交道的教训，问话便多了些技巧。

汪老师想了一会儿，说："有些话，我本来不想说的，也是不能说的，看你们一家子过来，诚意十足，我就透露一点，去玉树中学会比较有优势。不过，我也必须给你们讲清楚，只有最后春季一轮考试九个A的同学，才会推荐去学校面试。至于能否面试上，我们是不敢打包票的。"

何为说："我们知道的，谁也不能打包票的。"

柳依插话说："汪老师，我想请问一下，一般最终能有多少人上岸呢？"

汪老师说："这可说不准，我们去年进去八九十人。如果从入学开始到最后一次考试每次都是九个A的，学校会提前和孩子面谈。"

柳依说："现在在籍的学生有多少呢？"

汪老师说："目前三百人左右。"

汪老师说完，就带何必然去另外一个房间里考试了。一会儿回来，他说："考试三门，大概得两个小时。"柳依问课程价格，汪老师说："冬季课只能上四个周末了，每周两天课程，每天三堂课，语文数学外语各一堂课，每堂课九十分钟，一堂课是三百三十元。"接着他站了起来，"一切等孩子考试完再说吧，你们是先在这里等，还是等会儿再来？"何为站起来说："就在这里等好了，汪老师您去忙好了，不用管我们的！"

等汪老师一走，何为在心理默算了一下费用，等于一次要付将近八千块。付完这个款，再还了这个月房贷，卡里的钱就所剩无几了，到下次还房贷的时候，就成问题了。如此悄悄和柳依商量着说："今天付了这个钱，下个月的房贷，你能不能顶一下？"

柳依一听，身子往旁边一侧，看着何为，像是猛然遇着了猩猩一样，瞪大了眼睛说："你每天都在干吗呢？不是自己做工厂老板了吗？怎么房贷都付不起了？"

何为生怕被隔壁老师听到，低声解释道："那边刚买了机器，流动资金不够，工资迟一下才发放。"

柳依满脸不屑，不再说话，又掏出手机来拨弄。何定然上车没一会儿就睡着了，下车由柳依抱着，一直到现在，这会儿终于醒了，睁开眼睛，看到一个陌生环境，便从妈妈身上跳了下来，东摸摸西看看，又准备要顽皮了。何为只好跟着他，不敢让他乱摸乱动。

何必然考完试出来，看上去满脸轻松，何为问他做得如何，他说这个考试还行，基本都会做。何为问道："没有书城那里的难度？"

何必然说："是的，比那个容易多了，基本都是学过的。"

过了一阵，汪老师就拿着试卷过来了，对何为说："孩子成绩还不错，语文学得很扎实，只有后面一道诗歌赏析题有一点错误。数学也不差，英语阅读还要努力！"

办完手续，交了费用，定了下周六开始来听课。几人满心欢喜出来，柳依说："要不今天晚上就去外面吃饭吧！"听说要去外面吃饭，兄弟俩高兴坏了，又蹦又跳的。何为说："行啊，这事还得感谢赵老师呢，要不请赵老师一起吃饭？"

柳依说："那自然要感谢人家，就不知道人家来不来。"

何为给赵老师发了微信过去，告诉她小五班录取了孩子，对她表示万分的感谢，想请老师出来吃个饭，不知道方便不方便。赵老师回道："谢谢了，以后有机会，何必然加油！"

二十五

在忙着给何必然找小五班的两周里，何为负责的工厂业务也一天天有了成效。安途内部已经初步确定了部分零部件改用镁合金的技术思路，答应去考察评估寮城工厂，只是具体时间还没有定下来，成道要何为等他通知。何为又连续参加了两个新能源汽车的行业技术会议，一个是在东都举行的，一个在邻市。两个会议都是三天时间，何为每日都去，用心听了所有的主题讲座，收获自是不少。一是了解到不少新能源汽车的前瞻性技术，对整个新能源汽车的产业链有了更加清晰和完整的认识，最主要的是认识了不少人，发出去二三百张名片，收回来的也有一二百张，微信上也添了几十个朋友，还现场加了两个会议微信群。

　　每次参会回来，何为又把收集来的名片一一做了整理，根据名片上的公司名称，逐一上网了解每家企业的业务性质，找出和寮城工厂业务有可能搭得上边的，手动建立了一个客户资源库。名片上的人，当时只要了名片没有加微信的，何为以他们手机号在微信里搜索，若是微信号和手机号关联上了，立刻申请加他们为好友。可惜一轮搜索下来，能搜索出来的也就十来人，申请加为好友，当场同意的只有几人。过了一天还没有同意的，换了话术再申请一次，不想又有几人加了。其他没有加的，何为也通过会议微信群，每天加几个，有立马就通过的，有过了些时候才通过的，也有申请了毫无回应的。何为也不太理会，按着自己的节奏，又给所有人都打了一轮电话。有的电话打过去，说几句以后，人家就能记起何为，说你就是那个做压铸的吧，然后会多聊上几句，还没有加微信好友的，会拿到对方微信号，加为好友。有的打过去，半天却想不起来何为是谁，到最后"啪"的一声，人家就挂了电话。遇到这样的，何为叹息一声，摇摇头，又去拨其他人的电话。也有的打过去，根本就不接电话，直接就按了的，对这种，便有些担心人家会把自己手机号码标注为骚扰电话。等一轮电话打完，何为也就大概能回忆出来当时见面时哪个人是什么样子的，高矮胖瘦，男女老少，都对号入了座。电话打完，所有加了微信的，何为又一个个在微信上进行了问候，再一次做了自我介绍，发了工厂的PPT过去。大部分人也只是发过来一个握手的表情，或者一个笑脸，就再没有了声音。也有搭讪几句的，只是把何为说过去的话重复一遍"很高兴认识您""您好""多联系"之类。何为知道是自己去求人的，几轮下来以后，便也习惯了，不觉得多么的难为情。何为的想法，反正也简单，就是通过电话和微信，先建立起联系，让大家熟悉自己，逐步能想起来自己是谁，倒也不一定就要立马和谁做业务。至于真要谈业务，想着大部人也做不了一家企业的主，最多只是一个引进门的人罢了。

连着问候了一些时日以后，何为就想，这样一个个不痛不痒地问，也不是个事，效率不高不算，还没有成效。如此就学着各种做销售的，自己建立起了一个群，取了一个有技术性的名字"新能源汽车新材料技术交流群"。名字取好，就给众人发了邀请，都往群里拉，每进来一人，何为都会说"欢迎加入"，然后放上一贯鞭炮，再报以热烈的掌声。当然，鞭炮和掌声，无一例外都是微信上的表情包。一日下来，竟然也有数十人进了群来。群建好以后，群里得有话题，不能一潭死水，一个泡也冒不出。何为便每日针对性地找来一些和新材料相关的文章发到群里，也不限定镁铝合金的，石墨烯、碳纤维一类的文章也都发来。当然镁铝合金在汽车上应用的相关文章，则是每日都要发一篇的，毕竟这才是自己的主业。尽管何为每日都费尽心思在经营这个群，可大部分时间都只有何为一人在冒泡，没有其他人说话，也不知道这些文章到底有没有人点击。何为就又想着办法，每日在群里发发红包，不时拉着人说上几句，慢慢竟然也有人开始在里面搭起话来，刚开始尽管只是竖一个大拇指的图标或者一个笑脸，或者收了红包以后的一声"谢谢老板"，但是毕竟这群开始活泛了。逐步转来链接的，也不只是何为一人，群里的其他成员也开始发一些文章过来，有其他方面的一些技术资料，也有一些鸡汤文章，或者是搞笑的段子和视频。里面本来就有相互熟悉的一些人，这时也会偶尔说上那么几句。无论谁转发什么或者说话，何为也都会去附和回应。

天天搜索文章转发文章，看着是一件简单的事情，却也要耗掉不少时间，何为便又想，反正是转发，精力和时间也耗了，何不自己建一个公众号呢？公众号前期的文章，也还是网上转的那些，能联系到作者的，先征求别人的同意才转发，不同意的不发就是了。联系不上作者的，则注明作者版权或文章来源，作者若是有异议，让他主动联系自己。当然，整合一些文章和资料，洗洗稿，发发原创也不是不行。要是有时间，自己也可以试着写写，至少可以写一些镁合金铝合金相关的嘛！反正号先养着，也不会多花什么时间，都是顺手而为的事情。但是和客户接触，以后只要谈论起这个公众号来，说不定便会让人增加一份信任呢？至少是专业上的信任！关注的粉丝肯定都是业内人士，要是关注的人多了，又是不是可以从中再挖掘出一些客户来呢？茫茫人海，客户难辨，关注这个公众号的，便是进入了自己的水池子里，做市场和做互联网的把这样的水池子叫作流量池。从流量池里再挑选，进入到群里的，关系便又会更进一层，这样，客户资源就有了一个自然的梯度。公众号是一张到海里捕鱼的网，业务群则是一个过滤客户的漏斗。何为越想越觉得可行，一时兴起，说干便干，当下便注册了公众号，取名为"新能源汽车新材料前沿"。当日转发的文章，更是挑了又挑，选了又选，在公众号上进行了精心的编辑，发了出来，又转到群里。文章当日的阅读量便有百十来个，还有几个人转发在了朋友圈，且加了二三十个关注的粉丝。过去每天转发的文章，究竟有多少人看，也不知道，现在一下便一目了然了。这简直是个意外的惊喜，也是个神来之笔，何为心里乐滋滋的，对业务的开拓、工厂的未来，瞬间充满了无限的憧憬。

眼看着群一天天活跃起来，公众号的阅读量和关注者也都与日俱增，初步目的已经达到，何为便开始着手制订拜访计划。建在业务资源库里的企业，又拉到了群里来互动过的人，都去拜访一次，让每一个人都真正认识自己，熟络起来，让他们对工厂和工厂的业务印象更深一些，挖掘一些需求，或者他们有需要的时候，让他们能首先想到自己。这样，等安途的订单落实以后，后面便可以潜心多开发几家客户，不依靠安途一家客户撑着，工厂业务才算真正做起来了。何为明白，在刚刚业务启动的时候，应该集中资源，攥紧拳头，力往一处使，先攻克一个点、一个客户，但是，生意是最忌讳把所有的鸡蛋都集中在一个篮子里的，攻克一个点以后，就要由点到面，去寻求新的扩展。

到了月底，成道电话通知何为，说他们准备安排在十二月十五日去寮城考察验厂，问何为时间上有没有问题。何为自是回复他没有问题，一切都迁就他们的时间。确定好时间，他问何为和夏相宜平时沟通得如何。何为说："沟通是不少的，不过都是在微信上，偶尔打打电话。"成道便说："师兄今日约约他，去拜访一下他，到时候到寮城他们是要一起去的！"挂了成道的电话，何为就联系了夏相宜，约好次日便去拜访他。

初次去拜访夏相宜，自然不能空手，简单的见面礼总是要的，可是该准备些什么呢？去到夏相宜的公司，肯定不只是见夏相宜一人，只是给夏相宜一人礼品吗？以后要去拜访其他客户，包括下次再去安途，恐怕也不好再空着手了吧？带着一份随手礼过去，无论人家收不收，心里总是要亲近一些的，至少人家觉得自己懂得礼数。马上便是圣诞新年，过后又是春节，说得上话，拉得上关系的，是不是也都需要前后打点一下，为将来的业务铺铺路呢？本来很是简单的一个念头，一时竟变得复杂起来，拿不定主意。礼物的费用，算起来也不是个小数目，自己是承受不起的，还得由工厂来准备。想到这里，何为便给蔡进去了电话，先说成道一行十五号去验厂的事，要他提前准备。蔡进说："早就已经准备好了，随时等着客户过去呢！"何为又与他谈了一些接待准备工作的细节，才提起要去拜访夏相宜的事情，自然而然就谈到了随手礼，问蔡进采办什么为好。

蔡进在电话里沉默了一会儿，才说："送礼是一门大学问，礼物只准备一种肯定不够。同一家客户，会要和里头不少的人打交道，去拜访人家，送了这个人不送那个人也不好吧？而每个人的部门和职务都不相同，礼还是要有所区别的。不同客户，在不同阶段，应该有不同的礼。真要建立了合作关系，以后逢年过节，也总得意思意思吧！"一时两人都拿不定主意，就说各自细细琢磨一下，得想个周全的法子出来，花钱要少，但是礼物还得拿得出手。

到了晚上，何为与蔡进再次通电话，何为说："要不送些我家乡的土特产吧？黑茶、湘绣、腊肉都行。"

蔡进说："这个好，我们家乡土特产多，松茸、木耳、人参、东北大米，还有鱼子酱和熊胆。"

何为说："这个敢情最好了，都是稀罕的东西。"

蔡进是黑龙江人，老家在佳木斯。何为去过一回，去的时候冰天雪地，什么也没有来得及看，在那里待了几天，成天都在屋子里，即使出门见到人，也每个都是一身裹得厚厚的，脸上还戴着口罩。听蔡进说那儿中国人和俄罗斯混血的美女特别多，也没有机会看清楚人脸，只是觉得那些裹在大衣里的女子个头普遍比内地要高，说话的声音比其他地方的人要亮八度。蔡进又说："不过人参不是野生的，熊胆是人工养殖的熊场里的。"

"这个我知道，现在哪里还有野山参，那可都是价值连城的东西了，每一棵都是可以延年益寿、救人性命的，即使有了，恐怕也不会拿来送普通客户吧！只是这些人工种植的人参，用盒子装了，看着珍贵，在当地刚挖了出来，怕是和萝卜一样不值钱，就这样送，还不甚拿得出手，要是再加工一下就好了。"何为说着，突发奇想，是不是可以泡酒呢，泡成人参酒，档次不就上来了吗？一想明白这节，就马上又说："要不我们买一些好酒来，我说的是纯粮食酿造的散酒，我们用人参泡着，不就是上好的人参酒吗？再买些精美的包装套上去，估摸着送给人家，也都会欢喜。"

蔡进听了，也豁然开朗，顺着说："这个主意好，花钱少却还珍贵，包装上另设计一个标签，标明是限量非卖品，便越发显得稀罕了。松茸、熊胆也是可以泡酒的，我们再另外做一批松茸酒和熊胆酒。"

两人一琢磨，就把这事情定了下来。眼下的礼物，何为自己先去采办，到时候工厂给报销，蔡进则抓紧去安排东北特产的事情。人参酒、松茸酒和熊胆酒的泡制，却需要时间，蔡进说："我有一个亲戚，正好是做酒厂的，酒厂在黑瞎子岛附近，那里是中俄的边界，酒的出品地址写上黑瞎子岛，会更加添了神秘色彩，要不就要他帮着我们弄酒吧！反正我们这酒不是卖人的，就是用来送礼用。"何为自是没有意见，只要能把事情办好，倒省了麻烦。听他提到黑瞎子岛和中俄边界，便又说："要是能采购些俄罗斯特产，伏特加、巧克力、蜂蜜、套娃什么的，送送人，也是能拿得出手的。而且估计在那里采购，价格也不会贵。"蔡进自也赞同。

二十六

次日，何为比往常早起了两个小时，出门时天还没亮，小区门岗室的保安坐在椅子上打瞌睡，四化包子铺的卷闸门半拉着，屋里的灯光从卷闸门后面的茶色玻璃门里透出来，有些昏黄和暗淡。何为拉着行李箱推门进去，四化和美珍都在忙碌，美珍在案板前往蒸笼里放刚包好的包子，四化正抱着一叠蒸笼往灶火上架。美珍先看到何为，嘴里说："姐夫，这一大早拉着行李，要出远门吧？"

何为说："去中原出趟差，得赶高铁。"

四化放好蒸笼，转了身说："姐夫，这会儿包子都还没有好呢，至少还得二十分钟，要不你拿瓶牛奶先喝着吧！"

何为说："你有昨天的剩馒头没有？给我两个，放微波炉里转一下，我拿了边吃边走。"

四化忙到里头小隔间里拿了两个馒头出来，热好递给何为。何为要给钱，两口子死活不收，说两个冷馒头，收啥钱。何为也不再坚持，谢了他们，到路口一边等出租车一边啃馒头，一个馒头快吃完，却还没有看到一辆车过来，只好用打车软件叫网约车，一会儿便有司机接了单，打电话过来，确认了何为的具体位置。何为听对方声音感觉有些熟悉，好像是小区里的黄学军。馒头吃完，车也就到了，是一辆没有出租车牌照的绿牌新能源车，并不是黄学军开的那种外地牌照的燃油车，然而驾驶座上坐的，却明明又是黄学军。两人神情都很尴尬，何为也不好不坐他的车，只好主动打招呼说："你换新车了？"黄学军听何为主动招呼，脸色也变得自然起来，说："哪里换得起新车，这是我租来的！"

"你自己有车还要租车来开？"

"现在开网约车，都要求本地牌照，而且对车的品牌和档次，也有讲究，我的车是安徽牌照，在东都做不得生意了。"

"还有这么多规矩呢？"

"规矩多了去了！不但要是本地牌照，车还得是营运车，我们司机还得考上岗资格证。"

"那到哪里去租车呢？"

"专业的租车公司，给租车公司交上押金，每个月固定交租车费用就行了。"

"那不是和出租车一回事了吗？"

"规矩比出租车公司还要多！"

"怎么说呢？"

"要受平台的管理，要被抽成，要及时接单，不能拒单，每单都得央求客人给好评，这样发到手上的单才多。又要给租车公司按月交租车费，平时还得提心吊胆，唯恐公路客运管理部门查到。"

"那规矩是多！你为啥怕管理部门查呢？"

"上岗资格证必须有本地户口，我户口不在这里，所以拿不到上岗证，只能偷偷摸摸干，主要是做晚上的生意，跑了你这一单，我就回去歇息了！"

"那你现在收入如何？"

"比原来少多了，现在拼死拼活，一个月也就万把块，原来做到过两三万的。"

"那也不少了，何况你现在开这个电动汽车，至少可以把油钱省了。"

两人聊着，话题越扯越开，都没有再提及孩子之间的不愉快，倒好像是老朋友一般闲聊，也或者如普通的出租车司机和乘客之间的搭讪一样。何为近来一直关注和新能源汽车相关的所有信息，不会放过任何与人沟通的机会。这回看到黄学军开的是新能源汽车，就把话题扯到了这上面去。

"这个是混合动力，是个面子工程，省不了多少油的！"不等何为回话，黄学军又补充说，"充了电只能跑五十公里，冬天实际上能跑三四十公里就了不得啦！到机场去一个单程都跑不了，跑完还得烧油。"

何为说："那这车开起来感觉如何？"

黄学军说："也就那样吧，反正我觉得不实惠，燃油和电池一起只能跑四五百公里，要是跑长途，肯定还不如燃油车。家里买着上上班，可能还行。"

这时候不堵车，两人一路聊着，很快就到了高铁站。此时天已经见亮，给黄学军付了车钱，何为拖着行李箱急急忙忙过了安检，到检票口时，正在检票，一大半人已经进了站台。这是一列开往兰州的高铁，也是这个城市每天第一列开往西北方向去的高速列车，列车到郑州要将近五个小时，过了郑州，再坐十几分钟，第一个停靠的小站，就是何为要去的地方，恒源动力电池所在的中原小城。

小城是由县改成市的，过去号称中原第一县，是全国经济百强县之一。那里的装备制造业在解放前就发达，上个世纪初叶，县里就有一座全国闻名的兵器厂，那是当时国内的四大兵工厂之一，中正式步枪就是在那家兵工厂定型制造的。

车一到站，就有人打手机，显示的是中原当地的号码。何为昨日买好票，虽是告诉了夏相宜车次，但约的是下午去拜访他。自己原想着下车先找地方吃口饭，就近找个酒店住下，下午拜访，晚上相机行事，有机会请他喝酒。这时的电话，想必可能和夏相宜相关，就接了。对方问是不是何总，何为愣了一下，不知道人家说的何总是谁，以为对方打错了电话，就说我是何为。对方说："我是夏总安排来接何总的，您现在哪个位置？"何为这才知道人家嘴里的何总是自己，第一次被人叫"总"，怪不自在的，就自嘲，中国的这总那总加起来，恐怕比任何一个西欧国家的人口都要多，多我一个"总"又何妨。忙说："我刚出站！"对方说："您是不是穿牛仔裤，黑色羽绒服，拖个行李箱，背双肩包的？"何为说："正是！"

一会儿有人过来，还问是不是何总。何为一打量，来人脸长身高，五十开外，站着身板笔直。他自称是单位的司机，姓毕。何为和他握了手，毕师傅硬是把拉杆箱接了过去，带着何为去到车站广场前的停车场，上了一辆长城SUV。一上车，毕师傅说："听着何总口音很熟，是哪儿人呢？"何为说，"那您猜猜看！"

毕师傅说："我听着您像湘安那片的！"

"毕师傅厉害！一般人能听出湖南口音就不错了，您还能听出湘安口音。"何为满脸惊讶，自己的普通话里基本没有家乡口音了，平时说普通话，就是老家的人听了，也很难听出自己的口音，不由自主地竖起大拇指说，"您接触湖南人很多吗？"

毕师傅说："我在湘安当过兵的。"

何为更是惊得掉了下巴，最近不知怎么的，到哪里都能碰到故旧。如此迫不及待地问道："您在县城当武警？"

毕师傅说："不是武警，部队在大山里，到县城得有七八十公里。"

何为再问他具体在哪儿，当什么兵，他却不说，说要遵守部队的保密纪律。何为说："看您当兵应该是在八九十年代吧？这都过去了多少年，还有什么密可保？"

毕师傅说："当过兵的人，一辈子都是兵，部队的保密纪律永远要遵守！"

不过尽管他不说，何为也能大概猜想到那是哪个位置。在何为的印象里，自己幼时跟父亲出诊，去过一个非常神秘的地方，离自己村子有数十公里。那时何为老家的公路都是沙土路，但是进到那大山里，却都是水泥公路，公路不宽，尽是七拐八弯的坡道，路上几乎看不到车，偶尔有一辆过去，也是盖上了篷布的绿色军用大卡车。听父亲说，那里是部队驻扎的地方，山下都是空的，挖了很多山洞。

毕师傅把车停在街边说："这里到我们单位不远了，我们先到餐馆吃饭，夏总应该在上面等着了。"

何为下车，看到临街一排房子，初看以为是一栋楼，等发现外墙贴着不同颜色的瓷砖，才知道是许多栋房子紧挨在一起建的。一排房子建的都是五层，这是在全国各地的县城和小镇都很常见的建筑模式。每一栋房子都是一户人家，这户人家就依靠这栋房子过生活。下面的门面房和二楼，房主用来做一份营生，或者出租给别人做买卖，上面自家住一层，剩余的房子也都租给外乡外县来谋生活的人居住。

这一排房子，除了一间建材店、一间便利店、一间卖电动工具的店铺以外，其他都是餐馆。毕师傅把何为带到一间外墙贴了蓝色瓷砖的餐馆门口，玻璃门上方有一个显眼的招牌，招牌上有"大宴天下"四个红色大字，大字下一行小字："老字号烩面、羊肉汤、牛肉汤、羊双肠"。进到店里，上到二楼，入到一个包间，果然看到夏相宜已经坐在了靠窗的位置，脸正对着门，一旁另外坐了两人。何为一进门，夏相宜就站起来说："何总，我们又见面了！"说着把一只大手伸了过来，何为也把手伸了过去，拉着使劲摇了两下，说："是啊，又见面了！早就想来拜访夏总了，却一直耽搁到今日。"

两人松了手，夏相宜指着身边的人介绍说："厂里的工程师，郑工、任工。"何为看两人都很年轻，一个二十多岁，大概刚刚参加工作，一个三十不到。也忙和两人握手，嘴里连声说："郑工好，任工好！"握完手又从身上翻出名片来，双手递给两人说："以后请多多关照！"

大家落座，服务员送了冷盘和酒上来，问夏相宜是否可以上菜了。夏相宜说:"上吧！菜里放些辣椒。"

何为说:"夏总也喜欢吃辣椒？"

夏相宜说:"何总湖南人,哪能不放辣椒呢？我们中原人,辣椒可吃可不吃的,但是都能吃。"

夏相宜的热情,有些出乎何为的意料,想着就那么喝了一次酒,自己本是求着人家来的,人家竟然如此客气,看来中原人是真的好客。一会儿菜就上来了,有羊肉汤、五香牛肉、桶子鸡、羊蹄、熏肚、烩面,都是中原特色,一盘菜的分量足抵得上东都的两盘。

毕师傅在旁边打开了酒盒,给每人杯里倒上酒,说:"何总,尝尝我们中原的酒,这是杜康,我们这里喝这个酒的人多。"

何为说:"杜康是解忧酒,曹孟德说过的,何以解忧,唯有杜康。"

"欢迎何总来中原,我们干一个！"说完,夏相宜举起酒杯,大家也都跟着把杯子端在手上。

毕师傅说:"何总湘安人,我本应陪着何总,但是这回却不能喝酒,等会儿还得开车,我只好以茶代酒,先干为敬！"说完一口先喝了玻璃杯里的茶水。大家也都喝了杯里的酒。

放下杯子,夏相宜说:"何总说话文绉绉的,总是出口成章,过去当老师的吧？"

何为说:"让夏总笑话了,我在互联网行业混日子。"

夏相宜说:"那巧了,我也在互联网行业混了十多年,原来一直在京城,这些年才进了新能源行业。"

何为说:"那夏总厉害,能跨行负责技术。"

夏相宜说:"哪里,我最早做单片机,电池管理系统要用到这个,所以刚入这行的时候,是做 BMS 的。"

何为说:"那夏总为何要离开互联网行业呢?"

夏相宜说:"我们先喝酒吃菜,这说来话长,总的来说,总感到互联网行业太过浮躁,干着没什么意思了。"说完夹了一片牛肉塞嘴里,众人也都跟着动起了筷子。吃了几口菜,又都喝了一杯酒。

何为接着刚才的话题说:"我原来在那行里干着,近些年也是越来越纠结,具体什么原因又说不上,正好夏总给我解解惑,我愿闻其详!"

夏相宜说:"人类进入了互联网时代以后,切实带动了生产力的大发展,每个人能感受到的是信息确实变得多了,也给人带来了不少方便。可是却也产生了几乎同样严重的问题,尤其是今日进入到云计算、大数据和AI时代以后,人类逐渐被算法绑架、奴役。人的自由越来越少,人越来越像机器。看似海洋一样的信息,实则大多是无用的垃圾信息,而这些垃圾信息,却又被反复地进行商业利用,不知道要造成多大的环保损失。有人说当今云计算一年所耗费的电力是三峡大坝一年的发电量,这个数据我没去考证过,想着即使没有一个三峡大坝的发电量,也一定是一个惊人的数字。耗费这么大的能源,却用来计算每个人的兴趣爱好,给每个人画像,然后按这个画像不断给人推送各种无用的商品和信息。商品看着是多了,商业看着是发达了,这些商品,又有多少是必须要消费的呢?这些商品,真正的科技含量又是什么呢?这些商品,究竟为人解决了什么问题呢?在这种商业环境下的竞争,已经看不到创新和技术的竞争,看不到生产能力的竞争,所有的企业都耗在了无序的销售竞争上,耗在了依托于各种互联网平台的引流竞争上!看似信息多了,实际上每人接触的信息却越来越同质化,越来越单一,越来越少了,所有的信息都是算法推荐给你的。人越来越没有了选择的空间,不知道外面到底发生了什么,人们读书越来越少,思考越来越少,变得越来越无知和偏执，全民都进入了泛娱乐的时代。有人很形象地形容说这是信息茧房，人进去了，就出不来了。我觉得，互联网的发展，不应该是这样的，算法只能作为人的工具，人不应该被算法绑架。大数据要去计算的不应该是人，至少不应该是商业意义上的人，而应该是物，是人以外的万物，是环境，是自然！人类应该因为大数据而让万物更好地为人所利用，更好地让人与环境和自然和谐统一！"

夏相宜一席话，让何为一下就明白了自己之前为什么纠结，也明白了自己为什么对那些狗皮膏药一样推送来的信息如此反感。由此，何为又对夏相宜刮目相看了，难怪人家能做技术负责人，原来满肚子里思考的，都是科技伦理、科技哲学的问题。何为也有一些自己的思考，却还不太成熟，斟酌了一下，便还是说了出来。

"夏总，您的说法，我很是赞同，让我茅塞顿开。最近两年，我一直在思考一个问题，科技的进步，尤其是智能化的发展，工业互联网的应用，会让未来的商品越来越过剩，这种过剩，是不是会严重挑战人类目前的经济体系？目前人类的经济体系是什么呢？应该是消费型经济，消费型经济是以人的生存和欲望作为需求的，其实就是欲望驱动型经济。那么到了 AI 和工业互联网时代，当每个人的消费欲望都能随心所欲地获得满足的时候，人类的经济增长点会是什么呢？或者说，那时候的人每天干什么呢？我想，也许那时候人类的生产活动，大多数人可能只有一件事可做——那就是探索！因为人已经从劳动中解放出来了，满足人类消费的工作，都已经由 AI 取代了。探索就是满足人的好奇心，对大自然，对宇宙，对人自身，对未来，对过去，对一切未知的好奇，我给它们取了个名字，叫作好奇驱动型经济，也叫作探索型经济。"

"何总，您的思考有深度，您这个提法，很新颖，很有意思！"夏相宜附和了两句,却没有就这个话题再深入。郑工和任工坐那里听两人说,从头到尾都没插什么话,只是跟着干了几次杯,又各自敬了何为一杯酒。酒快喝完,夏相宜说:"等会我带何总到工厂转转,完了今日还得去重庆,晚上的飞机,这是今天一早临时安排的行程,我就不能多陪何总了,望何总见谅!"

何为说:"哪里哪里,已经耽误夏总很多时间了。"

夏相宜又说:"业务的事情,我们听成总那边的安排,成总那边说好,我们没有意见,反正都是给他们配套。"

毕师傅叫服务员进来买单,何为站起来抢着要买,夏相宜说:"何总不要争,到了中原来,我就是地主,尽地主之谊是本分!"何为还要争,毕师傅也在旁边附和夏相宜,只好作罢。

毕师傅载着大家到了工厂,在夏相宜办公室喝了杯茶,随后去了车间,走马观花地看了一回。何为第一次到这种动力电池的车间,又加上喝了不少酒,身上有些飘飘然,两眼一抹黑,啥也不懂,又不好详细询问,耽误了夏相宜的时间。

看完车间,回到夏相宜办公室,毕师傅、郑工、任工都各自去忙活了。何为悄悄从行李箱里拿出两条软中华,放在大班台上。夏相宜却硬是不收,说:"何总,您这是干吗,为何如此见外?"

何为说:"哪里,不就两条烟吗,烟酒不分家,烟酒不分家!"

夏相宜这才没再说什么,随手打开一条,硬塞了两包给何为,其他的放进了桌子下面的立柜里。随后两人又聊了一阵,夏相宜要何为多待两天,何为出发前本是准备住一晚的,不想夏相宜要去重庆,事情也已经办完,嘴里就说来时已经订好了回程票,晚上就走的。临走与夏相宜相约在寮城再见。

二十七

从中原回来，隔日便是十二月的第一个周六，何必然第一天去小五班上课，大概是太兴奋的缘故，竟起得比何为还早，破天荒地来敲门叫爸爸起床。何为起来，见他和上学日一样，穿着校服，系着红领巾，便说："你周末穿校服系红领巾干吗呢？又不是去学校，小五班老师不会强制要求你的！"何必然却执拗地说："老师说去上学就得穿校服系红领巾，这样才有学生的样子，才会知道自己是在上学，听课才会更加专心。"何为知道孩子心眼实，对老师的话，大都会记在心上，便由了他。不过还是和他半开玩笑说："那这个冬天，你妈帮你买的衣服都浪费了，会让她心痛的！"

早上何为送了何必然过去，下午柳依带着小宝去附近的游乐场逛了逛，顺道接哥哥回来。何为在家里做晚餐，等他们到家的时候，饭菜已经摆在了餐桌上。周末的晚餐，只要何为在家，大都丰富，比较固定的菜式是红烧肉、炖排骨、手撕鸡、清蒸鲈鱼，其他如基围虾、花蛤、牡蛎、海瓜子、鲍鱼、三文鱼之类的海产品，每周也总会变换着吃一种，炖排骨和手撕鸡，有时候也会换成炖羊棒骨或土豆烧牛肉。孩子们在屋外就闻到了饭菜的香味，一进门，看到满桌佳肴，早馋得不行了，顾不得洗手，就跑上了餐桌。柳依连声吆喝道："都是饿鬼投胎的吗？手脏死了，先去洗干净，没有人和你们抢！"何为也招呼哥哥，要他做好榜样，先带着弟弟去洗干净手，再来吃饭。何必然吐了吐舌头，便拉了弟弟一起去洗手。吃饭的时候，何为少不得要问何必然第一天上课的感受。

"今天第一节课是什么呢？"

"数学课，今天讲了两个奥数内容，一个是牛吃草的问题，一个是抽屉原理。"

"那你听得懂吗？"

"还行，我买的奥数书都有这些。"

"那语文课讲了什么呢？"

"讲文学常识，都是唐朝以前的。"

"老师怎么讲的呢？"

"老师主要按作者来讲，先介绍作者的基本情况，再讲他的代表作，代表作的大概内容，让我们能够记住作者名和他们的字号，生活的朝代，他们的主要作品名。"

何为再要细问，柳依说："这些我都问过一遍了，你又问一遍，他烦不烦啊！不能让他脑子松弛一会儿吗？"何为本想争辩，却又觉得她讲得有道理，便不再作声。现在周末要补课，回到家里若是吃饭都在谈论学习，孩子的脑子势必时刻是绷着的，却也不是个事情，这样下去，自己岂不成了念紧箍咒的唐僧吗？小宝叫妈妈帮他夹手撕鸡，柳依给他夹了，他又叫爸爸帮他夹红烧肉，何为也挑了两块肥肉少的夹在了他盘子里。何必然独自吃了一阵饭，突然说："我遇到我们班上的同学了。"

何为问："哦？是谁呢？"

何必然说："沈婷婷。"

柳依显得有些急促地问："是同一个班吗？"

何必然说："不是的，她在另外一个班。"

柳依仿佛松了一口气似的说："你平时和她保持些距离！"

何必然说:"知道了,我本来就和她交往少。"

何为问:"她平素在班里成绩如何?"

何必然说:"数学中等吧,语文不怎么样,不过英语挺好的。"

何为听柳依的话,有些怪里怪气,总觉得哪儿不对劲,她对贾慧,对贾慧的女儿,似乎都有一种警惕心,好像在提防什么一样。又不好当着孩子的面细问,尤其怕她知道自己还和贾慧单独一起喝过茶,不知道会生出什么样的风波来。当然,沈婷婷在上小五班,也让何为很意外,上回贾慧搭顺风车,她说她女儿平时读书做作业都拖拖拉拉的,看来人家是谦虚了。

吃过晚饭,收拾好厨房,何为又把孩子召集到一起,和父母视频。最近两次视频,母亲咳嗽似乎好了一些,咳得没有那么急,也没有么频繁,只是偶尔干咳两声,看上去咳起来也没有那么难受,头没有别到一边去。不过气色还是不太好,脸色有些苍白,没有血色。何为问她,她说已经吃了汤药,人舒服了许多,白天是不怎么咳嗽的了,只是凌晨还有那么一阵子,要何为不用担心。父亲却说:"你妈的情况有些复杂,不是普通的伤风感冒受凉,舌上苔少,尺脉无根,眼下虽然有些效果,怕还有反复。"看父亲脸上憔悴,有些忧色,何为说:"那去医院如何呢?"父亲这回说:"医院可以去,不过你妈不愿意去。"母亲在一旁说:"去干吗?花了钱不算,还不一定有效果,一辈子几十年了,每回哪里不舒服,你要么扎几针,要么挖几味草药,要么开个方子抓几服药,不是都好了吗?再说真要有大病了,医院就能治好?附近十里八乡的,那些得了重病的,最终不都是拉回来找你开方子吗?我是信命不信医的,人要真是走到了那一步,那是阎王爷发了请帖,谁能拒绝得了?"

母亲的话,像是对父亲说,也似乎对何为说,又好像是自言自语。本来看到母亲好了一些,心稍微放宽了些的,此刻竟然有些怦怦乱跳了起来,胸口还闷得慌,仿佛有什么东西就要失去。何为说不上来,只好和父母说:"我过些日子去寮城,办完事就顺道回家一趟。"母亲着急地说:"回来干吗?马上春节了,到春节再回来,免得多跑一趟。这样多跑一趟,多不容易,来回路费本就不少,到了家,四邻八舍都得走动一下,去了也都得有人情,又要不少钱。"何为说:"这个您别管,要不了几个钱的。"父亲也附和道:"伢子要回来,就让他回来吧,也好一阵没有见着了。"要挂视频的时候,母亲眼里流露出不舍的光芒,不停夸两个孙子。何定然仍是不停地叫爷爷奶奶,何必然又邀请爷爷奶奶来东都玩,也满是不舍。

挂了视频,何为坐着半天没有动,琢磨着母亲的气色和话语,也琢磨着父亲的话,感觉两人话里似乎都另外有话,而且两人似乎商量过,却意见不统一。那么究竟他们话里的话是什么呢,一时却想不明白。

正在胡思乱想,微信响了,提示有人发来信息,拿起手机一看,却是贾慧发来的,忙回了过去。

贾慧说:"你终于给你家公子报辅导班了,还和我家闺女在一起。怎么总是这么巧呢?"

何为说:"是啊,是很巧的,想不到你家闺女也报了。"

贾慧说:"早就报了的。"

贾慧说:"最近忙什么呢?"

何为说:"还是忙那些事,瞎忙。"

贾慧说:"骗谁呢?肯定忙着赚大钱了!"

何为说:"哪里啊,正在为解决温饱问题奋斗呢!"

贾慧说:"怎么都看不到你发朋友圈的?是不是把我屏蔽了?"

何为回了一个红脸的表情包，跟着又说："我为啥要屏蔽你？我是很少发朋友圈的，也不太看朋友圈。"

贾慧说："大领导和大老板都不发朋友圈！"

何为没有说话，只是回了一个哈哈大笑的表情包。贾慧就又说："怎么，默认了是不是？"

何为反问道："默认啥了？"

两人不咸不淡地聊了几句，贾慧没再回话，何为正巴不得她不回。在心底里，何为有些担心柳依知道自己和贾慧在微信上牵扯不清，会说闲话。其实柳依正忙着在手机上刷屏，根本不会关心何为在干什么，但是何为与贾慧说话，就会想起她的眼睛和脸上的两个酒窝，有一种无形的压力，好像做贼心虚一样，就是不敢继续。恰好又刚刚和父母视频过，此刻心里满是对他们的牵挂和担心，也实在是没有心思和人瞎聊。何为刚把心思收回来，贾慧却又发了东西过来，何为点开去看，却是一张照片，背景像是一家豪华酒店，旋转门里有两个人，背对着外面，似乎正往里走。那是一男一女，男的卷发，像是白人，搂着女的腰，女的穿浅色职业秋装，那衣服和背影，何为好生眼熟。可惜照片拍得太远，正要下载原图来细看，贾慧却撤了回去。何为忙发了一个问号过去，她马上回了过来说："抱歉，刚才发错了！"后面跟着一连串脸红的表情符号。何为正在发蒙中，她又接着说："我是要发我上次说的文章给你看的。"跟着便发了一篇金山在线文档过来。文章标题叫作《东都人的东都》。何为还在想着她刚才撤回去的照片，想着照片里那眼熟的衣服和背影。是谁呢？是谁呢？这衣服，柳依好像也有一套呢？这背影，怎么这么像柳依呢？怕是自己胡思乱想吧？职业装，穿一样职业装的太多了，背影相似，更是不计其数啊！思来想去，何为笑自己过于敏感了，无来由地疑神疑鬼，太不应该，也就不再去想那张照片，

218

用心看起贾慧的文章来。

东都人是出了名的精明和精致，做事情喜欢斤斤计较，过日子喜欢精打细算。这样的坏处是给外地人和刚到东都的人，留下东都人心眼小不大气爱占小便宜还娘娘腔的印象。说东都人小气的论据是东都人哪怕是男女朋友约会，也要各自买单，更勿论同事朋友之间聚会了，美其名曰 AA 制。说东都人结婚以后，夫妻之间的钱都是各管各的，双方都不知道对方有多少存款。说东都人贪小便宜的论据是东都人到菜市场去买菜，要和卖菜的大妈为了一分钱讨价还价半天，末了还要一棵葱一根香菜做赠品。说东都人娘娘腔的证据是东都人无论男女，说的是吴侬软语，声音不大，缺乏阳刚之气。甚至说东都人吵架，男人女人都是婆婆妈妈，只动口不动手，让人看着都替他们着急，要是随便换一个地方的人，早就一言不合大打出手，路见不平一声吼，该出手时就出手。那么东都人为什么会这样呢？有好事者做过论证，说是因为东都人的居住环境决定了东都人的性格特征。东都人过去大都住小弄堂，住鸽子楼，面积太小，成天见不到阳光。所以东都人气量就小，说话声音也小。这些好事者都是几十年以前来过东都的人，或者压根儿就没有来过东都，只是在影视里、在书本里看到过东都，也或者是闲聊时听人说起过东都，却不知道这都已经是多少年前的老皇历了。

东都人听到这些，都会一笑置之，鲜有人去争论。东都人不去争辩，是因为东都人心里明镜儿似的，不屑于争辩，这是文明人的自傲。文明人是有言在先，先君子后小人；文明人是先定好规矩，谈好利益，亲兄弟也要明算账，免得事后争执；文明人是君子动口不动手；文明人是任何时候，都要考虑不会因为自己而影响他人麻烦他人。东都人也有生气的时候，那是实在忍无可忍的时候，会悄悄嘟哝一句"乡吾宁"。当然那都是在事后或者背后说的，也不知道别人听见了还是没有听见，听懂了还是没有听懂。

这样的好处，就是东都人做人格外小心谨慎，做事追求精益求精。绝大部分东都人，都不会为了一点小利益，去做冒险和犯法的事情。东都人信奉君子爱财取之有道的格言。在东都，小偷小摸，贪污腐败，都不会出现窝案，有也只是极个别的现象，而且去查那些人的履历，还不一定就是东都人。东都人的刑事犯罪，也是全国最少的，哪怕放在全世界范围里来看，都是属于治安秩序首屈一指的地方。做人格外小心谨慎却也让东都人少了冒险精神，缺乏创业精神。所以东都人创业的不多，都喜欢寻求一份安稳的工作，可以旱涝保收，少些大起大落，安安稳稳过一辈子。东都人的这份小心谨慎，并不是外地人眼里的天生胆小，而是他们的祖辈们经历过半殖民地时期的风风雨雨，早已亲历过或者看惯了冒险家的起起落落。这是外地人根本无法理解的，也是刚到东都的新东都人无法理解的，只有在东都生活几十年以后，才会慢慢明白东都人的这项人生真谛，从此以后也会嘱咐自己的后代，千万不要去做冒险家和创业者！

要是以为东都人的小心谨慎，是亘古不变的，那就大错特错了。东都人是最懂得变通的，他们审时度势，总能全民性地抓住重大历史机遇，成为先富起来的一部分人。东都人这几十年，抓得最稳当和最普遍的机遇，就是房地产。在过去十多二十年里，当其他地方的人们，一家人一边看电视一边吃晚饭聊天的时候，男男女女围成一桌搓麻将的时候，东都人正在各个售楼处通宵排队抢号。大部分东都人，手里都有那么几套房子，自己住一套，出租一两套，过着拿着工资、收着房租的宽裕日子。随着房产的不断升值，他们的身家少则上千万多则上亿。在东都，看到守门卫的大伯大爷、开出租车的大叔，可千万不要小瞧了他们，他们可能每一个都是低调的千万富翁。

东都人做事精益求精，产生了东都人的工匠精神，这是一种德国式的刻板和精密，这是一种日本式的认真和细致。所以东都生产的产品，就是品质的象征。上世纪七八十年代，东都服装是引领服装潮流的风向标，但凡是追求品位和时尚的人，都以拥有一件东都产的服装为荣。在物质紧缺凭票购买的年代，东都出品的自行车购买票更是一票难求。到了今天，东都出产的汽车，占了国产汽车的半壁江山，品质足可以和任何进口汽车媲美。

东都的政府和东都人一样，是一个小心谨慎的政府，脚踏实地，不追求冒进。城市的规划和建设、政策法规的出台、项目的实施，都会反复调查研究，不仅仅只看当下，还要往前看和往后看。一切都建立在周密调查的基础上，一切都建立在反复论证的前提下，一切都要做到稳定、细致、周到、全面，确保没有纰漏和后遗症。但是不等于说东都就是保守主义，就不要发展经济。相反，因为东都的政策不会变来变去，东都不会因为政府的换届而出现虎头蛇尾的项目，东都因为一切都有章可循，而成了一个开放之都、经济之都、现代化之都。同时也是一个法治之都、秩序之都。

二十八

　　天连着阴了几日，灰蒙蒙的云层压得很低，让人有些透不过气来。接着又刮起了北风，把街边法国梧桐树上残留的枯叶片片扫落，树枝越发显得光秃。气温便骤然降到了零度左右，让人猝不及防，怕冷的人，会冻得脚手发僵，缩成一团，不时地搓手跺脚。天气预报说今年气温比往年同期偏低，要下雪。结果雪没有下，却下起了雨。雨淅淅沥沥，大一阵，小一阵，绵绵不绝。何为的情绪和这天一样，莫名其妙地就一天天阴沉了起来，胸口像塞了什么东西一样，堵得发慌，每日心绪不宁，坐也不是，站也不是，昏昏沉沉，打不起精神，想要瞌睡，到了床上却又睡不着，半夜里都在翻来覆去，让柳依也睡不安宁。柳依在睡梦中被吵醒，醒来总要抱怨说："还让别人睡不睡了？"到了下雨那几日，何为干脆每日抱了个被子，睡到了客厅的沙发上，脑子里越发胡思乱想，都是一些儿时的荒唐事。母亲给几毛钱去村里的代销店买盐巴，回来却两手空空，因为钱丢了；又一回，去打煤油，回来时还是两手空空，这回钱没有丢，装满了煤油的玻璃瓶子，在回家的路上摔碎了；暑假里，带着村里几个小小孩，把人家的一片旱秧当成鱼草扯掉了；冬日里，去菜地里砍白菜，却一刀砍在了自己小腿上。每一件事情都是母亲安排去做的，结果都惹出了祸来。这些细细碎碎的事情，像播放视频文件的快进镜头一样，一件件在何为脑子里闪过，闪过当时就忘记了，第二天却又还要再闪一次，毫无头绪。每到天亮时会迷迷糊糊睡一会儿，醒来两眼发黑，身上软绵绵的，浑身没劲，一天里什么事情也干不成。

到了十二月十四日，与成道、夏相宜分别通了电话，确定了他们的航班，何为像逃一样，一早就坐了飞机，先一日去了寮城。好像是东都的阴雨和寒冷逼着人逃离一样，一上飞机，何为就坐在座位上睡着了，中途空姐送饮料饭食都不知道，一觉睡到飞机落地。从机场出来，寮城却天气晴好，如夏日一般，脱了羽绒服羊毛衫也不觉得冷。人也如大病初愈一般，一下有了精神。

蔡进与另外一位股东都不在厂里，只有肖明远正在办公室里忙着，起身要来陪何为，何为让他去忙自己的，不用管自己，就自个儿直奔了车间，看生产的情况。车间里十几台压铸机器，开机的只有一半，每台开着的机器前，都有两三人在忙碌。一人负责照看机器，不时拿一把钳子将刚压铸好的产品毛坯推到一边。压铸机旁的温度高，尽管是坐着，工人额头上还是淌着汗水。毛坯冷却后，另外两人负责去除毛边。去除了毛边的产品，整整齐齐地码放在托盘上的整理框里。每满一个托盘，就有人拉着液压车将托盘运走，送到单独围隔起来的机加工区域，两台高精密度的 CNC 机床不间歇地运转着，送来的毛坯在机床上做铣磨类加工。铣磨过的产品，会送去后处理车间，做抛光和表面的喷涂处理。处理完以后，产品就会进行最后的品质检测，没有问题的，当日就包装出货，直接用箱式小货车拉了送去客户那儿。何为在车间里仔细观察，在每一个工位前都会稍作停留，看谁没有那么忙，就上去与人打个招呼，问几句话。车间里的大部分人并不认识何为，只当是外面来的客户，见怪不怪的，没有人主动与何为说话，何为问人话，工人也只会问什么话答什么话，并不多嘴。看完车间，除了觉得机器没有全开可惜以外，何为觉得车间的管理很是精细，每一个工位的设计，都很合理。材料、半成品、成品，都码放在用黄色线条标注的专门区域内，整整齐齐的，地上看不到油污和杂物，整个车间显得忙而有序，干净整洁。这让何为对蔡进与肖明远的管理，有十分的满意，也对成道与夏相宜到工厂来考察验厂，多了几分信心。

下午蔡进与另外一位股东回来，大家一起开会，就最近一两个月的生产和订单情况做了沟通。蔡进说："手机中板业务的订单，砍掉了一些完全没有利润的，所以机器就停了一半，人员也裁撤了一些。工厂产值低了一半，利润却还和原来差不多，能养活这些人，但是要挣钱，还是难。原来制定的直接找手机厂谈业务的工作，做了许多，每天都在周边跑，但是目前进展还不大。虽然通过各种关系，联系了几个手机厂商，也去做了拜访，还邀请一两家的采购来工厂看过，可都还没有给订单的意向。也有一家与采购谈得很细了，甚至谈过订单做成以后，给他回扣的点数，都谈了几轮，但人家似乎还是不太满意。没有明着说出来，含含糊糊，参不透他的胃口。"另外一位股东叫作温故新，是寮城当地人，主要负责工厂里的行政和地方上形形色色各种关系的处理，用半生不熟的普通话说："我们已经报到了毛利的五个点，再高就和拿二手订单差不多了。"

相谈一阵，大家也都没有办法，只好相互鼓励，说继续努力，只要肯下功夫，总能谈成一两家的。何为也详细介绍了和客户接触的情况，成道与夏相宜两人的态度，以及如何认识成道的。几人听完，都觉得希望很大，咬咬牙关，再坚持一段时间，说不定这个业务就能拿下来。后来何为提到IATF16949的认证准备工作，蔡进说已经找了专业的公司帮着来做，该谈的都谈得差不多了，就等着付了咨询费以后，人家便着手做材料。不过，咨询费用并不便宜，眼下这钱是拿不出来的，新买两台机器的钱，现在还亏空着，一时还不上，这个认证只好先放一放，等资金充裕一点再说。何为一听，就有些急了，说："要是这样，明日人家问起来，又如何是好？"

蔡进说："已经找了一家厂，人家答应可以挂靠，给一点管理费就行。"

何为问："管理费怎么给呢？"

蔡进说："具体还没有谈，等明天安途的人考察完，看了业务的进展，再去与人谈挂靠管理费的事情。"

何为听了，心里直打鼓，不明白做事一向风风火火的蔡进，这会儿怎的变得如此磨蹭和不利索了。嘴上却不好说出来，只是接着谈明日的接待工作。该谈的都谈得差不多的时候，蔡进却又说出一个话题来，说工厂估计还得要一大笔开支，进行环保和消防改造。何为问是怎么回事，蔡进才说："最近环保和消防都抓得严了，我们工厂是能耗大户，压铸车间的粉尘又多，后处理车间的抛光与表面喷涂，也会产生粉尘，涉及空气和水的污染，要求我们定期改造，等待环保测评。"

肖明远说："镁合金的粉尘，是易燃物品，容易发生火灾和爆炸，消防发了整改通知，要是不能及时改造，就会勒令我们停产或者搬迁。"

温故新又说："现在寮城搞腾笼换鸟计划，对于高污染高排放高能耗低附加值的产业，都在关停并转，这几个月已经关了不少厂了。"

何为问："那我们怎么办？"

蔡进说："我们算了一下，从投入上来讲，搬迁肯定不如改造，改造的费用只到搬迁的零头。现在哪里对环保都抓得严，到哪里都需要先拿环评报告，去了别的地方，还人生地不熟的，麻烦事会更多。"

何为就问："那改造的费用要多少呢？"

蔡进说："要是几个车间都改造，没有百几十万是下不来的，所以商量下来，打算只保留压铸和机加工车间了。抛光和喷涂就关掉，以后直接把后处理工序发给别人去做，这样改造，应该六七十万就够了。"

谈到改造资金的筹措问题，几人都沉默不语，脸露难色，喝茶的喝茶，抽烟的抽烟，上厕所的上厕所。何为本还想着要蔡进把自己的工资发了，这会却提也不敢提。下飞机以后显出的那点精神头，此时早已经变成了一身的疲倦，心中隐隐觉得，自己这回的辞职，恐怕是过于冲动的了，这样一直下去，怕是要进入一个无底的深渊，一个不断要投钱的深渊，一个投了钱才能看到希望的深渊。希望就在前边，却永远够不着，望山跑死马呀！

晚上几人找了个饭店一起吃饭，也是兴味索然，每人胡乱喝了几瓶啤酒，说了些话，就散了，说是得早点睡觉，养足了精神好第二日接待客人。何为就近找了个酒店住下，失眠的症状比在东都更重了几分，脑子里想的却不再是儿时的事情，都是眼下迫切需要面对的问题。工厂资金的缺口如何解决？自己家用资金如何解决？如何与柳依开口，让她来顶下未来一段时间的房贷和家用？这样的日子还要持续多久？要是安途的业务谈不下来，又将如何？想到的都是问题，答案却一个也找不到，心里就第一次打起了退堂鼓，考虑是否应该去找工作了，只有赶紧去找工作，才能解了个人的燃眉之急。至于工厂这里，自己反正是小股东，过去投的钱，要不回来就要不回来了，任蔡进他们几人去折腾好了。

也不知道什么时候入睡的，直到次日中午蔡进把电话打到了房间，何为才醒来。起来到街头找了个小店吃了一份肠粉、一碗潮州牛肉丸，到工厂与蔡进会合，两人一起去机场接人。成道一行四人先到，成道和苟富贵推着行李车走在前面，上次何为去安途拜访时见过的品控经理和那名结构工程师在后面跟着，何为上去和他们打招呼，介绍蔡进相互认识，在出口略作停留，何为陪着他们一起到停车场，上了蔡进的七座奔驰SUV，蔡进拉着他们先回了工厂。蔡进的车是去年贷款一百多万买的，说是用来接待客户不那么寒碜。何为又等了一个小时，才看到夏相宜和任工两人从到达口出来。何为迎了上去，招呼以后，要引着他们往工厂赶。夏相宜却要何为带着任工先走，说自己还要等一个朋友，他坐的另外一个航班，从南京过来，估计还得半小时才到。何为自然不肯，夏相宜也不再坚持，三人在机场外面，找个地方坐了一阵，闲聊了一回，抽了两根烟，才又去到达口等待。不一会儿一群人从里面拥了出来，中间有一个粉头粉脸的男子，何为远远就认了出来，那是崔凤鸣。崔凤鸣与夏相宜相见，和普通朋友一样，只是挥了挥手，就算打过了招呼，并没有怎么说话，就一起由何为带着上了车。何为开的是蔡进原来的车，车也不差，是奥迪Q5，买了也才几年，他自己换了奔驰以后，就给工厂做了公务用车。

到了工厂，成道一行几人，已经在蔡进办公室里喝了几泡茶。何为带着夏相宜进来，大家又相互站起来打招呼让座，蔡进换了茶叶，新泡了一壶。蔡进的办公室很宽敞，有百十个平方，坐北朝南摆着一张偌大的老板台，老板台后面挂着一幅用玻璃画框装裱的横幅，横幅上有四个好似颜体的毛笔大字：大展宏图。老板台上左前方摆了一头铜牛，牛身前高后低，扬起的尾巴卷到了牛背上，前腿向前伸直，用力撑着，后腿半曲，牛头向前挺着，牛眼双睁，牛角立在两边，一副牛气冲天的样子；右前方一条扬帆远行的帆船，大概是寓意一帆风顺。办公室东边有窗，窗沿摆着一个边柜，柜子上有一头抬起了鼻子的石象，是一头吸水的大象，水为财，想必是要把外面的财水都吸到屋子里来。边柜旁边还有一座假山，假山上有一个圆球，圆球下冒着水，喷在圆球上，圆球缓缓滚动，求的是财源滚滚。西边一侧是门，门的左侧置了一套沙发和茶几。南边是一张两米长的实木茶桌，周边摆了八把实木圈椅，一套茶具摆在茶桌中央。茶几两头的墙角里各有一盆一人高的发财树。何为另搬了一把办公椅坐在一边，只是听着几人说话，不甚插嘴，看着这满屋风水布置，暗自叹气。蔡进说是花了大价钱请了一位香港的风水大师布置的，工厂却为何总是赚不到钱？也不知道到底是哪里布置得不对。何为相信风水，却不相信凡人能改得了风水，更不相信凡人的风水改了以后，人的命运就会改变。道家讲的是顺势而为、顺时而动，风水的改造，不正是逆天而行吗？逆天而行的事，即使一时有用，又哪里能长久呢？

喝了一会儿茶，成道提议先去参观车间，一行人浩浩荡荡过去，车间里早已经布置下去，说今日有重要客户来考察，要求所有员工不得离开工位。全程由蔡进一路讲解，肖明远不时配合补充。蔡进每到一台机器旁边，都详细介绍机器的性能，出产的产品，产品是给哪家客户的，都有什么样的工艺要求。也有人不时拿起产品端详着，看一看敲一敲，过去和工位上的工人聊上几句。所有车间和工位都看过以后，众人再次回到了蔡进办公室，方方面面的问题又聊了一通，有压铸技术的，有产品结构的，有工厂生产能力的，有质量控制的，有成本管控的，甚至包括工厂人员的结构、文化程度、职业素养、薪资待遇、人员流动性，都有谈及。成道一行问问题的人比较多，每人都有提问，问了还在随身携带的本子上做了记录。夏相宜两人也问了一些，主要是谈及产品的强度和物理性能，以及如何做细致的防水处理。蔡进与肖明远各自回答自己擅长的问题，何为也做一些补充。温故新一直没有怎么出声，帮着倒倒茶水，服务众人。

晚餐蔡进安排在一家东北餐馆，女服务员胸前都垂着两条大辫子，不知道真假，一个个脸上都扑了厚粉，两颊涂得绯红，都穿大红牡丹图案的右开襟褂子，走路时屁股左摇右摆，说话满口"哥呀、姐呀、嗯呐"的，个个都似翠花，好像随时要唱起二人转来。点的也都是清一色的东北菜，粉条炖白菜、小鸡炖蘑菇、大酱骨这类。酒上的是剑南春，蔡进从车上拿下来的。菜一上来,饭桌上热气腾腾,蔡进先敬一杯酒,温故新给每人盘子里夹了一块酱骨,大家便都戴了一次性塑料手套,抓着酱骨就啃了起来。何为也胃口大开,暂时忘了昨日的忧愁,与众人一起大块吃肉大口喝起酒来。

  人多喝酒,你一言我一语,往往谈不了正事,只能借了酒兴增加感情,所以生出"感情深一口闷,感情浅舔一舔"之类的劝酒词。酒桌上的话题,各地有各地的风格,南方喝酒,话题里总离不开女人的话题,讲讲荤段子是常见的场景。几杯酒下去,蔡进便讲出一个段子来。他说:"这段子是微信群里传的,也不知道是真是假,大家权当一笑。前几年刚建了微信群,时兴各种同学聚会。老王高中同学也组织了一次二十年聚会,聚会上老王看到了那时暗恋的校花,校花虽是徐娘半老,比不得当年的花容月貌,却也是风韵犹存,别有一番韵味。老王的人生一帆风顺,此时正是意气风发的年龄,排座的人不知道是故意的还是无意的,正好把校花安排坐老王旁边。二十年后再逢佳人,老王少不了与众人谈笑风生,出出风头,要吸引校花的注意。每次说完话,都会用眼角瞥一眼校花。每次瞥完,老王又好像看着校花也在瞄着自己看,还不时过来给老王碰杯,肢体少不了轻微接触,老王越来越感觉到校花怕是也对自己有意思,就试着用脚踢了踢校花的脚,想只要校花的脚不抽回去,那校花肯定就是对自己有意无疑了。不想校花的脚不但没有抽回去,一只脚竟然也回过来,踢了踢老王。老王一时心猿意马,恨不得马上结束聚会。借口上洗手间,给校花发了一条微信:'滚床单不?'校花回道:'滚!'"

  众人听了都笑,蔡进不知大家为什么笑,就接着说:"请大家帮老王想想,这个'滚'字是什么意思?"

  何为接了说:"'滚'字是什么意思没有人知道,只知道这后面就生出了许多问题来,最后的问题是:老王到底死了还是没死呢?"

蔡进听了何为的话,就尴尬地笑了,一下明白了刚才众人为什么要笑,原来这是一个传烂了的段子,怕是没有人不知道的。

外地去到南方出差的人,听着大家讲讲段子还行,要自己讲段子并不拿手,这个段子没有讲完就结束了,一时无人再拿了段子来讲。只是怀念了一阵寮城过去 ISO 式的服务,讲如今此地伊人已去,空了许多楼台,不知愁煞多少风流客。虽然没有了昔日的服务,喝完了酒,蔡进还是带大家去了一家捏脚屋,捏脚以后,在背上做了一回砭石,疏通每人的膀胱经。被石头烫过以后,众人神清气爽,个个满意,都说很是新鲜、舒畅。

二十九

次日从落榻的酒店接了众人,吃过午餐,就各自分别,夏相宜要再去重庆,成道一行要去福建。蔡进给每人都备了一份礼品,内装木耳、人参、松茸一类的东北特产和产自潮汕的单枞,大家也没有推脱,只是说太客气了。何为趁此留在寮城,和蔡进一道,连着在周边拜访了几日客户,都是在行业会议上见过,在群里有过互动的。事情办完,便辞别蔡进,坐了高铁往老家赶。

从寮城到老家,六百多公里路程,高铁只要两个半小时。大概是回家心切,何为一路还是觉得车开得很慢,在车上睡又睡不着,看书又看不进去一个字,只看着窗外快速移动的风景发呆。列车进入了丹霞山那片以后,就不时在大山中的隧道里钻进钻出，当又进入到一条隧道以后，车厢里的报警器突然响起，列车便骤然减速。一会儿列车广播，说有人在车厢里吸烟，激发了烟雾警报，要吸烟的人立刻掐灭烟头，不再吸烟。慢行了一阵，列车才又恢复到正常速度，出了一条隧道，风驰电掣般进入一条更长的隧道。不知怎的，一会儿车厢里的警报又更加急促地响了起来，列车再次减速，最终停了下来，车内的灯光也依次熄灭，此时列车还在隧道里，车厢里一片黑寂。一车人都被突如其来的变故惊呆了，一时间车内竟然没有任何声音，何为也害怕得屏住了呼吸，紧靠着座椅靠背不动。过了好一阵，车上的广播才响起，说列车临时停车，要旅客坐在位置上耐心等待，不要在车上走动，不要去拉车上的紧急制动闸。车上这才有了声音，大家议论纷纷，各种猜测，却终究不知道发生了什么事情。车厢里没有灯光，空调也停了，时间一久，人就会憋闷、烦躁，小孩尤其受不了，开始的议论声，慢慢变成了抱怨声和婴孩的哭闹声，黑暗中人声鼎沸，一片混乱。好在人们的耐心还没有彻底失去的时候，车厢里的灯光又亮了，车也继续开动起来，只是速度一直提不上去，缓缓而行，穿过隧道，又行了将近一个小时，才到得一个小站。列车此时广播说，车辆发生故障，请大家下车换乘另一列等在那里的高铁。

　　换了列车，车窗外的景色虽然还是山山岭岭，却已没有一丝绿意，满山满野草木枯黄，沿途还下着濛濛细雨，天地一片苍茫。车到长沙站以后，转向西南方向行驶，中途停靠了一下伟人故里，再行十来分钟就到了站。何为早已经收拾好行李，等在车门口，门一开，就第一个下了车。到得站台上，一阵寒风从车尾的方向吹来，空气里一片潮湿，冻得人瑟瑟发抖，比东都似乎更冷了几分。何为拉紧了羽绒服上的拉链，把衣服上的帽子也套在了头上，全身遮得严严实实的。尽管如此，还是感觉到腿脚有些发冷。

跟着人流出了站，便去寻出租车回家。不想问了几辆车，司机听了目的地，都不愿意去，说那边路都烂了，坑坑洼洼的，现在下着冻雨，路上结了冰，容易出事。好不容易有一辆车有去的意思，却又不愿意打表按里程付费。司机说路不好走，速度慢，油耗多，要耽搁的时间长，车的磨损又大，回来又是空车，一堆的不情愿。何为好说歹说，二十公里的路，最后谈妥三百块钱，大概是平时四倍以上的价钱，才答应过去。

冬至之时，白昼最短，黑夜最长，又恰逢冻雨天，山村里的夜色来得更早，下午五点不到，山野间就已经一片黑寂，听不到人声，甚至没有了过往的鸡犬之声，车颠簸着慢行一阵，爬过几道坡，转了两个弯，偶尔看到一两处山凹间的人家，闪烁出点点暗淡的灯光，才知道此处尚有人烟。车在一处与乡间小路交叉的道口停下，不能再行，何为只好下车提着行李走路。身上也没有带伞，只能淋着细雨，在黑夜里摸索着前行，脚要不时避开路上泛着白光的水氹，深一脚浅一脚的，走了一刻钟，方才到得家门口。屋里屋外的灯光此刻都亮着，照得屋前通亮。何为知道，父母正在焦急地等待，他们怕自己在黑夜里摸不清路，就把屋里屋外的灯光都打开了。何为从寮城出发前告诉过他们，下午三四点钟就可以进屋，哪想高铁故障，虽然已经电话给他们说过要耽搁，但是他们还是免不得要担心。

大门虚掩着，何为推开门，看到父母坐在堂屋一角的火炉旁，一套木沙发围着火炉摆放，沙发上铺了坐褥和靠垫，火炉的铁制大炉盘上摆了几大碗菜，冒着腾腾热气。"爸爸，姆妈，我回来了！"看到何为推门进来，父母早站了起来，两人满脸喜悦迎了过来，母亲说："伢子，你回来了！"父亲把行李接了，放在一边，母亲爱怜地看着何为说："饿了吧，赶紧洗把脸，坐下来吃饭。"说着她要去给何为倒热水，何为不让，她却硬是要何为坐下，何为哪里肯，母子两人争了一番，她还是给何为拿了白铁脸盆过来，脸盆干干净净白白亮亮，里边放了一条崭新的毛巾。父亲提了热水壶过来，倒了热水在脸盆里，何为蹲在地上把脸洗了。洗脸的白铁脸盆，是个上世纪七八十年代的老物件了，家里每人一个。这脸盆是母亲的嫁妆，用了几十年，父母一直舍不得扔。何为用的是小时候用的那个盆，掉落了一些白漆，里外的图案却还很清晰，盆里一尾金鱼，盆沿几朵荷花。何为洗了脸，坐到了炉子旁，母亲给何为盛了饭，父亲给何为倒上了他用米酒泡的药酒，都放在了炉盘上。

火炉叫北京炉子，也是一个老式的物件了，那是上世纪八九十年代在湖南三线厂矿和城镇里广为流行的一种煤炉子。炉子用钢板焊接而成，高六七十厘米，和那时乡村里的饭桌一般高。上面的炉面，也如饭桌那么大，直径有一米，十厘米厚，是从一整块钢板上切割下来的圆盘，边和面都用车床车过，光滑平整。炉子边沿有一根胳膊粗的烟筒，也由钢管焊接而成，竖到房顶，接一个九十度的弯通，伸出到窗外。冬天里烧上炉子，节煤又暖和，产生的烟尘又少，不用担心煤气中毒。要炒菜做饭烧水了，就揭开炉盘中间的圆形盖子，把锅置在上面，火力又旺又集中。不要用火的时候，盖上圆形盖子，就成了餐桌，炒好的菜放在炉面上，越吃越热。晚上也不用熄火，盖上风口和炉盘中间的炉盖，一个晚上仅烧一个蜂窝煤，屋子里如供了暖气般，整夜都暖烘烘的。如今湖南的城市都用上了空调和地暖，农村也很少烧煤取暖做饭了，北京炉子日渐从家家户户里淘汰，但父母却很是钟爱这个炉子，几十年了，每到冬天就搬出来装上，一直烧到来年的阳春三月。

炉盘上的菜，都是何为喜欢吃的，豆豉炒肉、腊味合蒸、蒜苗炒小河鱼、水煮荷包蛋、炖肚片、土鸡煲、茼蒿菜、红菜薹。母亲不时往何为碗里夹菜，一会儿鸡腿，一会儿肚片，嘴里说着要何为多吃些，父亲则端起酒杯，示意何为喝酒。何为一边吃菜喝酒，一边和父母聊天。母亲问的话最多，父亲得空插上一两句。他们问何为到寮城做什么去了，这些日子孩子们谁照管，小宝长多高了。何为关心母亲的身体，等她问完一个话题，就见缝插针地问她身体如何，她都说吃完饭再说。看她面色似乎比视频里好些，略有一些血色，只是还显苍白，没有光泽，额角有些细汗。母亲给何为夹菜，自己却不怎么吃，只吃了几口青菜、小碗米饭，就放下了筷子，看着何为吃。何为看她吃完，忍不住又问道："妈，你怎么吃这么少？都没怎么动筷子。"

母亲苍白的脸上展出一丝微笑，说："傻伢子，人老了，都吃得少的！"

何为说："哪能呢，上次回来我都看您吃一大碗的。"

母亲说："今日怕是上了火，胃口是要差一些。"

何为问父亲说："爸，妈额上怎么有汗呢？"

父亲喝了一口酒，想要说话，母亲抢着回道："屋子里热，衣服又穿得多，上了些火，出点汗要大惊小怪干吗？"

看父亲又端起了酒杯，似乎是把话咽回去了，没有出声。何为就说："屋子里有这么热吗？是很暖和，却不至于出汗吧？我和爸都没有出汗呢！"像是自问自答，又像是问父母。

母亲要说话，刚张开嘴，突然就咳了起来，先是轻微几声，停了一会儿，咳得却又猛了。何为放下筷子去拍她的背，摸到她的衣服是潮的，心里好生疑惑。母亲咳完了，嘴里有痰，指了指嘴，又指了指卫生间，就起了身朝卫生间走去，何为要跟着过去，她却摇手，父亲也起来要过去，她还是摇手。刚走几步，她双手捂着嘴，弯下腰去又咳，一时止不住。何为一手扶了她，一手继续拍她的背，父亲取了一块毛巾递到她嘴边，她一手接了紧捂在嘴上。咳嗽完,母亲回到沙发上坐下,身体向后靠着,喘着粗气,一呼一呼地,像有什么东西夹在喉咙里。看她脸色苍白如纸,额上汗如细珠,一副有气无力的样子,何为想接过她手里的毛巾去洗洗干净,她却抓住不放,轻声说:"脏死了,都是痰,你拿去干吗?"何为说:"姆妈,脏有什么,我不是您一把屎一把尿拉扯大的吗?您不知道给我洗过多少尿片呢!我给您洗洗毛巾怎么啦?"母亲这才不情愿地放了手。何为拿了毛巾,到洗手间打开水龙头来要搓洗,却看到毛巾上有一大团白色的、带着很多泡的痰,痰并不浓,却有一抹鲜艳的红色。何为大惊,不敢相信,不敢相信眼里看到的那抹红色!不敢相信那抹红色是血!不敢相信母亲的痰里带着血!何为怕看错,是不是毛巾上有红色的花朵,摊开毛巾仔细看,毛巾上只有那痰里有红色。他还是不相信,洗脸台盆里放满了水,把毛巾放在水里,那痰部分脱离了毛巾,浮到了水面,痰中的那抹红色便在水中一缕缕散开,再散开,一盆水慢慢染成了淡红。何为眼眶瞬间湿润了,眼泪滚了出来,从脸颊上滴落,一滴滴掉在水盆里,和血水融在了一起。他想放声大哭,却哭不出来,也不敢哭出来。他在心里告诉自己,现在不是哭的时候,不能乱了阵脚,不能让母亲知道她自己咳血了,不能让母亲心里有恐慌。现在最要紧的是要知道她为什么咳血,为什么痰里带血。母亲在外面叫:"伢子,你怎么还不出来?"他马上答应母亲说:"妈,我顺便上个厕所,就出来了!"回了母亲,何为就又想,母亲不应该有什么大病,肯定不会有大病,只是上火了,是咽喉炎,是喉咙里夹带的血丝。这样想着,他就把毛巾搓干净,台盆里的水放掉,眼里的泪也停止了,又用水洗了洗眼睛,擦了一把脸,好不让父母看出异样。

何为出来,母亲靠在沙发上,气息匀称了一些,眼睛微微闭着,父亲正给她在后颈和背上按摩着。听到何为出来的响动,母亲睁开眼睛说:"伢子，你吃你的饭！"她也不让父亲再按了，要他也去吃饭。何为怕母亲看出自己的异样，坐下来便端起碗，大口往嘴里扒饭。母亲看着，微笑着说："伢子，你慢点吃。"在母亲的眼里，何为永远是她的伢子，是永远长不大的伢子，以为还是小时候怕别人抢食吃的伢子。尽管何为已是两个孩子的父亲，尽管何为也已经到了中年。何为说："妈，您烧的菜好吃呢，我嘴馋着呢！"母亲说："喜欢吃就好，喜欢吃妈明天给你再烧。"何为听了，眼睛止不住就又湿润了，身子在抽噎，饭哽住在了喉咙里。母亲就问："伢子，你怎么啦？"何为终于忍住了没有哭出来，眼泪只在眼眶里打了个转，没有掉落，咽下了饭，说："没事，我吃太快了，噎住了。"母亲说："慢点吃，慢吃就不会噎住。"她好像在哄着儿时的何为，说话轻轻的、柔柔的，像责备，像自语，更像叮咛。在何为的心里，母亲的声音是最动听的旋律，是最优美的歌声，是听不厌的深情。

吃过饭，何为要去收拾碗筷，母亲费力地扶着沙发靠手站了起来，一手拿起了面前的碗和筷子，说："伢子，我来，你去和你爷老子说说话。"何为抢过母亲手里的碗筷说："姆妈，每次回来都是您收拾，您就也给伢子一个机会，让伢子收拾一回好不好？"母亲便又捡起去东都说过很多次的话说："男做女工，越做越穷，这不是男人做的事！"说完，却也不再勉强，又坐了下去。

收拾完碗筷，从厨房出来，父母并排坐在长沙发上，母亲坐左边，父亲坐右边，母亲微闭着眼睛，靠在沙发上，右手放在父亲腿上，父亲正在帮她按摩大拇指上的穴位。何为看了看，知道父亲按摩的是少商、鱼际、太渊，都是手太阴肺经循行的穴位。何为就过去拿起她的左手，也帮她按摩起来，按了一会儿，轻声对她说："姆妈，我们明天上医院看看，好不好？"

母亲把手抽了回去说:"伢子,不要去的,妈什么病,自己知道。"

何为带着求助的眼光看父亲,父亲说:"孩子回来了,你就去看看嘛,看看开些西药,或者住住医院,或许好得快些。"

何为也跟着说:"有病了,如果在家里服中药不见好,就应该去医院看看的,不能挨着。"

母亲说:"这病,我十多年前就得过了,去医院住过的,一点不见好,最后还是回家来,吃你爷老子开的中药好的。"

何为一脸愕然,问母亲,也问父亲说:"您十多年前得病住院,我怎么一点不知道?这么大事,怎么就不告诉我呢?"

父亲说:"那时你刚有孩子,工作又忙,你妈不让告诉你的,怕你两头牵挂。"

母亲说:"是啊,我们又不能过去给你们夫妻帮忙,帮不上忙就算了,不能帮倒忙,拖累了你们。"

何为一时无语,心里满是酸楚,眼睛又要不争气了,说:"还能不能找到当时的病历?"

父亲说:"还在那里的!"

母亲说:"找什么,天晚了,什么事情明天再说吧,赶了这么远的路,伢子你先去歇息,我们也困了。"

何为说:"这么早就睡?"

母亲说:"村里人都睡得早,人老了,看电视不能太久,会看得累。"

说完,母亲起身要上楼去,何为过去搀了她,爬了几步楼梯,她又微咳了几声。父亲关了楼下的灯,提着何为的行李跟了上来。一会儿,父母的房间里熄了灯,何为去洗了澡,回到房间,才八九点钟,哪里睡得下,脑子里想的都是母亲的病情,想着那痰里带着的血。便悄悄去父亲书房里,寻出一本书来看，是清人何梦瑶著的《医碥》，翻到《咳嗽血》一篇，看着不甚明白，连着又看了下一篇《咯唾血》，更是不得要领。又去翻《咳嗽》篇来看，也不得法，并不能明白母亲为何咳血。只好用手机去网上查看，看了许多链接，都甚吓人。后来索性就不看了，半躺在床上，想着母亲，想着一桩桩的往事，竟然迷迷糊糊地睡去了。

三十

身在山中，似是凤凰仑上，模模糊糊的，不太着北，反正是在一座山上。山上见了祖母和祖父，外祖父和外祖母，还有好些人，有老的，有少的，有亲人，有邻居，都是认识的人，个个面无表情，一言不发。何为是要去找母亲，人群里却没有她。从山中离开，来到一条河边，河边什么也没有，只有半河的水在缓缓流淌。何为想过河，却没有船，也没有桥，只能蹚着水过去。蹚了几步，水就深了，越来越深，越来越深，要没过头顶了，不能呼吸了，蹿了几下，头冒出来吸了几口气，水却更深了，人完全没入了水中，不断往下沉，水深不见底，人也沉不到底。何为手脚并用，拼命挣扎，却浮不出水面，想叫，也叫不出声。忽然听到一阵剧烈的咳嗽声，接着是开关门的声音。何为就醒来了，明白山中所见水里挣扎都是梦，咳嗽声和开关门的声响却是真真切切的。拿起手机看了时间，四点不到。何为揭开被子起来，披了羽绒服在身上，开门出来，看到父母房间里有灯光，过去轻轻推了一下门，门就开了，父亲弯腰在床边，一手拿着母亲的手，母亲半躺着，靠在一床折叠着的被子上，喘着粗气，眼睛闭着，眉心锁着，很是痛苦的样子。父亲说："你怎么起来了？我给你妈扎几针！"何为方才看到母亲的两个衣服袖子都是撸起的，手上和肘部扎着几根银针。母亲费力地睁开眼睛，看了何为一眼，没有说话，又闭上了。父亲变换着手法捻动着银针，慢慢地，母亲的呼吸匀称了，发出了轻微的鼾声。拔了银针，父亲轻轻把母亲挽起的袖子放下，帮她拉上被子，又弯腰端起床头的痰盂。何为接过痰盂，看到里面几张带着血丝的纸巾，盖着一堆血痰。何为看着父亲，父亲转身拿了床头的裤子穿上，跟何为一起出了房间，叹了一口气说："你去穿好衣服，我们去楼下说说话。"

到了楼下，房间里的温度比楼上要高。父亲开门到屋外，一手拿铁钳夹了一块蜂窝煤，一手拿了一个铁皮灰斗进来，揭开炉盘中间的小圆盖，把炉子里燃烧着的蜂窝煤一块块夹出来，放在炉盘上，最底下一块燃烧尽了的放到铁皮的灰斗里，又把燃烧着的几块夹回炉子里，燃烧将尽的在最底下，新的一块放在最上面，小圆盖盖上，风口盖子却略略地拉开了一条缝。换完煤球，父亲说："人就如这煤球，刚出生的时候，是一块刚刚放到火里的煤，慢慢燃烧，到了中年，火力最旺，旺过以后，火力就慢慢衰减，黑的越来越少，白的黄的越来越多，最后燃烧殆尽，煤火就熄灭了，只剩下一堆煤灰。"说完父亲把灰斗放到了屋外去，回来坐在了沙发上，何为也坐下。父亲接着又说："炉子就好比人体，炉中的火才是人的生命力。炉火是煤烧起来的，煤是阴，阴是生命的能源，火是阳，有火才能让煤燃烧。煤烧尽了，火就熄灭了，阴衰阳亦衰，阴尽阳即亡。"

"就没有任何办法了吗？"何为知道，父亲实际上是在告诉何为，母亲的生命力已如那即将燃尽的煤火，时日恐怕已是不多。这对于何为来说太突然了,要是自己这次不回来,怕是连见母亲最后一面的机会都没有。但是何为却还是不相信,不愿意相信,也不敢相信,因为此前一直没有听父母说起过母亲有疾染身,而且已经有了那么多年,是这般的严重。

父亲摇了摇头,又重重叹息了一声说:"她脉短,浮而无根,短主气病,为宗气衰竭之象,汗出而脉短,示心肺衰竭,阴阳离绝;无根则真藏脉露,阳亡于外,故已难治。"

何为问:"那十多年前怎么又治好了呢?"

"那时只是咳嗽痰多,烦满,尚无吐血,脉实数,舌质淡,仅为气虚,肺气不得宣泄而已,无有今时阴虚阳亡之危象。针刺鱼际、中府、肺俞、天府、地机、灵道、然谷等穴,以千金苇茎汤随症加减而有确效。"父亲闭着眼睛,像是在沉思,也像是在回忆,断断续续地接着说,"如今阴虚不能附阳,阴津随气而脱,欲治而不得其法也。"

接着父亲又说了些原委,当时母亲咳嗽月余,开了方子吃下去,疗效甚微,便送去医院检查,不想医院给确诊成了肺腺 CA。当时着实有些慌乱,在医院住了一阵,也没甚效果,她又闹着要回家,回来便试着换了方子来吃,辅以针刺,竟是一日日地见了效。好好地过了这十多年,直到这两个月突如其来的发病,来势汹汹,针药都施了,仅能减轻一时之症状,人的状况却是一天天地差了。

听父亲讲了这些,何为和父亲商量,无论如何还是先去医院吧,现在医学已经发达了,说不定他们还有办法呢。父亲半宿没睡,说了这一阵话后,就打起了呵欠,何为劝了他回屋去睡觉,自己一人坐在炉子前寻思,还有没有其他什么法子。一时想起了方圆,想他见多识广,门路甚多,说不定就有救人的妙方。如此也不管此时天还没亮,就在微信上发了信息给方圆,细诉了母亲的病情,看有无好的办法。本也不抱什么希望，只是病急乱投医的一问。不想天还未见亮，方圆就回了信息过来说："伯母病，我亦甚急，首当寻医，寻医之外，思来只有积些善缘，放生培福。"

何为忙问："如何放生培福？"

方圆回道："道家和佛家都有放生一说，我熟悉的是道家放生的法子。要看人的八字来定，若求的是富贵名利就往用神上放，若是解冤缘培福祛病就要往忌神上放。兄弟，你先把伯母生辰报来，我查查她的忌神。"

何为发了母亲的农历出生年月日时过去，等了一阵，方圆回道："伯母之忌神为水，当放些鱼虾龟鳖之类。"何为刚看完，方圆又说："兄弟，伯母今年日柱与流年天克地冲，流年又冲开了时支上的墓库，怕是不好。我又寻来兄弟的八字看了，兄弟明年转大运，今明两年连着岁运并临，又见披麻吊客，亦似不妙。放生之外，亦可寻得当地一庙宇，去祈福许愿。"何为是知道自己这两年岁运并临的，《三命通会》上有说："岁运并临，独羊刃儿杀为凶，财官印绶亦吉。"自己并无羊刃又无埋儿杀，也见过好些人逢着岁运并临并无发生灾殃，便一直没有当回事。此时听方圆如此一说，心里一咯噔，才知道怕是要应了另一句话："岁运并临，不死自己死他人。"大概是知道天命所致的缘故，何为心内虽是越发悲戚，却莫名中又多了一丝镇定，少了些慌乱。随后又问了方圆放生的详细方法，便想着早上先到镇上买些鱼虾就近放到河里，再去山里的药王殿祈福，回来就送母亲去医院。此时父母都还未起，何为怕惊扰他们睡眠，就写了字条留在沙发上，说去一趟镇上，大概要八九点才回来。

屋外还在下着细雨，也比昨日越发冷了，近处的景致已清晰可见，远处的山野却只能看到朦胧的轮廓。何为撑了雨伞，走到另一处不远的山坳里，敲开了一户人家的门，一个皮肤黝黑的瘦脸中年汉子出来，看到何为，很是意外，问什么时候回来的，忙要请去屋里。他与何为算是沾亲带故，小时父亲救过他的命，他因此拜寄了父亲，认父亲做寄爷子（义父），与何为兄弟相称，他大何为几岁，何为叫他哥。他是村里少有的几个没有外出营生的青壮年之一，长年在村里耕种养殖，一并做些菜蔬水果的生意，日子反倒比村里大部人过得殷实一些。何为没有进屋，给他敬了根烟，说要借摩托车去趟镇里，回来还得带母亲去市里的医院。寄兄听了，满脸惊愕说："昨日里见寄娘不都好好的吗？只是有些咳嗽，怎么就要去医院了呢？"说完忙推了摩托车出来，从车尾的箱里翻出一件雨衣，让何为穿上。何为跨上摩托车，踩了几脚，点了火，挂了挡，松了离合器，摩托便如离弦的箭一般冲了出去。寄兄在后头大声喊道："镇里你先去，送医院估计还得联系车子，等会儿我来联系！"

　　镇子离村子并不远，也就七八里路，公路虽然坑坑洼洼，对摩托车的影响并不大。何为十数年不骑摩托，车技有些生疏，走得很是谨慎。到了镇上，天已经大亮，街道两旁旧式的木楼和翻建的钢筋混凝土楼房混杂在一起，新旧交错，如同穿着旧时马褂长袍的人和穿着西装的人走在一起，容易让人产生时空的错觉。有几处还在建筑中的房屋，屋前堆满了水泥沙子，街道虽然没有坑洼，却也是一地的泥水。农贸市场在临河的一条老街上，此时已经摆满了摊贩，早起来买菜的人挤满了市场，到处都是讨价还价的声音。何为在一处卖水产的摊贩前，买了些生命力顽强的鲫鱼和泥鳅，又寻得一家香烛店，买了纸烛香火。到河边找了一处条石铺就的水码头，按方圆教的法子，念起放生咒语："呵！天门开地门开，官不许取，民不许夺，山神水将保护它，勒令！"念完，用手往河里一指，画了两个圈，就把刚买来的鲫鱼和泥鳅尽数放入了河中。然后又说："快往水深处游，不要吃鱼饵！"像是祝福它们，也像是告诫它们。

放完生,何为带了纸烛香火,又骑了摩托往药王殿赶。药王殿在村子和镇子之间的一处半山腰上。从镇里往回走两三里,拐上一条已经硬化了的村路,走一两里就到了山下,摩托上不得山,何为只好找人家寄存了摩托车,沿着石阶徒步往山上攀爬。山不算高,爬了百十来级台阶就上去了。殿外是青石铺就的一块坪地,每一块青石表面都光溜溜的,是被千百年来上山求签问药的人踩踏的。石块与石块之间也不平整,有的一侧凹进去了,有的一侧凸了出来,有的缺了一个角,边沿处的长满了青苔。药王殿依山而建,建筑并不恢宏,以条石为基,青砖黑瓦,飞檐翘角。门口两侧各有一根合抱的原木柱子,两根柱子上方,居中悬挂一块木匾,镌刻着"药王殿"三个斗大的字,柱子上各镌有一联,上联为"宫阙生灵穹,天章云汉",下联为"造化云神秀,仙露金茎"。两扇带着铜环的高大木门向两边敞开,进门就是正殿,殿中有一条石砌就的天井,正殿两边一前一后各有两间房子。正殿只供着药王祖师的坐像,并无其他神灵。药王银发白须,额有皱褶,面露微笑,甚是和蔼。药王祖师乃唐时的大医孙思邈,传说老人家晚年在龙山行医济世,采药修道,后来得道成仙。龙山脚下有一条孙水河,孙水河畔有一处叫作孙家桥的村落,都是孙思邈在那里生活过的印记。宋朝时,龙山顶上修了第一座药王殿,后来龙山方圆百十里地方,又建了许多分殿。千百年来,药王殿附近的村民只要有什么病痛,首先想到的就是去药王殿烧香求签,求药王祖师恩赐一个药方。何为的太公就是在这药王殿里得救,拜了老道为师,习得医道的。自太公开始,何为一家几代人,每月初一十五,逢年过节,都会来药王殿里拜拜药王祖师。

进到殿里,从房里出来一名老者,却并不是原来的老道,何为也不曾认得。他问所求何事,何为说求药。

何为上了三炷香,烧了些纸钱,跪在蒲团上对着药王祖师拜了三拜。

老者双手捧着签筒上下摇了摇，何为抽得一签，签上得"指迷丸方"，方有歌诀曰：

　　指迷茯苓丸最精，风化芒硝枳半并。
　　臂痛难移脾气阻，停痰伏饮有嘉名。

何为抄了药方，回到家里，父母早已经起了床，母亲精神看上去比昨日要好一些，此时竟也不咳嗽，还在厨房里煮荷包蛋面条。何为趁机悄悄对父亲说："我刚才去镇上买了鲫鱼泥鳅放了生，又去药王殿求签讨了个方子。"说着把抄的药方递给了父亲。

"你这是肚痛抓脚板，无计设野法，如今药王殿里没了道医，只是求签讨来的方子，哪会有用！"父亲嘴里嘀咕着，也看了方子，看完又说，"这方倒也有意思，不过你妈却是吃不得的。"

吃完面条，何为本想要费心思给母亲做工作去医院，不想一开口，母亲就答应了。出门以前，她把何为叫到餐厅，打开餐柜，指着里头的坛坛罐罐，一个一个说这是腌刀豆，这是剁辣椒，这是腌萝卜，这是麸子肉，这是豆豉，要何为回东都时不忘记带走。又带何为到楼上，找出两个青花瓷罐，告诉何为，说这是今年做的茶叶，上次何为回来带去了两罐，还剩两罐。交代完茶叶，又到何为卧室，拉开衣柜，从抽屉里拿出四双大小不一的千层底布鞋说："这布鞋你们两公婆和孙孙们一人一双，本是等你们春节回来穿的，这回你一并带去。"和何为说完，母亲又招呼父亲，告诉他哪些东西在哪里，到了晴天，哪些衣物被子要翻晒。衣柜最上层另有两个白布包着的包裹，她低声对父亲单独做了交代，说的什么，何为没有听到。末了又拿出来两个翻旧了的本子，一个还是何为读中学时候的作业本，一个是用毛边纸线装而成的本子，说："这两个本子，一定要收好，一个是这些年的账簿，一个是这些年的人情往来簿，谁家要有个什么红白喜事，要记得去还情。"

　　对父子两人交代完，母亲去堂屋旁边父亲的接诊室坐了坐，摸了摸父亲诊桌上的青花瓷脉枕，便出来从一楼到二楼，从二楼到三楼，每一间房子都进去一次，进去在里面的床上或者凳子上坐一坐，抚弄着屋子里的家具。这是一栋千禧年之初建起的小楼，楼有两层半，底楼中间是堂屋，堂屋东西各有一间房子。西边房子后是卫生间，东边房子后是餐厅，餐厅进去是厨房，餐厅冬天不用，直接在堂屋里吃饭。东边的房子是平时父亲接诊的地方，西边房子里有一张床，平时并不睡人，只是节日里来了客人才安排人睡在那屋里。二楼也有一个小客厅，客厅两边和后面各有一间房子，一间父母的卧房，一间何为的卧房，客厅后面的房子是父亲的书房。三楼半层也有两间房子，都安置了家具和床，也是来了客人住的。房子外有一个大的露台，露台上有一个亭子，亭子里放了一张桌子和几把椅子。露台上有十几个盆栽，种的都是药草。母亲从三楼的两间房子出来，要去露台，何为怕外面冷，冻着了母亲，想劝她不去，话到嘴边，又咽了回去，脱了自己身上的羽绒服，披在母亲身上，给她戴上帽子，扶她到了亭子里坐下，父亲也跟了过来。母亲坐下后，看着远处的群山说："这几天每天都做梦，总是梦见你外公外婆，又梦见你爷爷奶奶，还有好多村里的人。"说完，她又开始咳嗽，父子两人急忙扶了她下楼。到楼下炉子前坐了，何为才对她说："我昨天晚上也做梦了呢！也梦见了爷爷奶奶和外公外婆他们。"

　　父亲接话说："今天冬至了，冬至至阴，阴气最重，阳火低的人，冬至前后都会做梦的，大都会梦到这些故去的亲人，很是正常。"

　　母亲却说："你讲了一辈子阴阳，我看阴阳没那么玄乎，不就是阴间和阳间那点事吗？生而为人，就是阳，死了做鬼，就是阴。"

正说着，寄兄骑了摩托车过来，说车已经到了马路边上，父子两人就搀了母亲，携了随身衣物和行李出门，本是要她坐摩托，但是又怕摩托风大，冻着了她，只好把行李让寄兄驮着先去了马路上。走了几步，她就回头，再走几步，又回头，到了路口拐角处，索性停了脚步，回头看着屋子，眼里满是留恋和不舍。

何为家单门独户建在一处山坳里，前有一块坪，后有一合院。一条还没有来得及硬化的泥土路，夹在杨柳树中，从屋子东侧延伸出去。前坪靠近屋檐的几米打了水泥，没有打水泥的地方和后院一并种了数十种药草花卉，有白芍、美人蕉、红花、七叶一枝花、半边莲、半夏、金银花、虎杖、车前子、薄荷、王不留行等。院子后面是一片林子，林子里杂生着水桐树、椿树、杉树和松树，屋子西边和东边，各有一片翠竹，前坪的花草边沿，有几棵杜仲树，东西两边的翠竹和后院的林子连成一片，把院落和房子掩映在其中。

三十一

何为搀着母亲走了一箭之地，感到她身子越来越沉，脚步有些飘，父子俩都不敢让她再走，便由何为背着她，父亲撑伞跟着。到了马路上，寄兄、寄嫂，还有十数个村中熟悉的老人，一并等在车子旁。他们大概是听寄兄说起母亲要去医院，过来相送的。每人手里都不空，有的一篮鸡蛋，有的一包红枣，有的一只老母鸡，有的用红纸包了五十或一百块钱。父母和何为哪里肯收，费了许多口舌才拒了众人，说等回来再感谢大家。

到了市里的中心医院，好不容易排队挂上了号，却要等到下午才能看病。何为只好带父母出了医院，就近找个小店吃了午饭。回到医院又在门诊大厅的椅子上等了两三个小时，才轮上母亲看病。进了诊室，一个秃顶的中年男医生，看了一眼母亲，简单问了病情，连听诊器都没用，就开了一堆检验单。何为带着母亲从一楼到二楼，从二楼到三楼，排队做完各种检验，有些结果当日还不能出来，要等到第二天才有。拿着已经出来的检验单找到医生，医生却急着要下班了，何为求着医生先安排住院，医生不肯，说要等明日结果都出来再说。何为只好带着父母找酒店住了一晚，次日一早再去医院，拿到检验结果，去到诊室，昨日的医生今日却不上班，屋里换了一名戴眼镜的女医生，她看了病历和检验结果说："这个情况建议抓紧去省城的医院！"

何为听了，和父母坐了高铁，又马不停蹄地往省城赶。省城医院的门诊大厅人山人海，和春运时火车站的售票窗口一样热闹，只是挂号的人和买票的人表情不同。春运买票的人，表情大都是期待、兴奋、迫不及待；医院挂号的人，表情多是无奈、焦急、惶恐不安。专家号是发布在手机APP上可以提前预约的，外地来看病的，却不知道有这APP，半夜就起来在门诊大厅里排起了长队。何为来时，本就已近中午，早已经没有了专家号，只好先挂了普通号，想着只要住了院，就会有专家来瞧的。号挂好，也是和在市里的中心医院一样，到了医生的午休时间，看病只能是下午。母亲一早起来，赶了一路的车，早累得不行，找了一处椅子坐下，不愿再动，更不想去饭店吃饭。父亲坐在母亲身边，也有了倦色。何为只好去医院外面的小巷里买来几个包子，和父亲各吃了两个，母亲胃口本就不好，

247

一个包子只咬了两口，就吃不下去了。

医院和医院的不同，比的不是医生，而是建筑和招牌。建筑越恢宏，装修越华丽，便越是声名显赫，睥睨天下，门口的招牌自也挂得琳琅满目。至于医生，却是分不出甲医生和乙医生的区别，也分不出甲医院医生和乙医院医生的区别。都是穿着白大褂，都是机器人一样的表情，说着没有感情的模式化语言。医生的学历倒是一代高过一代，看病则是一代比一代更依赖于检验和仪器，若是把医生当成仪器操作者或者是被仪器操作的医生，那他们的表情和语言越来越像机器，也就不足为奇了。如果一定要分辨他们各自的特征，当然也还是有的，男的或者女的，老的或者少的，胖的或者瘦的，高的或者矮的，戴眼镜的和不戴眼镜的，在完全被机器人取代生物学上称之为人的医生之前，这些特征还很明显。下午给母亲看病的医生，就是一个不胖不老、不高不矮、不戴眼镜的女医生，她看了中心医院的病历和检验单，便又开出了一堆检验单。医生说的话，都是昨日中心医院的医生说过的话，就连开的检验单，也是大同小异，大都是昨日刚刚检查过的，只有一两项没有做过。何为看了问道："医生，这些不是昨日都检查过的吗？怎么今日又要再检查呢？"医生连看都没有看何为一眼便说："我们只认我们医院的检验结果！"然后就再没有一个多余的字，只招呼下一位病人进来。何为无奈，只好带着母亲楼上楼下又去做检验。也如昨日一般，好几项结果当日出不来，有的还要等到下周一才有。

当晚在医院附近找了酒店住下，吃过晚饭，父亲去洗手间洗漱，母亲半躺在床上闭目歇息。何为手机响了，是柳依的视频通话申请，一接通，还没有来得及说话，她头一闪就不见了，何定然的脑袋出现在视频里，他说："爸爸，妈妈给我买了圣诞树，还有圣诞帽！"

何为说："给奶奶看看圣诞树好不好？"

何为把手机移到母亲跟前，视频里的电视柜旁有一棵圣诞树，晃了两下，屏幕里又出现何定然的脑袋，他说："奶奶，妈妈说，圣诞老公公会给我礼物。"

母亲看到小宝，脸上挂着艰难的笑说："圣诞公公会给你什么礼物呢？"

"好多好多礼物，妈妈说，我晚上早点睡觉，第二天早上起来就有了。"何定然听不懂奶奶的方言，只顾着自己说，说出来的话，竟也恰好回答了奶奶的话。

何为要小宝把电话给了柳依，本是想要她打些钱过来，当着母亲的面又临时改了口，只是告诉她带了母亲在省城看病，一时恐怕回不了东都，就挂断了视频。

母亲接连跑了两天，状况越来越差，咳嗽越发频繁，出汗愈多，晚上也睡得越来越不踏实，还另添了手臂和胸部疼痛的症状。熬到周一，医生看了检验结果说要住院，却又暂时没有床位，让排队等候，说至少得一周才能安排。

何为本来手上就已经很拮据，两家医院检查完，住酒店都只能将就，只好在微信里给柳依说，希望她能转十万块钱过来。不想柳依却回道："我刚还了房贷，怎么又问我要钱，我也没有多少钱了！"接着又发了几条信息过来数落，何为看了有些生气，回道："你怎么这么不识大体呢，不知道现在需要钱救命吗？"想想不对，她说没有钱了，钱都哪去了呢？便又问："你的钱都做了什么用？"柳依先回了一句："我买了理财产品！"接着说："那你平时怎么不多赚钱呢？眼下倒好，你还辞了工作，去搞什么破工厂，工资都发不出来，还要不要过日子了？"何为看了越发生气，一气之下不再理她，心里盘算着该找谁借些钱来，又想着这么等床位也不是办法，应该找人疏通一下关系，快点住上院才行。正在想着，柳依在微信里又发了信息过来说："我给你转了三万，以后不要再问我要钱了！"

何为想这夫妻关系怎么就变成了做生意的合伙人一样呢？眼里只有金钱和利益，要是哪天一方赚不动钱了，没有了利用的价值，这夫妻不就得散伙？要是一方重病了呢？要是一方出了意外呢？那又会是怎样的情景？说什么患难与共，说什么相濡以沫，说什么白头偕老，将来怕都只能是传说了。何为越想越是悲哀，索性就回了她说："那你三万都不要转了！"

柳依倒也没有再回信息过来，何为慢慢平息了心中的火气，终于想起一个同学来，那是高中时的一位女同学，叫滕蔓。滕蔓是那种身材曼妙成绩又好的女孩，因为这名字，更是成了学校的名人。老师同学第一次叫她，都是叫滕 man 的多，无论什么场合，她都会很认真地纠正人家说："我叫滕 wan。"滕蔓身边的男生总是不少，何为对滕蔓也有过意思，不过仅仅是一点朦胧的单相思，见了面何为自己的脸就会先红，从不敢主动去接触她。滕蔓也有意思，主动粘她的男生，她从来都是一脸淡漠，何为这种脸红的，她见了却总是满脸的笑，说话也很柔。毕业后，因为联系得少，也就各自生疏了。前几年有了同学的微信群，何为一直潜水，在群里不太冒泡，还是滕蔓主动加了何为，聊了各自的状况，才知道她在省城的大学毕业后，便进了省城的一家银行工作。何为这时想着她在省城这么多年，又在银行工作，说不定有些门路，认识医院的什么人。随即就拨了电话过去，滕蔓很是意外，问何为怎么想起给她电话了。何为说了母亲生病来省城求医的事情，求她帮忙的话还没有出口，滕蔓就善解人意地说："你早不给我电话，我小姑子正好就在那间医院做医生！"

挂了电话没有多久，滕蔓在微信里发来信息说："明日一早直接找她去办住院手续即可。"在一张靠关系维持着生存规则的大网里，每人都生活在人为的八阵图中，困在阵里，东奔西突，穷尽精力而不自知。何为此时仿佛就像久困在八阵图中被人指引找到了生门一样，对滕蔓满怀感激，当时就要请她和她小姑子一起吃晚饭，以表示感谢。滕蔓却回道："老同学到长沙来我请你才对，举手之劳的事情，你哪里还要挂在心上。"第二日一早赶到医院，滕蔓和她小姑子都在门诊等着，带着何为直接去了昨日的诊室，医生看到几人进去，脸上不见了机器人的表情，还和滕蔓的小姑子不咸不淡地开了几句玩笑，也没有多问什么，就开了住院。办住院手续，要先付五万押金，何为卡里却只有昨日柳依汇来的三万，好在信用卡还可以刷几万，便应了一时之急。

安排好床位以后，住院医生来做完检查，就叫了何为去医生办公室。医生说："家属要有思想准备，这个病，治疗已经没有太大意义，从目前的检验结果来看，应该是晚期的概率比较大，具体还需要做了活检才能确诊。"

"不能手术吗？"何为这些日子其实已经慢慢接受了事实，此时从医生口里正式说出来，把最后一线残存的希望也破灭了，心里还是不免一阵惝惶，嘴里只是惯性地冒出戚戚的一问。

医生说："手术是肯定不能做的了，放疗化疗的意义也已经不大。医院也只能做些保守治疗，帮助病人减轻痛苦。要是家里经济条件不好，建议回去好吃好喝的，不要来医院遭这份罪了！"

何为一时无语，不知道怎么回答医生，沉默了好一阵，医生却开了病危通知书递了过来，何为才说："医学经历了这许多年的发展，难道就没有其他最新的医疗技术？"

医生说："现在倒是有一项基因靶向疗法，不过还不成熟，医院一般都没有这个项目，一些基因研究所可能有，你可以去问一问。"

何为问省城哪里有，医生便有些模棱两可了，只是说省城做基因研究的也就那么几家，具体哪家能做，我也不知道的，你可以每家都去打听一下。何为听了，想这医生肯定是知道哪家能做的，为什么又含含糊糊不愿意说明白呢？正疑惑中，医生又说："我看了病人过去的老病历，都已经十多年了，从病历上的记录和各种检查报告来看，那时候就已经基本确诊了，而且从病情看，也是晚期的症状，即使积极治疗，也就活过一年半载的，怎么又活了这许多年呢？当时做了什么治疗，最好还去找那医生！"

何为听了也甚是惊讶，想不到那时居然就已经是晚期了，也想不到父亲的中药竟然如此神奇，让母亲多活了十多年，就说："那时候在市里的中心医院住了院，不见好转，就回家吃了几个月中药，后来慢慢就好了，一直到最近两个月才又发作的。"

"那应该是个奇迹了！"医生听了，显然是觉得有些不可思议，说完又像自言自语地加了一句，"晚期病人吃中药居然能活十多年，真是个奇迹啊！"

次日，又做了一些包括穿刺在内的检查，活检结果却又要等一周。何为通过手机找出了省城里那几家基因靶向治疗的研究所，最终确定了一家，过去详细谈了，说需要先做基因筛查才能给治疗方案，要是扩散了的话，就做不了了，而且费用还不低。

何为心想无论如何，只要有一丝希望，也是不能放过的。下了决心以后，却又付不起那治疗的费用，哪怕是基因筛查的费用此时也拿不出来。柳依又把话堵死了，不想再和她开口，一时竟然想不起来到哪里去筹钱，拿着手机翻了半天，每看到一个人，何为就想着和这人的交情如何，也想着这人的收入状况，最近是否花了什么大钱。看了一轮，发现交情好的亲戚朋友也就那么几个，有的何为也借过钱给人家，这种何为是绝不敢开口的，会让人觉得这会儿是要人还情了。经济状况好的则更是少，能借出两万三万的也算是大户了，就是不知道开口去麻烦人家，会不会让人为难，好几次要拨电话，又放下，最终也没有找到一个有把握能借钱的。正在犯愁，一条网络贷款的广告就出现在了何为打开的搜索页面上，手机似乎又明白了何为的心思，知道了他的难处，所以特意推送了这条信息过来。何为随意地点进去看了一下，想要不干脆就到网上贷款得了，反正找谁借都是要还的。看完这条信息，索性又在网上搜索了几家，看了各家的贷款条件、利息和额度，选了一家相对靠谱的，不太像套路贷的，竟然申请到了二十万的额度。何为犹豫了一阵，想接下来要花的钱定然不少，免得过了几天又要去借，一狠心，便一次把二十万贷了出来。钱到账很快，刚申请完，就同步收到了款已经到账的短信。如此急急去交了基因筛查的费用，让他们抽了血，等着他们的结果和治疗方案。

母亲住在医院，父子两人轮流陪护，何为从晚上陪护到第二日中午，只有到下午才去酒店睡一阵。父亲每日也一早就从酒店过来了，要很晚才回去歇息。母亲的症状却一天天加重，脸色白得像一张纸，没有了一丝血色，咳嗽更是不停，每咳一口都吐出血痰，呼吸愈加艰难，每日都需要做雾化，做完雾化又要吸氧。汗也出个不停，衣服一两个小时就要换。手臂和背上新生了肿块，那些肿块还会移动，今天在这里，明天又到了那里。疼痛也一天烈似一天，打了杜冷丁也维持不了多久，有时整晚都在哼着，不得入睡。

医院每天都发一张病危通知书，何为和父亲都知道母亲怕是要不行了，一面通知寄兄帮着在家里准备后事，一面又通知柳依赶紧带孩子们回来，让母亲在临终前看孙子们一眼。柳依说会耽误何必然学习，一直拖着，何为催了几次，发了一通火，她才买了元旦的高铁票。

元旦日凌晨，何为给母亲换了汗湿的衣服。母亲说："以后对你爸爸好一点，无论如何不要让他一个人待在老家，他是做饭都不会的。"

何为含着泪答应了母亲，母亲喘了一会儿，又说："好想孙孙们！"

何为说："他们也想奶奶，天亮他们就会坐高铁过来的。"

到了天亮的时候，母亲迷迷糊糊地说："你外公外婆，爷爷奶奶，在找我过去了。"

说完，母亲神志便不清了，不再说话，眼睛空洞地瞪着，没了一丝神采，身上连接的各种仪器数据也都在变化。何为急忙呼了医生过来，医生手忙脚乱一阵忙碌，才稳定下来。

上午，基因筛查的结果来了，回复说不能再做靶向治疗了。母亲嘴里又在说着什么，声音很是微弱，含混不清，何为耳朵凑近她的嘴巴，才听着她似乎在说："棺材盖打开了没有？"何为知道母亲已经到了最后时刻，此时来不及悲伤，忙和父亲商量是否马上出院。医生也把何为叫去办公室，说要是人在医院里走了，遗体就运不回去了，只能送当地的火葬场。要是现在出院，他们可以帮助联系救护车送回老家。何为不敢再耽搁，马上办了出院手续，叫了医生提供的私家救护车，载着吊着一口气的母亲急急往家里赶。

车出了医院，外面正下着雪粒子，打在车上，噼啪作响。何为在微信里告诉柳依，要她到站以后，带着孩子直接换乘赶回老家。出了城，一上高速，雪粒子变换了身姿，一片一片的雪花在车窗前飞舞，飘落在车玻璃上，瞬间便融化了。融化的雪花变成了水雾，遮挡了玻璃的视线，惹得雨刮器急促地晃动，把水雾刮开到玻璃的两边。雪花好像和雨刮器较上了劲，一片片一团团，带着狰狞的面具，张牙舞爪地撞过来，被雨刮器打得粉碎。那些没有撞过来的，也在漫天里肆意狂舞，像是要给那些撞在玻璃上的雪花伴舞。由近及远，雪花成了雪幕，不知是汽车在撕开这雪幕，还是雪幕在吞噬汽车,高速公路两边的山岭和房屋,慢慢染成了一片白色。

三十二

次日凌晨,母亲就走了。柳依带着何必然何定然紧赶慢赶,他们兄弟却终究还是没有来得及给奶奶送终。何为和父亲给她换了寿衣,寿衣在一个白布包裹里,母亲临去医院前交代给父亲的那个。在寄兄的带领下,何为连夜敲开了一些邻里的房门,一家一家地跪拜报丧,请人来帮着料理后事。邻里们来到何为家后,何为跪在母亲的床边,一位做惯了装裹的老者,提了一面铜锣,用力在母亲的床边跺了三脚,在床头敲了三声铜锣,床尾又敲了四声。屋外跟着传出"嘣"的一声巨响,那是有人在放铳,铳声在山野中久久回荡,意在告知四邻八舍,村中有老人亡故了。屋外还在下着大雪,大雪给寒夜里的村庄和山野披上了缟素。铳声响后,老者提着铜锣一步一颤地走到屋外,何为和寄兄跟在后头,有人提着祭品,有人提着水桶,有人提着马灯照在前后,一群人踩着厚厚的白雪,深一脚浅一脚的,往村里的老井边走去。老者走几步就敲一声锣,又随手撒下一把冥钱,那是用烧纸剪出来的。锣声嘶哑,发出呜咽之声,很是凄婉,在寂静的山野里回荡。锣声每响一次,何为和寄兄就跪拜一次。到了井边,祭品摆放在井旁,老者燃上三根香,烧化了纸钱,唱了几个佑,洒了三杯米酒在地上,又往水井四周撒了一把米,念了请水文,朝水井里丢了三枚硬币。硬币一沉入水底,何为就开始请龙王水——用木瓢一瓢瓢舀了井水倒入桶里。回到家中，龙王水里加入七片檀香，在灶火上烧热，何为用水在母亲的头顶、胸口、后背、手心、脚板心，共七处各抹了一下，象征性地给母亲净了身。

天亮以后，堂屋里的北京炉子被拆除了，木沙发也搬到了楼上，堂屋里摆上了油得漆黑泛亮的"七五"寿器。选了时辰，在一阵激烈的爆竹声和三声铳响中，母亲就移居到了她的千年屋中。从此以后，她不用再为儿孙们操心，也不用再关心这纷纷扰扰的世界。

白天来的亲邻更多了，几名德高望重和富有经验的亲邻，组成了治丧小组，大小事务很快理出了头绪，桩桩都在紧张有序的忙碌中展开。报丧、物资采办、灵堂搭建、账房收支、吊客接待、奠仪记录、纸烛香火、爆竹火铳、桌椅板凳、碗筷、墓穴筑造都安排了专人负责，扎灵屋做纸幡的纸马匠、选墓址的地生、做白宴的厨师、写挽联做祭文的礼生、唱夜歌子的歌师、做道场的师公，也都有专人去请。里里外外，一切都由铺排师来安排和统筹，不用何为父子操心。只是谈到丧礼仪式的时候，几名主事者一致要求，在做道场和唱夜歌以外，要请一套艳舞班子来，唱歌跳舞热闹一个晚上，出殡那天，又要请几套洋鼓队来，说是增加排场和喜庆感。何为父子对唱夜歌和做道场没有异议，却不同意请艳舞班子和洋鼓队。主事者一时不肯罢休，讲了许多道理，说艳舞和洋鼓队都是地方民俗，要何为父子遵从，若是人老了以后都不最后热闹一回，是为大不敬。他们还举了例子来增加说服力，说村中谁家请了艳舞班子，谁家出殡请了多少套洋鼓队，气派如何大，场面如何的恢宏，孝家赚足了面子的同时，也在村邻们嘴里赚足了孝道。父亲很执拗地认为，孝道是在生之时的事情，走后没有必要弄那些虚头巴脑的东西，但做道场和唱夜歌子，尊重千百年来的湘楚风俗是应该的。至于艳舞，则是这些年才有的事情，绝不是民俗，而是庸俗，是有人把办丧事当作了捞钱的工具，是把悲伤的事情变成了滑稽的闹

256

剧，不伦不类，反而是对亡者的不尊重。何为敬佩父亲在大事面前不糊涂，总是有自己的主见，从不随波逐流。有一位上了年纪，读过私塾的主事者，还不甘心地劝说："古时庄子妻亡，他以盆当鼓，击鼓而歌，不也是庸俗了？"

父亲这些日子一直在疲倦和悲伤中度过，人已经很是憔悴，平常本就不太和人争长论短，这些日子话更少了，此时不由得激动地说："庄子鼓盆而歌，他歌里唱的什么，大家都不知道吧？歌里唱出的悲戚与哀思，大家也不知道吧？楚地流传已久的夜歌子，是否就是庄子唱的歌呢？人家是长歌当哭！"

乡邻们平时本就很敬重父亲的，没有哪家没有吃过父亲的方子，没用过父亲的草药，见父亲此刻如此激动，而且说出来的话又反驳不了，也就无人再坚持艳舞班子和洋鼓队那套了。

柳依带着何必然兄弟赶回来的时候，已是中午。此时路口远远地竖起了两根竹竿，竹竿高三丈有余，每根竹竿上飘着一条龙幡，是用白纸剪就的，一雌一雄，都彩绘了龙鳞龙尾的图案。屋前的坪里，也立了一根三丈高的竹竿，竹竿上挂着树状的钱幡，也是用白纸扎制的，约有五尺长。龙幡和钱幡在寒风中高高飘荡，遥相呼应，猎猎作响。堂屋里已经搭建好了哀堂。一声铳响，"噼噼啪啪"，爆竹声又起，一阵锣鼓唢呐打奏的哀乐声中，何为领着柳依母子，跪在灵前，给母亲磕了三个响头，又上了香，烧了纸钱。柳依竟然也流下了几滴眼泪，何必然兄弟也都一脸悲戚，仿佛一夜之间长大了。

哀堂分为前后两个部分，由挂着的孝帷隔开，棺木在孝帷后，孝帷前摆了一张八仙桌作为供桌。母亲的遗像和礼生用绿纸写就的灵位牌，立在供桌上，遗像上方，用白纸写了"音容宛在"四个黑字。供桌上还摆了香炉，香炉里一直燃着香，棺木下方点了香油长明灯，供桌前的地面上置了一个大瓦盆，用来烧化纸钱。堂屋的两边墙上贴有一幅白纸黑字的挽联：

帮弱扶贫为善一生美德传乡里
相夫教子操劳半世恩福泽后人

大门上方和左右都扎了松柏树枝，树枝上缀满了黄白花朵，都是白纸和黄纸剪就的，两边各贴了对联。

右联：漫漫朔雪村前杨柳垂枝无颜色
左联：飒飒寒风屋后翠竹摇竿有咽声

入夜以后，堂屋墙壁上挂满了亲戚们送来的挽幛，屋外屋檐下靠墙摆放了数十个写着"奠"字的花圈。哀堂里坐满了老老少少的亲朋邻里，灵前供桌旁架了大鼓锣钹，桌上放了唢呐。何为夫妇领着何必然何定然兄弟，穿了麻衣戴了孝布，恭恭敬敬跪在供桌前，一阵锣鼓唢呐声响过后，两名歌师对着灵柩和神龛躬身行了礼，围绕哀堂走了一圈，用手指蘸了些酒，上下左右前后弹了几弹，又烧了一把纸钱，然后亮开嗓子高声唱道："一点乾坤大，横担日月长。包罗藏万象，俱煞尽埋藏。"唱完，端起一杯酒来，喝了一口，猛地又从嘴里喷到鼓上，顺手操起供桌上的鼓槌，在鼓上重重地敲了三下，"咚、咚、咚"鼓声响过，又是三声铳响，随后爆竹声震天价地大作。响过之后，另一名歌师亮起嗓子，大声唱道："日吉时良，天地开张。周公之礼，打鼓陪亡。乾坤世界，沧海桑田。一日有十二时，有死有生。百年三万六千日，谁人不老长生？尧舜禹汤无万岁，颜曾孔孟没千年。

只有两邦依旧在，青山隐隐水连天。养儿防老，积谷防饥年……"

歌师唱完，用鼓槌在鼓上轻点了一下，另一名歌师接着唱《十月怀胎》：

正月怀胎正月正，好比露水洒花蕊。
露水洒在花蕊上，不知孩儿假与真。
二月怀胎百草青，百草发芽往上升。
孩儿好比浮水草，不知生根不生根。
三月怀胎三月三，三餐茶饭吃两餐。
两餐茶饭不好吃，平地好比上高山。
四月怀胎夏日长，稻田栽秧好繁忙。
外面忙来家畜吵，家中忙来麦已黄。
五月怀胎正端阳，裹粽做粑喜洋洋。
家家喜吃粑粽酒，是男是女分阴阳。
六月怀胎热难挡，晒场收晒身难转。
心爱丈夫帮一把，无情丈夫去乘凉。
七月怀胎正立秋，好比金线吊葫芦。
葫芦吊在金线上，走到人前好害羞。
八月怀胎逢中秋，万家团圆畅饮酒。
翻江倒海踢娘肚，孩儿怎知娘心忧。
九月怀胎是重阳，想回娘家走一趟。
看看父母老双亲，又怕孩儿路边生。
十月怀胎正当生，娘在房中喊肚痛。
儿奔生来娘逼死，性命险交五阎君。

一周两岁娘怀抱，三周四岁离娘身。

　　五周六岁读书文，哺育孩儿学做人。

　　可怜天下慈母心，养育儿女费尽心。

歌声戚戚，如泣如诉，勾人断肠，坐在哀堂里的人，多是一些心肠软的妇人和上了年纪的老人，听着听着，都眼泪巴腮的了。那些和母亲关系好的，平时得了母亲恩惠和帮衬的，此时念到母亲的好处，干脆就放声大哭起来，哭声中也带着各种唱词，有的唱："只怪阎王瞎了眼，不该勾簿取善人。"有的又唱："唱亡人来道亡人，想起亡人好伤心。昨日堂前来打讲，今做沉香板内人。"有的激动之中，就趴在了棺木上，眼泪鼻涕一把，大声哭诉着母亲的种种好处。歌师也会变了唱词，更加哀婉地唱道：

　　亲朋戚友来伴夜，器重沉香板内人。

　　亡人睡在沉香棺，不伤心来也伤心。

　　三魂渺渺归阴府，七魄幽幽上九霄。

　　亡人在日我少礼，三日难得两回亲。

　　……

一名歌师歇口，另一名又接着唱：

　　灵前祭食般般有，不见亡人开口尝。

　　只见棺材与木板，黄土盖面不回乡。

　　……

260

唱一阵歇一阵，唱完屋内锣鼓唢呐喧天，灵前有人焚香烧纸，屋外爆竹声铳声大作。不时有村人和亲戚，燃了鞭炮来烧香吊唁，何为带着妻儿，向每一个前来吊唁的人跪拜回礼。到了亥时，供桌上重新摆上香、烛、纸钱、酒杯、供果三牲等祭品，歌师做了祭拜仪式，就开始唱赞，先赞香，赞火，接着赞所有的孝子贤孙，所有沾亲带故的亲戚。每赞到一人，被赞的人都跪立在灵前，等赞完，给歌师奉上金额不等的赞礼。赞完时辰过了子时，一名歌师换了劝慰的唱词唱道：

　　我劝主家不要哭，亡人进了千年屋。
　　千哭万哭是张纸，千拜万拜是炉香。

另一名歌师又唱：

　　自古人生故有死，哪有长生不老人。
　　彭祖寿有八百岁，终身也是土一堆。

最后两人一起唱：

　　富贵荣华如春梦，万贯家财在世空。
　　世间哪有长生草，世上哪有返魂丹。
　　若是人死还得魂，皇帝江山万万春。

夜歌子唱完，次日师公又做道场。连日的跪拜和陪夜，何为一日比一日麻木，脑袋一片虚空，每日里都如木偶般，随着设定的各种程序摆动，仿佛忘了世间的种种，也忘了正在办理母亲的丧事。直到把母亲送上山，才如梦方醒，知道母亲是永远地去了，才顿悟娘在家就在的道理，才明白没有了母亲，从此以后，自己就好像无根的浮萍，在这世间飘荡。如此悲从中来，竟如孩童般放声大哭起来。看到何为哭，何定然也吓得跟着大哭了起来，何必然则畏畏缩缩地拉着柳依的手，躲在一边不知所措。一大一小两个男人的痛哭，把众人惊得不知所措，大家一时都忘了劝阻，一起又陪着落了无数的眼泪。

办理完母亲的丧事，柳依带着何必然兄弟次日就回了东都，何为则又在老家盘桓了数日，挨家挨户去谢了乡邻和亲友，和父亲一起处理家中的桩桩琐事。过了头七，这日晚间吃饭时，何为试探着对父亲说："爸，该办的事情都办得差不多了，我给您收拾收拾东西，过天和我一起去东都吧！"

父亲眼睛空洞地看着窗外深邃的黑夜，很是落寞地说："不去了，人老了故土难离，城里太喧嚣，没有山里那份清净。"

何为说："那就临时住个一年半载，换换心情也好的。"

父亲还是看着窗外，换了语气道："人老会招人嫌，去了会让你们生出许多不方便，连睡的地方都没有一个。"

何为辩解道："又不是去别人家，去自己儿子家。再说家有一老，如有一宝，我们高兴都来不及，大家哪里会嫌呢？床的事情您不用担心，何必然的床换个双层铺，你们祖孙二人睡一个屋里，你孙子不定有多高兴呢！"

谈来谈去，父亲总能找出不去的理由来，又说村里还有好些人在吃他的方子，一时离开，会耽误人治病；又说母亲刚走，得在家里陪她一阵。何为逼得没了办法，只好搬出母亲临终前的话来，一番软磨硬泡，父亲才勉强松了口，同意春节后去东都。何为在老家迟迟不回，柳依开始每日催问什么时候回去，问还管不管孩子，说不能把什么事情都落到她头上。何为无奈，只好委托寄兄和一些乡邻帮着照应照应父亲，有时间尽量多去家里走动走动。自己辞了父亲和乡邻，携了那些坛坛罐罐里的腌菜和茶叶，一人先回了东都。

三十三

　　回到东都，何为和柳依说了要接父亲来一起住的想法，柳依听了以后没有反对也没有赞成，不咸不淡地说："你看着办就是，想想看怎么睡吧！"何为听柳依如此说，知道她内心里其实是不高兴父亲过来的，却也装糊涂不去管她真实的想法，只顾着说了买一个双层床的办法，柳依便也没有再说什么。何必然听说爷爷要来，还和他睡一个房间，倒是很高兴，说每日可以和爷爷下象棋了。双层床买回来以后，兄弟俩都觉得新鲜，哥哥抑制不住兴奋，当日就睡了上铺，让弟弟也羡慕哥哥，要爬上去凑热闹。
　　元月里是一年的开头，也是旧历年的年底，季节和年轮都在进行新旧交替，所有的人都忙着新年的开始和过去一年的总结，有的人高高兴兴等着过年，有的人却害怕过年。高兴过年的不一定是孩子们，害怕过年的也不仅仅是怕又老了一岁的女人们，还有那些一年里收入不高，每月靠着透支信用卡过日子的人，怕过年里人情往来的增加会刷爆信用卡。而最怕过年的，恐怕是那些经营不善，苦苦支撑的私营企业主们，过年了要处处打点关系，要给员工发奖金福利，要应对各种拖欠的账款。从冬至以来的半个多月时间里，工作上的事情，在医院时还可以忙里偷闲维护一下微信群，隔几日在公众号上发一篇文章，丧事期间则完全无暇顾及了，工厂业务便一直耽搁在那里。这些日子里，蔡进时常来电话发微信，表面是探问母亲的病情，慰问何为，实际上都是为着业务的事情。何为知道他心里的压力和焦虑，一晃一年又过去了，工厂如今的境况，还是半死不活的，到了年底，怎么能不让他着急呢？何为倒也和成道、夏相宜打过招呼，让蔡进另外安排了人去跟进，只是直到此时，却还是没有什么进展。按蔡进的说法，成道他们对工厂的评估有不同的意见，合作意向还不明了。

何为回来便接连几天找成道沟通，又去安途拜访了一次，方才有了验厂评估结果。安途给工厂提出了整改意见，同时答应一边整改一边尝试业务的合作，先从动力电池箱体和电池端板业务入手。没几日，夏相宜便把图纸发给了何为，合同自然也是要和恒源签订。事后成道说，其实何为第一次去安途拜访，安途就一直没有停止过相关的研讨，技术方案和图纸在去寮城验厂前，就着手设计了。验厂回来虽然意见有些不统一，但是都不是大的分歧，所以迟迟不给评估结果，是成道有意在等何为，他觉得事情若是太顺利，对何为并不利。何为自是知道其中的利害，若是蔡进安排的人都能把业务成功跟进了，那自己在工厂的作用和分量便没有那么重要了，自也更加感激成道。

接了安途的图纸，蔡进便安排人夜以继日地做压铸技术方案，设计模具图纸。何为一方面跟着进度，做些相关的协调，一方面也去跑另一些客户，趁着马上要过春节了，给所有的目标客户都送了蔡进准备的那些人参酒熊胆酒。过年前每家公司都忙，约人并不是那么容易，好容易约到一个，何为都是马上就赶了过去。东都周围三五百公里的客户，只要有高铁的，都是当日去当日回，因此每日里都是早出晚归。

这日在回东都的高铁上，何为收到了一条微信，是赵老师发来的，她说：" 何爸爸，何必然近来不时在课堂上打瞌睡，每日看上去都神情恍惚的样子，找他问也没有问出什么因由来，请家长多关心一下！"何为看了，明白这段时间耽搁的不只是业务，对孩子的关注也少了，忽略了孩子的学习和健康。心里便生了些对孩子的愧意，又恨自己分身乏术，顾了这头顾不得那头。便发了微信问柳依，孩子最近每日几点睡的觉。柳依先回了一句："你还知道关心儿子啊！"接着又道："比平常应该晚一点吧，要到十点了，他说期末复习了，作业比较多。"何为看柳依这样说，倒也觉得正常，便说："你让他尽量早些睡，作业效率提高些，老师投诉说他上课打瞌睡了。"发完，觉得还没有说透，便又补了一句过去说："孩子正是长身体的时候，睡眠一定要保证八个半小时，最好九个小时。"当日回到家中，快到十一点了，何为小心翼翼进到屋里，客厅里乌漆墨黑，没有一丝光亮，想着柳依和孩子们怕是早进入了梦乡，因此更加蹑手蹑脚，怕弄出任何动静来，把他们吵醒，连灯也不敢开大了，只开得一个沙发墙的射灯。也顾不得洗澡，草草洗漱了，就关了灯，准备摸到房间里去睡觉。关灯以后，却看到何必然房间门底的缝隙里隐约透出些光来，心想他睡觉时怕是忘了关灯，便悄声开了他房门去看，不料却看到何必然半躺在上铺，双膝曲在被窝里，背靠着床头的护栏，戴着耳机，正捧着平板玩得忘乎所以。何必然想不到何为会突然开门进去，蓦然看到爸爸，先是一脸惊愕，接着便下意识地合起平板，像触电般放下，人往被窝里缩去。何为过去拿了平板说："你这么晚了还在干吗呢？"何必然愣着不回答，何为只好自己输入密码，打开一看，平板上赫然亮出的是游戏界面，两个对角上的英雄正挥舞着奇形怪状的武器，做着激烈的动作，打得难解难分。何为立时便明白了他为什么会在课堂上打瞌睡。手里拿着平板，一股怒气直往头顶冲去，脑袋瞬间涨得发晕，眼睛里好似突然生出一把剑来，要刺向孩子。好在心里不断默数着"一、

二、三……"，数了数十个数字，又做了几个深呼吸，硬是把火气压了下来，方才耐着性子问道："你怎么玩上游戏了呢？这么晚不睡觉？"

何必然不知道是明白自己理亏还是被何为的眼神刺得害怕，蜷缩在床上，眼里充满怯意，不敢看何为，也不作声。何为看他如此，又想要发作，不过终究还是忍了下来，说道："你已经不小了，自己要知道轻重，好不容易才给你上了小五班，眼下又马上要期末考试了，学业这么重，还要玩游戏，会毁了自己的！"

何必然这才"嗯"了一声，算是回答了何为。何为便又道："玩游戏会伤害眼睛，尤其是这么躺在床上玩，对眼睛的伤害更大！睡眠少的害处也很大，人的生物钟打乱，会容易生出各种疾病来，到时候恐怕个子都长不高。你晚上不按时睡觉，白天就没精神，今日老师便投诉说你课堂上打瞌睡了。"

"知道了！"何必然只从嘴里挤出来几个字。

"以后可不敢再玩了，马上睡觉！"何为说了一通以后，气顺了许多，想着孩子平素学习总还是自觉的，这阵子玩游戏，也怪自己这段时间没有照管他，这会儿看他似乎也知道错了，便不再计较。

何为在黑暗中摸着进了卧室，悄然脱了衣服，刚钻入被窝，便听柳依怨声说道："你这么晚回来去儿子房间搞什么？不让他睡觉了？"何为本来怕把她吵醒，一进门就小心翼翼的，哪怕刚才在何必然房间要发火，也没有发出来，说话都是压低了声音的，不想她还是醒了。醒了就醒了，竟然不问青红皂白就责备自己，心里便不痛快，没好气地说："你这妇人是怎么回事呢？平板怎么到孩子手上去了？孩子这么晚了躲在被窝里玩游戏你不管不问，我回来发现，去讲他几句，你倒反过来说我的不是了！"

柳依显然想不到何为会说出这番话来，大概也并不知道儿子在玩游戏，便噎在那里，一时无语，等何为翻了身背对着她要睡觉时，才恨声道："他每天要做网上作业，要打卡背诗词，我不给他平板他怎么做？到底你不管儿子还是我不管儿子了？你这段时间每日深更半夜回来，谁知道去哪儿鬼混了？"

何为听她如此胡搅蛮缠，气得一翻身坐了起来，开了床头的灯，瞪着柳依道："你还讲不讲道理了？这段时间我没日没夜地忙，你平时不管不问，一句关心没有，这会儿却要如此猜忌我，是什么意思？"

柳依应声吼道："你那么瞪着我干吗，要吃人吗？你忙，你忙有钱吗？我不关心你，你关心过我吗？"

何为回道："钱，钱，你眼里就只有钱吗？我是没有钱，正因为没有钱不是才要更加努力吗？我怎么不关心你了呢？你自己时刻捧着手机，有专心听我和你说过话吗？"

"我关心钱有错吗？你不要钱你喝西北风去？我捧着手机碍你什么事了？"柳依越说越激动，声调也越来越高。

何为回道："你喝了西北风吗？什么时候饿着了？你不知道手机上的这些资讯都是垃圾信息吗？你不知道人总看这些垃圾信息，会变得越来越愚蠢吗？你不知道孩子是有样学样吗？"

柳依也坐了起来说："我是愚蠢，愚蠢得当初眼睛瞎了，看错了人！"

两人一声比一声大，越说话里便都没有了克制和遮拦，一句比一句难听。何为一开始本来还怕夜里吵架，说话的声音太大，会被楼上楼下的邻居听了笑话，此刻却也顾不得家丑不可外扬了，大声回道："你现在还来得及的！"话刚说完，便听到何定然哼哼唧唧地哭了起来。不知道他什么时候醒了，两人都没有注意到，此刻他睁着眼睛，一边哭着，一边用手揉眼睛。头转来转去，一会儿看着妈妈，一会儿又看着爸爸。两人便都不再说话，柳依

267

哄着他去睡觉，何为也关了灯，躺在被子里生着闷气。他实在想不明白，柳依怎么会变得这般蛮横，越来越不可理喻了，一个受过高等教育的人，此刻竟然像骂街耍泼的村妇一般，庸俗丑陋。这一年多来，无论在微信上，还是当着面，说不上三句话，就会吵起来，不是冷嘲热讽，就是一顿胡乱的抢白，或者是东一句西一句的指责。自己好像无论怎么努力，无论如何小心翼翼，在她眼里都是不对眼的。难道就因为自己最近经济上的紧张，或者是真的忽略了她的存在，没有给她足够的关心？想了一阵，一念又闪到了眼下的工作情况来，眼下虽然自己抓的业务在一步步推进，可是照这个进度下去，等拿到正式的订单，结算到货款，怕还得半年。工厂还是半死不活，手机中板这块的业务砍去了没有利润的订单，照样没有突破，自己不知道什么时候才能拿到工资。过几天又要付房贷了，再下个月不但要付房贷，还要还网上的贷款，网上这贷款是按等额本金的方式，分十二个月连本带息来还款的，每个月要还近两万，到时候拿什么去还？上次在网上贷的款，在医院就花了十几万，后来操办母亲后事的钱都不够，好在父亲适时给了自己一张卡。父亲当时说："你回来已经花了不少钱，怕是要顶不住，我和你妈这些年还有点积蓄，你妈办后事的花费，你就不要管了，从这卡里开支吧！"当时想要拒绝父亲，但是又知道自己其实是无力去拒绝了，拒绝了后并没有方向去筹钱来。接了父亲递过来的卡，心里直骂自己没有用。此刻又想着父亲一个人在家里，不知道吃饭是怎样解决的，饭煮熟了吗？是不是每天就早上做一顿饭，中午和晚上都吃剩菜剩饭呢？再想着眼下和柳依的关系，要是父亲来了，见到夫妻两人这个样子，不知道能待得住几日。心里便越发焦躁，想这日子再这样过下去，恐怕要越过越糟心，看来还是得和柳依平心静气地聊聊，心对心地沟通一次才行，不能总这样拧巴着把日子过下去了。脑子里一念一念闪过，一忽儿这，一忽儿那。

早上醒来，何为有些倦怠，左边的眼睛被眼屎粘住，愣是睁不开，使劲揉揉睁开了，又觉得左边太阳穴隐隐作痛，就赖在被窝里不想起床。赖了一阵，又怕耽搁何必然上学，还是努力爬了起来，站在床边仿佛房间都在摇晃，人如踩在棉絮上，脚下不实，要站不稳，闭了一会儿眼睛，定了定神，才好了一些。去洗手间洗漱完，习惯性地走到何必然门口，要去叫他起床，到了门口，却又停了下来，转身坐在沙发上发呆。孩子昨日睡那么晚，何为这会儿不忍心叫他，有意想让他多睡半个小时。在沙发上坐了几分钟，动身到厨房去给他煮饺子，拉开冰箱一看，冰箱里什么也没有，只好出门去买包子。到了四化的包子铺门口，灶上的蒸笼热气腾腾，水气散开，屋里像是起了大雾。两口子在里头忙得热火朝天，看到何为过来，四化停了手头的活说："姐夫今日怎么这么早？"何为答非所问地说："你蒸笼里的蒸汽怎么弄得满屋子都是呢？"四化看了看蒸笼说："不知怎的，今日一早发现排气扇坏了，还来不及去修。"美珍也过来搭话说："姐夫，你从老家回来，都很少看到你了，听姐说，你比原来越发忙了。"何为说："都是没头绪的瞎忙！"美珍说："哪能呢？现在自己做老板，忙些是正常的，钱肯定会要多挣很多！"何为听了这话，脸色瞬间变了几变，臊得红一阵白一阵，眉头也跟着皱了几次，看着平素嘴甜的美珍此刻竟有些讨厌起来。何为觉得美珍话里有话，大概是柳依和四化夫妇说了些什么，美珍因此也跟着一起来挖苦自己。心中这样一想，便一刻也不愿意在包子铺门口停留，也不再多说一句话，拿了包子逃也似的回了家。

回来何必然已经起床了，正坐在餐桌前背语文课本里的古诗。何为把包子豆浆放在桌子上，让他抓紧吃了去上学。何必然手里拿了一个包子，咬了一口，就放在了一边，继续背着古诗。何为问他是不是不喜欢吃包子，何必然说："今天要默写所有的古诗，我再复习一下。"

何为疑惑地问:"这古诗你从开学就背了,不会这时候还不熟悉吧?"

何必然辩解道:"我能背的,老师昨天布置家庭作业,要我们回家再复习一轮。"

何为火气又要上来,责备着问:"那你昨天晚上为什么不复习好呢?有时间去玩游戏,没有时间做家庭作业?"

何必然低声回道:"我只玩了一会儿!"

何为说:"一会儿也不许玩!你要知道轻重,不能管不住自己!"

被数落了几句,何必然眼里有泪水在打转,如受了莫大委屈似的,也不回何为的话,拿了包子在那里闷声吃着。何为也意识到昨天晚上已经说过孩子了,一大早不该再这样责备他,有什么话也应该到下午放学回来再说才好。一个包子吃完,他拿了一瓶豆浆,去房间背了书包到门口,对何为说:"老爸,我上学去了!"也不等何为答复,就顾自走了。何为原本想去送他,看他已经开门出去,只好由着他自己一人走了。

三十四

柳依上班时顺道带了何定然去托儿所,一时屋子里空荡荡的。何为瘫坐在沙发上,眼睛落在电视柜墙角的天花板上,天花板上有一个破烂的蜘蛛网,吊在墙角。何为循着那破烂的蛛网,去寻找蜘蛛,蜘蛛自然没有找到。蜘蛛是靠捕捉蚊虫为食的,蚊虫是夏虫,夏虫不可语冰,也不知道冬天里是不是有蜘蛛。要是冬天里没有蜘蛛,那这个世界真是太有意思了,没有了敌人，原来也就会没有了自己。难怪说人要有对头呢，对头原来是为了让自己存在，或者让自己强大的。夫妻是冤家对头，父子、母女、婆媳、兄弟、妯娌大概也都是的，不是冤家不聚头。何为原本只是想坐一会儿就要继续出去拜访客户的，脑子里这样胡乱地想着，不曾想坐着坐着就不想动了。昏昏沉沉的，似乎有一只巨手，从太阳穴里伸出来，抓住自己，使劲往一个地方攥。那是一个黑暗的所在，让人什么也不能想，什么也不能做，哪怕是心跳和呼吸，都显得是那么多余，只剩下一片空茫。空茫的是那个地方，还是自己的脑袋，何为一点也弄不明白。从黑暗空茫处出来，是被一泡尿憋出来的，此时已经过了下午一点。何为不认为刚才是睡着了，只是感觉到时间被偷走了，偷走了大半天的时间，没有任何的记忆片段。时间是被谁偷走的呢？偷走的时间又去了哪里呢？并不知道。当脑袋又运转不停的时候，何为想起了方圆，也许只有方圆才能解释清楚这空茫的一切。上次在"这湘情"喝酒以后，和方圆有好一阵子没见面了。自从和方圆认识以来，好像还从来没有过这么长时间两人不曾碰面。虽然也曾通过电话发过微信，但是毕竟和见面不是一回事。看来是该约方圆见见了。念头一起，何为就拿起手机翻方圆的号码。电话就在这时候响了起来，手机上显示的正是方圆的来电。不等方圆说话，何为便说："真是心有灵犀啊，我刚想起你来，要给你拨电话，才翻到你的号码，你居然就打过来了。"方圆在电话那头哈哈一笑，说："兄弟，这是同频共振，是量子纠缠。"何为附和道："对，是量子纠缠！"

"今晚方便吗？要不我们一起喝酒？"

"喝酒免了吧，我到你办公室来喝茶吧！正好我们好好聊聊，好久没有畅快地聊了。"

"行，那你啥时候到？"

"我现在出发，估计得两个小时。"

挂了电话，何为从青花瓷罐里分出一些从老家带来的茶叶，用一个玻璃罐装了。这茶何为平时都视若珍宝，舍不得送人，只是每年头茶出来，送一小罐给方圆，让他品品。这恐怕是最后一次送他了，自己以后也是喝不上的了。看着简单的农家茶，制作方法却很是独特，明前采茶，大锅杀青，推过揉过，柴火熏过。柴火里通常会加上一些金银花、丝茅根、虎杖、鱼腥草、薄荷之类的药草。茶叶熏干以后，便封装在瓷罐里。也不知道什么缘故，这制茶工艺，却只是在何为老家方圆十数里的地方流传。

做了这么好的茶，老家人却舍不得喝，平时只喝"老巴叶水"。"老巴叶"是在茶树上采的老茶，叶子又粗又大，采摘的时间，制作的工艺，都没什么讲究，只要晒干就行。水烧开以后，加上一把"老巴叶"，水在火上再滚上几滚，倒入一个大茶缸里，这便是"老巴叶水"。凉了以后，"老巴叶水"略呈土红色，却又透明见底，喝起来清爽可口，特别能解渴。喝时用碗，一碗茶，一口就喝完，好像牛喝水，老家人称为"牛饮"。若是过路的人，到人家里讨水喝，给倒的也定是"老巴叶水"。农忙时节，尤其是七八月间搞双抢的时候，家家户户都要连夜烧上几大缸"老巴叶水"，等第二天带到田间地头，以抵抗那炎热的酷暑。

藏在瓷罐里的明前茶，则是用来待客的，也只有客人来，主人才会舍得拿出来。瓷罐打开，满屋茶香，那香是带着柴火味的。贮存的时间越久，茶香就越浓。取一小撮，放入一个玻璃杯，或者一个陶瓷杯里，倒上刚烧开的山泉水，黑色的茶叶就会慢慢散开，一片片竖立在开水里，变回为绿色嫩芽，像是刚刚采摘的。这时候，飘逸在屋子里的茶香，柴火味褪了，闻着的都是带着雨露的清香，屋子里的人，便会产生幻觉，仿佛来到了田间地头，那是三四月间，刚刚下过春雨的山野。端起茶杯，先抿上一口，舌尖会微微发苦，苦过之后，一股清甜从舌根生起，沉入丹田，通透全身。喝茶的人会情不自禁地闭上眼睛，轻微呼吸，飘然若仙。等眼睛再睁开，会倍感神清气爽。无论是什么样的贵客，无论是什么样的文明人，这时候也顾不得形象了，都和村里的汉子喝"老巴叶水"一般，双手捧起茶杯，大口"牛饮"起来。

午后路上不拥堵，上高速以前一路都是绿灯，下了高速也还是一路绿灯。开这么远的路，一个红灯不遇，这要什么样的运气，这是什么样的概率呢？何为暗自惊叹，想这些绿灯大概是那只从太阳穴里伸出来的手设置的，它把自己一上午的时光偷走了，现在是不是又在变着法子，从别处偷来时间还给自己？进了方圆办公室，何为把茶叶递给他，方圆自然知道这茶叶的贵重，连声说："谢谢，谢谢！"说完就安慰何为节哀。寒暄一番后，何为便把刚才一路绿灯和上午脑子里出现空茫的怪事说给方圆听。

方圆说："空灵是要在魂魄分离之际，悲喜交集之间才会有的。"

"那我今日是魂魄分离，悲喜交集了？"

"现在看不出来魂魄有分离，不过看你神色，悲喜是有的！"

"悲是大悲的，大悲之后还有一连串小悲，仿佛不得安生了，只是喜从何来呢？"

"我们兄弟相见，不就是喜吗？"说完，方圆又是"哈哈"一阵大笑。

何为也跟着笑了起来，只是有些干涩。笑完两人坐下，方圆在香炉里燃了檀香，泡上茶，递了茶盅过来。

"今日我们就聊点空灵的东西，焚一炉香，聊起来会更有灵性。"

"那你先给我解释解释今天上午的怪事，特别是那只太阳穴里伸出来的手，是怎么回事？是上帝之手？无为之手？如来佛手？还是魔鬼之手？"

"空灵之境，在打坐的时候容易出现，无缘无故出现，我也没有遇到过，也没听说过。那手就更是解释不清楚了！不过你可以到医院去检查一下看，只是估计也查不出什么来。"

"去医院就算了，由他去吧！真要是什么大病，医院也没有办法，我实际是从来不太相信医院能治病的。"

"兄弟最近好像变了性情。"方圆便适时地转移了话题。

"此话怎讲？"

"我看你神色中多了些忧郁，性情上反倒更洒脱了。"

"忧郁是真的，洒脱不见得，估计是无奈吧！"

"人在经历了至亲的生离死别后，是会有那么一个时期，走不出来的，过一段时间就好了。"

"我现在是干啥事都不顺，麻烦事一大堆！"

"人来到这个世界，就是来解决麻烦的，麻烦越多的人，成就就会越大，这叫作神仙赶考！那唐僧去取经，一路经历九九八十一难，方才到得西方极乐世界呢！"

"西方极乐世界，经历九九八十一难，到达西方极乐世界！这话有点意思，道尽了人生真谛啊！人生经受一辈子的苦难，竟然是为得最后驾鹤西去！"

何为本来想把自己最近的烦恼、遇到的困难都和方圆吐露吐露，不想两人就这么有一搭没一搭地聊了一阵，要说的话还没有开口，心情就莫名其妙地开朗起来。看似聊了很多，实际上什么也没有聊。何为就喜欢和方圆这样聊，云里雾里的，每次都能让自己拨云见日，高高兴兴地走。有时候何为觉得方圆就像一个心理医生，能无形中进入到患者的内心深处，帮助患者解开心中的结。好几次，何为劝方圆去考一个心理咨询师的证书，开个心理咨询工作室。方圆都是笑笑而已，并没有当真。心情一开畅，何为突然想这段时间这么多事情，要不测个卦看看，看后面的情形如何。

"要不今日给我测个卦吧？"

"兄弟要测什么呢？"

"要测的事情挺多的，方方面面都可以说一说。"

"测卦讲究一事一卦，除非是终身卦和流年卦，可以涵盖方方面面。"

"那就给我测测终身卦或者流年卦吧！"

"终身卦和流年卦这个时间不适合，男子测卦最好在上午。"

听方圆如此说，何为知道他说的总是有道理的，当然也许是推脱，也不去细究。方圆没有给何为测卦，大概觉得有些过意不去，就讲起了"梅花易数"和"六爻"的学问。"梅花易数"和"六爻"何为也是懂一些皮毛的，只是不常用，不太记得卦辞，解卦自然不能融会贯通。硬是要照着书来起卦摇卦，也不是不能。听方圆讲了一阵体用生克的转化关系以后，何为似乎觉得自己对卦理的认识又进了一层，至于进了多少，却并不知道。

方圆看何为听着有兴趣，便道："兄弟，你要是愿意学，我传你一套《心易触机占断法》，可以随心而占，随时而占。"

"这么神奇，那我倒是要学学！"何为便竖起耳朵，仔细听他讲来。

"圣人做易预测用，道合乾坤赞神明，天机泄在感应中，妙用灵机识变通。"方圆念了几句口诀以后说，"这个方法重视的是感应，随时随地的感应。眼中所见，心中所想，一个细微的动作，你所坐的位置，你周围的环境，一念一动之间，皆为当下的内应或者外应，都可以随时形成一个卦象。"

何为开始本是好奇，听方圆说了个开头，心头就有了疑惑。如果真要学了这套预测术，有事没事都做感应、起卦测卦，做啥事情在没做之前就想知道结果，恐怕什么事情也没有心思去做了。要是每时每刻都这样，心得有多累啊！看来凡事都是有一利必有一弊的，这样的预测术，还是不学的好。心里有了这个念头，便兴味索然了，只是心不在焉地听着。方圆唾沫横飞地说着，何为不时"嗯、哦"几声，神却游到了八千里以外。刚刚好了一些的心情，又跌落到了原点。感觉今日上午一片空茫，到了下午，又似乎是做了一个梦，什么事情也没有解决，又回到了现实的生活中。方圆讲了一阵，大概也看出何为心不在焉了，便也不再往下说，提议晚上还是一起去喝酒。何为看时间已经不早，窗外的城市已经辉映在灯火里，便说："今日真不能喝酒，我得马上回去了。"说完便起身要走。方圆也就不再挽留，提了两瓶酒和一盒茶叶出来说："这酒本来是备着今天晚上咱们兄弟喝的，你今日不喝，就提回去喝吧！还有这'檀口揾香腮'，你也带一罐去。"也不等何为答应，就直接提了跟着下楼，等开了车门，硬塞到了后座上。

开了一阵车，何为越发像霜打的茄子一样，怏怏地到得家里，柳依带着孩子们刚吃好饭，餐桌上打包盒摊了一桌。何为进来见了，便没好气地说："你不会是又要等着我来收拾吧！"

柳依正瘫在沙发上拨弄手机，何为开门进门，本是头也没有抬一下，这会儿听了何为的抢白，抬头很是轻蔑地瞟了一眼，不知道是看何为神色不对还是怎的，竟然没有回话，又专注到手机上去了。何定然本来坐在电视机前的地板上玩积木，这会儿也畏畏缩缩地跑到妈妈身边去了，很胆怯地看着爸爸。何为看无人搭理自己，也不再作声，去卧室里放下随身的背包，灯也没有开，就胡乱躺在了床上，双脚搁在地上，双手抱着头，眼睛看着黑暗里的天花板，心里空落落的。也不知道过了多久，房间里的灯光突然亮了，柳依站在门口，像看怪物一样看着自己。何为从口袋里掏出手机看了一眼，已经过了十点，知道柳依是要带着孩子睡觉了。

何为起来便出了卧室，到厨房里转了一圈，拉开冰箱看了一眼，又无

276

所适从地到客厅沙发里坐下。刚坐下，似乎又想起什么来一样，起身去开何必然的房门，不想门从里面反锁了。敲了几下，没有动静，便喊道："你怎么把门反锁了，在里面干吗呢？"

"我写作业呢？"

"都十点了，作业还没有写完吗？"

"今天作业多！"

"你把门打开，我进来看看。"

等了一两分钟，还是不见他来开门，何为便起了疑惑，一边敲门一边喊道："你究竟在里面干吗？快点开门！"

何必然这才把门打开，一脸惊惶的样子。何为进去，看书桌上堆着几本书，摊开着几个作业本。

"你在做什么作业呢？"

"英语！"

何为到桌边一看，英语作业本摊开在桌子上，却是倒着的，老师今日批改过的日期下面，一个字母也没有写。

"你英语作业做了多少？"

"刚做呢！"

"都十点了，怎么才刚做呢？一晚上干吗去了？"

"写作业！"

"那你给我看看，今天都写了什么作业？"

何必然便塞塞窣窣地把作业都拿了出来，摊在桌子上。何为一一看了后说："这作业比往日也没有多多少嘛！你平日不是七八点就做完了吗？"何必然便怵在那里不再作声，像一截木头一样。"你是不是又在玩游戏了？平板是不是在你那儿？"他犟在那儿，任爸爸追问，就是不吭声，姿态和神情一点也没有变化。何为感到自己额上的青筋在一根根鼓起，火气突突地往头顶上串，心里不断提醒自己不要发火，却还是止不住大声喝道："拿来！"

何必然吓得打了个颤，这才慢吞吞地从上铺的枕头下翻出平板来，很不情愿地递给何为。何为摸着平板有些发烫，知道是刚用过的，便要打开来，去看里头的内容。可屏保的密码连着输了几次，都提示密码错误。便说："你怎么把密码给改了呢？说，密码是什么？"

何必然像似没有听到何为说话，又没有了声音。无论何为怎么呵斥，都不开口。何为气头越来越大，把平板举了起来说："你到底说不说？不说的话，我把平板摔了！"

何为举着平板看着孩子，一方面恨不得就这样狠狠地摔下去了事，一方面又在模糊地计较着摔了下去的后果，东西摔了倒没那么心痛，心痛的是从此孩子会不会在心里留下阴影。何必然眼眶里忽儿就有了泪水在打转，在眼角停留了一下，就像两颗玻璃珠子一样顺着两颊滚落下来。一看到孩子的眼泪，何为的心瞬间便软了，也如那滚落的眼泪一样要碎了，还有丝丝的痛，举过头顶的平板就势放了下来，用柔和了许多的声音说："你告诉我密码，无论你是否在玩游戏，爸爸今天都既往不咎，不再责怪你，只要你以后不再玩就行了。"

何必然仍是不动，眼泪也不曾停止。何为只好又说："这平板本就不是你的，你怎么能私自改密码呢？你今天不告诉我也行，你自己输入密码！但是无论如何要让我看一下，你究竟在玩什么。爸爸必须对你负责任，得知道你网上的行为。爸爸说了不责骂你，就肯定不责骂你！你要是硬是不输入，那么即使我今天不砸了平板，以后你也休想再摸到它！"

何必然这才过来输入了密码。屏幕上正有一个微信对话框，这是一个群聊，群里言论正在活跃之时，一忽儿就有了数百条信息。何为细细一看，发现群里的话语乱七八糟的，群内成员有数百，是那款正热的手机游戏直播群。再看孩子的微信里，各种莫名其妙的朋友也有很多，头像男男女女都有，地域分布在全国各地，有的没有聊天记录，也有每天都聊的人。不过这些"朋友"大部分都是最近几周里加入的，看了聊天的内容，也都是和游戏相关的。何为越看越是心惊，心头火气又起，止不住又大声喝道："敢情你这段时间每天都在玩游戏了？昨日才批评过你，你怎么今天又玩了呢？"

大概是看何为说好不责骂自己，这会儿却又劈头盖脸地批评，何必然眼里的泪水又淌了出来。何为接着说道："我本不想骂你，你自个想想，这样你还考什么民办初中？还上什么小五班？不但玩游戏，你还看这种游戏直播，追游戏主播了！这样下去，你会变成一个废人的！"说完，也不等他回应，便删除了微信里那些好友，退出了主播群，又卸载了那游戏。

柳依这时穿着睡衣走了进来，打量了一眼，就冲着何为说："你又在搞什么？这么凶，把孩子吓坏了！"

何定然也打着赤脚跟了过来，双手抱着柳依的大腿，很害怕的样子，一会儿看看这个，一会儿望望那个。

何为气道："你给他平板又不监管了，任他在玩游戏，孩子该你关心的时候你不关心，孩子闯祸了，不学好了，你倒是溺爱起来了？"

"我不关心孩子，你关心了吗？"

"小孩都是有样看样，我给你讲过多少次了，要你不要总是低头看手机，尤其是当着孩子的面。你自己好好想想吧！"说完，也不等柳依回复，便将平板关了机，拿出了何必然的房间，到了自己卧室，随手塞进了一个抽屉里。想想不妥，又拿了出来，塞到了书架上，夹在书堆里，一眼看不出来在哪里。

  这时候，何为的内心像大海一样翻腾起来了，气愤、失望、紧张、不知所措。何为隐隐约约有一种感觉，自己的教育似乎很是失败！那么失败究竟在哪里呢？是过去一直就有问题，还是因为这段时间疏忽了孩子？是柳依不好的榜样，还是因为这些游戏实在太过诱惑，让孩子失去了抵抗力？是外部环境的原因，还是根本就是孩子自己的本性呢？要是孩子时刻都要自己盯着，那么又哪里有这么多时间呢？又哪里能盯得过来呢？孩子游戏要是上了瘾，恐怕会和吸毒一样，又如何才能帮助他戒掉呢？不只是行为上的短暂戒掉，而是心里不再想着，从此对游戏产生免疫力！单纯靠没收平板，或者严词呵斥，能解决问题吗？何为知道，自己将要面临巨大的挑战，这是关系到孩子一生的挑战！这是一场战争，一场不该发生的，也发生得很不是时候的战争！但是，回避或者躲避都是没有用的，自己必须要面对，要去迎战！

三十五

  睡到后半夜，何定然在床上动来动去的，恍恍惚惚听着，他似乎在挠痒痒，声响越来越大。何为一伸手开了床灯，想看看他哪里不舒服。大概是黑暗中突然开了灯光，刺到了眼睛，孩子一手捂住眼睛，一手在大腿上用力抓着，嘴里"哇"的一声便哭开了。何为撩起他裤子一看，大腿外侧整片都红了，还有些肿了起来，摸上去疙疙瘩瘩。正察看着，他手又抓到了背上,背上也如大腿那样整片都红了。背上抓过,他又抓手臂,抓另一条大腿。一会儿工夫,孩子满身都是一片一片的红,人也哭得越发让人揪心了。柳依晚上睡觉沉,这会儿也醒了,起来看到孩子满身的红,很是焦急地问何为是怎么回事。何为回道:"看着好像是起了风丹子。"说完爬了起来,到药箱里寻了一盒艾洛松来,挤弄出药膏,给孩子满身涂上。关了灯,柳依拍着他睡觉,何为也用手在他身上轻轻地挠着,他哼哼唧唧一阵,倒也慢慢睡着了。

早上起来,看他身上,昨晚瘙痒红肿的地方已经退了,只留下一些抓痕,也不见他再痒,就照常送了去托儿所。晚上接了回来,也是正常地吃了饭,看了一会儿电视,想着他昨日晚间这般痒,还给他泡了个澡。泡完就让他上床,哄着哄着就睡觉了。看他入睡的时间比往日都早一些,何为想他大概是昨晚没有睡好的缘故,便也没细想。到了后半夜,却又听到他在身上抓来抓去,睡不踏实。黑暗里顺着他的手一摸,他的小手正在抓自己的肩膀,何为就帮着他轻轻地挠,挠着挠着,他的手又挠到了别处去。何为开了灯,看着他抓过的几个地方,又如昨晚般一片片红了肿了。只好起来又给他抹了艾洛松,抹完哄着他慢慢入睡。一会儿听着他呼吸匀称了,以为他睡沉了,何为也就合上了眼要睡,不想他又哼哼唧唧地哭了,无奈只好又开灯,问他哪儿不舒服。他说有虫子。何为便在他身上到处看,被子里也翻了个遍,却并没有寻着虫子。问他虫子在哪儿,他说在耳朵里。柳依也醒来了,何为就要她用手机电筒照着何定然的耳朵,自己掰着往里看,也是没有看到虫子。但小宝还是不停地说:"虫子,虫子!"何为便问:"虫子究竟在哪里呢?"他闭着眼睛,仍是咬定说在耳朵里。

"刚才不是掰着你耳朵看过吗,没有看到虫子啊!"

"我听到虫子的叫声了!"

"虫子在哪儿叫呢？"

"在耳朵里。"

"叫声是怎样的？"

"嗡嗡的！"

眼看着孩子在床上叫嚷，哼哼唧唧地不睡，这时候深更半夜，在家里一点办法也没有。夫妻两人都想着孩子大概是病了，便起来急急忙忙带着他去医院。尽管是后半夜，晚上来看儿科急诊的人还是很多。一个小孩都由几个大人陪着，整个大厅里看着都是人。何为挂了号，看着电子显示屏上正在诊治的号，吓了一大跳，这么晚了前面竟然还有一百多个号，愣是等到天快亮了才等到叫自己的号。带了孩子进去给医生看了，皮肤的问题医生说是荨麻疹，荨麻疹也就是何为说的风丹子。耳朵里的虫子，医生看了一阵，也没有看出什么名堂来，再问他，虫子还有没有，他又说没有了。医生便说："大概也是因为过敏导致的，和荨麻疹应该是同一个病因，要是不放心，建议白日里再去看一下耳科。"医生说完便给开了荨麻疹的药。

何为和柳依商量，既然已经来了医院，那就索性要弄清楚他耳朵里究竟怎么回事，免得晚上又闹。反正天也亮了，柳依先开车回去伺候何必然上学，完了再来医院。何为带着何定然在医院里挂号和等待就诊，因为人就等在医院里，所以挂的是当日耳科的第一个号。等到柳依再赶回医院的时候，何为已经带着何定然从耳科诊室里出来了。耳科医生也没有看到虫子，对孩子说的现象，同样解释不清楚，说可能是不明原因的间歇性耳鸣，连药都没有开。

到了白天，孩子又一切正常，看上去并无大碍，只是有些蔫头耷脑的样子。大人也没有太上心，以为是晚上没有睡好，精神欠佳，才没有那么活泼。可是晚上到了后半夜，他又一阵哭闹，不是痒，就是说耳朵里有虫子。连着几日都是如此，大人小孩都有些筋疲力尽，却也想不出办法来。这日下午何为到托儿所去接孩子，又遇上了林巧娟。林巧娟瞧着何定然说："你们家然然我怎么瞧着哪里不对呢？"她看了一阵，便说："我明白了，看着他没有了往日的活泼，眼睛又一直在眨巴着，脑门上的头发，好像也少了一些。"何为听她一说，顿时便发现确实如她说的那样，孩子的眼睛一直在眨个不停，脑门上的头发也是真的脱落了一圈，有些斑秃的样子。到了晚上，柳依下班回来，何为让她看小宝，问她看出来和往日有什么不一样没有。柳依看了一阵，说除了精神不好以外，没有看到哪里不同。何为又叫了何必然出来看，他看了说："弟弟的眼睛一直在眨着呢！"何为要他再看，他又看了一阵，很是吃惊地说："弟弟的头顶上怎么少了很多头发？"柳依在一边听了，又细细瞧了瞧小宝，然后说："还真是的哟，看他眼睛一直在眨个不停，脑门上的头发也确是秃了一些，因为是发旋周边的头发少了，不仔细看，还真是看不出来呢！"柳依说完，似乎才感到问题的严重性，急着又说："这究竟是怎的了呢？不要到时候头发都掉光了就麻烦，得赶紧再去医院看才行。"

  第二日，夫妻两人又带着孩子去了儿童医院，先看了眼科，眼科说孩子眼睛眨动并没有什么不正常，大概是习惯的问题，不过也开了两种眼药水，让回家来滴着。看完眼科又去看了耳科，何为给医生说："这几日孩子总是半夜哭醒，说耳朵里有虫子。"耳科医生检查了以后，也说可能是耳鸣，没有什么方法可以治疗。从耳科出来，问导诊台头发的问题该去哪里看，导诊台说该去皮肤科，便又挂了皮肤科的号，荨麻疹和头发的问题一起看。医生瞧过以后说："身上是皮肤过敏，头发上，应该是真菌感染。"拿了药回来，连着用了几日，眼睛却越发眨得厉害了，头发更是明显地掉了一大圈，邻居和托儿所老师看到他，都问小朋友怎么斑秃了。每晚上他依然会哭闹，硬说耳朵里有虫子，只是皮肤却没有那样一片一片地红和痒了。

到儿童医院复诊，还是没有查出个所以然来，只好又换了一家医院，各个科室的检查，也是查不出问题来，皮肤科的医生建议去血液科看看。到血液科挂了号，医生看后，便开了几张单子，说先去做检验。何为拿着单子出来，对柳依说："赶紧回家！再怎么查，也查不出什么原因来的，硬要查下去，说不定会给他们查出什么不治之症来也不一定，即使不是不治之症，也一定会是病因不明的恐怖病名。"

柳依便问："那眼看着他头发都掉光？"

何为回道："看了几家医院，你看有用吗？他们不但治不好病，连病因都查不出来。你看他们一个个头痛医头，脚痛医脚的，这点问题看了四个科室，正常吗？就没有一个医生连着一起看的，难道就不能想想，为什么会同时出现这么多症状呢？是否就一个病因呢？我看无论是痒也好，耳朵里说有虫子也好，眨眼也好，秃顶也好，估摸着都是一个原因，受了风邪。应该马上找他爷爷来想办法，不能再这样在医院里把病情耽搁了。"

一回到家里，何为马上给父亲打电话，说了何定然的情况。父亲让何为拍了他头顶上的照片和眨眼的视频发了过去，问了饮食和大小便的情况，又让何为拍了舌苔照片发了去。他看过以后说："此乃风邪挟热为患，风乃阳邪，易向上向外发散，善动数变。小儿又为纯阳之体，病易从热化。治宜疏风散热，凉血息风，风散则诸症自消。方用消风散加减即可。"说完便要何为等着，说等会儿开了方子拍照过来，先抓几服药吃着看看。何为却想，原本还要等到春节才回去接他来东都的，何不借此机会让他这一两日就来呢？估摸着孙子这样，他也很着急，应该会放下手头的事情提前过来吧。

284

不一会儿，父亲便传了处方过来，何为看方笺上写着：荆芥、防风、丹皮、竹叶、侧柏叶各五克，茅根、正山、生地各六克，蝉脱、薄荷（另包后下）各三克，甘草二克，三剂。何为刚看了处方，父亲又发了一张方子过来，上边写着：补骨脂一百克，以六十度白酒一斤浸泡一周，取液外擦脱发处，日夜五六次。何为看完，又给父亲电话，和他打商量，提前来东都。果然，刚一开口，他便答应了，要何为买了后日的票，说稍加收拾就过来。

何为当日找了中药铺抓了药回来，煎了给何定然喝，日里喝了一次，夜里又喝了一次，当晚便没有再挠痒，也不再哭闹着喊耳朵里有虫子，竟然一觉就睡到了天亮。第二日起来，人便活泛了，眼睛眨动的频率也明显低了。连着服完三剂，眼睛就不再眨巴了，头顶虽然还凸着一大块，却也没有了扩大的趋势。

药服完当日晚间，父亲便到了东都。何为在高铁站接了，感觉只是十天半月不见，父亲脸上的皱褶似乎更多了一层，气色也差了一成。心想他一个人在老家，大概是饥一顿饱一顿的，好在让他提前来了，若是一个人再住上一两个月，身体也非垮了不可。一到家里，何必然兄弟都兴奋得不行，围着爷爷嚷嚷个不停。父亲脸上也是一脸的高兴，稍一坐定，便迫不及待地又给小宝诊了一阵，另下了处方。何为接过来一看，只是在上次的方子上去了竹叶和蝉脱，另加了当归五克，开了七剂。

小的生病，何为就没有怎么顾及何必然的学习了，每日里没再陪着他走路去上学，回来也没有太理会他的作业。等到爷爷到来，何必然第二日便要期末考试了，考试完也就放了寒假。对于孩子小学里的考试，何为一向不太在意，一是因为孩子成绩本是不差，二是觉得学的就那么些知识，哪怕平素成绩不好，等到上了初中，年龄大了一些，人懂事了，开了窍，几年里学的内容，一个暑假就可以补回来。倒是对小五班的成绩，何为反倒比较关注，因着那些课程，难度毕竟比学校里学的高出了许多，同时每次考试又直接关系到能不能继续在里面学习下去，能不能最终参加民办初中的面试，成功上岸。

学校放了寒假，过年便一日比一日近了，处处都洋溢着一种就要过年了的氛围。何为心里却一日比一日慌乱，每日里都在计算着从哪里去筹了钱来还这期的房贷，以及刚刚增加的网贷款，还要预备着钱过节。老话说年关难过，每到过年，人人都在清旧账，欠债的急着还钱，放债的急着收款，到了过年的时候谁的手头都会很紧张。何为平日本就脸皮薄，不敢开口去求人，这阵子更是手足无措，不知如何是好。眼看着实在没了办法，这日便狠了心，给蔡进打了电话。本是想电话一过去，开口便要问工资的事情，不想嘴里问出来的话却又是工厂年底里的情况！蔡进说有一半多工人已经陆续请假回去了，工厂也就凑合着安排人把手里的一个订单做完，也大概就两三日的工夫，便也要放假了。何为方才顺势问道："工人工资是否都已经发放了？"

蔡进回道："工人的该发的都已经发了，就我们股东的工资，拖了几个月没发，但是总归要过年了，再难也会挪一挪，挤一挤，每人发上一个月，把年过了。"

"你也是真难啊，那钱从哪里挤来的呢？"何为知道蔡进当这工厂的家也委实不容易，表面开着奔驰，内里却空虚得紧，一年忙到头，实际也就是帮员工在打工。

蔡进回道："本是备了些钱来做环评和消防改造的，但是做环评改造的钱又还不够，便一直拖着没有动工，温故新去托了人，把改造的期限宽了宽，眼下只好先拿这钱发了工资再说。"

到了下午，何为就收到了三个月工资，同时到账的还有好长一段时间里的差旅费报销款项。现在突然发了三个月薪水，加上报销的差旅费，一下就缓解了当下的窘境，房贷和网贷的钱也都有了着落，过年的钱也有了，何为心里的石头一下便落了地。之前每日提心吊胆的时候，何为想着如果年前还拿不到工资，自己是再也无法支撑的了，过了春节以后，是定然要去找工作了，不能再吊死在这棵树上的。俗话说钱是人的胆，因为有了胆，尽管要过年了，何为也还在外面日日地跑，直跑到再也约不上人的时候才作罢。

何定然吃新开的七剂药，每吃一天，第二日头上脱了发的地方就有了一些新的变化，光滑的头皮上冒出了黑点，黑点又长成了稀疏的发根，一天比一天多，密密麻麻的。七剂药吃完以后，父亲说汤药不用再吃了，用那补骨脂泡的药酒再擦涂一些日子便可以了。眼看着小宝恢复了正常，一家人也便热热闹闹地准备着要过年。

三十六

往年春节，何为都是赶回老家去过的，开始是一个人来回，后来与柳依一道，再后来是携家带口，自打到东都以来，就从来没有中断过。在何为过去的人生里，一直只把老家的家当作家，只有回去和父母在一起，才是回家。而在东都，无论过去满城租房过日子的时候，还是现在月供了这几十平的屋子，都只是客居在这个城市的一隅。早些年回去，坐过绿皮火车，也坐过高铁飞机。每次回去，都得提前一两个月做打算，想着办法抢票。曾经在车站里通宵排过队，托过在铁路局里有熟人的朋友和老乡，实在没有办法的时候，也花了大价钱找过黄牛，流行网络购票以后，还下载使用过抢票软件。近几年，好几次都是开了车自驾上千公里回去。自驾本是图个方便，现在反倒越来越不是个事了。来回总得赶上一程是免高速公路通行费吧，要么是节前回老家的时候，要么是节后返回东都之时。节前这趟实际上没有几人能赶得上，尤其是远程的，免费通行的时间都是大年三十才开始，既然要回去过春节，人人都想着要赶回去吃年夜饭团圆，谁也不想在除夕夜里还在路上奔波。节后返程，也得要掐着时间计算高速公路上免费通行的时间，不能在老家床都还没有睡热就走，也不能临到最后一两日才返回。最后两日高速上往往都会堵车，尤其是各处的入口和出口、跨省的收费站等。有时一路堵上几十公里上百公里，一日里不怎么动也是有的。逢着这样的堵车，高速公路便成了停车场游乐场。有下了车打羽毛球的，有在车旁支起了桌子拿出麻将来搓的，更有夸张的，从后备厢里整出锅碗瓢盆来，在路上生了火煮火锅来吃。

　　回去本是不容易，回到老家，却也无所事事，每日里都是吃吃喝喝，不是在自己家里吃，就是亲戚家里吃。吃吃喝喝倒也无所谓，春节嘛，本来就是要吃吃喝喝的。只是现在村里吃喝之外，又生着另外一些风气。

　　一是各家都要在春节里寻个理由摆上一席酒，婚丧嫁娶本是正常的事情，只是如今却多了各种名目的酒宴。建了房子要做酒，房子装修了还要做酒，装修好进了新房再要做一席酒，哪怕年轻人在城里买了房子，也得回村里做个酒。买个车要做酒，考个学要做酒，当了兵要做酒，单位里升了职要做酒，就连母猪下了崽也要做酒。各种生日的酒宴，小孩满月要做满月酒，满周岁要做周岁酒，老人逢十要做寿酒。无论大人小孩，逢十逢本命年也都要做。本来生日做个寿酒，也是正常，不正常的是大家都把各种酒席的时间约到了春节。这么多事由可以摆酒，每人每年又都有一个生日，每个家庭里都有三代人，这样把时间一约，每家便都可以找出理由来摆酒了。如此一来，邻里亲人去也不好，不去也是不好。既然去了，而且年年都要去，吃酒席的包封只有出去，没得进来，心中自是不平衡，到了来年，也便合计着，自家也要摆上一席。一天里家里的成人分作几处去吃酒席，都是常有的事情。

二是每家亲戚邻里这样走一遭，吃过喝过以后，就得打麻将，打麻将都是要赌上钱的。谁都不想在春节里输了彩头，春节输了钱，预兆着一年里的不顺。如此牌桌上为了输赢，争吵打架之事年年都有，表兄表弟妯娌兄嫂之间的矛盾便都在这时候发生。即使是不上牌桌的，也是几人围坐在一起，被人询问着一年内的收入，盘根究底。收入高了会被人怀疑钱的来路，收入低了会被人嘲笑你没有本事。不过总体上来说，人们越来越时兴有钱不问出处，是偷是抢，坑蒙拐骗，哪怕是做皮肉生意，都无人管。人人心知肚明，只是笑贫，从不笑娼。

这样一来，何为人情上讨厌那些变了味的风气，回去的兴致便一年比一年少了，而随着年岁的增长，对家乡的那片土地，对父母的牵挂，却又越发地割舍不开了，总是魂牵梦绕的。平时还不怎样，每每临到要过年了那一阵，便犯起难来。如今头一回不用回老家过春节，何为竟然也没有纠结犯难，甚至还有一些如释重负的感觉。

梁四化夫妇本来也是每年都要回去的，每年都赶回去过小年，一直要在家里过了元宵才回东都，包子铺也就要停上二十来天甚或个把月。今年听到何为不回老家，也临时改了主意，托人把他儿子梁耀祖带来了东都。梁耀祖到了东都，新鲜了几日，苦于无人陪着玩耍，倍感无聊。何必然学校里放了寒假，小五班也不再上课以后，就赶趟儿似的每日里来家找何必然。两个孩子年岁本是相仿，自然容易玩到一块儿。柳依还要上班，何为也还有业务要忙，正愁着孩子和父亲的饭菜没有人弄，因着梁耀祖每日里来家的缘故，四化两口子就每日中午过来帮着做午饭，何为自然乐得高兴。

除夕那日，邀了四化一家三口到家里一块过年，厨房里的事情实则都交给了四化夫妇。吃了年夜饭，大家便围在一起一边看春晚一边闲聊，微信里不时有人发来拜年的信息。何为选了一条改了几个字，群发了出去，便算是给所有的同学、朋友、过去的同事、现在的客户、认识或不认识的朋友圈里的人拜了年。到了零点，屋外面烟花爆竹声大作，"噼里啪啦"，此起彼伏，孩子们都跑到阳台去看，烟花的焰火照亮了半边天。何为原想着东都是禁止燃放烟花爆竹的，就没有买烟花来放。此刻方才知道禁的是市区，郊区却并没有禁。

年前本来计划好，选几处东都周边的山水古镇，春节一家人出去逛游几日，不想年初一开始，连着几日都下雨，一家人只好成天都窝在家里。大年初一上午，何为给老家里要紧的亲戚和长辈都视频拜了年，挨个发了微信红包后便清静了下来。往常一个春节都忙不完的拜年和吃吃喝喝，头回这么省事，心中也惆怅了一会儿，不知道这算是移风易俗呢，还是从此和家乡以及家乡的亲朋们要逐渐断了联系。每日里除了父亲以外，大人孩子都睡懒觉，起来就刷刷手机，看看电视，做做好吃的，也去电影院看了几场电影。父亲只要看到何必然起来，总要找了时机寻着他下象棋。到了年初四，外面雨下得小了一些，何为去南郊古镇的老街上买了烟花爆竹回来。晚上过了零点，便带着孩子们在小区门口指定的地方燃放，算是入乡随俗，头一回迎了东都的财神。孩子们远远看着烟花爆竹很是眼热，真要他们近身去燃放，却又害怕得紧，畏畏缩缩的，引线还没有点上，就捂

290

着耳朵远远地躲开了。何为看着想笑，笑着便想起了家乡春节里迎财神的风俗。

家乡迎财神的日子并不固定在初四初五，从初一到十五，只要是春节里都可以。而且财神不单是迎来的，得先有人送了财神来到家里，才有得迎。财神是用雕版刻印的，四四方方，蘸了油墨印在一张红纸上。送财神的人到了家门口，会在门外放上一挂五十响的鞭炮。听着爆竹声响，屋里的人便知道送财神的来了，家中的主妇或者老人就会放下手头的活计，拿了用红纸包着的包封去迎。包封里放了纸币，早年是几角钱，后来加到了几元钱，现在是十元二十元，有钱人家给个五十元一百元也是有的。把包封给了送财神的人，双手恭恭敬敬地迎了财神回来，便端端正正地贴到碗柜上、门板上。当然送财神的人肯定不止一个，一个春节里，一户里总要迎上十来张财神，每张财神的样子，也都有区别，送财神的仪式却是不变的。送财神的人一年年里慢慢着也有更替，老的面孔来年或许突然就见不着了，新的面孔可能来自更远的村落。他们是附近村镇的，也或者更远村镇的，他们要么身体有障碍，要么脑子不好使，要么是独居的中老年男子。那些独居的中老年男子，他们也许曾经有过堂客，或许还有过孩子，但是来送财神的时候，他们一定是孤着的，他们要借着送财神来过活接下来一年的光景。

雨下到初五竟停了，中午还有了太阳，何为和柳依临时计划，下午就近找个游乐场让孩子们玩玩，明日再带他们去植物园逛逛。游乐场是东都比较早的游乐场，有摩天轮，也有过山车，当然七个小矮人和白雪公主是没有的。虽然设施比较老旧，却也人山人海，玩的每个项目，都得排上一两个小时的队，直到晚上十点，也才玩了三四个项目。回来大人小孩都累得不想动，早早便睡了。

第二日，孩子们前一天的疲惫还没有消除，却又经不起出去游玩的诱惑，都早早起来了。去植物园的人，比昨日去游乐场的又多了不知道多少倍，周边几条路上都是车，排着数公里的队。何为把车开到植物园门口，让柳依和父亲带着孩子先去排队买票入场，自己则去找地方停车。一边向前开着，一边看着路的两边，却找不到停车之所，直开到三四公里之外，才寻着一处还未满的停车场。停了车，一路小跑着回到植物园售票口，已经过去了一个多小时，柳依却还在排队买票。父亲带着孩子们在一边玩着，兄弟俩打打闹闹，父亲跟在旁边，脸上挂满了笑，不时提醒一句，要他们小心。

等柳依买好票，进到植物园内，快到了中午，太阳悬在头顶，晒得人发热，还出毛毛的汗。何为一手抱着孩子们脱落下来的衣物，一手拉着何定然，一家人随着人流在园中流动。园里各种花卉五颜六色地盛开着，拼成片片花海。但是所见之处，观的却都是人景，反倒忽略了那些绽放着的美丽花朵。何为便想，这节日里景区旅游看人的模式，究竟是当今时代才有的呢，还是古时便是如此？脑子里就冒出了"游人如织""人山人海""人头攒动""络绎不绝""熙熙攘攘"这些个词来，心中便已了然。大概自古以来，人们节日里出行去游玩，就不是冲着景色去的，图的就是看人景凑热闹。这样一想，好像一下就打通了一个关节，明白了为什么节日里各处景点人满为患，年年有铺天盖地的报道，但是人们好像都不长记性似的，到了新的节日，还是会一窝蜂地出行。从这个角度来讲，人好像是好热闹的，那自己为什么又喜欢孤独和寂静呢？何为脑子里不自觉地又冒出来"独处"这个词来。想着自己现在是越来越喜欢独处的了，也看到网上有越来越多的人喜欢独处，不喜欢被打扰。那么古时候的人呢，是否也喜欢独处？便又搜肠刮肚地想了一阵，一想竟然发现，古人的孤独寂寞，比今人一点不少。古人的孤独寂寞，可都是记录在诗词里的。李白就说"古来圣贤皆寂寞，惟有饮者留其名"，所以他满世界喝酒游逛，却还是除不了"众鸟高飞尽，孤云独去闲"的那种孤独。"千山鸟飞绝，万径人踪灭。孤舟蓑笠翁，独钓寒江雪"，这是柳宗元的孤独；崔浩的孤独是"此地空余黄鹤楼""白云千载空悠悠"；陈子昂的孤独是"念天地之悠悠，前不见古人后不见来者"；王维则是"人闲桂花落，夜静春山空"的空寂……脑子里每想起一位诗人，就想起一首诗来，竟然都是孤独和空寂的。这样想着，何为的孤独感便一下冒了出来，此刻仿佛就处在一座海中的孤岛上，可是却又明明是身处在茫茫的人海之中，和孩子家人在一起，怎么就生出这样一种孤独感来了呢？

　　何为想着，便又渐渐明白起来，人渴望热闹，其实是因为人内心的孤独，因为心里边害怕孤独，恐惧孤独，才去追寻热闹。热闹的场景却又永远替换不了孤独的心境，热闹仅仅只是一时，孤独却要伴随一生。一个人和另外一个人，永远是两个不同的个体，一个人永远无法完全理解另外一个人，无法感同身受另外一个人的快乐和悲伤，朋友不能，夫妻不能，父子也不能。那么知己呢？人是渴望知己的，但是真的有知己吗？这样胡乱想着、走着，何定然突然不走了，他说走不动，吵着要何为抱着或者背着。背了孩子，何为也有些热了，便脱了自己的外套让父亲拿着。衣服一脱，虽然背着孩子，人却有些轻盈盈的。这时走到了一条小河边，一只白羽长喙的鸟不知从哪儿飞了出来，贴着河面滑翔了一阵，又从高处旋了回来，倒影在河中，河中波光粼粼，河的对岸似乎也映出了一些绿意来。

　　植物园回来，春节就算是过完了，第二天柳依也要上班。寮城工厂开工要晚几日，蔡进请了香港的大师看了开工的日子和时辰，还预备了开工仪式，他也邀何为去参加开工仪式。何为开始答应了，后来又一想，好不容易免了一回春运之苦，节后要是又去寮城来回赶一趟，不是又给祖国的春运事业添了乱吗？便又辞了。自个计划着还不如这几日约了成道、方圆等人聚一下，做个东来感谢大家。当日柳依上班，到了下午两三点就回来了，说今日上班的人稀稀落落，办公室里空空荡荡的，只点了个卯，就找了借口溜回家了。回来坐了一阵，也不知道是临时起意，还是早就计划好的，她又带了何定然和何必然出去，说一个同事邀请参加家庭Party，不去不好。半夜兄弟俩和妈妈回来，何定然一看到何为就说："爸爸、爸爸，我们今天去外国人家里了。"

何为不知道柳依是带了孩子们去参加外国人的Party，便顺着小宝的话，问他："你们去外国人家里干吗了呢？"

何定然晃了晃小脑袋说："我们去吃蛋糕了，一个外国的叔叔过生日，我还吹蜡烛了！"

"有几个人一起给这个叔叔过生日呢？"

"有我，有哥哥，有妈妈，还有一个不认识的阿姨，一个叔叔。"

"不认识的叔叔和阿姨，是中国人还是外国人呢？"

"叔叔是外国人，阿姨是中国人。"何定然说了几句，就眼皮子在那里打架了，只一会儿工夫，就趴到床上打起了呼噜。何为听了孩子的话，心中有怪怪的感觉，脸色莫名其妙地阴了几分。柳依洗漱好进来，躺在床上拿了手机来看，何为忍不住问道："你今天去干吗了呢？"

柳依看着手机，嘴里回道："我不是和你说过的吗？"

"你那个同事，是哪里人呢？"

"德国的！"柳依说完，放下手机，关了灯要睡觉。

何为本想还要再仔细问问，却又无从问起，听着柳依的回答，也似乎没有什么问题，很正常的一件事情。可是却又总是感觉到哪里不对劲。什么地方不对劲呢？是一个外国人，怎么邀请了两个中国人去给他过生日？是只邀请了两个女的过去？还是请了其他人，其他人没去呢？想想还是没有什么毛病，也许是自己心眼太小了，无来由地胡想吧，要是真有什么问题，她为啥还要带了孩子们一起去呢？

三十七

  小五班寒假的课都安排在春节前，节前上完课以后，春季课程要等到开学以后才上。几轮测试下来，何必然的成绩还算比较稳定，回回都能顺利过关，进入到下一季的学习。节前忙着去小五班上课，学校里布置的寒假作业便都落下了，过节那几日也没怎么动，过了节，何必然便天天喊着要赶作业，不时嚷着说时间来不及了，要开学了。老家的学校里寒假放得比东都晚，春季开学自然也跟着晚了几天。春节过完，梁耀祖还留在东都没有回去，一天到晚地待在何为家里，带了作业来，说是同何必然一起做寒假作业，不懂的好问何必然。四化和美珍也都来打了招呼，说耀祖在家里读书不上心，希望趁着假期，何必然能带带他，让他上进上进。柳依自是满口答应，何为也觉得没有什么不妥，父亲又在家里盯着，四化和美珍还每日里按时来给他们做饭吃，反而乐得自在。

  上得几天班，零零碎碎的事情一桩桩冒出来，催赶着人去做，节后的工作便开始一日忙过一日。大人一忙碌，对小孩的照管就有意无意地放松了，就好像放风筝的人松了手中的线。孩子就是那线头上系着的风筝，飞在天上，线头每攥一下松一下，风筝便随着高一下低一下地飞着，线头突然大幅度的放松，风筝便会失去控制，摇摇晃晃地要跌落下来。转眼到了何必然开学报到注册那日，何为本想送他去学校的，他自己却提出来要爷爷送他。祖孙两人一早出了门，柳依随后也上班去了，何为只好在家里待着，守着何定然，等父亲和何必然从学校回来再出去。何定然不用去托儿所，在屋里睡觉还没有起来。托儿所原本是初七就应该开学的，不过老师提前在微信群里发了通知，说年后上边检查办学资质，要推迟到元宵节后才开学。反正又不是正式的学校，家长们也都不期望去那里能学到什么东西，无非是有个地方带孩子，有人能陪着孩子玩，早几日迟几日开学，也便无人计较。何为吃了早餐，似乎听到里屋有动静，以为何定然醒了，进屋一看，小宝却一只胳膊露在被子外，睡得正香甜。何为拉着被子盖住了他胳膊，又趴在床边看他睡觉的样子，越看越是觉得可爱，俯身在他额角上亲了一下。亲完，他竟然从被窝里抽出一只小手来，条件反射般使劲擦抹那亲过的额角，仿佛被什么东西弄脏了一样，眼睛却还是闭着的。何为看着忍不住笑了，笑完却又想，这是因为自己口里有味道，还是因为孩子讨厌人亲他呢？总不会是因为讨厌爸爸的味道吧？

　　从屋里出来，何为泡了一杯茶。这是母亲做的最后两罐茶里的茶，上次匀出一些送给方圆后，便一直舍不得喝，偶尔喝一回，也只是取出一小撮。茶叶一片一片地散开了，在玻璃杯里竖了起来。屋里随之弥漫着茶香，还有春天里雨露的清香，何为开始产生幻觉，闭上眼睛享受这一切。到山野里，到田间地头里，逛了一圈回来后，茶已经不烫手了，捧起杯子抿了一口。喝完茶，人是神清气爽了，却看到屋里满目零乱，玩具扔得乱七八糟的，很多东西都没有归整，便里里外外地开始整理清扫。打扫好客厅以后，又去收拾何必然的房间。先整理他的书桌，又把书柜里的书摆整齐了一些，而后爬在床头的梯子上，给他铺被子。被子一揭开，却看到了平板。平板何为本是节前就藏在了自己书柜里的，并没有还给柳依，柳依平常也不太用平板，也就没有问平板的去处。何为心里"咯噔"了一下，寻思孩子什么时候又偷偷把平板找出来了呢？平板的密码被孩子修改以后，何为一直进不去，这会儿只能看到微信上有新信息提醒的弹窗和百度资讯的弹窗。微信弹窗的信息，竟然又是上次何为删除了的那游戏直播群里发来的，百度资讯的弹窗消息也都是和那款游戏相关的。

何为想不到，孩子还是依然故我地在玩着游戏。也不知道每天都玩到什么时候？是白天玩还是晚上玩？是自己一个人玩，还是和梁耀祖在一起玩？是当着爷爷的面玩，还是躲着玩？也不知道父亲是否知道孙子在玩游戏？何为第一次对何必然有了一种怒其不争的无奈感和对孩子教育的无力感。生了一阵闷气，冷静下来后，又愁着如何与孩子沟通才好。是装作没有发现他又玩游戏了，不显山不露水地劝说他，还是强硬地阻止他？他是偷偷地拿了平板来玩的，自己是否也偷偷地重新把平板藏到一处更隐蔽的地方呢？想想又觉得不妥，孩子偷偷摸摸地玩，是因为害怕大人的责骂和惩罚，自己偷偷摸摸地藏起来，那算什么？既然孩子偷偷摸摸，那么至少还是知道玩游戏是不对的，至少心里边还有畏惧，还知道害怕。要是他压根就不知道自己有错，也没有了畏惧，那才麻烦呢！

想了一阵，没有对策，何为只好上网去搜索，看看有没有好的办法，能帮助孩子戒除这款游戏。在搜索引擎里一输入这款游戏的名字，相关的信息便铺天盖地而来，每一个标题都触目惊心。《中小学生群体沉迷》《少年连打四十小时游戏险丧命》《娱乐大众还是"陷害"人生？》《十三岁少年玩游戏跳楼》……何为一条条打开看去，每看一条便增添了一分恐惧，原来苦恼的不只是自己一人，同病相怜的千千万万，轻的鸡飞狗跳，重的已成噩梦，想来这大概是这一届家长共同的困扰。而最让何为恐惧的，是谁也不知道该如何去干预孩子。从十三岁孩子跳楼的事来看，简单粗暴地去阻止，显然是不行的，弄不好孩子就会走向极端。单纯讲道理显然也是无用的，网上这么多家长的苦恼，不是每个家长都一开始就粗暴干涉的吧，总有先给孩子讲道理的吧。即使有一开始粗暴的，但是都这么多家长呢！上亿的家长，难道就没有讲究方法的？所有人都知道问题的危害性，所有受害的家长都在寻找解决问题的方法，却压根儿没有方法。有的只是权威媒体的说辞："孩子玩游戏，不能让游戏背黑锅，是家庭教育的问题。"也不知道那写文章的人是否有孩子？也不知道游戏公司给了他们多少好处？看了这文章以后，何为恨不得要找那作者理论，要指着他的鼻子和他说："但凡有起码良知的人，但凡有一点职业道德的人，但凡自己有孩子的人，是不会写出如此无耻的文章来的。"是的，不排除有些玩游戏的孩子，家庭教育是存在问题！但是，难道上亿个家庭的家庭教育都存在问题吗？

最为可恨的是，游戏公司的产品经理，还撰写了一篇文章出来叫屈。文章里厚颜无耻地说："他们是想开发一款能带给人快乐，带给人幸福的游戏！"何为看了，只觉得恶心，竟然有这样的人，把全世界的人都当成了弱智，这是多么可笑啊！何为只想问："那是带给谁快乐呢？带给谁幸福呢？"答案是傻子都明白的道理——谁获得利益，就能带给谁快乐，带给谁幸福！游戏公司开发一款游戏，若是没有利益为前提，会去开发吗？既然是为逐利，就定然要挖空心思吸引人来玩，玩了便要让人上瘾吧！如何让人上瘾呢？那定然要长期研究人的心理和行为，在游戏里挖着无数的坑，让玩的人奋不顾身地跳进去，欲罢不能，沉迷其中。尤其这游戏一开始就瞄准了孩子，孩子们本来就免疫力低下，分不清是非黑白，没有自我控制力，只要有机会接触，除非天生不喜欢，否则任谁也不能抵抗。这是等于让狼进入羊群，任它吃羊；让强盗进入金库，任他抢金子；让渔夫在池塘里放下了诱饵，任由他撒网捕鱼。这和毒品有区别吗？这就好比毒枭召开新闻发布会说："我们是为了让大家幸福，让吸食者快乐！"这不是强盗逻辑吗？多么荒谬的狡辩啊！如果一个产品让人所谓的幸福和快乐，是让他的家人痛苦，是让玩的人消耗金钱损害健康，是让玩的人沉迷在虚幻世界中出不来，不再追求上进，消磨掉最好的时光和年华，这是快乐和幸福吗？

何为越想越明白，又越想越糊涂，这些游戏公司为什么会允许存在？为什么没有被取缔？游戏这个产业，虽然能带来一些财税收入，但是同时也会祸害无数的孩子和家庭啊！不过类似的有害行业，好像又不只有游戏。吸烟有害健康，并没有哪个国家全面禁烟；塑料和白色泡沫明明危害环境，人类却已经离不开它们；全世界好些地方有合法的博彩业；美国有一些州甚至还在推动吸食大麻合法化。看来，事物就是这样矛盾地存在着，对的和错的，好的和坏的，有害的和有益的，边际从来不是很清晰。不同的立场，对于同一事物，会有不同的结论；不同的时间，同一立场的人，也会发生结论的转换。一个社会绝大多数人是平庸的，总有许多人碌碌无为，甚或是浑浑噩噩，也总要让许多人碌碌无为浑浑噩噩。有些人浑浑噩噩地在社会上混着，会平白无故地生出许多事端来，甚至会打打杀杀，这样的人，倒还不如就让他们沉迷在游戏里，反倒有利于社会的稳定。对于他们来说，游戏不就成了安慰剂和麻醉剂吗？产生这样的想法，何为打了一个冷战，随即便吓出了一身冷汗，好像窥探到了一个惊天秘密。不管别人如何被沉迷被安慰被麻醉，自己的孩子却万万不能这样下去，不能让他吸食这些精神鸦片。何为脑子里一冒出来这个想法，便把平板放到了何必然的书桌上。

刚伺候小宝起了床，何必然就和爷爷从学校回来了，何为不露声色地观察他，看他的反应。他从客厅到卧室，进进出出好几次，直到吃过午饭，也没有任何异常。何为反倒沉不住气了，便问他说："你啥时候又拿了平板去的？"何必然眼神躲躲闪闪，不敢看何为，低声回道："爷爷来那天拿的。"

"又玩游戏了？"

"玩了多久了呢？"

"你每天什么时候睡觉的呢？"

何必然嗫嚅数次，终是闷声不语。连着问了几个问题，何为的脸像箍了一层什么东西似的，涨得发热，声调也一声比一声高了起来。父亲用方言插话，要何为莫要生气，有事情慢慢说，轻言细语地给孩子讲道理。何为沉默了一阵，心里边也生出另一个声音来劝慰着自己，要克制，要忍住！发火解决不了问题，粗暴强硬不能解决问题！得来软的，要以柔克刚。

"哥哥每天都玩游戏，和耀哥哥一起玩。"何定然突然搭话说。

"玩游戏好不好呢？"

"不好！"

"崽崽真乖！"一听到小宝的话，何为箍着的脸皮一下就松弛了开来，转换了语气，试探着对何必然说："爸爸也不是完全不让你玩游戏，适当地玩玩，调节一下还是可以的。"

何为说完，看他闷着的头抬了起来，直直地看着自己。何为看他，像一匹桀骜不驯的烈马，却又突然发现他的眼神不对，眼珠子好像总是不在眼睛中间，白的比黑的多一些，好像有些散光，又好像是斜视，躲躲闪闪，聚不了焦，透着一些茫然，却又掺杂着一股狠劲，让人怪不舒服，有些瘆人。何为琢磨了一阵，思维慢慢聚焦在了一个词上——孽气！他眼睛里竟然生了孽气，这发现让何为有些惊恐不安。那么，这种孽气是怎么来的呢？是什么时候有的呢？是眼睛长期聚焦在平板上形成的？就这个寒假里有的？这样一想，何为知道来硬的是断然不行的了，和他硬碰硬，非出大事不可，恐怕会像网上那些报道一样，闹出不可收拾的场面来。语气便越发柔和了说："你一定要玩，得有几个前提，要是做得到，便可玩，做不到，便不能玩！"

"什么前提条件？"何必然小声问道。

何为一边思考着一边说："首先，你每天回家以后，得先做作业，只有作业做完以后才能玩，而且每天必须得九点半上床睡觉，这个你能做到吗？"

"能！"

"要玩的话，周一到周五，每天不得超过三十分钟，周末每天不得超过一个小时！"

"能不能玩两局？"何必然用那瘆人的眼神对视着何为。

"一局多久呢？"

"十五到二十五分钟。"

"我答应你！还有几点，每次考试前一周不能玩；平板你到晚上九点半主动放回到我书柜上，希望你能自觉；任何时候，不要让爸爸发现你半夜在玩游戏！"

何必然嘴里都答应了，何为心里边暗自感慨，看来和孩子的沟通，还是得讲技巧，讲策略啊！要学会迂回，要以退为进，要步步为营。今日可能是有些效果的，但是看着他现在这个眼神，何为却又无比地担忧，怕过得几日，他又会忘到了脑后，破坏了规矩。

元宵节次日，何为与父亲一道送何定然去托儿所，远远地看到许多家长和孩子站在外边，便觉得不太正常。等走近了，一眼就看见了林巧娟，她牵着她女儿的手，站在人群里。何定然挣脱何为的手，要去抱欧阳倩，何为忙跟她打招呼，问大家怎么都不进去。林巧娟愤愤地说："没有人来开门，也没有见到一个老师出现。微信上联系老师和老板，都没有回复，打电话不是没有接就是关机了，大概是已经跑路了！"

何为听了很是愕然，有些不相信地说："不会吧，怎么会跑路呢？他们不是前几日都在群里打了招呼的吗？"

林巧娟很肯定地说："应该是跑路了！"

"去年就陆续有些做早教的做不下去了，事发之前，还在继续打广告招生，做各种活动，和家长沟通。其实这是在装，装作若无其事的样子，麻痹家长，看上去事发突然，其实都是早有预谋的！"一位妈妈接了口，说话连珠炮似的，声音很大，速度又快，一下就吸引了一圈家长听着她说。她问旁边一位大概是和她熟悉的奶奶或者是外婆说："你们交了多少钱？"

"春节前他们做活动有优惠，我们刚续了半年的费用。"那人回道。

"我们去年八月交了一年，交到了今年八月三十一日呢，正好还有半年没有上完。"另一位妈妈搭嘴道。

"我们也是的，有两万多块钱没有上完。"有人接话道。

家长越来越多，一个个逐渐地不耐烦了，有人建议撬开门进去搬东西；有人建议去找物业，是物业租了房子给早教公司，应该负连带责任；也有人直接报了警。孩子们却并不明白发生了什么事情，大声地叫着闹着，脸上洋溢着兴奋和激动，一个个要挣脱家长们的手，去和自己熟悉的小伙伴们打打闹闹。警察来的时候，场面已经有些失控了，物业也派了保安来维持秩序。

何为悄声和林巧娟说："这么多孩子，收入应该还可以的，不应该跑路啊？"

林巧娟也压低了声音回道:"听说是因为办不下来办学的许可证,现在查得又越来越严,节前节后,都是几个部门在联合查处,违规办学是要缴纳巨额罚款的。估计老板权衡以后,觉得证照办不下来,要退钱肯定也是退不出来的,收的预付款早不知道花哪儿去了,就干脆跑路了吧!"

"这么多年了,不是一直没有查的吗?而且现在满大街都是这类早教机构啊!"

"还不是去年那沸沸扬扬的芥末事件闹的!按说人家单位里自己办的托儿所,本是贴着钱来方便员工的,而且又是找了街道,街道帮着联系了妇联下属的托育机构来托管的,应该是证照齐全的吧!竟然闹出给孩子喂芥末的事来。"

警察逐个登记了家长和孩子的姓名,以及应退的款项,就让大家回去等消息。很多人不愿意就这么算了,还在那里吵闹,情绪比较激动,有人提议去找教育主管部门来负责任,要么由教育主管部门给他们退钱,要么帮孩子找一个合法的托儿所。何为却不愿意再在那里耽搁时间,也不愿意让何定然心里蒙上阴影,虽然他很难明白是怎么回事。

三十八

何定然没有了托儿所上,一下便成了大问题。何为连着几日在周围寻找,儿公里范围内都梳了一遍,所有打着早教名义做托儿所的机构,没有一个还正常营业的,不是关门大吉,就是只留了一人在照看场地。问照看场地的人，什么时候可以招生，都说不知道，只说在申请资质，但是并不知道什么时候才能申请下来。即使有早教资质的，也都老老实实做起了早教，没有人再做托班。更远些的地方倒是有一家在正常办学的，却已经满员了，要等到八月份才有名额，而且费用比原来那家又贵了一倍。那是一家双语早教机构，也不知道什么时候办下的托育资质。不过好在他们满员了，要是有名额的话，何为反倒会更加尴尬了。原来那家的费用是退不回来的，这家的费用又比原来贵了一倍，一次要交半年才能有一点折扣，真要去了，一下到哪里去弄这么多钱来呢？去不成托儿所，何定然只好每日由爷爷照管。

  刚开始几日，何为和柳依都不放心祖孙两人在家，柳依每隔一个小时就要打电话回去问情况。何为心里也焦躁，七上八下的，每日里出去办什么事，都不敢走远，去到哪儿也不敢久留，总是匆匆忙忙的，办了事见了人，就急着赶回家。晃着过了几日，并没有发生什么事情，何定然也习惯了和爷爷在家，就连爷爷讲的方言，也能听得明白了，祖孙俩居然没有了沟通障碍。也不知道是孩子小的时候，语言学习能力强的缘故，还是因为和爷爷的血缘关系，天生带着家乡方言的基因。每日上午父亲陪着他搭积木，吃过午饭以后哄一哄就睡了午觉，父亲也跟着睡一阵。下午起来，他自己在电视里找动画片看，天气好的话，还会嚷着要爷爷带去小区里玩。小区里有一个儿童游乐区，有滑滑梯，也有跷跷板。何为夫妻两人慢慢便都放了心。每天早上出去之前，何为给他们准备妥饭菜，要么把菜配好，放在电饭煲里，预约好时间，等饭熟了，菜也跟着一起熟了；要么菜配好以后带到四化包子铺里，要四化和巧珍到了饭时，在蒸笼里帮忙顺带着蒸熟，让父亲固定时间去取。

  看着家里的事情安排顺了，何为把重心放回到了业务上，每日屁颠屁颠地忙着。开年的气象不错，安途的两款产品，蔡进安排人做出了样品，图纸几经修改以后，模具也开得差不多了。年前联系的一批客户里，有一家东都的动力电池厂，也去寮城考察了，合作的意向非常明确。从寮城考察回来，何为又隔三岔五地去拜访，一有机会就约几个不同部门的头头出来喝酒，有时候喝酒尽了兴，还会找地方洗个脚，有一次还找了场子去K了歌，可惜不是荤场子，客人似乎有些不尽兴。

这日约了客户喝完酒回来，已是半夜，进了屋，何为习惯性地轻手轻脚，避免弄出响动来。何为没有弄出声响，却听到次卧里有窸窸窣窣的声音，便开了门去看，屋里却黑漆漆的，上铺下铺都有微微的鼾声，祖孙俩都睡得正香甜。何为以为是幻听，揉了揉自己耳朵，也没细究，关了门便回屋去睡了。因着晚上陪客户喝的是白酒，在床上睡了一阵，有些口干舌燥，便起来到客厅倒水喝。一进到客厅，正要开灯，却见厨房里透出光亮来，走过去一看，原来何必然在里面。他坐在一个小矮凳上，脸对着门，捧着平板，已经忘乎所以。何为一把夺过平板，喝道："你这孩子怎么不长记性呢？才刚给你说过没几天，要你不要半夜里玩游戏，你反倒越玩越厉害了，还打起了游击战，和我躲猫猫了！"何为本是喝了酒，前些日子琢磨出来软化孩子的策略，一时丢得一干二净，此刻越说越气，酒催着气走，血脉膨胀起来，直往头顶上窜去，理智一下失去了控制，高举起平板来，狠狠摔在地上，还用力地踩了几脚。何必然显然没有防到爸爸后半夜还会起来，平板被摔掉，人就像失了魂魄一样，不言不语，回了房间，也不脱衣服，就爬床上去了。何为气了一阵，也便回屋上了床。柳依大概在梦里依稀听到了响动，迷迷糊糊地问道："刚才什么声音？"何为没有回答，柳依一翻身，便又睡了。

第二日早上，何为起床去叫何必然，连着叫了几次，他都躺着不起来，眼看着就要迟到，何为心里着急，声音一次比一次大了起来。父亲也已经起来，看到厨房里的景象，便明白发生了什么事情，帮着收拾了地上的碎片，也过来劝孩子。可无论怎么劝说，他都没有反应，只是躺在床上，一动也不动。柳依起来，问了何为情由，先劝了几句何必然，看他不动，转而大声数落何为。好在她要急着去上班，撂下一句狠话后，没等何为反应过来，开门就走了。关门时发出"嘭"的一声重响，把何定然惊醒了，在卧室里"哇哇"大哭了起来。何为只好急忙进去哄他，给他穿衣起床。

时间一分一秒地过去，从七点到了八点，八点又到了九点，何为一会儿看着何必然，一会儿又看着他书桌上的台灯，台灯的灯罩上布满了一层厚厚的灰尘。何为的耐心一点点地失去，从轻言细语地劝，渐渐变成了咆哮，声音在屋里回响，发生共振，仿佛要抖落灯罩上的灰尘。看到用嘴实在解决不了问题，恨不得就要动手，几次举起了巴掌，终究没有落下，又去阳台寻了根晾衣竿，在手里掂了掂，又放下，另寻了一条牛皮的腰带，想狠狠抽他，腰带刚刚举起来，就被父亲抓住了，何为也就顺水推舟地松了手。可是无论是软的还是硬的，孩子就是油盐不进，对一切无动于衷，任你骂也好打也好，好像都和他无关。父亲在一旁拉住何为，劝了儿子又劝孙子。僵持了一阵后，何为只好给赵老师请了假，请假还不能实话实说道明原因，又不好撒谎，只说孩子躺在床上，似乎有些不舒服。僵了几个小时后，何为的气反倒一点点泄了，心里渐渐不安起来，总会联想起杭州孩子跳楼的报道，便把门窗都关严实了，一直在家里守着，不敢出门。人虽然在客厅里，耳朵却时刻尖起，稍有响动，便跑过去看，生怕他做出傻事来。

到了下午，何为想孩子要是再这样躺着不吃不喝几日，即使不做出别的什么事来，人也会饿坏的。自己也不明白他究竟是个什么心思，不知道他脑子里在想些什么。打不得骂不得,讲道理也没有用,僵持着把他晾在一边,不去理睬他,又不明白接下来会出什么事。急得实在没有了办法,反倒先服了软,换了温婉的语气对他说:"爸爸不问青红皂白,把平板摔了,是爸爸的错,爸爸向你道歉!只要你遵守我们之前的规则,我给你新买一个平板。"何为说完,看着何必然的头动了一下,眼睛看向自己,不过是那直直的,不聚焦的,躲躲闪闪的,带着孽气的眼神。何为接着说:"你先起来吃饭,今天我已经给你请假了,不上学就不上学,我们等会儿一起去看电影,好吗?"何为看着他虽然还是不说话,但是眼神里的孽气似乎少了一些,便又说道:"你想吃什么?你自己挑选,我们去外面吃!"何为等了两分钟,何必然嘴里才蹦出两个字来:"披萨!"

何为和父亲带了两个孩子,一家三代四个男人,去吃了披萨,又去看电影。何为眼睛看着幕布,心里却在想着该如何转移孩子注意力,最起码眼下不能又买平板。从电影院出来,看时间还早,又带着他们去了楼下的书店。何必然逛了一阵,自己选了一套《诛仙》。接着几日,何必然每日里正常上学,放了学回来做作业,做完作业看《诛仙》。也不再提平板和游戏的事,一切好像又回到了正常的轨道上。《诛仙》看完,他又陆陆续续买了《福尔摩斯探案集》,金庸的《射雕英雄传》《侠客行》,东野圭吾的《嫌疑人X的献身》《伽利略的苦恼》《放学后》《恶意》回来看。为了帮他把时间排满,把剩余的精力消耗掉,让他没有时间再想起游戏这回事来,何为又给他报了周六晚上的网球班。周六从小五班放学回家,吃过饭,马上就去打网球,他打完网球回来,体力便消耗得差不多了,洗完澡,一爬上床就睡着了。

何为自己则越来越重视和关注起与这款游戏相关的资讯来,只要涉及与之相关的负面报道,都会找来给何必然看,希望能潜移默化地影响他,让他知道游戏的危害。也发给柳依看，希望她能够配合，不要一回家总是捧着手机。有回看到一个匪夷所思的报道，讲到有的家庭拿孩子实在没了办法，只好把孩子送到了专业戒除网瘾的学校里去。学校里采用的措施，都是魔鬼式的暴力手段，其中包括电击。何必然看了这个报道，脸色瞬间变得惨白。何为知道，孩子大概是被震撼到了，吓住了。为了能更多地了解孩子，何为也留意和关注起儿童心理学的课程，买了相关的书籍，还听了几场家庭教育的讲座。在一次讲座上，老师应用马斯洛的需求层次理论，对孩子的心理行为进行了剖析，她说："现在的孩子，一出生以后，就获得了生理需求和安全需求的满足，他们不同于他们的父辈和祖辈，要首先解决吃饱穿暖的基本生存问题，也不会因为社会动荡而颠沛流离，时刻担心生命安全。他们一生下来，就是从较高的需求层次开始的。对于他们的教育，应该从研究他们的归属需求开始，要尊重他们，也让他们自己学会获得尊重，最终实现自我价值。"何为比较认同这个说法，也从这个说法里得到了启发和思考。近年不断有人提出阶层上升的问题，他们认为，即使上升通道不堵塞，不同社会阶层的孩子，也都缺乏上升原动力。而原动力缺失的原因，则归结为上升空间的不足。塔尖上那群人，他们的后代上升空间是什么？努力奋斗，获得比他们父辈祖辈更高的职位，更多的财富？中产阶级的后代，知识分子的后代，他们的上升空间又是什么呢？是和他们的父母一样，老老实实地发奋读书，做学问当专家，或者去企业做白领金领，还是学而优则仕、则商？何为琢磨了几日，便发现这是个伪命题，至少关于原动力问题是个伪命题。生活越是安逸、富足，上升的动力就越应该是兴趣和爱好才对，和空间没有任何关系。

天气一天比一天暖和，天也亮得越来越早，黑得越来越晚。何为每日里又照常六点起床，之后叫醒何必然，做了早餐给他吃过，还走路送他上学。下过一场雨以后,春天仿佛一夜之间就来了,人行道两边的草地上充满了绿意,河边的柳条也悄无声息地发了新芽,街边、墙角、草丛,不时可以看到绽放的鲜花。这样风平浪静地过了些日子,何为想孩子应该算是把游戏戒掉了,心里悬着的一块石头总算落了地。

这日,一家人刚坐下来要吃晚饭,门铃却响了。何为起身去开了门,门口站着黄学军和俞淑敏夫妇,俞淼淼则畏缩在两口子后面,探出一个脑袋来。何为甚是意外,不知道这一家三口上门来有什么事。正在疑惑,黄学军开口说:"可以进来说事吗?"何为听他言语不客气,大有来者不善的架势,就没好气地回道:"家里正在吃饭呢!要是不急的话,我去你家里?"

黄学军说:"你家何必然玩掉了俞淼淼的万把块钱,你看怎么办吧?"

"你说啥呢?"何为听得直发蒙。

"玩手机游戏玩的!"黄学军回道。

听他这样一说,何为知道事情比较复杂,回头看何必然,何必然一脸的不自在,何为正要问话,柳依却已经抢先责问起他来了。何为思量,这事怕不是三言两语能说得清楚的,自己目前什么情况也不明了,贸然和黄学军谈,必定占不了主动,会被人家牵着鼻子走。便对黄学军说:"你们先回去吧,我们吃好饭,会先找孩子了解下情况,等会儿去你家里谈,如何?"

回到饭桌上,何为并没有马上责问何必然,也要柳依住了口,专心吃饭。一家人便不再作声,只是闷声吃饭。饭吃完以后,何为才对何必然说:"究竟是怎么回事?你自己说吧!这可不是小事情,你要是不说,怕是免不得要报警,让警察来处理了。"

何必然啜嚅了一阵,便说了事情的来龙去脉。原来寒假临过年那几天,小五班寒假课上完以后，梁耀祖每日来家里，还带了手机来。梁耀祖正好也是天天玩那游戏的，何必然见了，两人立刻便玩到了一块儿。俞淼森本来就在同一个游戏直播群里，何必然一玩游戏，俞淼森便知道了，每日一逮着机会，就约何必然一起玩，有时在家里，有时在小区随便找个地方坐下来玩。俞淼森玩的瘾大，时间长，水平却没有长进。何必然玩的时间虽短，游戏水平却是突飞猛进，有两个角色，还玩到了东都的前十几名，玩对战时已是鲜有对手了。俞淼森便时常央求何必然帮着他玩，玩对战，玩闯关，参加排位赛。玩的时候，要想排位上升得快，就得花钱买点券，用点券来购买皮肤，买服装道具来装扮英雄，买武器装备来提升英雄战力。何为想不到他玩游戏还会玩出这些名堂来，便问他："你突然这么迷上游戏，是不是因为排位上来了，有了成就感的缘故呢？"

"是的，不过还因为可以赚钱！"

"那你赚钱了吗？"

"赚了！"

"你怎么赚钱的？"

"我耗掉大把时间，不能白帮他玩的，所以他就主动给我酬劳，只要帮他的账号获得了成就和点数，上升了排位，他都会通过微信转钱给我。"

"那你赚的钱呢？"

"买装备了。"

"一分不剩了？现在人家要你还钱，你是赚了还是赔了呢？"

何必然便不再作声，何为给他手机，要他登录微信查询账单明细。他账户开通以来，总共的收入有四千多元，支出也是四千多元，收支主要就发生在过去的三四个月里，其中三千多块充值到那游戏里去了，一千多块打赏了游戏群里的主播。逐笔核对过后，查出俞淼森账户转来的是两千来块,梁耀祖转来有四百多块,其余都是柳依转给他的。看这些转账的记录,何必然什么时候开始玩游戏的,什么时候玩得最疯狂,第一次花钱买装备是什么时候,第一次打赏主播是什么时候,何为心中都有了数。柳依在一边看了也不言语,大概是终于明白孩子玩游戏上瘾,有她自己的过错。何为也不再点破,与她一起带着何必然去了黄学军家里。

俞淑敏一见何为三人,便带着俞淼森去了里屋,只留下来黄学军在外面应对。他叽叽哇哇说个不停,说何必然花了他儿子一万多块,这种行为是偷是骗,本来想着要去报警的,考虑到是邻居,又是同学,怕将来误了孩子,所以就不报警了,商量下看如何私了。何为一听心里直冒火,嘴上却慢条斯理地说:"报警其实是最好的处理方法,让警察来处理又简单又公平,而且可以给事情定个性,看究竟是不是偷和骗,也不用我们来费什么神了,我赞同马上报警。至于对孩子的影响,我家的你是不用担心的,倒是你自己家的,你多掂量掂量!"

黄学军听何为这样说,立刻转了话锋说:"我不是这个意思,不是说何必然偷。这钱里有几千块钱是孩子的压岁钱,但是大部分都是她妈账户里偷的,是我家孩子从他妈账户里偷的,原来一直不知道,直到今日才发现的。"

柳依说:"孩子在大人账户里转钱,大人不知道?没有支付信息提醒?你们的手机银行、微信转账不设置支付密码的?是不是你家孩子玩游戏,你们本就知道,并不反对呢?"

黄学军闷了一会儿,才说:"那是她妈的账户。"

何为说:"你去把你儿子找来,有些事情,我们当着两个孩子的面说,当面锣对面鼓,免得糊涂!"

黄学军叫了俞淼森出来,何为看那孩子眼神闪烁,目不聚焦,不敢视人,却又甚是瘆人,看着很是熟悉。稍一恍惚,便明白过来,这不正是何必然也有过的眼神吗?带着孽气的眼神。原来这眼神果然和玩游戏有关,是玩游戏着魔了的眼神!

回过神来,何为说:"通过查看微信账单,从俞淼淼账户里转入何必然账户的,只有两千来块,一共转了六笔,相信你早已经查看过的,要是没有,现在你可以登录你孩子的账号核对一下,你也可以问你儿子,让你儿子自己说,他为什么转钱给何必然。"

黄学军说:"他说是何必然问他借的!"

柳依气呼呼地说:"是借的吗?俞淼淼你自己说!"

俞淼淼畏畏缩缩地说:"不是的。"

黄学军瞪着他说:"你不是说借给他的吗?"

何必然小声说:"我帮他玩,他支付给我的报酬。"

何为说:"虽是他支付的报酬,但是我马上退还给他,至于其他的,无论多少,都是你儿子自己玩游戏玩掉的,至于怎么玩掉的,你去问你儿子,和何必然没有关系!"

黄学军忙说:"好的,好的!"

柳依说:"你打个收条,还要在收条上保证一下,保证你儿子以后不再来找何必然玩,我儿子玩不起的。至于你家的孩子带坏我儿子,带着他玩游戏,前前后后,发生了多少事情,造成的不良影响,你心知肚明,我们就不再追究了!"

从黄学军家里出来,何为又让柳依联系了四化和美珍两口子,说了寒假里几个孩子玩游戏的情况。耀祖当了一回候鸟,这时早已经回了老家。想不到四化却说:"我们早给他配了手机,方便和我们视频。孩子玩游戏我们也知道的,反正他读书不是那块料,想玩就玩呗!他们同学都玩的,大都有手机的，配手机本就是为了联系在外面的父母，有了手机，他们要干什么，实在是管不着了，只能由了他们。"

何为在一边听了，这才对何必然说："儿子，到今天为止，游戏的害处，我想你应该彻底明白了吧！你回忆一下，从上个学期食堂的事件开始，到现在，又发生了多少事情？爸爸已经不想再说什么了，也不愿意再批评你了，希望你好好反思，吸取教训，从此会有了免疫力，不再沉迷！"说完就找了游戏公司的电话打去，电话那头不是忙音就是自动语音转接，绕来绕去的。何为知道，那是智能语音系统在做客服，要找到"生物人"来接听电话，会颇费周折。不过何为也是不依不饶，反复拨了一个多小时，终于找到了人工接听，给他们说了情况，希望能退款。挂电话以前，何为强调说："孩子还没有满十二岁，你们这个消费是带有欺骗性的，是误导陷害未成年人！要是不能退款，不排除我后续会采取法律手段维权，那时可不只是退款的问题了，还会涉及耽误孩子心智健康成长的赔偿问题！"

三十九

何必然上学的路上，有一座院落，常年紧闭着铁门，墙里墙外都长满了四季常青的植物，墙里的爬出来，墙外的爬进去，墙便成了绿墙，把院里的一切遮得严严实实。因为看不见院里的情况，尽管每日从绿墙下经过，却常常忽略院子的存在。这天早上，何为送完何必然回来，走过这院落时，一根从围墙里探出来的枝丫落入了眼里，枝丫上挂满了杏花，有的含苞，有的绽放。含苞的，红色花萼包裹着花朵骨，随时要绽放；绽放了的，白的花瓣，黄的花蕊，一朵花上还趴着一只蜜蜂。看了一会儿，何为恍惚觉得这花不是开在枝丫上，而是开在自己的心窝里。一对白色的蝴蝶，不知从哪里飞了过来，在阳光下绕着杏花飞舞了一圈，又往前飞去，何为跟了它们前行，它们忽儿高忽儿低，缠缠绵绵的，前方有红绿灯，眼睛稍一分神，回头再看蝴蝶，蝴蝶却不知飞去了哪里。

进了小区，小区的林荫里，一只流浪猫从一个角落里窜了出来，看到何为，也不显惊慌，大摇大摆地转了身，遁入了路边的金边黄杨丛中去了，还"喵—喵—喵"地叫了几声。何为循着声音寻去，已不见它踪影，正待转身离开，却又看到它在另一栋楼的墙角里晃荡。看何为看它，它也停下来看何为，尾巴高高翘起，圆溜溜的猫眼，透出明晃晃的黄光来。这是一只熟悉的猫，连着几日，何为经常会看到它在小区里晃荡、溜达。夜半的时候，会听到它哀婉的叫声，像婴儿的啼哭，瘆得人心乱。听着猫叫，何为身体里日渐生了一些虫子，那是多巴胺分泌出来的虫子，经年忙忙碌碌，本以为它们已经消失了，不曾想却还在身体里蜷伏，会被猫的叫声唤醒。这些虫子随着血脉蠕动，日渐活泛，四处爬蹿，有时候像火苗一样突然升腾起来，燃得人躁动不安。

何为想自己怕是精力太过旺盛了，年后工作上可能过于闲散了，才会生出这样的躁动。如此每日把时间安排得更加紧凑了，满满当当的，每一分钟都在忙碌。上午研究客户，联络客户，写业务方案，下午拜访客户。晚上回来，烧菜做饭，吃饭时和父亲聊聊，问问大宝学习的情况，吃完洗碗收拾厨房，帮小宝洗澡，给他讲故事，哄他睡觉。等孩子们和父亲都睡了以后，又一个人坐在餐桌前，搜集资料，了解行业动态，学习技术材料，撰写公众号上的文章，不让自己得一丝空闲。公众号发出的内容，原创的便越发多了，竟获得了原创权限。何为得到鼓励，写得更是勤密，质量也越来越高，题材也日渐广泛，不再限定是新材料，只要和新能源汽车相关的，都会涉及。这样关注的人便不再限定是业内人士了，悄无声息地，竟然增长到了几千粉丝，每篇文章的阅读量，少则数百，多则上千。有时候去陌生客户那里，一谈起这个公众号，人家竟然明显地客气了几分。

　　柳依也成天说忙，每日里回来得越来越晚，一周都难得回家吃一次晚饭，不是说要加班，就是说要开会。大宝她是早晚都见不上，她回来的时候，何必然已经睡了，她起来的时候，何必然早上学去了。好在小宝天天睡一个床上，能每天见着，却也是早晚都说不上话，只是她见着小宝，小宝却见不到她。小宝睡时她没有回来，小宝醒时，她已经出门。何为有时忙完，柳依也还没有回，便会去街上走上一万步。每天走的路线都不固定，也从来不设定目的地，就像一个幽灵在黑夜里瞎逛。柳依晚上回来，会弄出动静来，要开了卧室的灯，要放水洗澡，洗了澡还要在客厅里晃荡几个来回。柳依穿的是睡衣，脸上会贴白色的面膜，白天盘着的头发会放下来，披在背上，也有几绺会垂在胸前。撕下面膜，她的脸光滑白皙，会在灯下泛出光来，走动的时候，她睡衣里的身体会跳跃。何为见到她这般模样，便会贪婪地看她。看的仿佛是从未见过的柳依，也或者是十几年前刚认识的柳依。柳依上床去睡了，何为收拾收拾，也会跟着上床。这时候，血脉里那些好不容易安静下来的虫子，早已满血复活，蠢蠢欲动，像是要钻出身体来，要燃烧，要爆裂，要熔化。何为有意无意地用脚在柳依的脚上轻轻地蹭了一下，看她没有反应，便把腿和她的腿压在一起。柳依抽出腿来，翻身睡到了一边去。何为不甘，用手去摸索她，绕开小宝，先用一根手指，有意无意地触碰她，腿上碰碰，腰上碰碰，仿佛触摸一架古琴的琴弦。看她没有反应，何为便一只手抚在她大腿上，轻轻地，柔柔地，缓缓地，向上滑动。

何为都已经忘记了，不知有多久没有好好触碰过她的身体了，如今竟是那么的熟悉而又陌生。何为的手上不自觉地加大了力度，柳依身子哆嗦了一下，一下就把何为的手掰开了。何为像是被人从头到脚浇了一盆冷水，把身体里的火苗一把浇灭了。可那些在血脉里的虫子，却又似乎没有安静下来的意思，还在不停地蠕动，搅得睡不着觉。一处瀑布便由远及近地清晰起来，瀑布下有一位女子，披散着长发，手里托着一个瓦缸，似要接瀑布泻下来的水。女子穿红色绸衣，下摆拖得好长好长，她弯腰接水，翘着滚圆的臀，红绸衣里的大腿忽隐忽现，不知为什么，她突然回头对着何为笑了一下，笑时脸颊上有两个酒窝。何为看着她似曾相识，但是又想不起来究竟是谁。看着那条腿，好似滕蔓；看着那酒窝，又似贾慧；看着那鼻子，又似赵老师；看着那披散的长发，又好似柳依。

楼下的流浪猫又在那里叫唤了，天就要亮了，鸟儿叽叽喳喳地在树上闹了起来，似乎比平常早了许多。何为被闹得再也合不上眼，从床头柜上摸起手机一看，五点还不到，起床的话太早，就躺在床上翻看手机。先点开了一个新闻资讯类的APP，翻了几篇，看到的都是一些让人厌烦的文章，内容好似翻来覆去炒出来的剩饭，没有一点味道，毫无价值，也不知道是人洗稿的还是机器人撰写的。便关了这APP，去看微信朋友圈。翻了几页，朋友圈里的内容也越来越无聊，满屏都是卖东西的，正想要放下手机，不料一组照片一下抢了何为的眼球。说是一组，其实也就是三张照片，三张照片上都是同一女子。背景是一条小溪，溪水清澈，水流湍急，能看清水底下的鹅卵石，岸的这边有刚抽条的垂柳，对岸则是陡峭的石岩，石岩上有几株杂树。三张照片，一张远景，两张近景。远景的一张女子站在河边；近景的两张，一张站着，和远景的同一个姿势，一张弯着腰，翘着臀，颇像瀑布里女子的姿势。女子一袭白色连衣裙，裙子外面套了一件牛仔衣，远景的照片戴了墨镜，近景的照片墨镜拿在手上，弯腰的照片露了半个酥胸。三张照片脸上都有笑，笑里带着一对酒窝，明眸皓齿，风情万种。何为早已经看出，那是贾慧，照片里竟是如是娇媚养眼。便不自觉地在照片下留言：美不胜收！留言完，就关了微信，放下了手机。想想又似不妥，重新拿起手机，删了刚才的留言，只是点了赞。不曾想这时却收到了贾慧的微信："稀客哟，我可从来没有看你点赞过我的嘛！"

何为回道："不是不点赞你，我是很少点赞任何人的。"

贾慧秒回："那今天怎么点赞了呢？"

何为想了一阵，不知道如何回复恰当，便说："碰巧了！"接着又补充道："我平日不太浏览朋友圈的，今日正好早醒了无聊，凑巧打开了朋友圈，又凑巧看到你的照片，看着春意盎然的，就点赞了。"

贾慧发了一个"哈哈"的笑脸过来，何为也回了一个笑脸。一会儿，贾慧又问："你怎么也这么早起来的？"

"我一般六点起床，今日例外，昨晚失眠了，一晚上没有怎么睡。"

"我也失眠了！"

何为不知道说什么，只好又发了一个流泪的表情过去，贾慧也回了一个过来，后面加了一句："最近忙什么呢？"

何为说："还是瞎忙那些事呢！"

贾慧说："有时间见见？"

何为说："白天还是晚上？"

贾慧说："都行！"

何为说："干什么都行？"

贾慧说："怕你吃不消！"

何为说："我持久型的！"

贾慧说："我能把铁棒磨成针。"

何为说："那得消耗多少水啊！"

贾慧说："温泉水，取之不竭的。"

何为说："我要裂了！"

贾慧说："什么裂了？"

何为说："你猜？"

贾慧说："我诗潮滚滚！"

何为说："做了什么诗？"

贾慧说："好诗！"

何为说："想今日就约你，立刻，马上！"

贾慧说："看你敢不敢！"

何为不再回话，放下手机，冲到了洗手间，反锁了门，脱了睡衣，把花洒打开，站在下面，擦了些沐浴露，手上用力，激烈地抖了几下，一会儿便溃了堤。洗完出来，便开始着新一天的忙碌。

下午手机上有一个外地的陌生电话打来，何为本不想接，怕是骚扰电话，犹豫了一下，还是接了，不想竟是游戏公司打来的。客服说何必然购买游戏装备和皮肤的款都已经原路退回来了，要何为查看。同时通知孩子的游戏账号永久冻结了。当时给游戏公司打电话申请退款，何为本也不抱什么希望，讲的狠话，都是气头上说说而已，真要去跟他们打官司，哪有那么多精力耗，他们有的是专业团队，又哪能打得过他们。过得几日，那事便渐渐遗忘了，这会儿接了电话，倒是个意外，觉得这游戏公司，终究还是有着一点点人性未曾泯灭。更高兴的是，这一封号，可让何必然彻底死心了，以后不用再担心他去玩这游戏了。

晚上，柳依很稀罕地回来得早，一起吃的晚饭，何为在饭桌上讲这件事，柳依听了也很高兴。何必然拿了柳依手机，去登录游戏，果然不能再登录，便有些不悦。他草草吃了晚饭，就去了房间里做作业，做完作业，也不喊何为签字，也不看书，早早就上床睡了。何为知道他听到游戏账号被冻结，心里难过，自然正常。就好像抽烟的人，戒了一段时间，生理上的烟瘾虽然断了，但是心理的烟瘾却还会长期存在，一旦不顺心时，看到别人抽烟，心里又会痒痒的，猫抓一样，很想再抽一支。何必然这个时候大概就是那种想着要再抽一支的状态，不用去理会他，过一阵自然就好了，便没有太当一回事。

第二日，蔡进打来电话，说环保局的人上门比较频繁，看来这环评改造不做不行了，再没有推后的余地，要求务必在规定的日期里提供环评报告书。何为问蔡进怎么办？蔡进说还能怎么办呢？肯定只能硬着头皮改造的。要改造就要涉及资金的问题，去年准备的一点改造费用，过年时已经做工资发放了，这时候自然没有钱。蔡进说一时筹不到，想去银行里抵押贷款，但是又没有什么东西能抵押，工厂里的设备抵押，银行根本不要，他说实在没有办法，只好把家里的房子拿去做抵押了。说到钱的事情，何为就不好搭话了，只好任着他一个人说。他说完了，何为便说："这些事情都只能靠着你了，我又帮不上忙，更是筹不来款，很是惭愧！"本想表现个姿态，说要不接下来工资又缓着不发，却终究没有开口。因为工资不发，自己的日子立刻就会陷入困顿，房贷和网贷就马上只能违约。因着这通电话，何为整天都心事重重的，做什么事情都觉得不顺畅，开着车在一处偏僻的路边停了一会儿，只是去路边的公共厕所里撒了一泡尿的工夫，回来车上就贴了交警的罚单。也不知道是交警一直在那里蹲守着，还是人倒霉，恰巧那一刻他们从那里路过。中午在外面与人一起吃便餐，便餐里有鱼块，吃着不知怎的鱼刺卡在了喉咙里，虽然喝了醋后，鱼刺立马化了，却也是好一阵不舒服。

晚上何为到家，已经六点钟了，父亲带着小宝在客厅搭积木，房间里没有看到何必然。何为便问父亲："何必然是一直没有回来，还是回来了又出去了？"父亲说："一直没有回。"他过去也有过几次回家以后，又出去找同学玩的。平时放学都是下午三点半钟，到家也就四点钟的样子，哪怕是有什么事情耽搁，最晚也不会超过五点。孩子这时候还没有回来，何为觉得有些奇怪，也不知道是什么情况，是被老师留校了？还是去哪个同学家里了？或者和谁一起到哪儿去玩了？虽是疑惑，却也没有太在意，只在微信上问了一下赵老师，问孩子们是否都放学了，有没有留校的。又在家长群里发问，有没有看到何必然的。问过以后，一时无人回答，大概正是吃饭和下班时间，人都没有看到信息，不方便回，也就没再等人回复，先去厨房做饭了。等做好饭菜，快七点了，天也黑了下来，何为把饭菜都摆到了桌子上，何必然仍没回来。赵老师已经在微信上回复了，说是三点半按时放学的，没有哪位同学留校。家长群里也有几位家长回复，都说没有看到。何为隐隐觉得有些不妙，再次在群里发信息问其他没有回复的家长和同学，也私下里和一些他平常玩得好的同学家长联系，看有没有谁见到他，或者和他在一起。一轮问下来，没有人说看到过。何为便有些心慌起来，也无心吃饭，拨了柳依电话，想问她何必然是否和她联系过。电话拨了几次，柳依始终没有接听，只好给她微信里留言，又发了短信，等了一阵，都没有回音。

到了八点多，何为便急了，打电话给赵老师，详细询问了放学的时间，以及放学以后是否看到他出了校门。赵老师回道："是按时放学的，当时放学的队伍里，也有何必然，他站最后一个，只是队伍解散以后，他是否出了校门，却没有留意。"何为听赵老师这样说，一时没了主意，赵老师安慰说：“何爸爸，你先别着急，我再问问其他家长。”何为自己也不断找一些家长反复询问，主要询问放学后是否有人看到他出了校门，出了校门以后是往哪个方向走的。

时间一分一秒地过去，父亲也有些坐立不安，何定然竟然也像知道发生了什么事情一般，没有了平日的活泼，一个人坐在沙发前的小板凳上发呆。何为和父亲打了声招呼，就出了门去寻找，沿着平时上学的路，一路细细察看，尤其是有水的地方，都开了手机的电筒往水里照，一直走到学校，也没有什么发现，这时候已经过了九点了。何为开始想象各种可能：和外班的哪位不熟悉的同学去玩了？一个人逛街了？和谁去踢足球了？开始都是往好的方面想，想着想着，一些不祥的念头，一个一个地冒了出来，和哪个同学打架了？迷路了？走丢了？出意外了？被人贩子拐走了？失足跌落到学校前面的运河里去了？一个念头出来，又立马否决了，新出来的念头却又更加可怕。人就惶恐起来，心扑通扑通地跳，像要从胸膛里蹦出来。

柳依终于给何为回电话了，问是怎么回事。何为说：“我也不知道呢，现在都没有消息，我已经找了一遍了，这会儿正在学校。”何为刚说完，柳依就打起了哭腔说：“我正在往家里赶，你快报警吧！”刚挂了柳依电话，赵老师的电话也来了，赵老师说：“大家都没有看到他，现在班上同学的家长都已经发动起来了，大家准备分头到附近去找他。”何为挂了电话，向学校门卫打探，问他是否看到了孩子。门卫是认识何必然的，但是门卫说他放学以后才换的班。何为与门卫沟通，请求调看监控，门卫却说他看不了，要等负责后勤的老师过来才能查看。何为无奈，只好先拨打了110报警。门卫也联系了校长，校长通知了后勤老师往学校赶。

不一会儿，后勤老师就骑着单车到了学校，赵老师在微信里说，她也正在往学校赶来。柳依从出租车里下来，泪眼汪汪的，一直在抽噎。她说已经在朋友圈里发了寻人启事，有一些家长已经转发了。校门口的监控很快调了出来，看到何必然放学后是随了队伍按时出的校门，出了校门后，也是往回家方向走的。

正在张皇无措中，警车到了，何为和柳依迎了过去，急着向警察介绍情况。

这时候何为手机响了，是林巧娟打来的，她第一句话便说："孩子找到了！"

何为以为自己听错了，跟着重复了一句："孩子找到了？"

林巧娟说："没错，孩子找到了，他在网球馆呢！"

电话刚挂，又有电话进来，是网球老师的号码，何为一按接听键，就听到何必然的声音："老爸，是我！"

"你怎么去打网球了呢？也不说一声，害得大家找你！"

"我上周就和老妈说过的啊！网球老师说这周三晚上送我一节课。"

原来，林巧娟也给林子涨报了网球课，正好同一个教练，看到处找不到孩子，便突发奇想，是不是在网球馆呢？打电话给网球老师一问，不想还真在。林巧娟是先在班级群里说了，正好何为和柳依这时都没有看群里信息，在配合警察的询问，她才打了电话过来。

等回到家里，见了何必然，何为想着不对啊！网球每次两个小时，现在已经快十点了，何必然下午三点半就放学了，这中间五六个小时呢？他也没有先回家，晚饭也没有吃，看来还另外有情况。正寻思着，手机上弹出一条资讯来，内容和何必然玩的那款游戏相关，何为恍然有所悟，莫不是和他游戏账号被冻结有关？看事情已经过去了，也就没有再说破，只是要他以后无论去哪里，都要向家里汇报行踪，也不能单独在外这么晚不回家。

四十

　　新一年的新能源汽车补贴政策出台了，对纯电动汽车的续航里程、时速、车重、能耗、动力电池能量密度，都有了新的要求。安途和国内众多纯电动汽车车企一样，每年生产的车型，技术指标都是贴在补贴线的边沿上，随着国家补贴政策的变化而变化。补贴政策刚出来那几年，获得补贴的技术门槛相对低，整个电动汽车行业技术积累的时间长，冗余比较充足，补贴政策虽也是一年一度地调整变化，但车企每年都能很自如地应付。而到这两年，补贴政策调整的幅度越来越大，今年的调整更是新增了一些技术指标，甚至连补贴标准的计算方式也发生了重要变化，对于安途来说，情况一下就变得异常严峻了。这就好比训练了几年去参加运动会的选手，到了赛场，主办方却突然宣布，比赛规则要重新定义。

　　何为看到新的补贴政策，一整天都没有出门，一直坐在电脑边解读政策，分析标准，看看有哪些新的机会。第二日成道突然打电话过来，约了晚上一起吃饭。何为想他约自己，估计也和补贴政策有关。吃饭的地方是成道选的，何为寻了过去，方知道是闹市中的一处秘境。一座旧式的院落，院落不大，三面房屋，合着一座小巧花园。花园虽小，却是匠心布局，亭榭、回廊、假山、池水、曲径，都是应有尽有。何为去时，在门口遇到了成道，一起上了后进二楼的一个小包间。落了坐，成道说："今日我做东，没有别人，就我们师兄弟谈些事。"他问服务员要了一壶大红袍，也不问何为，兀自点了几款私房菜，要了一瓶红酒。两人面对面坐，一偏头便可看到窗外，假山上藤生蔓挂，池水中波光潋滟。

果然，只闲聊得几句，成道就谈起了补贴政策的事情。原来新的补贴政策，对安途极为不利。安途原来的几款车，一下就都拿不到补贴了，拿不到补贴，车的定价就会太贵，消费者买车实际花的钱会翻倍，车根本就卖不出去。成道说："说白了，安途每卖出去一辆车，消费者付的其实只是造车的成本，或者还不及造车的成本，车厂卖车赚的都是补贴款。"成道是一点不把何为当成外人了，一些业内隐秘的事情，也都透露给了何为。他说："真正消费者买的车，撑死不过车厂卖出那些车的两三成，大部分都卖给了做出行的公司。共享汽车公司、网约车租赁公司，都是出行公司。这些公司的股东，明理暗里，实际大部分都是车厂的投资人。卖车其实也就是左手卖右手的倒腾。当然，也不只是安途这么玩的，整个行业里都是这么个玩法，安途也只是学着这样玩罢了！"成道说的这些，何为其实也早有耳闻，只是没有知道得那么透彻罢了。

接着，成道告诉何为，因为拿不到补贴，安途现有的几款车，全部停了产，对车的各项技术指标正在进行紧急升级，对拟定升级后的车也定了新的型号，以迎合补贴标准的技术要求。等技术升级完了，才能重新安排生产。他说："原来技术部门对于镁合金的应用，持的是可有可无的态度，一直不是很上心，现在一下竟然就成了他们的救命稻草。不但电池箱、电池包的端板要改用镁合金，仪表盘支架、方向盘、座椅架、控制箱、轮毂都成了改造的对象。他们意识到，全方位的应用镁铝合金，可以弥补电池正负极材料短期内无法有重大突破的短板，可以大幅提高电池的能量密度，同时也能大幅降低整车的单位能耗。"

何为说的少，听的多，到了这个时候，大概已经明白成道私约自己的目的了。便说："我这里尽量配合安途，配合师弟，师弟有什么想法，尽管说出来！"不想成道却说："师兄你误会我了，我告诉你这些，是想告诉你，你做我们的配套，是机会与风险共存，有些话不能在办公室里讲，只能私下里说说。接下来，这么多东西要开发，不说量产后要押的货款，就眼下你们要贴的模具费，都是不得了的。我是担心你们资金实力承不承受得住，要是承受得住，这些单子，我都给你们争取来，要是承受不住，就分出一些给别家去做。这些话，若不是我们师兄弟投缘，换了别家，是不会说的。"何为稍一思量，便说："师弟，我们资金实力定然是有限的，但是这么大的机会到了眼前，若是不去争取，那肯定不该。你看能不能去争取一下，尽量给我们预付些模具款，尤其是电池箱和端板的模具款，这模具都已经做好了，就等投产了，是不是提前给我们付掉，其他的模具预付款，能争取多少是多少。师弟这里，我们肯定也不会亏待，要是当成买卖和你谈，你肯定会觉得玷污了你。但是，我们礼数一定是要到的。"成道说："师兄，前面的模具款，我去争取下，应该没有问题！后边的，我不敢保证，但是会去努力，能先付多少是多少。至于你说的好处，你真不要去考虑，我们师兄弟，山高水长，不在一时之利！"话点到为止，何为也不再坚持谈好处的事，两人又稍坐了一会儿，成道便叫人来买单，何为抢着要付款，成道死活不肯，何为只好作罢。

一下子，何为就成了安途的常客，有时候连着几天都泡在安途，甚或还要陪他们加班到半夜，和他们一起商讨各种技术方案，也不时要陪着他们的人去寮城。安途的转变来得太突然，让蔡进很兴奋，也促使他下了最后决心，迅速办了房产抵押贷款，委托了专业的第三方公司来帮着做环评改造。消防改造，IATF16949认证也同步在做。工厂的业务重心,也转移到了为安途做零部件配套生产上来。蔡进和所有的股东都相信,这回迎来了重大的发展机遇,终于赶上了趟,能贴上大公司,而且是汽车制造企业,是国家正在大力扶持的,正处于蓝海市场的新能源汽车行业。人是凭借一股气而活着,气饱满,人就活得有精神头。一家工厂竟也如人一般,有着一股气,气饱满,工厂里就热火朝天,那股气,就是每个人铆足了的干劲。何为连着陪安途的人来了寮城几次,看着工厂里的气一次比一次饱满,自己也仿佛受到了感染,人走起路来都觉得要轻松带劲许多。

这次到寮城,和安途的人开完会,何为去蔡进办公室和他喝了一阵茶,聊了些工厂近来的状况后,蔡进就被人叫了出去。何为一人闲坐在那里,就四处打量,最后眼睛停留在了墙角的发财树上,落在发财树的一片叶子上,那片叶子的边沿,叶尖上,有一线枯黄。第二日,再去蔡进办公室,下意识地又去看那片发财树的叶子,只一夜工夫,叶子枯黄的面积竟然比昨日扩大了几倍,旁边另外又有两三片叶子,如昨日第一片黄了的叶子一般,叶尖有了一线枯黄。只过得三五日,这一棵发财树就莫名其妙地全枯了。发财树枯了以后,大家也没有太把这事放在心上,只是打电话要盆栽公司新送了一棵过来,把死了的树当垃圾扔了。过得一天,不曾想茶桌另一边墙角里的发财树,也有叶片开始发黄了。为了以防万一,蔡进当日就叫那盆栽公司把这棵树也换了。当下也没表现出来什么,何为心中却隐隐觉得不妙。何为相信风水,却一贯不相信风水能改变得了人的命运。但是这不代表布置了风水就不会有任何作用,风水的摆设,至少是能觉察出运气好坏来的,尤其是那些有生命的风水物,如盆栽和风水鱼,更是邪性。它们不一定能带来好运,可是一旦植物枯萎病死,风水鱼蔫了死了,养在家里,家里肯定有事,养在办公室,单位肯定有事。大概率上讲，少则破财，重则家中有人生病，甚或飞来横祸。若是公司，生意会日渐破败了，短则数月，长则两三载，破产都可能。因着这样的认识，何为是从不敢在家里养植物或者是宠物的，尤其是这种风水植物和风水鱼。家里或者办公室闹鼠患，也是不祥之兆，一两年里肯定不顺，要生出些不测来。

发生了这样的事情，蔡进表面看着若无其事，其实心里也是不好受的，他请了人做的风水，自然知道利害和轻重。何为也能看出蔡进心中的不安来，便安慰道："这树连死两棵，应该是染上病了，不要放心上，都是正常的事情。"蔡进听了，却反过来安慰何为说："现在业务形势这么好，能有什么事呢？怎么可能有事呢？不应该啊！"当然他这也是自我安慰。

人要是闲的时候，就里外都闲，要是忙的时候，事情就会赶趟儿似的，里外都忙。何为业务忙碌开来，各个初中学校的招生工作也紧锣密鼓地启动开来了，教育部门在网上公布了初中学校招生的时间节点，也公布了民办初中和公办初中各自的招生规则，重点强调了公办初中就近入学的原则；民办初中不与任何培训机构挂钩，不进行任何笔试的原则。所有的公办初中和民办初中，都安排了开放日，吸引学生和学生家长去了解他们的学校。公办初中的开放日都安排在三月底，民办初中的开放日安排在四月中旬。公办初中要去的只有一所，是就近入学对口的那一所，民办初中则可以全市选择，只要时间不冲突，可以多看几所，到时候志愿可以填三个，选最适合孩子的一所，重点选孩子早前针对性做了准备的那所。何为紧盯着几所民办初中的官网，等到发放开放日参观名额的时候，第一时间报名抢了号。

在民办初中开始招生的同时，幼儿园的招生也在同一时间启动了。幼儿园招生相对要简单一些，先在教育部门的招生平台上统一登记，提交孩子的信息，等待网上初审，看是否具备在东都上幼儿园的资格。网上初审结束以后，便进入现场审验阶段了。现场审验要求家长带各种证件，到指定的某所幼儿园审验材料。材料无非是孩子的出生证、父母的身份证、户口簿、房产证之类，外地户口的还要有居住证、积分证明、社保证明、家长的学历证明，等等。审验结束以后，就只是等待通知了。被市里的示范幼儿园录取的，通知会先来；没有被示范幼儿园录取的，只要人户一致，一般都会被地段公立幼儿园录取；人户不一致的，尤其是虽有房子，但居住证积分不够的外地户口，就只能靠民办幼儿园录取了。当然，也有人户一致家庭条件好的，会主动申请上优质的民办幼儿园，这种幼儿园，一般都是双语幼儿园。在招生平台上登记以后，让何定然能上示范幼儿园，也便越来越重要了，和何必然争取上民办初中一样，成了家里的头等大事。何为和柳依做了简单的分工，何为主要负责盯紧民办初中的相关消息，柳依主要负责盯幼儿园的招生动向。

忙着工作，又忙着准备孩子入学这些事，眼看清明节就要到了，事儿赶着就成了堆。这是母亲走后的第一个清明节，何为没有任何理由不回去扫墓挂青。清明扫墓称作挂青，是湖南一些地方的说法。新坟挂青尤其讲究，时间上更是要赶在清明前至少一周，而且只能是上午到坟上。父亲倒是没有催着何为回去，可是何为自己心里在催着自己，老家有句俗话，"有儿坟上挂纸幡，无儿坟上屙狗屎"。要是母亲的坟上没有挂青，会让人说闲话，说绝了后人。何为不只是不想让人说闲话，更是心里很自然地就有了悲戚，想要回去看看，看看母亲的坟头。有了回去的念头，何为早早就计划起来，思考着如何把时间错开来，能带着柳依和孩子们一起回去。算来算去，发现能去的时间，只有公办学校开放日前一周的周末。即使那个周末，何必然还得去小五班上课，柳依是不情愿去，何定然太小，又不忍父亲一道舟车劳顿，便只好一个人回去了。

一个人回去，何为在时间和花费上都做了细致安排，只花了高铁二等座一半的钱，坐了周五晚上的普通列车硬卧，在车上睡了一个晚上，次日一早便到了湘安火车站。东都出发的时候，天气本还晴朗，不想一下火车，湘安却是淫雨霏霏。天一下雨，穿的衣服有些少了，身上就会发冷。何为急忙出了站，拦了出租车，谈好了来回的价钱，坐了车直往村里赶。车一出城，走得几里，路上的坑洼就多了起来，出租车在泥坑里蹦来蹦去。不时看到住在路边的人家里，大门口挂了一扎一扎的纸幡，红红绿绿的，那纸幡有从街镇上批发来的，也有自家剪的。这些路边人家里，清明时卖纸幡，到了农历七月半鬼节的时候，又卖烧包的纸箱，纸箱里有纸糊的金银元宝。快到村里时，在一户人家里买了香火纸烛、万响的大地红鞭炮、绿色的纸幡。纸幡颜色是有讲究的，女的挂绿，男的挂红。

到了村路口，已经八九点了，要出租车等在路口，何为步行回了家。家里久没人住，屋外和路边都生了杂草，屋里更是阴冷，落满了灰尘。何为楼上楼下地查看了一遍，拿了一把锄头和柴刀，便去了母亲的坟地。只过得几个月，坟头上的奠字和纸幡上的彩纸已经掉落得干干净净，落满在坟头上，就连挂幡的竹竿和奠字上的竹条也朽了，一根根东倒西歪。坟头没有被纸幡覆盖的黄土上，长出了一簇一簇的嫩草。何为给母亲唱了几个佑，用锄头在坟头培了些新土，又用柴刀砍了一根树枝，挂上纸幡，立在坟头。然后点上蜡烛，燃了香，烧了纸，放了大地红。爆竹"噼噼啪啪"响完，何为就静默在一边，缅怀着母亲。远远近近的山包上、山坳里，又不时传来爆竹声，长短不一，爆竹响过的地方，一缕一缕的青烟在雨雾中升起。母亲坟头的蜡烛还在燃烧,三炷香上飘着三条烟线,烟线连接着虚空,何为的思绪便跟着那火烛一闪一闪地飘了开来。这时候才觉得,一个人在活着的时候,实际上只是活在一个很窄小的世界里,人死了以后,窄小的世界就坍塌了。和她相关联的人,生活还是要继续,却是生活在一个和她已经没有关联的世界里,生活在各自窄小的世界里。她曾经在这个世界上的一切,慢慢都会被人淡忘了,哪怕是她的亲人。时间长了,她就会彻底化作泥土,不会在这世上留下任何痕迹,就如从来没有来过这个世界一般。看来人真是泥土做的,要不然为什么全世界的神话都说人是泥土做的呢?中国人是女娲用泥捏了出来的;古埃及神话里的神哈奴姆用陶土创造了人;古希腊神话中普罗米修斯用河边的泥土捏出了人来;上帝用泥土创造了基督教里的亚当……人因为是泥土做的,所以死了以后才会又化作泥土。

从坟山上下来,何为去寄兄家里打了招呼,便急急匆匆地去路口坐了等在那里的出租车,往湘安高铁站赶。回到东都,时间也还早,一家人刚刚吃过晚饭,何必然正带着弟弟在屋子里打来打去,两人嘻嘻哈哈的,又叫又闹。何为心中的悲戚还没有散去,看看屋里的情景,脑子里便浮现了宋人高翥《清明日对酒》的诗句来:

> 南北山头多墓田,清明祭扫各纷然。
> 纸灰飞作白蝴蝶,泪血染成红杜鹃。
> 日落狐狸眠冢上,夜归儿女笑灯前。
> 人生有酒须当醉,一滴何曾到九泉。

四十一

　　三四月间，天总是一阵阴雨一阵晴，每下一场雨，就要冷一场，雨过以后，气温又会上升几度，绿意渐渐地浓了，树上的嫩芽不知不觉长成了满树的绿叶。而那些四季常青的树上，这时节一半是新长出来的绿叶，一半却是上一年没落的老叶。老叶过了一个冬天以后，已经一片片枯黄了，下过雨以后，再吹一阵风，枯黄了的老叶就会落得满地都是。看着满地的落叶，要不是空气这么湿润，会让人一时迷惑这是秋天还是春天。人身上的冬装，也和老叶一样，一件件褪去。

　　玉树中学的开放日和东都中学附属临风中学的开放日都安排在同一天，两所学校，一所在区内，一所在区外，相隔好几十公里。这是何必然心仪的两所初中，也是何为和柳依反复挑选的两所初中。只要能进得一所，就有大概率的机会考入东都高中里的四大名校。三月份在网上抢了开放日活动的号，清明节一过，就陆续收到了两所初中开放日的短信邀请函，时间恰好错开了，一所在上午，一所在下午。收到这通知，会给人错觉，以为离民办初中的大门又近了一步。柳依每天都在网上查看开放日的相关资料，看过去每一年的开放日里，那些去过的家长们怎么说。也总是在微信里催着何为要早研究，早准备。有时回到家里，她与何为说的话也会比往常多上几句，不过说的还是开放日和面试那些事。其实从网上报名日开始，何为也没少分析，还不时与贾慧、林巧娟互通信息，尤其是贾慧，自从那日早上点赞了她的朋友圈照片以后，交流就比较密了。根据网上历次开放日活动后家长们的吐槽，何为总结下来，开放日应该不仅仅只是让学生和家长去了解学校，学生和家长其实早已经通过各种渠道，对学校做了深入了解。而学校对大部分的学生，则是缺乏了解的，准确地说是完全不了解。所以，学校恐怕会在暗中观察每一个学生的言行，说不定还做了记录。从某种意义上说，开放日就是面试的一次预演。既然学校会暗中观察学生，那么会观察什么呢？面试的相关知识，何必然上了小五班，是用不着去操心的了。与柳依商量来商量去，最后从几个方面做了准备，还在家里反复做了预演。一是两人一定得有一人全程陪同孩子，对于学校来说，与其说是挑选学生，不如说是挑选一个学生的家庭，家长全程陪同了，学校就有机会既看到孩子，也看到家长。二是形象，孩子和大人当天的穿衣打扮，都做了具体设计，对何必然的要求是活力、清爽、干净。当日准备让何必然全身穿阿迪达斯，黑鞋黑裤，蓝色上衣；头发提前一周理好，不要前一天去理，不自然，不要不理，会凌乱；指甲要剪干净，要用指甲锉锉光滑。三是礼貌和教养，任何时候，见到老师都要问好，和同学在一起的时候，要懂得谦让，随时要说"请"和"谢谢"，要不争不抢。四是准备好"产品说明书"，学校需要时能及时提交，学校没主动收，也要寻找机会递给校长或老师。在这四大原则的基础上，其他可以随意发挥，该怎样就怎样。

到了开放日，天气预报说要下雨，早上起来的时候，雨并没有下，不想要出门了，雨却真的下了起来。玉树中学的开放日连着两日，每日四批，一批九十分钟。何必然的号是第一日第一批，开放时间是九点到十点半。到学校的时候，还只有八点钟，原以为去得早了，不想还有许多人去得更早。学校周边的停车场和道路，早没有了停车位，校门口的道路，还拉上了黄线管制交通，不让车辆通行。一路都是移动的雨伞，黑的多，绿的、红的、黄的、花的点缀，向校门口汇聚，校门口成了一片伞的海洋。九点整，校门按时开了，学生和家长开始进入学校，但是家长只允许进去一人。何为带了何必然进去，让柳依等在校外。保安在门口验看了短信邀请函，把人放进去以后，孩子和家长就被分开了。门里有学生志愿者，带了孩子去活动场所，家长则被指引到了一个大礼堂。何为找了座位坐下，便朝四周打量礼堂的情况。打量时顺便数了座位，横排的数完，又数竖排的，算了一下，正好三百个。一会儿，座位上都有了人，过道上临时加了一些凳子，也至少有上百人。何为便想，这第一批大概是四百人，一日四场，连着两日，来参加开放日活动的学生，恐怕至少得有三千二百人。看学校招生公告上说，今年只招二百五十人，要是这三千二百人到时候都来参加面试的话，录取率便百分之八不到。若是今日来的都是"牛蛙"，"牛蛙"本来就是百里挑一的，到这里来的录取率还这么低，这竞争可真够惨烈，恐怕到了血腥的程度。

  这时主席台走上一位年轻的女老师，拿了麦克风说："欢迎各位家长来参加我们学校开放日的活动，下面欢迎胡校长给大家讲话！"台下立时掌声雷动，何为的手掌也跟着拍了几下，在掌声中，一位个子不高，身材稍显臃肿的女士，一摇一摆地走上了主席台。她穿着一身白色开领的职业装，在主席台上走的时候，何为看到的是她的侧身，脑子里竟莫名其妙地浮现出了一幅荒唐滑稽的画面——唐老鸭。不，唐老鸭没那么胖，这应该是一只肥鸭！何为忍俊不禁，好在没有笑出声，笑过之后，又骂自己，怎么这般不严肃呢？这是大不敬啊！要是被人知道了，孩子可是休想进这学校了！校长坐了下来，假咳了两声，便开始说话了。她先对大家表示了欢迎，然后强调说："我们有几点申明，今年我们不收简历；学校的招生不与任何课外辅导班培训班挂钩；招生不进行笔试。希望大家能够理解。"她强调完以后，下面的家长居然也给了一阵掌声，何为实在不明白这掌声的缘由是什么。心里想，不收简历如何知道学生的情况呢？当然，简历是可以编的，谁都可以做得漂漂亮亮，不收也罢；不与辅导班小五班挂钩，小五班好像也是这样说的，看来教育局令行禁止，还是有效果的，大家心知肚明就可以了；不笔试，难道真如企业招聘员工一样，只是面试？那如何能准确判断出这学生好还是不好呢？那对来参加面试的学生又是否公平呢？何为看着别人鼓掌，只好也跟着拍手。掌声一停，校长便开始介绍起了学校的情况、学校的隶属关系、办学历史、办学特色、课程特色、师资力量。这些都是官网上的内容，何为早熟悉了。只是讲到师资力量的时候，说学校有好几位老师是北大和清华毕业的，而且还有博士。坐何为旁边的人低声嘀咕："教一个初中，至于要北大清华的博士吗？这不是严重的人才浪费吗？"何为嘴上没有附和她，心里却很是赞同她的说法。来不及细想，校长又把PPT翻到了下一页，讲学生参加各种竞赛，获得的荣誉次数。这些荣誉，来头都大，有全市的，也有全国，乃至全球的。讲完竞赛，接着讲中考成绩了，这是大家最关心的，台下一下子变得鸦雀无声了。胡校长说："学生百分之百能考入市重点高中，其中进入示范性高中的比例超过百分之六十。"校长一边讲，一边播放PPT，每翻过一页PPT，下面的人都举起手机拍照，何为也跟着一起拍。PPT讲完，校长又即兴讲了一个故事，说美国一所知名大学对一名申请留学的中国留学生进行面试，面试官问："你读书的目的是什么？"学生想不到面试官会问这样的问题，从小到大，自己好像也从来没有认真思考过这个问题，这会儿被人问起，一时竟答不上来。面试官看他迟迟不回答，便问："很难回答吗？"学生一阵思索，恰好有了答案，答道："不，不难回答！我读书的目的是为了赚钱！"面试官听了一愣，问："赚钱？"学生说："是的，赚钱！"面试官接着问："那么你赚钱的目的是什么呢？""买大房子！"学生这回想都没想就回答了。面试官听了更是吃惊，就问："你买大房子的目的是什么？"学生脱口便说："接爸爸妈妈一起来住！"

  当家长们还在为胡校长的故事一愣一愣的时候，做主持的年轻女老师又上了讲台。她说："我们不希望我们的孩子，只是如那位想去美国留学的学生一样，只为赚钱而读书，我们希望孩子们有更加远大的理想和抱负！"听她这么一解释，下面的掌声又热烈地响起来了，经久不息。何为却想，这个故事，不是自己小时候听的那放羊故事的翻版吗？有人问一个放羊娃，你放羊干吗？卖钱！卖钱干吗？娶老婆！娶老婆干吗？生娃！生娃干吗？放羊！想不到放羊娃出息了，改头换面成了留洋博士。主持人接着说："下面进入家长提问环节，由胡校长作答。大家可以自由提问！"坐在何为左前方的一位妈妈抢了麦克风问："胡校长，刚才听您说学校不收简历，不笔试，那么请问学校如何选择孩子呢？"这问题正是何为刚才的疑惑，不想第一个问题就有人问了出来。而且她一提完问，校长还没有回答，家长们就鼓起了掌。等掌声停住，胡校长才说："我们会安排学生统一进行面试，我们有我们自己的一套选拔方法。至于具体的内容，肯定不能透露，我想你们也不希望我透露，对吧？"接着提问的是何为右后方的一位家长，也是一位妈妈，她问："奥数竞赛、英语竞赛在咱们学校的招生中，究竟占据多大的比重呢？"胡校长说："一个孩子在小学阶段的学习成绩怎么样，我们不是很关注，哪怕基础很差，小学学的这点知识，我们可以给他很快就补回来。我们看重的是孩子的学习态度，看孩子是否具备可塑性；我们看重的是孩子的家庭，是否能很好地配合学校，进行良好的家校联合教育。"这些倒是和何为的理解一致，何为暗自庆幸自己的判断准确，做了充分准备，信心便又多了一分。至于奥数和英语竞赛到底重不要重要，胡校长却没有正面回答，所以等于没有回答，没有回答，实际又等于是回答了。何为想肯定是重要的，不然为何不直接否定呢？不过胡校长接着又举了几个例子，来佐证她的说法。她说他们如何在过往的面试中，通过简单的观察，发现了几个好苗子。后边一位爸爸抢到了话筒问道："既然不收简历，也不笔试，也不看奥数和英语竞赛的获奖证书，还不与各种辅导机构挂钩，请问校长，你们招生如何做到公平、公正、透明呢？"这个问题很尖锐，何为觉得这几位家长好像是商量好了一样，问的问题很有连贯性，也正是自己关心的问题。胡校长的回答却轻描淡写，一句就带过了，她说："我前面已经说过了，我们有一套比较科学的方法，但是我们不敢确保我们完全不看走眼。"后边家长问的问题，大多都是一些前面在PPT上介绍过的内容，何为听着也不是很感冒，觉得问得过于无聊，自己想要提问，又不敢出风头，怕问的问题不妥，到时候给学校留下不好的印象，误了孩子。

从礼堂出来，孩子们的活动也结束了。何为一出来就见到了何必然，看着他高高兴兴的样子，估计他应该表现得不错。出了校门，会合了柳依，她问情况如何。何为简单说了几句，便由何必然细述详情。何必然说："进去以后，就被分成了不同的小组，十人一组，分开到不同的场所进行活动。"他说他们小组先去了一间教室，看了一段掐头去尾的英文电影，没有中文字幕，看完以后，上面就有老师提问，这是什么电影？整个小组里，只有他举手回答了，说是《乱世佳人》。何为问："你怎么知道是《乱世佳人》呢？我记得你并没有看过这电影呀！"何必然说："家里有《飘》这本书，我看过这书的。"后面又玩了二十四点的扑克牌，玩完在物理实验室看老师操作实验，看完每人单独重复一次。还有英语角色扮演、传球的游戏，等等。听他这样一说，何为心中便有了底，柳依也觉得他表现得很是优秀。要是学校真在暗中观察了的话，那么孩子应该又多了一成希望。

下午到了临风中学，去的人看着似乎比上午还多，停车更是难找到地方，兜了好几圈，才在一个购物中心的地下停车场泊了车，另打了车去学校。到了学校，也只是允许一名家长进去，这回由柳依带了孩子进去，何为在外边等着。外面等的家长很多，有的站在校门口，有的在远处蹲着，有的几人聚在一起相互交流。这时，何为看到一位上午坐自己旁边的妈妈，与人在说话，便凑了过去，不想对方也认识何为，主动与何为打了招呼。他们正说着小五班的事情，一位短发圆脸的妈妈说："我家孩子没有上小五班，就来凑热闹打酱油的。"另一位身材有些单薄的妈妈说："小五班有的是金坑银坑，有的却是土坑粪坑，不上也罢！"何为依稀记得，在书城听邬老师说起过这些名词，当时听得云里雾里的，却也没有去探寻是什么意思，这时候又听他们说起，忙到手机百度里搜索，才明白什么是金坑银抗。原来金坑银坑说的是明里暗里对应着某所民办初中，与之有千丝万缕关系的小五班，这种班被民办初中录取的比例最高。土坑粪坑，则是坑班，坑人的班，他们和民办初中没有任何关联，以骗钱为主，根本无法兑现升学承诺。金坑、银坑、土坑、粪坑，家长们在群里交流或者网上发帖，分别用字母 JK、YK、TK、FK 代替，简直就是一套密码语言。

何为上午见过的妈妈对另外一位瓜子脸的妈妈说："你们家应该还有预备役吧？"

瓜子脸妈妈回道："是的，给他报了两个小五班，弄了个双保险。"

何为忍不住插嘴道："还上两个小五班？"

瓜子脸妈妈看了一眼何为，说："也是没有办法，当时报的第一个班，报名的太多，他们搞了坑外坑，开设了备选班，要在备选班里读过，才能进入小五班。只好报了另外一所民办的小五班，可他们又设了坑中坑，在小五班里，另外设立了一个只有十来个小孩的更小的班。"

何为就又问:"要是两个学校都录取了呢?"

瓜子脸妈妈说:"那还能怎么办?那就腾坑嘛!"

听他们这样一说,何为便想,也不知道何必然读的哪种小五班,是一个什么样的坑,但愿不是土坑粪坑,要是金坑银坑的话,那他们是不是也有坑中坑呢?

柳依带着何必然出来,说也是和上午一样,孩子和家长分开活动。家长安排在一个礼堂里,先听校长介绍学校,然后看关于学校的微电影。何必然参加的活动,内容和上午的很不一样。他说他见了校长,校长是名书法家,现场让喜欢书法的同学写一幅字,写完校长会点评一下。何为问他写了什么字,他说用欧体写了一首《枫桥夜泊》。校长看了以后,对旁边的老师说:"何必然同学若是来了我们学校,你教他书法,可有压力了!"

四十二

寮城工厂的手机中板业务,上家一般会提前两个月把订单发过来,工厂根据订单情况,提前采购物料,安排生产计划。每台机器每天的生产量,机器的保养,人员的排班,都会安排在生产计划中。订单量每个月都会有起伏,有时候多一点,有时又少一点,旺季的时候可能会翻倍,淡季的时候可能会减半,这些都已经成了工厂的常态。无论订单如何变化,工厂就如一个弹簧一样,总能在拉伸力范围之内伸缩自如,正常地运转。弹簧最怕的是拉力太大,要么把弹簧拉断了,要么过度拉伸失去了弹性。而工厂最怕的是一下没有了订单。到了四月，上家迟迟没有发订单过来，蔡进催问过几次，上家说手机厂的订单也没有发给他们。网上有消息说，手机厂在海外有知识产权纠纷，将面临国际贸易摩擦，一些敏感零部件的海外采购将受到巨大影响。而这些敏感零部件，很可能包括芯片。对于手机来说，芯片就是命脉，一旦没有了芯片，就等于没有了一切。国内手机厂大都要依赖国外芯片，虽然国内也有一家手机厂的自主芯片独步天下，但是人家只配套自家的手机，并不外供。工厂在惶恐中等待了一个多月，终于获得了确切消息，敏感部件的海外采购受影响已成定局，手机厂的库存只能维持短时间的生产，发给上家的中板订单减了半，还不足以维持上家自己的机器运转。

　　工厂的手机中板业务，去年砍掉那些没有利润的订单以后，一直就只有这么一个上家。上家不给订单，工厂做中板的机器就得全部停工，工人便会没了活干。而安途的零部件配套生产，电池箱和隔板虽是有了订单，却还不是批量的，都是小规模的试产。电池箱一次也就几十套，有时上百套，隔板量大一点，也不过几千上万片，两台机器几天就把活干完了。而其他的零部件，都还在图纸设计和模具制作中，要量产，也不知道要多少时日。即使量产了，也用不了这么多人。这变故若是慢几个月，倒不是事情，现在发生，却是青黄不接，让工厂刚刚鼓起来的气，一下便泄了一半。手机中板业务，过去虽然没有赚到什么钱，但是维持了工厂的运转，帮工厂把人养住了。只要工厂在运转，工厂就有翻盘的机会。而工厂一旦不运转，资金链就会出现断裂，原料供应款、电费、厂房租金都会没有钱支付，工人也就发不出工资。一发不出工资，人员就都会流失掉。何为被蔡进紧急召到了工厂商量对策，商量来商量去，马上裁员成了不二选择，一天也不能拖，多拖一天就多一天被动。而裁员也要讲究策略，既要确保当下的订单能保质保量做完，又不能留下过多人空养着，增加经济负担，还要保持工厂的有生力量，有足够的技术能力和人力承接汽车零部件的生产。

最后出来的方案，是保留了办公室的技术人员、模具师傅、压铸和CNC技术骨干，以及所有工序的负责人，余下的工人全都放了假。说是放假，其实人人心知肚明，没有几个人会等着工厂再来通知他们上班，大部分人都会通过各种途径另找工作。工人要寻个工厂做事，只要自己想，还是好找的，只是活好活坏，工资多一点少一点的问题。工人们也都明白，这么多年过去了，工厂一直是他们的天下。他们换了一间又一间工厂，过了一年又一年，走到哪里，却还是他们这些面孔。十多年以前，工厂里就渐渐见不到年轻面孔了，只有他们在各间工厂里流动。他们出来的时候，有的是上世纪八十年代九十年代，有的是本世纪初，那时候他们刚刚初中或者高中毕业，他们还是没有结婚的青涩男女。如今二三十年过去了，他们中年龄大的，孩子都早已经出来工作了，有的还结了婚生了娃；年纪小的，小孩也正在上初中或者读高中。而他们的孩子们，有一个共有的名字——留守儿童。他们回到故乡的村庄，种地的都是他们的父母，那都是七老八十的人了。城市里的建筑工地上，有他们的邻居和兄弟，他们叫作六〇后七〇后。而工厂里，就只有他们，他们四十多岁五十岁，小的也有三十多岁。他们一点也不明白，年轻人都去了哪里。是因为都上了大学，做白领去了？当程序员去了？开网店去了？做房产中介去了？男孩送快递去了，送外卖去了？或者开网约车顺风车去了？女孩呢，女孩又都去了哪里？他们最早去的多是港资台资日资韩资厂，去的是上万人十万人的大厂。慢慢地，港资台资日资韩资的厂少了，大厂少了，内地的老板多了。好多老板，原来都是和他们一样从农村、从小地方出来的，现在却成了他们的老板。

这些当老板的人，读书不一定多，但是，他们却一直很敬业，做一件事情，会坚持做几十年，他们从学徒做到了技术骨干、业务骨干，然后又带着业务和技术，开起了工厂，干的还是原来的活。而那些台资和港资厂的老板们，也由中年变成了老年，这些香港人台湾人的后代，好像也没有兴趣来大陆继承他们的工厂。他们的业务还在，他们掌握着欧美的客户资源。他们自己却不再做工厂，只是发了订单给曾经帮他们打工的，如今开了工厂的内地老板们来做，他们从中赚取差价。当然，也有些台湾工厂，还继续存在，而且越做越大，他们融入新的产业链中，有的成了芯片代工的大厂，有的成了手机代工的大厂。那些大厂倒是有年轻人去，只是不知道为什么时不时会有人跳楼。

何为没有更多地去关注那些被放假的工人，他们的去向和前途，也许他们自己都无法主宰，何为更主宰不了，也没有时间和精力关注。其实谁也主宰不了谁的命运，一切都好像是一个没有章法的梦，从这个画面到那个画面，从这个场景到那个场景，从这个人到那个人，从这件事到那件事。梦境的切换，没有条理，也没有逻辑关联。又好像一个人，手里拿着电视遥控器，从这个频道跳到那个频道，频道里的节目，是早就有人编排好的，按遥控器的人，只是随意地被动地选择。

民办初中开放日以后，小五班安排了最后一次考试，那日也是周六，何必然回来高高兴兴的，主动给何为讲每一科考试的内容、他答题的情况。成绩在周日就出来了，他过去每次都能顺利过关的，最后一次考试，也是最关键的一次考试，却只得了七个 A。何必然不相信自己考得这么差，何为也不相信，便向小五班的汪老师提出来要查试卷。汪老师说："一般不允许查试卷，但是既然家长和学生都有疑问，那就破例一次！"何必然语文试卷上的作文只得了 C，英语情景作文只得了 B。何为便细看了作文，作文写的是吹泡泡，吹泡泡他从三年级开始写起，写了不下十次。孩子曾经说过，语文老师说，写好一篇作文，考试的时候可以去套。何为觉得孩子的泡泡作文，写得并不差，书写工整，语言通顺，段落分明，主题明确，中间还有一段妙语连珠，写出了新意，甚至写出了人生的哲理。作文里写道："泡泡从我嘴中的管子里吹出来，在空中到处飞舞，飞到了草地上，飞到了校园里，飞到了街道上，飞到了人群中。我看着它们变成了一个个的人，透明的人，它们在阳光下五彩斑斓，看着华丽、自在，实际上却飞得并不高、不远，瞬间就破灭……我可不愿意当泡泡……"一个小学生的考试作文写成这样，没有理由不得A啊！但是汪老师却说："我们的评分标准，是根据'牛蛙'和学霸的标准来评判的，是按民办初中的要求来评判的。"何为又提出要看其他同学的试卷，却被汪老师无情地拒绝了。汪老师说："给看何必然同学的试卷，就已经是破例了，看别人的试卷，那是违规的，也是侵犯别人隐私的，他们无法答应家长这种无理的要求。"不过汪老师严词拒绝以后，又安慰说："何必然虽然没有获得玉树中学提前面试的机会，但是自己去网上报名参加公开面试，还是有录取机会的。"

公开面试参加的人比较多，一天里至少有上千人，所以大家都把这个面试叫作千人面。千人面和开放日很类似，只是环节会有些变化。至于如何在不通过考试的情况下，快速从千人中挑选出他们要的孩子，何为的疑惑比开放日更甚了。"千人一面"，一日里千人面不就是"千人一面"吗？要是这样，这千人面，岂不是作秀走过场的？而且即使不是走过场，如果学校只招二百五十名新生的话，那么通过小五班提前面试，已经招了多少呢？留给千人面的，还有多少名额呢？

何必然的情绪很是低落，何为却不能低落，只能安慰他鼓励他，告诉他不用着急，又不是不能面试了。柳依絮絮叨叨地责怪了何为几回，说都是何为报小五班报得太慢了，才让他最后考得差。责怪过后，也跟何为一样安慰和鼓励着孩子。父亲知道情况后，也每天勉励孩子，陪着他下象棋。沈婷婷考了九个A，贾慧知道何必然没有进入提前面试环节，也在微信上安慰何为说："不要紧的，何必然这么优秀，总会有机会的。我闺女能过关，是撞了大运，最后能不能面试上，还不一定呢！"何为也找林巧娟打听林子淼的情况。林巧娟说："他们那个小五班，考试三门都是A，就直接被对口的初中录取了，不要再面试的。"不过他们家林子淼，也只考了两个A。听说林子淼也没有考好，一样要去参加千人面，而且她还是连续上了两年小五班的，大人小孩心里都平衡了许多。一家人便又相互打气，重新上紧发条，铆足了劲，把希望寄托到了千人面上。

周末的安排一场接着一场，何必然小五班考试完，下个周末又轮到幼儿园的现场验证了。形式和民办初中开放日类似，一家人齐上阵，一早带了厚厚的一大摞证件，按手机短信通知的地点和时间去了实验幼儿园。幼儿园外排着长长的队伍，一个孩子几个家长带着。队伍缓慢地行进，排队到了门口，柳侬牵着何定然进去，小宝一路蹦蹦跳跳的。何为与父亲带着何必然在外边等着。从栅栏外往里看去，柳侬和小宝进去以后，先被引导到了一条走廊上。走廊上一字排开摆了五六张桌子，每张桌子前坐了一名幼儿园的女老师。家长们把他们手里的证件放在第一张桌子上，桌子前的老师拿出一个证件看了一眼，便在一张印了表格的白纸上盖了章，又传给第二张桌子的老师，第二张桌子的老师也拿出一个证件来看了一眼，便又在表格上加了一个章，然后传给了第三张桌子上的老师，证件如流水线般传递着，一直到最后一张桌子。父亲问何为说："他们那是在干吗呢？"何为说："这是验证，看小孩是否具备在东都上幼儿园的资格。"查验完证件，柳侬和小宝就被带进走廊后面的教室里去了，从外面看不到他们。只过得十来分钟，他们就出来了。柳依说："十几个孩子围着教室走一圈，一名老师带着跳了跳，问小朋友叫什么名字，几岁了，爸爸叫什么名字，妈妈叫什么名字，就让出来了。"何为问："那孩子有没有录取，不知道？"柳依说："幼儿园老师说她们只是验证，至于能否进入实验幼儿园，到网上等通知。"何为便又生了许多疑惑，既然只是验证，那又要带着孩子跳一跳问一问干吗呢？实验幼儿园录取的标准是什么呢？为什么不公开发布？谁家的孩子会录取？谁的孩子没录取？为什么录取？为什么不录取？大概没有谁能知道，知道的人，也肯定不会说。大家好像就真的是来验证的，糊里糊涂地带着孩子走一遭。而此刻，幼儿园排队的家长和孩子，仍在增加，队伍越排越长。

从实验幼儿园验证回来，父亲突然就站在客厅里，盯着墙上的牡丹挂画看，老半天没动，一开始大家都没有注意，何为也认为他和往常一样，在练气功。他练习的气功是一种站桩功，两脚分开，双腿微曲，气沉丹田，致虚极守静笃。过得一阵，喉咙里会不时发出几声"咕咕"声，像是打嗝的声音，有时候还要放几个屁，旁边的人会听到他肚子里咕噜咕噜响，他的手会自发地前后左右乱晃动，好像是吊在身体上的，只有皮肉相连，没有关节相扣。身体有时候也会前后晃动一下，看着似乎要跌倒了，人其实站得稳稳的。他练习这个功法已经几十年了，从何为有模糊的记忆开始，他就在练。那时候电影里正播放完《奇功异彩》。那是一个大师辈出的年代，到处都有大师们的带功讲座，全国人民都在激发特异功能，父亲也订阅了很多《气功》杂志。可是看着看着，何为发现有点不对，因为他时不时挥起手来在眼前晃动，和原来的晃动不一样。何为就问："爸爸，你这是怎么啦？"父亲回道："我感觉眼睛里突然有一个黑色的影子，有时候像个圈，有时候又像一条龙在飞舞，怕是得了飞蚊症，而且头有点痛。"何为朝父亲看的方向看了看说："怎么可能？没有龙啊！我什么也没有看到啊！"父亲说："是眼睛里的。"何为又问："究竟是个什么样的影子吗？"父亲不停地打比方，看何为还是不明白，便找来纸和笔，画了出来。何为说："要不要去医院检查下？"父亲说："查啥？这是飞蚊症，我自己会处理！"何为说："那可说不定，医不自治呢！"第二日，还是带他去了医院，检查了眼压、眼底、视力、视网膜，结果都没有发现什么异常，医生最后的诊断结论也和父亲的说法一样，是飞蚊症。说老年人会比较常见，没有什么好的治疗方法，只能用阿托品眼药水扩瞳。父亲却不用，只是自己给自己在手上和脚上扎针。

四十三

实验幼儿园现场验证以后，上两天班，就要到五一假期。放假前一日，柳依下班回来，突然说她要去德国出一趟差，没等何为反应过来，她就起身收拾起行李，说半夜的飞机。何为这才跟她进了卧室，问她怎么放假都要出差。她说："我也不想啊！老板要这样安排，我有什么办法？"何为又问她去几天，一行几人，出差具体做什么，去德国哪个地方？柳依说："去三四天，去了就回的，你怎么这么多问题，你什么意思呢？烦不烦啊！"何为说："我能有什么意思，不就关心关心你嘛！"柳依没再回话，何定然跑了进来，两只手里都拿着积木，站在床边说："妈妈，你要去坐飞机吗？"

柳依回道："是的，宝宝，妈妈坐飞机去。"

"我也跟妈妈一起坐飞机！"说完他就到墙角，拖了那款印有小猪佩奇图案的行李箱，搬到床上打开来，从衣柜里取了几件自己的衣服往里塞。

"妈妈下次带你去，妈妈给宝宝买好吃的回来，还买玩具回来，回来还带宝宝去儿童乐园玩。"柳依只好哄他。

"那我要好多好多好吃的，还要好多好多玩具，要奥特曼，要蜘蛛侠的衣服，要美国队长的剑和盾牌，要大黄蜂，要铠甲勇士的腰带和召唤钥匙，要托马斯，要闪电麦坤。"何定然把手里的衣服放在小行李箱里，站在床头边想边说，一口气把平时在电视里看的动画片形象都说了出来。

"行，妈妈给你买！"柳依兀自收拾着行李衣物。

"那我也要，我要——阿迪达斯的足球鞋，还要球衣。"何必然也倚在门口，探进来半边身子说。

何为原想着五一假期第一日去动物园逛逛，以孩子们为主，看看老虎狮子，第二日找一处山水好人又少的景致，以父亲为主，陪他散散心，一家人一起照照相，尤其想照一张全家福。可柳依一走，何为去哪儿的心情都没有了。何必然说有同学去方特水上乐园，还有同学去恐龙园，他也想去。何为找了些话来搪塞他说："节日里人太多不安全的，弟弟在人海中容易走丢，而且去了也玩不了几个项目。"何必然倒也懂事，便不再提起。虽是没有去景区游玩，却也在每日午饭后，携了帐篷和吊床，与父亲一起带了他们兄弟在家门口的公园里玩上一下午。去了后会先把帐篷安在有大树和草地的地方，吊床挂在两棵大树上，然后陪着孩子们踢踢足球，他们踢累了，便到帐篷里躺一躺，或者在吊床上摇一摇。有卖玩具的小贩过来，哥哥要买风筝来放，弟弟想要泡泡枪。何为第一日给他们买了，可是玩得一阵，风筝就落到了树上下不来，泡泡枪也玩散了架。第二日来，他们见了小贩，又想要买，何为不允，哥哥还好，自己在一边颠球，弟弟却眼巴巴地守在小贩旁边，小贩走到哪里，他就跟到哪里，有时不等别人同意，自己拿了人家的玩具就玩。玩一阵，又过来缠着何为，何为还不给他买，他便开始哭闹，躺在草地上打滚。父亲看着不忍，就起身去了小贩那儿，弟弟马上爬了起来，跟了爷爷过去。

假期结束，柳依出去已经三四天了，却还没有回来，何为问她哪日的航班，要不要去机场接，她回说："不用，我还要慢几日才回。"也没有说具体哪日回来，何为看她没有主动说，也懒得问她。示范幼儿园的录取结果已经出来了，是登录到网上的幼儿园招生系统里看的。何定然没被录取，网上也没有任何说明，为什么没有录取，只是提示进入到地段公立幼儿园。之前与何定然一起在托儿所的小朋友，男孩一个都没有录取，女孩只录取了两个，其中一个就是林巧娟的女儿欧阳倩。

何为找林巧娟打探情况，她说："示范幼儿园招生，男孩大部分都是条子生的，没有一点背景，想都别想！"

"女孩不要吗？"

"女孩也要条子，但是，不知怎的，听说每年去示范幼儿园的男多女少，所以女孩总有一些运气好的，不要条子也能进去，倩倩就撞了一回运气，没有条子的。"

隔日傍晚，何为带小宝去散步，走到一个社区的广场上，有人叫"然然"，循声望去，原来是隔壁小区的一个小男孩，过去一起上托儿所的。他爸爸妈妈也带了他一起出来散步。小孩之间见了很亲密，马上玩到一块去了。大人便一起闲聊，聊了几句就聊到了幼儿园的事，他们说他们家姐姐过去上的是示范幼儿园，这回弟弟却只能等着上地段幼儿园了，倒也间接证实了林巧娟的说法。

小宝没进示范幼儿园，何必然民办初中面试的日子又马上到了，何为便越发没了底气，一想着这事心里就直打鼓，却一时又生不出什么办法来，一切都只能听天由命，等面试完了以后才见分晓。这日去吴州拜访一个新联系上的客户，谈完事情时间还早，临时起念要去方圆那儿坐一会儿，也没有事先联系他，直接开了车就过去，心想要是他在，就喝杯茶，和他闲聊一阵，要是不在，也不再打电话给他，直接回家便是。

不想到了他的楼层，电梯门一开，便见他与一男一女两位客人站在电梯门口。两人皆是一惊，方圆马上把手握了过来说："兄弟，你要来也不先招呼一声！"

何为回道："今日到吴州办事，事办完了，临时起念想来看看你，就想碰碰运气，看今日是否有缘相见！"

方圆"哈哈"笑了两声，说："有缘，有缘！"说着便介绍面前两人给何为认识，男的叫华总，女的叫白雪。何为一边应着，伸出手来与人握手打招呼，一边打量那两人，衣着气度都不俗，男的四十来岁，阔额宽肩，酒糟鼻子，女的三十来岁，凤眼朱唇。打完招呼，两人便进了电梯，看着电梯门一关，方圆就领了何为去办公室坐下，一边泡茶一边说话。

"兄弟今日应该有事而来！"

何为本想回他真的没事，只是临时起念来坐坐，话到嘴边，却硬是改了口说："要说有事，我还真有一事相求！"

"兄弟不必客气，我能办到的一定帮你办，你说！"

"最近有个事，心里一直没有底，所以想请你解解惑！"

方圆转头看着南边的窗户说："本来我和你说过，过了午时不起卦，不过今日屋里屋外都有阳光，我破例给兄弟求个卦吧！你先说说看，是何事？"

"小孩上学的事。"何为跟着方圆的眼睛看了过去，窗外正有阳光斜射进来，照在办公室东边靠墙的中式大班台上，大班台上只有一个合着的黑色笔记本电脑，桌面显得干干净净。

"要不你说一个或两个字吧，我给你拆字测卦！"

何为脑子里一下闪出"得失"二字来，张口便说了出来。方圆拿了纸笔来把两个字写上，边写口里边计算着两个字的笔画，把笔画数字写在字下面。"得"字是十一画，"失"字是五画。而后他又在"得"字的笔画数下列了一个算式，十一除以八等于一余三。他解释说："三为离卦，五不足于九，直接得出为巽卦。"说完便在纸上上离下巽地把卦画了出来。画完便说："这是主卦。"接着又定了互卦，互卦是将主卦的二、三、四爻由下到上排列，组成互卦的下卦；将主卦的三、四、五爻由下到上排列，组成互卦的上卦。互卦画好在主卦右边，他又另外列了一个算式，十一加五再除以六等于二余四。写了数字，他说："这样得出了四爻发动。"接着便在主卦的九四位置画了一个×，在互卦右侧画出了变卦。

☲　×　☱　☶
☴　　☰　☴

装好卦，方圆便说："这是一个火风鼎卦，四爻发动，变为山风蛊。鼎卦本是一个很吉祥的卦，有革故鼎新之意，下面巽卦为木，上面离卦为火，木又生火，乃大鼎下生火，是为烹饪之象。鼎卦测考试求学，更有问鼎之意。可惜四爻发动，鼎足折，眼看要吃的一锅食物，一下全部倒了，等于是煮熟的鸭子都飞了，功亏一篑。从变卦来看，蛊乃迷乱之象，变数很多，短期不利，长远来看，塞翁失马焉知非福？"

何为一边听他说，一边看着卦象自己在揣摩。方圆接着说："从体用的生克关系来看，主卦是木生火，是为体生用；互卦上下皆为金，故为比和；变卦木克土，是为体克用。也是眼下不顺，长远看却又是好的。"说完，他停下来喝了一口茶，便不再开口，只是看着何为。

何为见他不说了，便说："我一直在认真听着呢，请继续说，说完！"

"兄弟，有些话，我本不当讲，但是作为兄弟，不讲又不快！"方圆这才又接了口，说完他又看着何为。

何为把屁股往沙发后面挪了挪，身子靠在沙发背上，面色如常地看着方圆说："嘿，你怎么欲言又止了，这可不像你，婆婆妈妈的。再说你还不知道我吗？但说无妨！"

"那我可说了，说了兄弟不要不高兴，也不用乱想。"方圆边说边注视着何为，稍微顿了一下，接着说道，"这个卦，信息量很大，恐怕不只是孩子上学的事情，方方面面的，当然也不一定是坏事。就这两个字，其实也不需要看卦的，只看两个字就行，得而复失，但是失又何尝不是得呢？"

听着方圆解卦，何为心里其实早已经乱成了一团麻，表面却还要装作若无其事的样子，等他说完了，并不接他的话头，而是突然转了话题说："这乾坤震巽坎离艮兑八卦和一二三四五六七八之间的对应关系，究竟是怎么来的呢？每个测卦的人，是否都去思考了为什么一对应的就是乾卦，二对应的就是兑卦，三对应的就是离卦呢？"

方圆看何为没有接他的话，尴尬地笑了笑，也便顺着何为的话说："这个说来学问大了，涉及先天八卦和后天八卦，还涉及河图洛书，以及太极生两仪两仪生四象四象生八卦的很多问题，也不是一句两句可以说得清楚，兄弟你要是有兴趣，改日我们可以一起专门探讨一下。"

方圆说的时候，何为却在想，世间很多东西，本就是只知其然而不知其所以然的，没有几个人会去追根溯源。很多事物，根本就不需要讲道理的，即使有道理，常人也没有必要去弄得那么明白，这并不会影响人们的生活和工作，正所谓日用而不知。譬如说圆周率，人都知道π等于三点一四一五九二六五三五就可以了，使用的频率也很高，至于这个数字是怎么计算出来的，怕没有几个人会去思考。

测完卦，稍坐了一会儿，何为借口家里还有事，就匆匆告辞了方圆。一路上，心里都在纠结，从卦上看，上民办初中的事情十有八九怕是要泡汤了，从情理上却又总是不愿意相信，认为测卦毕竟是测卦，就哪能那么准呢？不过就是玩玩而已嘛！都已经准备了大半年了，虽然小五班考试失利了，可毕竟开放日的表现不错嘛，说不定人家学校已经暗中圈定了孩子呢？不到最后一刻，是不会放松的，该怎么样还怎么样，测卦的事情，尤其不能让孩子知道，哪怕和柳依，也不要提这一茬。可要是万一哪个环节出了问题呢？是不是该找一点关系，托托人呢？可是又到哪里去找关系呢？谁在教育口子有熟人，能去勾兑民办初中的关系呢？回来停好车，何为都还没有理出个头绪出来，这时候，手机响了起来，何为看是陌生号码，但是并没有被标记过诈骗和骚扰电话，便按了接听键，却并不说话，等着对方开口。

"喂，您是何必然家长吗？"话筒里传来一个带有东都腔调的男声。

"请问您是哪位？"听对方这样问，何为想这电话不会是学校老师打来的吧？便立刻接了话。

"我是顾老师，何必然是想要上民办初中，对吧？"

"他是要上民办初中，不好意思，您是哪位顾老师？"

"我们做招生服务的，你孩子接到学校电话了吗？"

"哪个学校电话？"何为听得直发蒙。

"那就是还没有被强电啦，那何必然是市里的优秀少先队员吗？五好学生吗？"

"他不是优秀少先队员，什么是强电？我只听说过三好学生，没听过五好学生。"何为越听越糊涂。

"哦，五好学生吧，就是在学校里能评上三好学生，再加上奥数好英语好，不就是五好学生了吗？"没等何为反应，对方又"噼里啪啦"地说，"强电充电弱电你都不知道？我一概给你科普一下哟，强电是参加过内部考试以后，学校打来电话要你了。要是学校再次给你电话，要你填一志愿，就叫作充电。要是学校让你填一志愿和二志愿，那就还不能铁板钉钉，会出现变化，这是弱电。"

"您说吧，您有什么事？"何为这时候才听出一点眉目来，便有些不耐烦地说。

"要是你们自己没有渠道弄到条子，也没有被点招，那么我们可以帮你们想想办法，弄一个腾坑的指标。"

"什么是点招？你腾坑的指标哪里来的？"何为听着有些动了心，便问道。

"点招，就是下订单，和入伍一个意思，从金坑银坑里出来的，已经成功拿到船票的。至于腾坑的指标哪里来，这你不要管，我们有我们的路子。"

"那你们的服务条件是？"何为试探着进一步问道。

"和市示范性高中挂钩的民办五十万，和排名前十的市重点高中挂钩的三十万，和区内的市重点高中挂钩的二十万。"

何为一听这个价格，便吓住了，不过还是继续问道："如何付款？如何相信你们？"

"先打款百分之五十，我们见面签合同，上岸以后，付清全款。"

何为本想直接挂了电话,转念一想,万一要是真的呢,便又问道:"我面都没有见你们,怎么可能给你们先打款,除非我们先见面,到你们单位看看,签了合同,再付款!"

不想对方"啪"的一声便挂了电话,不再有回音。何为想难道真的是骗子,或者是黄牛?便又回拨了过去,对方电话却拨不通,一直是嘟嘟之声。

四十四

回到家里,何必然已经放学回了家,窝在自己房间里做家庭作业,父亲正陪着小宝搭积木,茶几上摆着搭好的坦克、飞机、卡车、手枪、冲锋枪……何为放下包,就去厨房炒了几盘菜出来,父亲早煮好了饭,何为刚招呼大家来吃,客厅的电话响了,何必然出来抢着接了。原来是柳依打来的,她说到了楼下,要人下去帮她提下行李。何必然挂了电话,嘴里喊着:"妈妈回来啰!"人已经飞奔到了门口。知道妈妈回来,何定然也撂下手里的积木,跑出来要跟着哥哥下楼去迎。哥哥却进了电梯,电梯门已经合上。他就坐在地上哭着打滚,何为过去抱他,他大声说:"我不要爸爸了,我不喜欢爸爸,我喜欢妈妈!"等柳依和何必然从电梯里出来,小宝还躺在地上,看到妈妈,一骨碌爬了起来,过去拉住了妈妈的手。柳依放下手里的行李,一把抱了他在怀里,他立刻便"咯咯"笑个不停,眼角却还闪着泪花。等进了屋,柳依放下他,他却还要粘着妈妈,再也不搭理爷爷和爸爸了。吃完饭,何必然一放下筷子,就把柳依的行李一件件打开了,去寻零食,也寻柳依答应给他买的球鞋和衣服。柳依大声训斥道:"何必然,你怎么一点规矩都不懂?不要去乱翻我的包!"嘴里这样说,却也并不去制止。何必然从包里翻出了巧克力、软糖、饼干、薯片、润喉糖……弟弟看到,马上放开妈妈,飞奔去哄抢。不一会儿,食物碎屑和包装袋便散了一地,爷爷在一边忙着帮他们收拾。

柳依吃完饭,躺在沙发上刷抖音,不时发出一阵放肆的大笑。她最近的兴趣,在微博和微信以外,又渐渐迷上了抖音,人便越发没了空闲。玩了一阵,她突然对何必然嗔道:"何必然,作业写完了吗?赶紧去写作业!"

何必然回道:"只剩下英语阅读了,老妈你陪我写!"

柳依嘴里说:"好的!"人却还没有动,继续拨弄着手机。何为正好洗碗出来,便催促道:"赶紧去啊,别玩了!"何必然也喊:"老妈,陪我啊,陪我啊!"柳依便很不情愿地低头进了何必然的房间。看到妈妈去陪哥哥,小宝也跟了过去,哥哥已经在里头反锁了门,他便在外乱踢,大声哭闹,叫喊着:"我要妈妈,我要妈妈!"父亲在一边怎么也劝不住他。何为本来正在收拾餐桌,只好放下手头的活,过去哄他说:"妈妈陪哥哥做作业呢!哥哥做完作业,再来陪小宝,好不好啊?"何定然哪里肯答应,哭闹得越发厉害了,柳依没有办法,只好出来抱他。

何必然做完作业,柳依已经带何定然洗完澡,躺在床上给他讲故事。他这么多天不见妈妈,听了一个还要听另外一个,一点睡意也没有。柳依便说:"妈妈给小宝讲很多故事了,妈妈累了,要睡觉了,讲完这个宝宝就睡觉好吗?"何定然睁大眼睛,闪了两下,点了点头。柳依一讲完,他却又拿起一本绘本,塞到她手里,要妈妈继续讲。柳依不耐烦地说:"你这孩子怎么这样呢?"却又拗不过他,只好翻开绘本讲下一个。

柳依正在烦何定然不睡觉，何必然又跑到了妈妈床上，和弟弟打闹到了一起。两个孩子在床上闹腾，柳依不用讲故事了，便乐得把绘本丢在一边，靠在床上继续刷抖音，时不时喊一声："何必然，你明天还要不要上学，这么晚了不去睡觉！"却也不等他回答，自顾自地继续刷。哥哥不小心弄痛了弟弟，弟弟"哇"的一声大哭起来。柳依这才放下手机，查看小的是否伤到哪里，责骂大的说："你怎么这般狠心？一点不知道轻重，不懂爱护弟弟！"挨了妈妈的骂，何必然闷闷不乐地回了自己房间，和爷爷打了声招呼，便爬到上铺去睡了。爷爷这时候侧卧在床上，一手枕在耳朵和太阳穴的部位，下面的腿伸直，上面的腿曲着，一手放大腿上，半闭着眼在练习睡罗汉的吐纳功夫。

何为忙完家务，一个人在阳台上静了一会儿，又搬出电脑把今日的公众号文章更新了。公众号粉丝每日见涨，有近万的关注了。何为想着这些流量不能白白浪费，便开通了广告流量主，每日居然也有十元二十元的收入。看到人家公众号都开通了读者打赏功能，便也学着设置了，每篇文章竟都有人打赏，少则十来个，多则二三十个，收入比流量主更多，一月能额外地得两三千元。自从全职和蔡进干工厂以来，何为钱包没有几日是鼓的，年前的工资，出了节便见了底。春节以后，直到四月安途的电池箱模具款到账以后，才发了一回工资。那钱一到账，立马便还了当月房贷和网贷。三月的亏空实在没有办法，找柳依好说歹说，才让她又付了一月房贷。网贷还款是万万不敢找她的，只好又另外找了一个贷款的平台，贷了些钱出来还网贷。日子便这样拆东墙补西墙地过着，每日都紧巴巴的。哪想手机中板业务又突然停了，裁员仍在进行，五月工资能不能发出来，还是个未知数。如今公众号上生出这两三千块钱来，却也如雪中送炭，正好可以贴补家用。

等忙完,已经过了十一点,进到卧室,小宝早已入了梦乡,柳依关了顶灯,开了床灯,仍是盯着手机在看。柳依出去有一周,中间也没有主动联系何为,回来两人还没来得及正面说上两句话。何为上床,想问问她出差到底忙什么去了,说好去三四天的,怎么却去了一周才回来?又想告诉她小宝示范幼儿园没有录取的结果。思量好一阵,竟不知从何说起。两人躺在一张床上,中间隔着小宝,竟如天堑一般。此刻突然又想到那自称顾老师的电话,联系方圆测的卦,何为越发觉得民办初中怕是悬了。便又起了找人托关系的念头,心思忽地落到了蒋芙儿和伍持仁身上,想兴许这两口子能帮着找找人,打点打点。想到这里,何为便对柳依说:"你联系联系蒋芙儿,看看他们两口子有没有路子,帮着找个教育口的人,托托关系,恐怕这样上民办才会保险一些。"柳依却"啪"的一声关了灯说:"我累了,先睡觉!"然后便翻身躺下,背对着何为,没有了声音。何为便也兴味索然,翻过身去,不再说话。一会儿,便听柳依的呼吸声拉得很长,似乎已经睡着了,小宝时不时说句梦话,何为则在黑暗中睁着眼睛,翻来覆去睡不着。

过天柳依下班,晚上回来对何为说:"联系过芙儿了,伍持仁答应帮忙,说他找几个人来,一起吃个饭。"求人办事,人又是伍持仁请来的,不能由着自己的喜好去吃湘菜,何为便问了伍持仁的意见,安排去吃日本料理。伍持仁是个讲究的人,请的客人也都有身份,选的地方得有档次,位置要靠市中心一点,还得交通方便。何为筹划了数日,上餐饮点评网站看了一些食客的评论和晒图,和柳依商议过后,初步定了城西的一处地方。那里也是东都的一个特色商业中心,服务业餐饮业娱乐业发达,聚集着大量台湾人和日本人,日式料理店也多,晚上更是灯红酒绿。那里离伍持仁家不远,地铁过去就三四站路,其他客人去那里,无论从市里的哪个方向过去，开车还是地铁，都很方便。为了慎重起见，何为又去实地考察了一番，挑了一家环境优雅装修考究的店，拍了几张照片，发给伍持仁，请他参考。伍持仁看了图片，在微信里回道："很好，口碑不错的一个店！"

请客的时间安排在周五晚上，何为早早过去定了包间，拿着菜单看了又看，思虑着该点哪些菜，喝什么酒，既要上得了台面，消费总额又不能离谱。可是看来看去，无论怎么点，都得四五百一个人，自己两口子，伍持仁两口子，加上请来帮忙的一两个朋友，至少要三千才能打住。何为这会儿手头只有刚从公众号里提现的一点打赏钱，自然要想着如何能把钱省了，三四千也就算了，要是超过，买单可就尴尬了。

到了五点半钟，柳依就到了，她是提前下了班过来的。柳依一坐下，何为就把菜单递了过去，让她看菜单。这时候，伍持仁带了一人先到了，两人在包间门口脱鞋，何为忙到门口迎接。等两人进来，伍持仁介绍说，这是红会的花主任。何为忙把手伸了过去，与花主任握手问好。花主任四十多岁，面白肉厚。两人脱了外套，何为引导他们到靠里的位置坐，两人却坐了靠边的位置。两人一落座，接着陆续又进来五人，每进来一个人伍持仁就给何为和柳依介绍一个，先进来的马脸高个，是城管队的吴队长；接着进来的阔脸高额，是商会的宓秘书；后面一个三角眼，皮笑肉不笑的，是工商所的陶副所长；紧随其后的一位黑脸矮个，是救助站的裘站长；最后一位半白头的是男科医院的骆医生。众人依次落座，吴队长坐中间，陶副所长紧靠吴队长左边，宓秘书坐右边，裘站长和骆医生坐在伍持仁和花主任对面。看着众人落座，何为却在心里想，怎么会来这么多人呢？而且没有一个是教育系统的，也不知道谁能帮上忙。这么多人，预算肯定是要超了，而且超的不会是一点，恐怕要翻倍。柳依叫了Onesan进来点单，刺身点了三文鱼、加纳鱼、鲑鱼；炸物和烤物有鸡软骨串烧、黑椒牛舌、烤鳗鱼、火炙比目鱼、鹅肝、海胆、羊排、牛肉、小鱼、小虾，又点了几款寿司，便将菜单给伍持仁。伍持仁看了以后，又加了龙虾刺身、生拌牛肉刺身、黑鲔鱼刺身。Onesan介绍说黑鲔鱼是五月份才上市的，正好当季。另添了北极贝、鲜活牡丹虾、牛油果手卷，几样铁板烧、火锅和煮物，还有沙拉和凉拌。点完便把菜单递给何为，要何为点酒水，何为点了白鹤清酒，问众人如何，众人都说好，伍持仁却又另加了几瓶獭祭。点完酒水，蒋芙儿便到了门口，她对着门弯腰脱鞋，身后紧跟着个男的，梳着大背头，看上去五十多岁，体型却保持得很好，一看就是生活精致而又善于保养的人。两人进来，蒋芙儿用手搂了一下柳依，然后介绍说："这是文化局的魏老师。"众人和魏老师大概都不是很熟悉，每人都站起来和他握手打招呼。握手过后，几人推让着要魏老师坐了刚才吴队长的位置，魏老师嘴里说着"随意坐，随意坐，不要客气嘛"，屁股却已经坐下去了。坐下以后，魏老师说："小蒋，你就坐我旁边吧！"蒋芙儿看了一眼伍持仁，伍持仁脸上端着笑，也便坐了下去。其他人又另外排了座位，方才再次落座，何为和柳依坐在门口。

一会儿，便开始上菜了，先上的是一些小菜，接着给每人上了一碗清汤，清汤上来以后，刺身就上来了。Onesan帮着把酒开了，倒在了几个陶瓷酒壶里。何为拿了酒壶过去给众人倒酒，伍持仁也拿了酒壶给他旁边的几人倒。酒倒好以后，伍持仁便说："诸位兄弟，今天是我朋友何总夫妇做东，他孩子今年考初中，想要进一所民办学校，大家都想想，看如何帮一下何总嘛！这个忙要是帮上了，以后何总还会重谢大家的！"

"这位漂亮的何太太，是我高中的同班同学，当年可是校花哟。"何为正要说话，不想蒋芙儿抢先开了口。

"芙儿才是校花，当年不知道让多少男生神魂颠倒。"柳依脸颊有些微红，接口道。

众人便都转头看两个女人，看看这个，又看看那个。魏老师笑眯眯地先对柳依说："都是校花！"停了一下，又转头望着身边的蒋芙儿，眼睛发亮地对着蒋芙儿重复说："都是校花！"

陶副所长向上扬了一下眼角，然后眯着眼睛对柳依说："你们在哪个区的？上的哪所小学？"

柳依说："南郊的，运河小学。"

宓秘书说："想上哪所民办初中呢？"

何为说："看中的是玉树中学，还有就是临风中学。"

吴队长说："这几所学校，可都是挤破头想往里钻的哟。"

何为便端起酒杯说："是啊，就是因为难进，所以才要请大家帮忙，来，我先敬大家一杯，以示感谢！"

众人便也都端起酒杯示意了一下，只有花主任嘴里说："好说，好说！"何为一口把杯里的酒喝了。多数人都跟着喝了，宓秘书和魏老师两人却都只浅斟了一小口。大家重新落座，就着民办初中的话题又聊了几句，逐渐便转移了话题，聊起了别的。说话却也没有主题，都是东一句西一句的，有时听一人说，有时又分成几拨，各说各的。这时候魏老师嘴贴在蒋芙儿耳边，嘀嘀咕咕地，不知道说着什么，蒋芙儿只是不断点头。伍持仁和众人则正在专心听骆医生讲男人如何自测性功能正常不正常的法子。何为却听得莫名其妙，这也需要自测吗？话题便渐渐扯到些暧昧的话题上来了。

众人说笑时，何为一直不动声色地瞟着柳依，柳依先有些莫名其妙，此刻又喝了些酒，脸变成了酡红，只管拿眼睛看蒋芙儿。

说笑了一阵，宓秘书说："请魏老师和芙儿讲点高雅的，你们俩都是文化人。"

蒋芙儿便看向魏老师，魏老师也看向蒋芙儿，两人眼睛碰在一处，蒋芙儿不觉察地脸微微一红，头便闪到了一边。

魏老师说："你们知道'春'字的奥秘吗？"

陶副所长说："真不知道，不就是个'春'字吗？有什么奥妙？"

花主任也说："请魏老师讲讲，我们学习学习。"

魏老师说："'春'字造得太有内涵了，可以说包含了汉字的全部造字奥妙！下面一个'日'字，为乾，为阳，上面三横，用'人'字的一撇断开，就是一个周易的坤卦，坤为阴。这样'春'字就有了阴阳，有了男女，有了乾坤，不就有了万物吗？'人'字和坤卦连一起，不就是一个劈腿的女人吗？很形象吧！下面的'日'字，则更加生动了，无论发音还是造字都让人浮想联翩。再看上面的'三'字，不正是老子说的一生二，二生三，三生万物吗？'春'上下一体，女上男下，翻天覆地，便是泰卦。为什么会翻天覆地呢？是日得翻天覆地？天雷滚滚，春雨绵绵，是为翻天，万物生长，破土而出，是为覆地。故'春'也是三阳开泰。'春'字有天、有地、有人，说明春天是人间的春天，是有人才有春。是人分出了四季和二十四节气。'春'字暗含阴阳之道，生机盎然，这是最有道气的一个字。"

众人听得一愣一愣的，花主任说："受教了！"宓秘书说："长见识了！"伍持仁说："有学问！"吴队长、陶副所长、裘站长都说："高深！"句句都是恭维话。何为听着，心里却直叫苦，知道这客怕是白请的了。看着满桌子逐步上齐了的菜和酒，在心里暗自计算费用。算来算去，买单的金额，恐怕得八千以上，可自己兜里的钱，就剩下三四千块了。一时无奈，便只好又打柳依的主意，又不好当着众人说，便借故上洗手间，拿着手机离了包间，一人下楼到了外面的街道上，吸了几口新鲜空气，人便清爽了

360

许多。何为点了一根烟，抽了几口，方给柳依在微信里说："我买单钱不够，你垫一下！"本想柳依这会儿看不到，要回去提醒她看，不想她马上便回了过来说："你怎么回事！怎么总是没钱？"何为无心辩解，只是发了一个无奈的表情过去。

四十五

民办初中面试要先在网上填报志愿，志愿根据优先等级分为一、二、三志愿，每个志愿限报一所初中，学校会优先录取填报第一志愿的人。若是三个志愿都没有被录取，便自动分配到就近地段的公办初中里。填好志愿，过不得几日，学校就发了短信来通知面试事宜。何必然毕竟参加过玉树中学的小五班，第一志愿还是填了玉树中学，第二志愿填的是临风中学，第三志愿填的是一所区内市重点中学附属的民办初中。三个志愿面试的时间，也都错开了，第一志愿排在周六上午九点钟，第二志愿安排在当日下午两点，第三志愿则安排在次日的上午九点。

星期五晚餐过后，何为带着何必然去散步，不一会儿，便到了何必然每日上学路过的那片荷塘边。此时入夏已有半月，昼长夜短，天未尽黑，薄暮之间，西边晚霞如火，东边弯月如钩，荷塘里一池碧水，长了半塘新荷，几朵荷花欲放未放，挺立在荷叶中间，数只蜻蜓在荷塘边飞来飞去，荷塘对岸绿柳如烟。看着这如画的黄昏之景，何为一时心情大好，觉得是个好兆头，明日的面试，何必然定会表现不错。忍不住就掏出手机来先拍了几张风景照片，又要何必然摆了各种姿势，从不同角度拍他，拍完又把手机递给何必然，让他拍自己。散步回家，何必然又与爷爷走了几盘象棋，往日爷爷让他一个车和马，他都难得赢上一回，今日爷爷却不断夸他这着棋走得好，那步棋也走得好，越下越得法。两人先下了一个平局，接着何必然竟然连赢了三盘。柳依这日也回来得格外早，帮着孩子准备明日要穿的衣服。何为把他最近几个学期的成长手册、户口本、学生证、个人简历、特长证书、荣誉奖状，都用一个文件袋装了起来。临睡前，何为又再次给他交代了面试要注意的各种问题，尤其是礼貌问题、态度问题和姿势问题。面试时，一定要先问老师好，每回答完一个问题，要记得说"完毕"，面试完后要和老师说"谢谢"。坐着和站着的时候，不要摇头晃脑，走路的时候，不要跑跑跳跳，写东西的时候不要趴在桌子上，即使不能完成的内容，也要认真对待，直到最后一刻。注意这些细节，至少会给面试老师留下好的印象，增加录取机会。

周六早上，何为总觉得还忽略了一个环节，但又想不起来是忽略了哪儿。一直到快到了玉树中学门口，看到学校的招牌，才恍然大悟，原来忘了要何必然上学校的官网看看。学校的办学历史、文化传统、特色课程以及学校历年取得的成绩，还有校训、校歌、校徽等，都应该让他熟悉，最好能记住。好在还只八点钟，离入场还有一个小时，要熟悉官网上这点内容，时间应该足够了。何为拿了手机出来，搜到学校官网，先让何必然自己看了一遍，然后帮他划了重点。记忆过一遍以后，何为与他一问一答，连着操练了好几遍，看他确实已经记住了才停下来。小五班考试结束后的大半个月里，何为从网上找了历年的民办初中面试真题，让他刷了几轮。尤其是玉树中学的题型，更是做了统计和分析，找出了出题的套路和规律。还把先秦以来的文学常识给他做了系统梳理，让他自己做成了思维导图，天天记忆，父子两人一问一答地过了无数遍。

学校开始放人进去了，还和开放日一样，柳依在外面等着，何为带了何必然进去。人一进去以后，家长和学生依然被引导分开，家长还安排在开放日去的那个礼堂里。何为刚落座，一抬头便见贾慧正朝自己走来，过来打了招呼，就坐在了旁边。

贾慧说："我在外面就看到你们了。"

何为说："哦？我倒是没有注意到你们，只是朝里张望，完全没有注意后边的情况。"

贾慧说："他们小学听说今天有十几个孩子来面试的。"

何为说："你家怎么也还要再来走一下过场呢？不是直接从小五班录取了吗？"

贾慧说："虽然接到了电话，但是没有正式录取通知，毕竟都不敢大意的，而且必须要来参加这个大面试的。"

两人聊了几句，礼堂便坐满了人。和开放日不同，过道上没有加座位，也没人来和家长讲话作报告。当然，也没有让家长傻坐着，而是放了电影给家长看。电影是一个印度片，荧幕上一个叫米塔的姑娘跟着妈妈到一个裁缝店里去做衣服。裁缝店里一个叫拉吉·巴特拉的瘦个年轻人，似乎是老板的儿子，傻傻地看着米塔，像狼一样两眼放出了绿光……何为眼睛看着荧幕，心里却一直在计算一些数字。记得前几日市内的教育新闻说，今年民办初中报考人数比去年减少了，预计录取比例会在一点四比一。按理说，这个录取比例确实很高了，大部分报考的孩子和家长，应该都不会失望。可是从今日到这里来的人数看，却又完全不是一回事。这一场是三百人，下午还有一场，明日还有两场，连着两日四场，来面试的人约一千二百人，比开放日是少了许多人。可录取名额只有二百五十人，这个比例，再怎么算，也不止一点四比一的比例啊！这新闻的误差怎么会这么大呢？哪怕来这所学校的人多一点，所有学校报考的人数和实际录取的人数平均，也不会是这个比例啊！想着想着，何为的眼睛被荧幕上的"起跑线"三个字吸引住了。这个电影在国内刚上映没多久，何为听说过片名，却没有去观看。原来这个电影也是讲教育问题的，米塔和裁缝店老板的儿子拉吉·巴特拉结婚了，生了女儿皮娅。为了能让皮娅接受优质的教育，夫妻俩想尽办法，几次变换身份，甚至住到了贫民屋，终于如愿以偿，占用了政府给贫民孩子进入优质学校的指标。电影里印度的优质学校，原来也是私立学校，而公办的免费学校，学校的基础设施和教学条件，则和国内二十世纪七八十年代的乡村小学一样，破败不堪。何为看着这个电影，心想虽然印度的国情和中国不一样，教育制度也不一样，但是家长望子成龙，想要子女接受良好教育，让孩子不输在起跑线的心情却是一样的。中国人说可怜天下父母心，看来这父母心，不仅仅是中国的父母心，全人类父母的心都是相通的。电影快结束的时候，贾慧悄声说："我发了一篇微信文章给你，你看看。"何为便拿出手机，打开文章快速浏览起来。这是一篇剖析美国基础教育的文章，文章里说，美国也是按学区制设立公立学校，因为学区的划分，就将美国的穷人和富人、中产阶级和贫民，全部隔绝开来了。美国贫民窟的孩子，要进入中产阶级的学校去读书，简直比登天还难。贫民窟学校的老师，上课时吊儿郎当，随意接听电话，随时离开课堂。在美国贫民窟学校里的孩子，实际大多都是半文盲，没有几个人能有机会接受高等教育，通过知识改变命运。看完文章，何为顺便翻了一下朋友圈，便看到了柳依刚发的照片。她拍了学校周围停着的车龙、家长和孩子走在一起汇成的人流、校门外焦急等待的家长的脸部特写，还有路上拉起来的警戒线与执勤的警察，照片上方配的文字是：这不是高考，只是民办初中的面试！

果然，面试也和开放日一样，十人分成一个组。何必然和他们组的孩子被带入了一间教室，老师给每人发两张 A4 纸，要求用这张纸来做一座承重桥。一大半孩子拿着纸在手里不知所措，摆弄了一阵后，便惊惶地看着他人。也有几个人试着折叠，思考着如何凭着一张纸搭出一座桥来。何必然却知道，纸桥的结构、高度、跨度、宽度都是有讲究的，当然，这比的主要是桥的承重力。这样的桥，他搭过至少有几十座，还参加区里的比赛拿过奖。略一思索，何必然便把纸裁剪成了大小不一的几片，又将裁好的纸片或卷成了秸秆一样的纸筒，或折成了方块，或折成了长条，像变魔术般，第一个搭成了一座像模像样的纸桥。

搭完纸桥，进入的是一个历史人物故事环节，老师在投影仪上显示了许多历史人物，让孩子看一眼，便关了投影仪，让他们尽力数出这些人名来。数完以后选一个自己最喜欢的人物，说说为什么喜欢他，并且讲一个和他相关的故事。投影仪关闭以后，何必然开口便道："管仲、老子、孔子、颜回、子贡、庄子、荆轲、计然、范蠡、伍子胥、勾践、屈原、李斯、秦始皇、项羽、刘备、诸葛亮、曹操……"他一口气数出来将近四十个，稍一停顿，就又说，"我最喜欢的本来是黄帝，但是刚才没有看到黄帝的名字，所以我喜欢的人选范蠡，因为范蠡最能审时度势，懂得进退。"接着他便讲了范蠡帮助越王勾践灭吴国，同文种讲"鸟尽弓藏、兔死狗烹"的道理，劝其离开，文种未听，终死于非命。范蠡总能因地制宜地做最好的自己，恰如李白说的"天生我材必有用，千金散尽还复来"。他离开越国，带了西施泛舟五湖，化名鸱夷子皮隐居齐国，住在海边，靠海吃饭，捕鱼晒盐，积累了万贯家财。他却又散尽了这些钱财，迁到了宋国，自号陶朱公。他利用当地地理通衢的优势，成了商业巨贾，后人因此敬奉他为商圣。

看他讲完，老师有些好奇，问道："你是怎么知道范蠡的呢？"何必然回道："我老爸看《史记》，总给我讲《史记》里的人物和故事，听到喜欢的人物，我也会拿书读一读，读不懂的，就要老爸给我再讲。"

英语是由学生抽题作答，何必然抽到的是用英语介绍一个中国传统节日。他本来想表达的是春节，但是又怕表达不好，犹豫了一下，选了中秋节。接着是体育项目，有跳绳、匍匐前进、学五步拳等。最后安排的是机考六十分钟，一共十道大题，每道大题里面又有数十道小题。内容包罗万象，譬如刘备和孙权是什么关系？俄罗斯首都在哪里？无花果树和椰子树哪个高？一个铁球从高处落下，是匀速还是越来越快？从天文地理到物理化学，从口奥到几何图形识别，从人文历史到时政大事，从气候与动植物的识别，到物种的起源与进化等，都涉及了。因为题目太多，根本没有时间过细思考，只能凭着感觉快速刷屏，第九大题做了一半不到，时间就到了。

何必然出来，一见到何为，第一句话就说："老爸，我英语估计没有答好，机考的题也没有全部做完，好多题目不知道做对了还是没有做对。"

何为忙安慰道："尽力了就可以了，重要的是态度。"

何必然看到贾慧也在何为旁边，便没再说话。贾慧问何必然有没有见到沈婷婷，他刚要回答，沈婷婷却已从斜里跑了过来。她穿着小学里的蓝色西装校服，梳着两条松松垮垮的辫子，发尾微微卷起来，一条搭在胸前，一条搭在肩后，一甩一甩地，好像随时要散开。和她妈打了招呼，沈婷婷便问何必然机考的题目都答完了没有，人物答了多少个，一口气问了好些个问题。问的时候，眼睛看着何必然，每说一句话，眼里的睫毛就扑闪扑闪地眨动几下，好像说话的不只是嘴巴，还有那双眼睛。何必然回答完她，也问她同样的问题。她也说题目来不及做完，有多少没有做完却没有细说，她英语抽到的是口述母亲节的题目。沈婷婷下午不用再去面试,又还要等人,何为便带了何必然先走,走了几步,搂着他肩膀说:"你没有做完,沈婷婷不也没做完吗?估计大家都做不完的,所以不要放在心上。"

到了校门外,柳依买了一个肯德基的全家桶等在门口,何必然先喝了一口可乐,然后一手拿了一个鸡腿,一手拿了一个汉堡吃了起来。柳依说:"慢点吃,时间还早!"看着他吃完了手中的鸡腿,才问他主要考了些什么,何必然便将考试的过程说了一遍。两人听了,都觉得他发挥不错,大有希望。何必然也受到了鼓励,很自得地说:"那个纸桥,我们组只有我做出来了。投影仪上的历史人物,也只有我记住的最多,我讲的人物故事,我认为也是最好的。"

何为说:"我怎么感觉你小五班学的东西,好像基本没有考,对吧?"

何必然说:"考得不多,机考的口奥,有些是小五班学过的。"

何为说:"你还记得起类似的题目吗?"

何必然想了一下说:"二加四加六……加一千九百九十六减去一加三加五……加一千九百九十五等于多少?"

柳依说:"那你算出来等于多少呢?"

何必然说:"九百九十八。"

何为说:"这个好像你上小五班以前就会了吧?"

何必然说:"是的,我三年级就会了。"

柳依说:"那小五班不是白上了?"

何为说:"那倒不一定,总会有用的。"

何必然说:"爸爸,你还真神了,机考的题目里,真的有校徽和校训之类的题呢。"

吃完全家桶,何为便开了车往临风中学赶,走了一程,柳依的手机响了，她忙戴了耳机接听。车里一下安静了，只有引擎的声音和轮胎摩擦沥青路面的声音隐约传入车内。柳依不时"嗯、嗯"几声，并不说话，临挂电话的时候，才用德语说了两句，何为却听不懂她说什么，也不知道是谁来的电话。挂了电话，柳依便说："下午我不能去了，老板找我有急事，得马上赶过去。"何为抱怨道："你又不是包身工，没卖给你们公司，周末都不得安生吗？是儿子的升学重要，还是老板重要呢？"嘴里这样说，却还是打了转向，把车靠到了路边。柳依说："我也不想的！"说完便开了车门下了车，"啪"的一声又关上了。

到了临风中学，停车又成了大问题，学校周边的道路可以停车的地方少，能停的地方早已经停满了，附近小区和大院的停车场，门口也都竖起了"车已满"的牌子。何为只好把车往来时经过的一片露天公园里开，之前在等绿灯的时候，似乎见到那里有一个停车场。到了那里，果真有一个，而且没停几辆车。再回到学校，孩子们已经陆陆续续进场了，家长全被拦在了校门外不让进去。何必然拿了资料袋走了进去，到两栋建筑中间的一条长廊上，两边摆了桌子，有老师在验看证件和成长手册，孩子们则需要填表签名。上午面试，学校并没有验看这些材料，何为本以为都白带了，这时候远远看着老师们在一个个细细验看，就想是因为有的学校看重这些材料，有的学校不看重这些材料呢，还是这学校的面试更加真实，上午那学校却是在走过场式的敷衍？验完证，已经进去的孩子们被老师排成两个队列，踏着正步往校园深处走去，外面的家长便看不到里面的情形了。

何为在校门外站了一阵，有些尿急，却寻不到厕所，问了人，说要去校门口的保安室。何为过去，铁栅栏门旁的保安室里还真有一个洗手间，可是外面却排了长队，且都是女性。看看一时半会儿这洗手间是用不上了，何为只好到远一些的地方去寻方便之处。离开学校，走了两三百米，过了一座桥，看到有一家酒店，匆忙进去，痛快淋漓地解了燃眉之急。出来看到酒店大堂里有一套考究的意大利牛皮沙发正好没有人坐，犹豫了一下，便折身过去，在一边的单人沙发上坐了下来。反正面试还要一阵，校门口又这般拥挤，落脚的地方都没有，还不如在这里坐等一会儿。坐了一阵，人有些疲倦，索性闭上了眼睛养神。这时，太阳穴里那只手又探了出来，一把抓住何为的头，狠劲往黑暗里拉。何为努力想睁开眼来，却睁不开来，和那黑手正斗得难解难分，忽然听到旁边有了声音，还闻到一股刺鼻的香水味。那黑手不知道是怕人还是怕那香水味，忽然消失到空茫中去了。

何为睁开眼睛，看到空的沙发上已经坐满了人，都是女子，旁边还放着几个硕大的行李箱。从酒店大堂里走过的人，都会朝沙发这边瞅上几眼，何为坐了一阵，竟感到有些不自在了，忙起身出了酒店，往学校走去。

快到桥头，看到两条狗，斗在一处。狗一黑一白。白狗脸大体肥，看着像狗熊，腾挪笨拙；黑狗脸瘦身长，有几分俊朗，扑闪敏捷。何为停下来，观看了几分钟。看着看着，白狗便有了些憨态，显得可爱起来，黑狗则多了些凶狠，变得面貌狰狞，黑和白的界限就逐渐模糊了起来。何为突然意识到，可爱的与狰狞的，美的与丑的，其实只是人的一种视觉习惯罢了，丑的东西看得久了，也会从丑里看出美来。就如难闻的味道，恐怕只是鼻子没有适应之前难闻，一旦闻得久了便习惯了。有时甚至还能从那种味道里得到享受。譬如没有吃过臭豆腐的人，是闻不得那味的，但是一旦吃惯了，再闻到那味，馋虫就会作祟，嘴角要流涎。视觉如此，嗅觉如此，那么听觉、触觉和痛感呢？恐怕也是可以习惯的。旧时的人身上喜欢长虱子，并不会痒得难耐，有时从身上捉出虱子来，用两个指头捏碎，会摊开来在手上把玩一阵，好像是在欣赏一件艺术品。一个长年受风湿痛折磨的病人，痛得久了，痛也许就成了一种快感。贫穷、痛苦，所有的一切，大概都会因为习惯而麻木，因为麻木而浑然不觉有异。看来所有的不同，所有的感觉，香与臭、痒与痛、美与丑、是与非、自大与自卑、贫穷与富有、幸福与痛苦，都不是来源于心，而是来源于外。一是被人外加的，一是有了参照物自发对比而来的。

这时，突然有雨点落到脸上，稀稀落落的几滴，何为一激灵，从恍惚中回过神来，那一黑一白两条狗，不知什么时候竟然不见了踪影。何为加快了脚步，到得校门口，雨点就密集了起来。

校门口没有地方躲雨，车停在路边的家长，纷纷撤到车里去了，也有少数未雨绸缪的人，不慌不忙地撑开了雨伞。更多的人，却不知所措，只能雨里淋着。好在没过多久，孩子们就陆续从校园里面出来了。何必然出来的时候，何为看了一下时间，从进去到出来，前后也就一个多小时。何为迎了何必然，一时也来不及详细问他情况，只顾着往停车的地方跑。跑了十几分钟，跑得上气不接下气，到车上时，两人头发和衣服都湿漉漉的，只好干脆脱了外衣，用衣服擦擦头发，免得着凉。何为启动汽车，开到栏杆处，才发现这是无人值守的收费停车场。出口摄像头自动识别了车牌，在栏杆旁的显示屏上显示出了应付的停车费金额，付费只能通过扫码支付，收款二维码贴在显示器上方。何为掏出手机来，对着二维码一扫，却提示无法连接手机相机。连试了几次都是如此，忙查看了手机里的相机设置，权限并没有被限制。重启了手机，也还是无法扫描。试着用手机相机拍照，发现相机根本打不开，又拿手机上自带的镜子去看，也是用不了。这才明白是手机的镜头已经坏掉了，扫描、拍照、镜子，都是用的同一个镜头。付不了款，车便出不去，又找不到看管停车场的人，何为便有些气恼，恨这停车场设计得不人性化。车外雨越下越大，两人只好坐在车里等待，看是否有其他人来开车，或者有人路过，请人代付一下，然后给人现金。

这时何为才问何必然面试情况，他说比上午的要简单许多。进到第一个教室，是英语对话，老师用英语问叫什么名字，从哪里来，是坐什么车来的，在哪所小学上学，最喜欢什么课程。第二间教室是要从《西游记》和《喜羊羊与灰太狼》中选一个人物，说说为什么喜欢他。何必然选了孙猴子，他说："这猴子自由自在的，能够上天入地，一个筋斗可以翻十万八千里，想去哪儿就去哪儿，还吃了王母娘娘的寿桃和太上老君的仙丹，后来又吃了镇元大仙的人参果，那是与天地齐寿的，谁也奈何不了他。"第三间教室是要大家玩魔方，有二阶的三阶的四阶的五阶的，最高的是九阶魔方，还有三阶十二面的、三阶金字塔的，魔方种类繁多，任你自己选一个玩。何必然也是玩过一阵魔方的，从二阶魔方到五阶魔方都玩得滚瓜烂熟。他选了一个五阶魔方，只花了三四分钟便复了原。何必然玩的时候，看到大部分人选的都是二阶魔方和三阶魔方，只有他和另外一个孩子选了五阶魔方，可是他比人家复原得快。第四个项目是安排在体育馆里跳竹竿舞，跳完竹竿舞就出来了。何必然说完，一个男子撑了伞从人行道上经过，何为忙开门跳下车去，求人帮助。那男子看到何为从雨里突然跳出来，吓得向后连连退了几步。他听了何为解释，倒也很是热心，帮着支付了停车费。

周日早上起来，何必然有些咳嗽，还流清鼻涕。大概是昨日淋了雨，在车上又脱了外套，受了风寒。父亲见了，忙要何为到厨房取三棵葱的葱白和葱须，洗干净煮一碗水来。自己则给何必然左手大鱼际处推拿了一阵，然后又取了银针，扎在鱼际穴上。父亲一边捻动银针，一边说："扎针要轻针慢捻，慢针细捻。"一会儿，何必然说："手上又胀又麻，有一股热气沿

371

着手臂内侧往上蹿，一直通到了肩胛骨下面。"父亲拔了针，何为端了葱白水来，何必然一口喝完，出了些毛毛汗。顷刻间，鼻涕便不再流了，咳嗽也没有了。

到了三志愿学校，去面试的人却比昨日少了许多。家长进去后安排在一个偌大的门厅里等着，门厅里摆了一些凳子。何必然去楼上面试，只过得二十来分钟便下来了。他说先只是用英语简单做了自我介绍，然后就给一张A4纸，让每人画一幅画。画上必须要有人，其他画什么，任你发挥，画完就可以离开。何必然说："我画的是蓝天白云下的一家人，一家人在河边的草地上，搭了帐篷郊游。远处有森林，森林里有小鸟，更远处有高楼，那是我们的家，东边有太阳，天上飞着一只大风筝，我和弟弟在追蝴蝶，爸爸看着我们，妈妈坐在帐篷外的垫子上看手机，爷爷站在一边练气功。"

四十六

三所学校的面试，何必然的表现都有可圈可点之处，虽然都是千人面，托蒋芙儿和伍持仁找关系的事情也是不了了之，但何为此刻却觉得他成功上岸的机会还是比较大，至少昨日两所学校是有希望的。"要是一二志愿都录取了，你选哪一所呢？"何为问何必然，何必然有些犹豫，一时答不上来。其实何为也犯难，还真不知道选哪所好。直观上说，玉树中学看似更加人性化，起码对家长友好，临风中学则有些冷漠，让家长淋雨不说，连上个厕所都没地方，至少是学校方面缺少人文关怀精神，考虑事情不周全。开着车走了一程，何必然突然说："老爸，你答应给我新买个平板的，能不能放了暑假就给我买？"上次摔了平板，是答应过他新买一个的，当时他正在闹情绪，也只是劝慰他的权宜之计，过后他没提这茬，何为便也没当回事。不想这时候他又提起来了，此刻答应他也不好，不答应他也不好，只说："你又想玩游戏了？"何必然说："不是的，我想暑假里报些网课，提前学一下初中的课程。另外想注册个B站的账号，还想空的时候到网上K下歌。"孩子主动要上网课，自然是好事。B站也是近来很热的一个视频网站，听说是九〇后〇〇后的地盘，具体有些什么内容，何为却不太知道。K歌倒是没有什么不妥，看他说出来的用途，何为竟是无从拒绝，却又担心他再次沉迷，只好敷衍说："等放了暑假再说吧！"

父子两人在车上一路聊着，回到小区停好车，等了一阵电梯，不见下来，只好爬楼梯上了一楼的大厅，方知道一部电梯在检修，一部电梯停在二十八楼不动。又等了几分钟，停在二十八楼的那部总算下来了，电梯门一打开，里面塞满了形形色色的箱包，父亲牵着何定然的手挤在一角。里面另有两人，是一对年轻的夫妻，何为也见过，是二十八楼去年来的租户，住了还不到一年，不知怎么又要搬走了。何为抱起小宝，和父亲打招呼，问他们去哪里。父亲说："然然饿了，去给他买个包子吃，顺便带他到外面玩一会儿。"何必然也嚷着要跟爷爷一起去。何为陪他们到四化包子铺门口，店里不见四化，只有美珍，她和这个打招呼，又和那个打招呼，嘴巴甜得不得了。打完招呼又问何必然考得怎么样，何为说："还不知道呢，得等通知。"美珍说："肯定考得上的，必然就是读书的料，将来要留洋读博士的！"闲聊了几句，兄弟俩一人要了一瓶草莓酸奶、一个牛肉馅饼，便蹦蹦跳跳地跑开了，父亲立马跟了过去。何为对着他们的背影大声喊道："记得十二点半回来吃中午饭哟！"

何为一人回去，从电梯里出来，正要掏出钥匙开门，却听到柳依在屋里大声说话，声音有些冲，手上便停了动作，站在门口细听。只听柳依说："现在你们公司跑路，我的钱都损失了，你得赔我，要不我和你没完！"何为听得一头雾水，不知道她在和谁说话，话里隐约与她买的理财产品有关。莫非她买的理财产品出问题了？何为马上掏出手机来看，果然，浏览器弹窗里的第一条新闻，就是一家P2P公司爆雷了，何为知道这家公司，贾慧就在那家公司里。说这公司年后起就陆陆续续不能及时兑付投资者的回报，到了五月，一些到期的理财产品，本金也不能按时兑付了。这两日爆出公司老板和高管都已经失联。难道她买的是贾慧公司的理财产品？正在愣神，只听柳依又骂道："你说什么都没有用，我不想听你解释！你这个贱人，你用照片来威胁我，我倒是算了，但是这钱我肯定要问你讨回来的！"照片威胁？什么意思？何为再要细听，屋里却已经没有了柳依的声音。开门进去，只见柳依气鼓鼓地坐在沙发上，脸拉得像冬瓜一样。看到何为开门进来，她显得有些慌乱，起身便要进卧室里去。何为一边换鞋一边问她。

"你刚才骂谁呢？"

"你管我骂谁！"

"你是不是买了贾慧公司的理财产品？"

"都是被那个贱人骗的！"

"人家怎么骗你了？"

"我得准备东西去机场了！"

"你刚才说拿照片威胁你是什么意思？你不解释一下吗？"

"我有什么要解释的？"

"你有什么把柄在人家手里？"

柳依回了几句，不再理何为，进了卧室，"咔嚓"一声反锁了房门。何为敲门，她只是不理。"咚咚咚"，何为渐渐暴躁起来，门敲得一声比一声响，她在里面却一声不发，就是不开门。敲了一阵，何为只好作罢，一人坐在沙发上生闷气。一会儿柳依提了行李箱出来，摔门便走了。昨日中午她被老板叫去，半夜方才回来，她说过又要去德国，明日晚上的飞机，这时候却才中午十二点不到。

看她出了门，何为想东想西的，也无心做饭，就联系贾慧，问她公司怎么回事。贾慧说她已经离开那间公司两个月了，具体情况也不知道，何为便又问她照片是怎么回事。

贾慧说："你还记得有次我给你发的照片吗？"

何为说："记得的，我还没有看清呢，你就撤回去了，你当时说发错了！"

贾慧说："我是故意发给你的，发完又觉得不妥，就撤回了。我是无意中拍到的，当时发给你老婆，问是不是她，她看了很紧张，问我要怎么样才能给她保密。"

何为说："然后你就用这个照片威胁她？"

贾慧说："我本来也没想要怎样的！是她自己害怕，连着几日都找我，我就说，我在做理财产品，要不你买一些支持我吧，想不到她竟一口就答应了。"

何为问："那是什么时候的事情？"

贾慧说："去年国庆前吧！"

贾慧的话，让何为气冲头顶，只觉得一阵晕眩，手脚都在发抖，粗声喘息了一阵，才慢慢缓过来。恼恨过后，心中又隐隐作痛，幽幽地把与贾慧的聊天截屏发给了柳依。不想柳依却回道："你听她胡说八道，你是相信自己老婆还是相信别人？她那是陷害的！我买她理财产品，是她死缠烂打，天天找我，说他们的产品如何如何赚钱！"

中午吃饭，何为拿出一瓶酒来，请父亲一起喝，父亲说飞蚊症不能喝酒，也不再劝，只顾自己独酌起来，一杯接一杯，菜也不甚吃，瞬时便有了醉意。父亲见了，担心地说："遇到什么事情了，怎么尽喝闷酒？"何为回道："没有什么事，就是想喝酒了。"何为话说得轻淡，满脑子却都是柳依照片的事情，揣测着她和那白人男子究竟到了哪一步，是从什么时候开始的，那白人男子又是谁？

晚上带小宝睡觉，也不给他讲绘本，只是在"喜马拉雅"选了个连播的故事给他听。小宝一会儿睡觉了，何为却一直在床上翻来覆去。到了后半夜，小宝翻了一下身，用手拼命抓额头，停不下来。何为开了灯，看到他额头上生了一个指甲大的包，看着像蚊子咬的！何为这才想起，晚上忘记点灭蚊片了。昨日已是小满，今年似乎热得特别早，上周最高温度达到了三十六度，前日下了大雨，却一下子又回落到了二十来度。初夏的气温像坐过山车一样，忽高忽低。蚊虫正是在这样的天气里繁衍，屋里没有新风系统，每天都是打开窗户透风的，总会有蚊虫从窗户外面飞进来。当然，蚊子也可能就是从屋子里破卵而出的，家里虽是住在高层，但不是真空层，蚊虫照样会滋生。何为起来，寻了瓶泰国产的青草膏，给小宝涂在额上，一会儿他又酣然入睡了。不知不觉，没有遮盖严实的窗帘合缝处，透进来曦光，天竟然就亮了，窗外的鸟儿也叫了起来，似乎比往常早了一些。

何为照样六点钟准时起来，先送何必然去了学校，回来伺候小宝起了床，给祖孙两人弄了早餐吃，在家里坐了一阵，便背着电脑包出了门。开着车在街上漫无目的地行驶，鬼使神差地竟然到了与贾慧喝茶的那间酒店。停好车，进去上了二楼的茶室，茶室外面有几个露天的茶位，何为坐了过去，胡乱点了一壶茶，只顾着一根接一根地抽烟发呆。瞎坐了一阵，才打开电脑，到招生系统里去查看，看有没有第一志愿的录取通知发来，系统里一点消息也没有。何为愣了愣，登录了QQ，进入了前几日加入的玉树中学考生家长群中。那是家长自发建立的群，大家填的一志愿都是玉树中学。群里竟然热闹得很，群主发起了收到录取通知的接龙活动，接龙的人已经有了六十多人。何为马上紧张起来，顾不得再想柳依的事情。群里有人说，一志愿学校一般上午十一点以前就发完了录取通知，到下午还没有收到的，大都是不能上岸的了。不时有寮城工厂的电话进来，何为也不敢多说，生怕占了线，错过了玉树中学的电话。到了下午两点，东南方向压过来一片乌云，天空变得暗淡起来，手机上和招生系统里却依然没有一点消息，何为越发地慌乱不安，心里边直打鼓。一会儿想方圆测的卦，当时还存着些侥幸，现在怕是要成真了；一会儿又自我安慰，说不定今天只是给小五班强电了的人发放录取通知，千人面的，估计还在后面，或者在明天也不一定；一会儿又想，若是一志愿真的泡汤了，不是还有二志愿吗？正在慌乱中，不想柳依也从微信上转发了些聊天记录过来，都是些一志愿和二志愿学校的录取信息，她自己跟了一句说："何必然小学至少有六人被玉树中学录取了。"此刻她大概已经下了飞机，到了德国，微信里的话，言语平淡，好像什么事情也没有发生过一样。

  天空越发阴暗了，一忽儿下起了暴雨，四下里"噼里啪啦"作响。何为买了单，离开茶室，开着车在雨中疾驶，车载电台播起了陈百强的《一生何求》。

……

冷暖哪可休

回头多少个秋

寻遍了却偏失去

未盼却在手

我得到没有

没法解释得失错漏

刚刚听到望到便更改

不知哪里追究

一生何求

常判决放弃与拥有

耗尽我这一生

触不到已跑开

一生何求

迷惘里永远看不透

没料到我所失的

竟已是我的所有

一生何求

曾妥协也试过苦斗

梦内每点缤纷

一消散哪可收

一生何求

谁计较赞美与诅咒

没料到我所失的

竟已是我的所有

何为听着这忧郁空灵的歌声，恍恍惚惚中，竟把车开到了玉树中学的路口，稍一迟疑，就索性转了向，放缓车速，绕着学校兜了一圈，然后径直往何必然学校开去。到了学校，正是放学时间，何为靠边等了一阵，眼看着从校门口出来的学生越来越少，却一直没有接到何必然的电话，才觉得不对劲，想他怕是独自走路回家了。往回家方向开了几分钟，果然就看到了何必然，他淋着雨，一个人走在人行道上。看来孩子很敏感啊！他大概也从学校里听到了些什么消息。何为打开车窗叫了他一声，他看到爸爸，显得又是意外又是高兴。等他一上车，何为就问："为什么不给爸爸电话呢？外面下这么大雨！"何必然说："我以为老爸不会来了呢！"何为明白孩子这会儿也是惴惴不安，害怕没有考上民办初中，爸爸会责难。何为说："爸爸说好的只要下雨就来接你，今日下雨，没有理由不来接你。"何必然只"嗯"了一声，没有回话，何为就又说："你在爸爸眼里永远都是最优秀的，你永远都是爸爸的骄傲！"

何为内心里一直在渴求奇迹的发生，希望一志愿还有部分录取通知没有发出，就好像网上一些人说的一样，录取通知是分批发出来的，明天还有机会。可是看一志愿的QQ群里，已经有一百五十人接龙了。还有一百个名额，可能是人家收到了录取通知，人却不在这群里。是的，不是每个人都会加入这群的。何为只好又去琢磨二志愿，网上有人说二志愿会截和。截和是麻将术语，打麻将即将要和牌，却被上家抢和，就叫作截和。恋爱中的男女，一方婚前移情别恋，也称截和。民办初中招生截和，说的是二志愿学校看中的学生，会提前电话预录取他们。因为二志愿发录取通知在一志愿之后，电话预录取了他们，他们便不会只顾着选择一志愿了。难道所有的二志愿录取都会用截和的方式？二志愿学校面试当天也是人山人海，难道他们不会优先录取填报他们一志愿的学生？若是能收到截和电话，该多好啊！三志愿呢？何为又想到了三志愿，三志愿会有机会吗？越想越是气馁，一点点微末的希望生出，又瞬间破灭。

这日晚上，何为又喝了半瓶二锅头，躺到床上，却仍是失眠，眼睛闭上，腹式呼吸，观照月亮，数了千万只绵阳，都不管用。后来干脆睁开眼睛，眼神空洞洞的，任思绪在黑暗中飘飞，当下和过去的种种事情，都抢着在脑子里翻腾，不时伤心，眼泪涌出，模糊着双眼。泪干后，却又想，该如何面对何必然，如何安慰他呢？怎样才能让他不要受到打击，每日快快乐乐的，开开心心地学习呢？

次日送何必然上学，父子两人沉默一路，快到学校路口的时候，何为才说："二志愿和三志愿的录取通知，今日才开始发放的，一志愿的通知，也要发三天的。"

送完何必然，何为在荷塘边坐了一阵，回到家里，父亲和小宝都不在家，大概是去公园里玩了。这时候，手机里弹出一条头条新闻来，竟是事关安途的，何为打开一开，顿时直冒冷汗。新闻里说，安途因为涉及骗补，上一年的国家补贴下不来，新的投资又没有到位，正面临资金链全面断裂的危险。安途一线整车生产工厂的员工已经好几个月没有发工资了，供应商的货款又拖欠了十几亿不能按时结算，其中拖欠最多的是恒源动力，恒源已经将安途诉上了法庭。何为还没从惊恐中回过神来，柳依突然发来一条微信说："我们离婚吧！"此时手机恰好又响了，何为看到是赵老师的电话，想都没想，就接了。电话里赵老师大声说："何爸爸，你抓紧来一趟学校,何必然刚和人打架了!"

何为只觉得左边太阳穴里的那只巨手,猛地伸了出来,一把攥住自己,往那黑暗的空茫中拖去。何为想挣扎,却不能动弹丝毫。

初稿 2018 年 4 月 1 日—6 月 30 日于上海
二稿 2019 年 6 月 15 日—9 月 2 日于上海
10 月 20 日—12 月 4 日于横店
三稿 2020 年 5 月 23 日—7 月 22 日于无锡

后 记

1

我很小的时候，唱过一首儿歌，儿歌里有这样几句歌词："小么小儿郎，背着那书包上学堂，不为当官不为面子光，只为做人要争气，不受人欺负不做牛和羊。"唱那歌的时候，我并不知道为什么读书就不会受人欺负也不用做牛和羊了。就好像现在幼儿园的小朋友背唐诗一样，并不会明白其中的意思。后来，我长大一点的时候，一位长辈告诉我，读书是为了明理。其实我很多年都没有想明白，究竟是要明的哪门子理。直到今天，在我认识的人当中，用"读书是为了明理"来教育子女的，也并不多见。在漫长的历史中，中国人读书，都是带有功利性的，是奔着功名利禄，为升官发财而去的。到了当代，虽然面上不兴升官发财这一套了，但是老百姓都是渴望着能吃上国家饭的。国家饭就是个金饭碗，最不济也是个铁饭碗。因着这样朴素的认知，在上世纪八九十年代，农村的父母教育孩子的时候，总喜欢说一句话："你不好好读书，将来就只能面朝黄土背朝天！"在那时候，对于农村的孩子来说，读书是改变身份和地位最主要的方式，是可以鲤鱼跃"农"门的。今天农村里的人，虽然已经不稀罕跳"农"门了，但是"跃入龙门"却仍是许多人梦寐以求的。那门口的人，前赴后继，如过江之鲫，多得都要挤破脑袋了。要想入得此门，得先入黉门，学历是一张入门券，也是一块最厚实的敲门砖。故而，人们在教育读书不用功的孩子的时候，仍然会说："你不读书的话，将来什么也干不了，只能到工地上去搬砖。"这样的话，其实不只是在农村里的家长们这样说，就是在上海这样的大城市，也会有人说。我就曾经听闻过一位上海的小学教师，在课堂上对她的学生苦口婆心地说着类似的话。

可是，砖总还是要有人搬的嘛，如果大家都不去搬砖了，那城市里的楼房谁来建呢？街道谁来清扫呢？人们之所以用这样的话来教育孩子，一是不同职业身份和收入差距的现实性存在，也同时说明国人的内心里，存在着一种根深蒂固的身份歧视心理。这种歧视，过去是城里人瞧不起农村人，大城市的人瞧不起小地方的人，现在则形成了一条牢不可破的，基于社会地位的鄙视链。这链条的环，无非就是出身、职业、财富、学历，等等。虽不是精钢铸就的，却比精钢更加坚硬。

正因为这样，对于普通老百姓家的孩子来说，长期以来期望改变身份的方法，也就是现在流行所说的"上升通道"，便大都寄托到读书这一条路上来了。如此"读书改变命运"就成了一种长期以来的社会共识。

然而命运究竟是什么呢？命运本来是一个很抽象的概念，但是在中国的传统文化里，命运却是很具体的，是一个人的福、一个人的禄、一个人的寿。福禄寿甚至都是可以量化的。一个人几房妻妾，几个子女，做了多大的官，有多大宅子，有多少田地，积攒了多少金银财宝，这些都是量化命运的指标。拥有这么多，却还得看有没有命来享受。这享受的命，却又专门说的是寿命了。按道理说，寿是生命的长度，本来应该是第一位的，却常常被人选择性遗忘。人活着的时候，尤其是年轻的时候，往往本末倒置，拼了命地去谋权，拼了命地去做事业，拼了命地去求财。等命拼得差不多了，油灯耗尽之时，才会明白，原来健康和生命才是最重要的。可惜明白得太晚了。在今人的眼里，禄比福可能更重要，禄是和职业金钱直接挂钩的，禄是福的基础，没禄便没福可谈，也无福可享。

一旦命运的认知量化了以后，人性中不堪的一面就容易被激活，为了达成目的，规则会很容易被人有意无意地忽略。打擦边球，钻营取巧之辈在社会上大行其道，他们甚至成为人们称羡的对象。更极端的情况则是，人人不择手段，人们陷入集体性的麻木中而不自知。

2

几年前，我和一位生活在某个欧洲小国的朋友闲聊，朋友讲的一件事给我留下了深刻印象。有一天，他邻居来串门，一脸高兴地说，他儿子马上要从学校毕业了，还找到了一份很适合他的工作。朋友虽然在欧洲生活了十多年，但是思维仍然是中国人的，开始还以为那孩子找到的是一份公务员的工作或者是某家世界五百强企业的工作。结果邻居告诉他，他儿子去的是一家室内装修公司，做的是装修工。

朋友的邻居和他说这些，明显是有分享喜悦和幸福的味道在里面。这要是在国内的城市里，谁家的孩子若是去做了装修工，恐怕会一点脸面也没有。做父母的是万不敢在人前说起的，即使说起来，也会遮遮掩掩。要是实在要好、知根知底的亲友问起来，也会是对孩子无尽的数落，说孩子是如何的不懂事、不争气。那父母说话时的样子，一定是痛心疾首的，就差一把鼻涕一把眼泪了。当然，这只是揣测，我是不太担心这些真会发生的。现在的大学生毕业了，若是找不到称心的工作，宁可躺平在家，日夜颠倒地玩玩游戏，啃啃老，也是决然不会放下尊贵而又娇嫩的身段，去装修队伍里屈就的。不过，凡事都不是绝对的，我也从新闻里看到过，有读了名校的研究生去卖猪肉的，去开米粉店的，读了博士去送快递的。他们之所以引起公众的关注，是因为他们都闯出了另外一片广阔的天地，要么成了资本青睐的对象，要么成了网红品牌，要么成了激励人的传奇故事。

在那些报道之外，是不是还有另外一些卖着猪肉，开着米粉店，送着快递的硕士和博士，我并不知道。但是，我是知道今日大城市里送外卖的骑手、开网约车的司机，其中也不乏受过高等教育的一群人。至于他们是心甘情愿的，还是迫于生计的权宜之计，就不得而知了。但是无论如何，他们和那些能去卷烟厂的流水线上做工人的名校毕业生相比，显然是不同的群体。更不同于那些在街道做着社区工作的名校毕业生，不同于那些以城市管理者的身份在市集上驱赶流动商贩的名校毕业生。他们应该是更加接近于那个从学校毕业后去做装修工的欧洲小国的小伙子的。

3

国人经常称道日本的制造企业，以活久见而闻名，一代代传下来，以匠心营造下去。其实，这并不只是日本的传统，中国人也是有这种传统的。如中国香港的一些烧腊店，店面虽然很小，但是很可能是一间百年老店，是子承父业，做了几代的。北京的同仁堂，在变成国有企业之前，也是世代相传的。这种代代相传的技艺和事业，在我国旧时的传统社会里，其实是一种普遍现象。哪怕是在几十年以前，一些传统的匠人活，如木匠、石匠、铁匠、弹匠等，技艺依然是以这种方式在流传。至于像捏泥人、剪纸、武术、中医这样一些技能，则更是讲究传承的。如人们熟知的河南温县陈家沟太极拳，就是从明朝末年开始世代相传的。我在一本中医资料上看到，江西有一个姚姓中医世家，传承了八百年，其家谱可查的，就已经超过十代了。这个世家的名医，我所知道的，就有三位，从清末到当代，三人都是鼎鼎有名的大医。同样的例子，还有江苏武进的孟河医派。这个医派最早的传承，是源于东汉的葛洪，其历史之久远可想而知。一两千年来，孟河医派名医辈出。直至上世纪二三十年代，上海的名医，许多便来自那里。前些年才去世的国医大师朱良春，也是孟河医派的门人。

中国的古人，是即讲学而优则仕，也讲行行出状元的。

4

我萌生要写一部小说的念头，一部与读书认知相关的小说，最初是基于上面的那些认知和见闻片段。有了这样的念头，只要是关于读书、教育、就业方面的信息，我就都会留心起来。

这时候，正是电子商务方兴未艾之时，社会上流传着各种电商刷单产业链的传闻。他们刷单，各方皆大欢喜，人人见怪不怪，都好像没事人似的。做电商的要是不刷单，反倒是不正常了。而这些刷单的人中间，有些刷手，可能就是一些在校的大学生，一些奶着孩子的母亲；刷单的运营者，可能就是一个受过高等教育的人，一个正在教育着孩子的父亲或者母亲。这恰好又一次印证了失序状态下人性中集体性不堪的一面。

同时，我很快又了解到，在城市里，孩子的竞争，竟然是从幼儿园开始的。更重要的竞争，则是在小学升初中的时候。上一所好的初中，和没上好初中的同龄孩子之间，就有了一道人生的分水岭。只是不知道，那些上了一所好初中的孩子中的某一个，又上了一所好大学以后，为了那白花花的银子，会不会成为又一个刷单的电商运营经理呢？

我在惊讶与迷思之余，对于要写和读书认知相关的小说的念头，竟然有了要抛弃的想法。觉得写一本和教育相关的小说也许更受欢迎。到了戊戌年春天正式动笔的时候，我才认识到：对于孩子的教育，不仅仅只是学校的事情，还是整个家庭的事情，而这个家庭又一定是在一个社会环境之下的家庭。这个社会环境，又是有一定经济现象的。所以这部小说写着写着就成了现在这个样子。

5

小说虽然以教育话题作为切入口，但是我并无意去写作一部问题小说，而是在努力写一部"人"的小说。在我读过的小说中，作家一般都喜欢关注年轻人，尤其是长篇小说中，中年人更是有一定程度的缺失。缺失并不是没有，只是相比年轻人来说，少一些或者少很多罢了。

这个小说，便是一个写中年人的小说。在我的眼里，中年人的肩膀上压着一根扁担，扁担的两头，一头挑着老人，一头挑着孩子；也或者说，一头挑着生活，一头挑着理想；一头挑着生，一头却又挑着死。小说中何为的肩膀上，就压着这样一根扁担。

何为的社会身份，和他的工作一样，是有些模糊的。不能给他简单地贴上一个白领、程序员、创业者或是知识分子的标签。如果说他是一名知识分子，显然是有差距的。在我的理解中，知识分子所从事的职业不应该只是为了谋生，也不应该只是为了求权和得利，至少得有一点独立的思想，有一点求真的风骨。但是，说他不是知识分子，他却是受过高等教育的，可他的工作却又只是一个程序员，一名企业白领，或者IT蓝领。后来虽然也参与创业，进军了制造业，却终究和只为谋生糊口的小商小贩没有太大的区别。但是他的内心里，实际又是有一种挣扎的。他的思考，都是带有一定情怀的。他喜欢读《史记》，对很多事情，都有自己独立的见解。从这一点讲，他又很像一名知识分子。但是他终究又不是一名真正的知识分子，他的生命都消耗在日常生活的琐碎中，连应对自己的工作问题和家庭问题都显得很乏力。

但可以确定的是，他是一位父亲。

北京、上海这样的大城市里，有的人有户口，有的人没有户口；有的人在这些城里出生，从小就生活在这些城里，有的人却只是这些城的过客，只是到这些城市来工作或者创业的。对于后者来说，哪怕他们在这些城市里安家置业了，他们也是根基不稳的，是经不起风吹浪打的。尤其是他们的工作或者事业并不是那么顺利的情况下，他们的人际关系就会变得非常脆弱，相应的社会资源也就非常受限。在他们打拼和生活的城市里，他们可能也有老乡，有校友，但他们更多的只是活在所在的那座城市的工作关系当中。而工作的关系，又因为工作的巨大流动性，而变得极不稳定。因此，他们在打拼的城市里的融入度，是和他们工作的稳定性、事业的成就成正比的。

因此，从这个意义上讲，那些工作和事业失利的无根之人，便成了这些城市里的边缘性群体，隔离在这些城市的繁华之外，过着另一种游离于这座城市的主流社会之外的生活。隔着他们的，也许只是一堵玻璃的幕墙，他们看得见里面，却没有机会进去。他们是很容易被人忽略的，哪怕是在文学作品中，亦是如此。即使是那些惯于写城市生活的作家，笔墨也触及不到他们。偶尔触及了，也是蜻蜓点水一般，并不深入。小说中的何为，正是这样一个边缘性群体中的一员。他甚至在他生活的城市中，没有一个真正的朋友，所有和他交往的人，都是利字当头。因此，他的内心是非常孤独的。只有一个例外，那就是方圆，但是方圆却并不是和他生活在同一个城市中的。而且，与其说方圆是何为的朋友，还不如说是他的一个心理按摩师更为贴切。

当然，人们越是不需要依赖社会资源和人际关系来生存的城市，则越是说明这座城市具有现代性。这样的城市，便也越是拥有经济活力，也便越能吸引人来聚集。

小说是以第三人称来写作的，视角却并不是全知视角，而是一种类似于第一人称的视角。所以小说要写的人，主要是何为。所有的写作，都是基于何为的生活轨迹来展开的，他的所闻所见，所思所想。正因为这样，小说中何为以外的形象，大都不是很丰满，他们所呈现的，仅仅只是何为所见的一面。这些人物真实的形象，却是不得而知的。也只能期待读者诸君在阅读中去想象和丰满他们了。

6

有一位朋友，读过我的小说书稿以后，对小说开头的鸟叫声，并不太理解，认为可能是多余的。我当时这样提醒他：这个小说，并不太适合浅阅读，需要深度阅读，小说的节奏很慢，不是以故事情节见长的。小说若是深读，便可能会引发一些共鸣和思考，若只是浅读，便会一点味道也没有。小说的文字，虽然谈不上有多么精炼，但是一定会考虑每一段文字的必要性。开头的这段鸟叫声，实际是小说隐藏的一条线索，因为这样的开头，小说便有了那样的结尾。小说的开头，便已经注定了小说的结尾。

小说中是道了一些阴阳的，夹杂了一点传统的思维方式在里面。实则虚之，虚则实之。文中的鸟声，便是这样的，可以说是虚的，甚至可能只是何为的一种幻听。但又可能是实的，而这实，却也夹杂着虚，鸟鸣如人声，如人世的喧嚣与浮躁。

一些我熟悉的人看到这部小说，也许会看到他们的影子。我要告诉大家，书里的人物、情节和故事，无一不是虚构的。因为其他我不熟悉的人，恰巧也有可能会看到一点他的影子。但是我不可否认，我第一次写小说，难免会把周围熟悉的人和物拿来描摹。当然，也最多只是借他们的一套房子、一个职业，或者他们独具个性的某个外貌特征，嫁接到了书中的某个场景、某个人物身上。但是他们绝对不是你们，所以请大家千万不要对号入座。

我还在小说中写了最繁华的都市和最古老的乡村，最现代的生活方式和最传统的生命仪式。这一方面，便是我试图在小说中表现的阴和阳，也或者说，这是小说结构的需要。另一方面，我想表达的也许是一种对旧有的人情社会的怀念吧，也或者是在强调一种更替吧。时代一直在发展，旧的和新的一直在不断更替，现在新的东西，若干年以后，也会变成旧的，过去旧的东西，曾经都是新的。然而无论社会如何发展和变化，有一点是一定不会变的，那就是人有生老病死，故而有悲欢离合；人有七情六欲，故而有喜怒哀乐。

写作时，我每天都提醒自己：文字要节制。我怕写得太多了，让读者厌烦，我做了很多思考，却没有深入，只能留下来在以后的几部小说里去写了。

丑甲

2022 年 4 月 22 日于上海

图书在版编目（CIP）数据

岁运并临/丑甲著.-上海：上海文艺出版社.2022
ISBN 978-7-5321-8352-4
Ⅰ.①岁… Ⅱ.①丑… Ⅲ.①长篇小说－中国－当代
Ⅳ.①I247.5
中国版本图书馆CIP数据核字(2022)第100129号

发 行 人：毕　胜
责任编辑：陈　蔡
装帧设计：钟　颖

书　　名：岁运并临
作　　者：丑　甲
出　　版：上海世纪出版集团　上海文艺出版社
地　　址：上海市闵行区号景路159弄A座2楼 201101
发　　行：上海文艺出版社发行中心
　　　　　上海市闵行区号景路159弄A座2楼206室 201101 www.ewen.co
印　　刷：崇明裕安印刷厂
开　　本：787×1092 1/16
印　　张：24.75
字　　数：304,000
印　　次：2022年9月第1版 2022年9月第1次印刷
I S B N：978-7-5321-8352-4/I·6591
定　　价：78.00元
告 读 者：如发现本书有质量问题请与印刷厂质量科联系 T:021-59404766